W0411363

JACQUELYN FRANK
World of Nightwalkers
Kuss der Erlösung

Die Romane von Jacquelyn Frank bei LYX:

Die Schattenwandler-Serie:
1. Schattenwandler – Jacob
2. Schattenwandler – Gideon
3. Schattenwandler – Elijah
4. Schattenwandler – Damien
5. Schattenwandler – Noah
6. Schattenwandler – Adam

Die Shadowdwellers-Serie:
1. Shadowdwellers – Trace
2. Shadowdwellers – Magnus
3. Shadowdwellers – Sagan

World of Nightwalkers-Serie:
1. World of Nightwalkers – Verbotenes Begehren
2. World of Nightwalkers – Echo der Unsterblichkeit
3. World of Nightwalkers – Ewige Sehnsucht
4. World of Nightwalkers – Grenzenloses Verlangen
5. World of Nightwalkers – Kuss der Erlösung

Außerdem erschienen:
Die Gabe des Blutes

Exklusiv als E-Book erhältlich:
Schattenwandler – Kane (Novelle)
Das Phoenix-Projekt

JACQUELYN FRANK

KUSS DER ERLÖSUNG

WORLD OF NIGHTWALKERS

Roman

Ins Deutsche übertragen von
Katrin Kremmler und Lisa Kuppler

LYX

LYX in der Bastei Lübbe AG
Dieser Titel ist auch als E-Book erschienen.

MIX
Papier aus verantwortungsvollen Quellen
FSC® C083411
FSC
www.fsc.org

Die Originalausgabe erschien 2015 unter dem Titel
»Nightwalker« bei Loveswept, an imprint of Random House,
a division of Penguin Random House LLC, New York.
Für die deutschsprachige Ausgabe:

Redaktion: Firouzeh Akhavan-Zandjani
Umschlaggestaltung und Artwork: © Birgit Gitschier, Augsburg unter
Verwendung mehrerer Motive von Shutterstock (Gladkov/gyn9037)
Satz: Greiner & Reichel, Köln
Gesetzt aus der New Caledonia LT
Druck und Verarbeitung: CPI books GmbH, Leck – Germany
Printed in Germany
ISBN 978-3-7363-0295-2

1 3 5 7 6 4 2

Sie finden uns im Internet unter www.lyx-verlag.de
Bitte beachten Sie auch: www.luebbe.de und www.lesejury.de

Für meine Schwester Laraine.
Ganz gleich, was passiert, Du bist immer für mich da.
Ich bin ein echter Glückspilz, so eine Schwester zu haben.

Die verlorene Schriftrolle der Völker

… und so wird es in künftigen Zeiten geschehen, dass die Nationen der Schattenwandler auseinandergerissen und einander fremd werden. Durch Ungemach und Vorsatz werden diese zwölf Nationen zu unterschiedlichen Zielen kommen und füreinander mit der Zeit in Vergessenheit geraten. In der Zukunft werden diese Nationen Mühen und Kämpfe zu bestehen haben wie noch nie zuvor, und nur indem sie wieder zusammenfinden, können sie darauf hoffen, dem Bösen entgegenzutreten, das sie heimgesucht hatte. Doch sie sind füreinander verloren und werden das auch bleiben, bis ein großer Feind besiegt wird … und ein neuer wiederaufersteht …

1

Kamenwati rang nach Atem, als er aus dem Schlaf gerissen wurde. Doch er beruhigte sich wieder, als er erkannte, dass es nur ein Traum gewesen war, der ihn aufgeschreckt hatte. Er holte tief Luft, setzte sich auf und knipste das Licht auf dem Nachttisch an. Das Zimmer kam ihm immer noch fremd vor. Wahrscheinlich, weil es nicht wirklich *sein Zimmer* war und er sich darin nicht wohlfühlen sollte. Es war fast so etwas wie eine Gefängniszelle.

Aber angesichts der unverzeihlichen Verbrechen, die er seinen Körperwirten und der Menschheit insgesamt angetan hatte, hätte er es schlimmer treffen können. Dieses bequeme Bett, ein Zimmer für sich und drei ausgezeichnete Mahlzeiten am Tag hatte er ganz bestimmt nicht verdient. Eigentlich hatte sich an seinem Alltag, seit seiner Ankunft auf dem Anwesen, nicht viel geändert. Er verbrachte die Zeit mit dem Studium alter Texte auf Schriftrollen und brüchigem Papyrus, der bei jeder Berührung mehr zerfledderte und beinahe zu Staub zerfiel. Kamen lernte neue Zaubersprüche und beschäftigte sich mit Magie, er studierte Geschichte und alte Sprachen. Genau wie früher.

Aber früher hatte er sich voller Freude mit diesen Dingen beschäftigt und ihnen fast seine ganze Zeit gewidmet. Doch nun bereitete es ihm kein Vergnügen mehr. Es fühlte sich an, als wäre alles zu Staub zerfallen wie altes Pergamentpapier. Und das geschah ihm auch recht. Denn in einer der alten Schriftrollen war er auf den Fluch gestoßen, mit dem er den tödlichen Dämonengott Apep freigesetzt hatte.

Es war ohne böse Absicht geschehen, dennoch hatte er es getan. Er war dafür verantwortlich. Und deshalb musste auch er selbst herausfinden, wie man den Gott, den er hatte auferstehen lassen, töten konnte. Er war direkt in das Lager seines »Feindes« gegangen, zur Politik-Fraktion der Körperwandler, und hatte sich ihnen ausgeliefert. Dann hatte er sich auf die alten Texte gestürzt, hatte jeden Fetzen Pergament studiert und nach einem Weg gesucht, wie man den Gott vernichten könnte. Es musste doch irgendwie möglich sein. Die Frage war nur, ob sich eine Lösung finden ließ.

Kamen rutschte an die Bettkante und stellte die Füße auf den Boden. Er schlug die Bettdecke zur Seite, und kalte Luft traf seine nackten Beine. Die meisten Innenräume der Festung in New Mexico waren vollständig klimatisiert, aber für seinen Geschmack immer ein wenig zu kühl. Doch da er eher ein Gefangener denn ein willkommener Gast war, konnte er sich wohl kaum beschweren. Unruhe überkam ihn, er wollte sich bewegen und stand rasch auf. In letzter Zeit war er oft ruhelos, aber glücklicherweise waren seine Gefängniswärter inzwischen so nett, ihm zu erlauben, sich freier in der Festung zu bewegen. Er musste nicht mehr in seinem Zimmer bleiben – allerdings hatte von Anfang an keiner diese Auflage seines Aufenthalts in der Festung richtig ernst genommen. Diese Leute hatten ziemliches Glück, dass es ihm wirklich ernst war mit seinem Wunsch, ein anderer zu werden – besser zu werden. Denn wenn er wollte, könnte er ihnen ernsthaft Schaden zufügen. Er kannte etliche Zaubersprüche, mit denen er in der Lage wäre, alles in Schutt und Asche zu legen.

Seit Jahrhunderten schon sammelte er Zaubersprüche wie ein Kind auf einer Wiese wilde Blumen pflückt. Jedes Mal, wenn er in einem neuen Körperwirt wiedergeboren wurde, lernte er mehr, und dieses Wissen begleitete ihn durch seine vielen Leben. Es überdauerte sogar den Äther, jenen körperlosen, einhundert Jahre währenden Zustand, in dem der Geist eines Körperwandlers zwischen jedem neuen Leben ruhte.

Denn Kamen war wirklich ein Körperwandler, eine Seele, die von den längst untergegangenen Dynastien des alten Ägyptens abstammte. Er war geboren worden, er hatte ein ganzes Leben gelebt, und er war gestorben. Wie viele andere Ägypter der Oberschicht hatte er seinen Körper einbalsamieren und sich mitsamt all seiner Besitztümer, die er mit ins Jenseits hatte nehmen wollen, bestatten lassen. Doch der anmaßende Akt, die Mächte über Leben und Tod bezwingen zu wollen, hatte stattdessen ihren Seelen das ewige Leben eingebracht – im Äther. Es gab keine letzte Ruhe, weder Himmel noch Hölle, nichts außer dieser körperlosen Existenz, in der sie nur zusehen konnten, wie die Jahre auf Erden vergingen.

Bis eines Tages einer Seele ein Gedanke kam: Sie fragte eine kurz vor dem Tod stehende, irdische Seele, ob sie ihren Körper mit ihr teilen wolle. Dafür bot sie die volle Wiederherstellung der Gesundheit, Unsterblichkeit und eine außergewöhnliche Fähigkeit zur Selbstheilung. Der lebende Mensch ließ sich darauf ein, und beide Seelen kehrten in seinen Körper ein. Schließlich vereinten sich die Seelen zu einer und bewohnten in Harmonie und Eintracht ihren Körperwirt. Was dieser einen Seele gelungen war, taten ihr die anderen bald nach. Sie alle teilten sich mit irdischen Seelen die Körper von Sterblichen, die ansonsten gestorben wären.

Allerdings wollten ein paar der Körperwandler die volle Kontrolle. Ihnen passte es nicht, dass sie sich mit der ursprünglichen Seele absprechen mussten, und sie vereinigten sich so wenig wie möglich mit ihr. Manche unterdrückten die menschliche Seele, sodass deren Stimme kaum noch hörbar war. So entstanden die Templer – eine Fraktion der Körperwandler.

Diese »Diplomaten« unter den Körperwandlern hatten eine ganz andere Einstellung: Sie respektierten die ursprüngliche Seele und teilten gleichberechtigt den Körper mit ihr. Sie hielten sich an die Vereinbarung, die einmal getroffen worden war.

Kamen war der zweitmächtigste Templer gewesen, der Liebling ihrer Anführerin, der mächtigsten aller Templer – Odjit. Kamen hatte Odjit geliebt. Nicht wie ein Mann eine Frau liebt, sondern wie ein treu ergebener Gefolgsmann. Odjit wollte die Feindseligkeit zwischen den oppositionellen Körperwandlern beenden, damit sie eines Tages in Frieden miteinander leben könnten. Zumindest hatte Kamen das gedacht. Er hatte an Odjits Plan geglaubt – an ihren gemeinsamen Plan.

Er war blind gewesen, dachte er, als er in seine Hosen schlüpfte. Er hätte merken müssen, dass es Odjit nur um Macht ging – Macht um jeden Preis. Kamen war ein sehr kluger Mann, aber in Bezug auf Odjit, war er unverzeihlich naiv gewesen. Er hatte viel zu viel Zeit mit seinen Büchern und Zaubersprüchen und zu wenig Zeit in der wirklichen Welt verbracht. Er hatte der Wahrheit nicht ins Auge blicken wollen.

Kamen zog ein Hemd an, aber er knöpfte es nicht zu. Es war nicht nötig, denn außer ihm war so früh noch niemand wach. Er schaute aus dem Fenster. Die Scheiben im Gebäude waren aus intelligentem Glas, das sich bei Sonneneinstrahlung verdunkelte und den Bewohnern als Sonnenschutz diente: Sonnenstrahlen lähmten die Körperwandler. Im Grunde schadete Sonnenlicht allen Schattenwandlern: Dschinn bekamen Blasen und verbrannten, wenn sie nicht ihre Rauchform annahmen; die Haut der Nachtengel verwandelte sich von Tiefschwarz in Albinoweiß, während ihre natürlichen Kräfte geschwächt wurden. Mysticals – so hatte Kamen gelesen – mussten bei Sonnenschein in ihrer mystischen Form verharren und waren nicht mehr in der Lage, menschliche Gestalt anzunehmen. Phönixe gingen in Flammen auf, sobald Sonnenstrahlen sie berührten, und nur Asche blieb zurück, bis sie beim Einbruch der Dunkelheit neugeboren wurden. Geister, die im Dunkeln nur Schemen waren und durch feste Objekte gleiten konnten, nahmen im Sonnenlicht sofort Gestalt an, was ihren Tod bedeuten konnte, wenn sie sich in diesem Moment gerade im Innern von etwas Belebtem oder Unbelebtem befanden.

Von diesen Schwächen der Schattenwandler wusste er aus den Schriften, mit denen er sich ständig beschäftigte. Welche Schwächen die anderen, die neuen Schattenwandler hatten, die Dämonen, Lykanthropen, Mistrale, Vampire, Druiden und Schattenbewohner, das wusste er nicht. Er suchte überall nach Informationen, doch bisher hatte er nichts herausfinden können. Er verstand nichts von dem, was in ihren eigenen Sprachen geschrieben war, und ohne einen menschlichen Übersetzer war es unmöglich, mit ihnen zu sprechen. Es war, als wären sie gar nicht da. Außerdem nahm Kamen an, dass sie Informationen über ihre Schwächen sicher nicht besonders gerne preisgaben und gerade jemandem wie ihm wohl auf keinem Fall offenbaren wollten.

Dennoch hatte sich Kamen stundenlang mit der Druidin Bella unterhalten, deren Gabe es war, Texte in jeder Sprache lesen zu können. Das hieß, jeden Text, der in einer Sprache der sechs ihr bekannten Schattenwandlerspezies oder von Menschen geschrieben war. Die Körperwandler schrieben in Ägyptisch oder in ihrer Muttersprache, dazu in all den Sprachen, die sie in ihren verschiedenen Inkarnationen erlernt hatten. Kamen konnte fast jede Sprache lesen, schreiben und sprechen, die in den Texten auftauchte. Das war kaum zu verhindern angesichts der Tatsache, dass er immer, wenn er einen Körper besaß, seine Nase sofort in ein Buch steckte.

Bella konnte fließend Ägyptisch lesen, doch alles, was sich auf die sechs ihnen unbekannten Spezies bezog, vermochte auch sie trotz ihrer Gabe nicht zu entziffern. Stattdessen füllten die Seiten sich mit ägyptischen Schriftzeichen. Das war ihr früher seltsam vorgekommen, aber dann wiederum nicht seltsam genug, um Fragen zu stellen. Wenn Kamen Bücher in der Sprache der Dämonen aufschlug, sah er auf den Seiten nur sinnlosen Wortsalat, aus dem sich ihm keinerlei Bedeutung erschloss. Und wenn Bella etwas über die anderen Schattenwandler zu Papier brachte, dann sah es einfach nur wie die sinnlose Abfolge von lateinischen Buchstaben aus.

Wer immer die beiden Gruppen von Spezies voneinander fernhalten wollte, tat es so, dass keine Seite den Bruch überhaupt bemerkte. Doch trotz aller irreführenden Informationen und sprachlichen Verschlüsselungen hatte eine Prophezeiung über die zwölf Nationen der Schattenwandler in der Dämonensprache überlebt, die zumindest andeutete, mit was sie es zu tun hatten. Der Sinn der Prophezeiung hatte sich aufgrund des fehlenden Kontexts nicht erschlossen, doch dann war Bella, eine Mischlingsdruidin, buchstäblich mit Kat, einer Mischlingsdschinn, zusammengestoßen. Sie konnten einander nicht sehen und nicht miteinander sprechen. Nur auf schriftlichem Wege waren sie mithilfe von Menschen in der Lage, Nachrichten auszutauschen.

Doch die Kommunikation ging auf diese Weise nur langsam und zäh vonstatten. Es war schon sieben Monate her, seit Bella und Kat sich gefunden hatten, und immer noch suchten sie nach Möglichkeiten, den Informationsaustausch einfacher zu gestalten.

Kamen beherrschte mehr Sprachen als alle anderen, die auf dem Anwesen in Portales, New Mexico, lebten. Er arbeitete schon ewig mit Bella zusammen. Entweder sie beide fanden eine Lösung oder keiner. Sie konnten nur hoffen, dass ihnen bald ein Durchbruch gelang. Die Zeit lief ihnen davon.

Denn bald würde Apep das Kind zur Welt bringen.

Der Dämonengott hatte in seiner jetzigen Inkarnation Odjits Körper übernommen und den Vater aus den Reihen der Schattenwandler gewählt – einen mächtigen Nachtengel namens Dax. Apep hatte Dax vergewaltigt, um schwanger zu werden, und nun war jeden Tag mit der Niederkunft zu rechnen.

Nur *einen* Gott zu besiegen war fast schon unmöglich. Aber zwei? Zwar hatten sie die Hoffnung noch nicht ganz aufgegeben, doch noch eine Schriftrolle zu finden, in der stand, wie sie Apep loswurden. Aber das Kind des Dämonengottes war etwas völlig anderes – etwas noch nie Dagewesenes. Keiner der alten Texte würde ihnen verraten, wie sie ein solches Wesen wieder aus der Welt schafften.

Während der Schwangerschaft hatte Apep sich bisher ruhig verhalten, doch nach der Geburt würde er bestimmt alles daransetzen, um die Schattenwandler zu töten. Kamen gab sich da keinen falschen Hoffnungen hin. Er vermutete, dass die Schattenwandler der Schlüssel zur Vernichtung Apeps waren und dem Gott dies bewusst war. Deshalb würde er sie ausrotten, sobald er körperlich dazu in der Lage war. Apeps Schwangerschaft machte ihn angreifbar, und wahrscheinlich sollten sie jetzt zuschlagen, solange er noch in anderen Umständen war. Doch es gab zwei Probleme: Sie hatten keine Ahnung, wie man ihn angreifen konnte, und sie wussten nicht mehr, wo er sich befand.

Allerdings … Kamen war sich ziemlich sicher, dass er Apep mit einem Zauberspruch aufspüren konnte, doch das hatte er den anderen noch nicht mitgeteilt. Er hatte das untrügliche Gefühl, dass sie noch nicht in der Lage waren, Apep entgegenzutreten. Sie waren noch nicht so weit. Es fehlte etwas fundamental Wichtiges, um ihn zu besiegen. Bella teilte seine Meinung. Und überhaupt – wenn die beiden Lager der Schattenwandler ihre Angriffe koordinierten, dann würden sie Apep auf jeden Fall niederringen. Doch solange niemand wusste, warum die verschiedenen Spezies sich nicht wahrnahmen, konnten sie wohl kaum einen solch koordinierten Angriff planen.

Es war ein Fluch. Es musste ein Fluch sein.

Kamens Gedanken kreisten immer und immer wieder um diese Fragen. Es war kein Wunder, dass er kaum schlafen konnte und manchmal tagelang nicht zur Ruhe kam. Diese Leute zählten auf ihn, er musste einen Ausweg finden aus der katastrophalen Lage, für die er verantwortlich war. Und wenn er versagte – wenn er keine Lösung fand, dann hatte er jeden Einzelnen, den Apep tötete, auf dem Gewissen. Dann würde er diese Schuld mit sich herumtragen bis ans Ende aller Tage, wenn es keine Menschen mehr gab, mit denen sich seine Seele vereinigen konnte.

Wenn er doch einmal einschlief, quälten ihn furchtbare Albträume, Albträume von dem Gott, den er auf die Erde losgelassen hatte. Falls Apep nicht nur die Schattenwandler, sondern die gesamte Menschheit auslöschte, dann war es seine Schuld. Er allein trüge die Verantwortung dafür. Bisher hatten sie anhand der wenigen Schriften über Apep nur eins herausgefunden, das ihnen etwas nutzen könnte: Er brauchte die Anbetung durch seine Anhänger. Der Dämonengott würde sich eher alle Welt zum Sklaven machen als allesamt zu töten.

Der Gedanke war nicht gerade tröstlich.

Kamen ging ins Badezimmer und wusch sich das Gesicht mit kaltem Wasser. Dann machte er in seinem Zimmer das Licht an und nahm sich einen der alten Wälzer vor, den er in der Hoffnung durchforstete, darin eine Lösung für wenigstens eines seiner schwierigen Probleme zu finden. Meistens war ziemlich schnell klar, dass er nichts finden würde. Dann durchsuchte er ihn nach Zaubersprüchen für Angriffs- und Verteidigungszauber. Alles war nützlich, was den Schattenwandlern helfen würde, wenn Apep seinen nächsten Angriff startete.

Er hatte schon einige Stunden gelesen, als sein Blick auf eine Stelle einer Papyrusrolle fiel – Hieroglyphen, die einen Gott beschrieben, welcher mithilfe seiner besonderen Macht zwölf Wesen in zwei feindliche Lager spaltete.

Dass es sich bei diesem Gott um Apep handeln musste, war Kamen sofort klar. Offenbar hatte Apep seine Macht eingesetzt, um die Nation der Schattenwandler zu entzweien. Weiter unten im Text hieß es, der Gott wäre an den Folgen eines Fluches gestorben. Das war eine neue Information. Kamen spürte, wie er von Aufregung erfasst wurde. Es war ein seltenes Gefühl für einen Mann wie ihn, der schon lange jede Hoffnung aufgegeben hatte. Wenn der Gott einem Fluch erlegen war, dann bedeutete dies, dass er wirklich sterben konnte. Sein Leib war also doch verletzlich, man konnte ihn doch töten. Die Frage war nur wie. Wie sollten sie Apeps fleischliche Hülle vernichten, wenn sie ihm bis jetzt kaum einen Kratzer hatten zufügen können, obwohl sie es mit aller Macht und all den von Menschen entwickelten Waffen versucht hatten? Jemand hatte ihm mitten ins Herz geschossen, und Apep hatte nicht einmal mit der Wimper gezuckt. Wenn eine Kugel ihm nichts anhaben konnte, was dann?

Doch die nächsten Hieroglyphen waren noch aufschlussreicher. Sie zeigten, wie der Gott wieder auferstand, wie er Menschen versklavte und mit seinen Kräften tötete – und dann stand da geschrieben, wie die zwölf Wesen sich verbündeten und gemeinsam gegen den Gott kämpften. Und ihn am Ende töteten.

Bedeuteten diese Hieroglyphen wirklich das, was er dachte? Dass alle zwölf Nationen der Schattenwandler erst zusammenfinden mussten, um diesen Gott zu besiegen? Wenn das stimmte, dann standen sie vor einer unlösbaren Aufgabe. Die beiden Gruppierungen konnten einander nicht sehen. Viel problematischer war jedoch, dass die zwölfte Nation, die Geister, mit allen anderen Schattenwandlern verfeindet war. Zwar hatte in den letzten Jahrzehnten eine Art stillschweigender Waffenstillstand geherrscht, der aber eher darin bestand, dass keiner gegen den anderen vorging. Doch jeder Schattenwandler, der ihrer Fraktion angehörte – der Fraktion, die inzwischen die Zweite Fraktion genannt wurde –, wusste genau, wie grausam die Geister waren. Es war den Geistern egal, ob sie jemanden berührten, obwohl ihre Berührung für alle anderen den sofortigen Tod bedeutete. Die Erste Fraktion konnte von Glück sagen, dass sie nichts von den Geistern wusste. Den anderen ließen sie das Blut in den Adern gefrieren.

Aber, wenn sie es nun doch schafften, die Geister mit an den Verhandlungstisch zu holen? Vielleicht konnte man ihnen verständlich machen, dass es für alle das Beste wäre, wenn sie zusammen gegen den Gott Apep kämpften. Sicher hatten auch die Geister etwas zu verlieren.

Aber in den Hieroglyphen stand nichts darüber, wie die Zwölf einen Angriff gegen den Gott koordinieren sollten. Ägyptische Schriftzeichen waren immer vieldeutig. Sachverhalte ließen sich nur in groben Zügen darstellen. Große philosophische Debatten konnte man aus ihnen nicht ableiten.

Vorsichtig strich Kamen über den alten Papyrus. Auch wenn die wenigen, prägnanten Bilder einfach waren, enthielten sie doch immerhin eine Art von Geschichte, eine Erklärung, eine Vorstellung davon, wie man alles zu einem guten Ende bringen könnte. Er markierte die Seite mit einem Lesezeichen und suchte weiter in den Schriftrollen. Doch er fand keine weiteren Hinweise.

Zwölf Nationen, die gemeinsam handelten.

Einen Versuch war es wert. Doch ihm stand es nicht zu, einem solchen Plan zuzustimmen oder ihn abzulehnen. Seine Rolle war nur die eines Berichterstatters.

Wenn der Morgen graute, würde er den anderen mitteilen, was er aus den Schriften erfahren hatte.

2

Isabella Russ, die für die meisten einfach nur Bella oder Bella die Vollstreckerin war, hatte fast die ganzen letzten sieben Monate in New Mexico verbracht. Sie musste vor Ort sein, denn nur hier konnte sie eng mit Kamenwati, dem gelehrtesten Mann unter den Körperwandlern, zusammenarbeiten. Nur deshalb war sie, wenn auch sehr widerwillig, nach New Mexico gezogen und hatte ihre Kinder mit auf das Anwesen gebracht. Der Gott Apep wusste, wo sich das Anwesen befand und hatte es schon einmal angegriffen. Hier war es also gefährlich für die Kinder.

Aber allein schon der Gedanke, tagelang von ihnen getrennt zu sein, war inakzeptabel. Sie wollte kein Geist im Leben ihrer Kinder sein, vor allem jetzt nicht, während der wichtigsten Jahre ihrer Entwicklung. Leah war schon zehn, und es machte ihr nichts aus, wenn sie für kürzere Zeit von ihrer Mutter getrennt war. Aber für Bellas Sohn galt dies nicht. Er war noch zu klein und hatte erst vor Kurzem die Meilensteine im Leben eines gerade vierjährigen Kindes wie Laufen zu lernen und selbstständig aufs Klo zu gehen hinter sich gebracht.

Trotzdem quälte Bella sich ständig mit der Vorstellung, dass die beiden möglicherweise in die Schusslinie gerieten. Zum Glück war auch ihr Vater hier, und er hatte sie immer beschützen können. Auch einige ihrer Freunde unter den anderen Schattenwandlern aus der Ersten Fraktion lebten auf dem Anwesen. Sagan und Valera waren hier – der ehemalige Priester der Schattenbewohner und seine Frau, die Hexe. Und Jasmine und Adam – die engste Vertraute des Vampirprinzen und ihr dämonischer Ehemann. Und dann noch Windsong, eine Anführerin der Mistrale, und Jinaeri, ein lykanthropischer Gelehrter.

Gemeinsam repräsentierten sie die gesamte Erste Fraktion, wobei jede Spezies durch ein Mitglied vertreten war. Was die Zweite Fraktion betraf, lebten hier etliche Körperwandler – ein Nachtengel namens Faith und Leo, ihr menschlicher Ehemann, der oft als Übersetzer auftrat und im Gebrauch von Waffen einiges an praktischer Erfahrung aufzuweisen hatte. Dann war da noch die Dschinn namens Kat und ihr Ehemann, ein Wasserspeier oder besser Gargoyle. Allerdings gehörten die Gargoyles streng genommen nicht zur Zweiten Fraktion, weil sie die Nachkommen der Körperwandler waren. Bella hatte erfahren, dass die Gargoyles von Templern erschaffen worden waren, die sie als Sklaven hatten einsetzen wollen. Repräsentanten der Mysticals, Phönixe oder Geister lebten nicht auf dem Anwesen – und wie es die Zweite Fraktion darstellte, war das auch gut so.

Doch Bella wurde den Gedanken nicht los, dass sie die Phönixe und Mysticals hier noch brauchen würden. Als sie sich für den Abend umzog, dachte sie immer noch darüber nach. Um irgendwie lebendig aus diesem Riesenschlamassel herauszukommen, brauchten sie jede Unterstützung, die sie kriegen konnten.

Sie lag ganz richtig mit ihren Überlegungen, wie sich schon eine Stunde später bei ihrem Treffen mit Kamen zeigte. Er erzählte ihr, mithilfe von Leo, der für sie beide übersetzte, von seiner Entdeckung.

»Aber, wenn stimmt, was du sagst, dann müssen wir die Phönixe und die Mysticals mit ins Boot holen. Und die Geister auch.«

»Das hier müssen wir ohne die Geister schaffen. Glaub mir, wir dürfen uns nicht auf sie einlassen. Sie sind zu gefährlich.«

»Na ja, nach dieser Prophezeiung brauchen wir aber zumindest einen Geist auf unserer Seite. Nur eine Gruppe aus zwölf Mitgliedern wird Apep niederschlagen können. So habe ich die Prophezeiung verstanden«, sagte Bella.

»Du meinst doch nicht im Ernst, dass wir einfach zwölf Leute gegen einen Gott antreten lassen sollen?« Kamen war entsetzt.

»Natürlich nicht. Aber wir brauchen *mindestens* zwölf. Einen von jeder Nation. Und das bedeutet, dass wir uns mit mindestens einem Geist gut stellen müssen.«

Kamen dachte einen Moment lang über ihre Worte nach. »Dann ist offenkundig, was getan werden muss. Wir müssen mit jeder der zwölf Nationen Kontakt aufnehmen und ihre Repräsentanten hierher einladen.«

»Aber wie willst du Gesandte finden, die den Kontakt aufnehmen?«, fragte Leo. »Bei unserem letzten Treffen mit den Geistern hätten sie Faith und mich fast getötet.«

»Ich weiß es nicht, aber jemand muss es versuchen«, sagte Kamen.

»Wir sollten uns zuerst an die Phönixe und die Mysticals wenden. Lass uns mit den einfachen anfangen«, sagte Bella.

»Den einfachen?«, fragte Kamen. »Wir versuchen seit Monaten, sie zu kontaktieren und zur Zusammenarbeit mit uns zu bewegen. Viel Interesse haben sie nicht gezeigt.«

»Na gut, dann müssen wir eben jemanden schicken, der unseren Vorschlag für sie interessant macht«, sagte Bella.

Kamen schwieg einen Moment, dann sagte er: »Ich sollte gehen.«

»Du? Warum denn du? Dich brauchen wir doch hier, damit du erforschst, wie wir diesen Fluch brechen.«

»Ich muss es tun«, sagte Kamen mit fester Stimme. »Ich muss etwas anderes tun, als nur Bücher zu wälzen. Beim jetzigen Stand der Dinge bist du ebenso geeignet, weitere Nachforschungen zu betreiben. Lass mich solange den Höfen der anderen drei Schattenwandler einen Besuch abstatten.«

»Dann willst du also wirklich versuchen, mit den Geistern Kontakt aufzunehmen?«

»Wir müssen zumindest den Versuch wagen und auf sie zugehen. Vielleicht überraschen sie uns ja.«

»Oder sie bringen dich um. Das kann ich nicht zulassen. Auf keinen Fall gehst du alleine. Du solltest zumindest Leo mitnehmen. Er ist ein Mensch und immun gegen ihre tödliche Berührung.«

»Das glauben wir nur«, erwiderte Kamen. »Bewiesen ist es noch lange nicht.«

»Du kannst nicht alleine gehen. Das wäre glatter Selbstmord.«

»Es ist quasi Mord, wenn wir mehr als ein Leben aufs Spiel setzen – und es wirkt weniger bedrohlich, wenn nur ein einzelner Gesandter auftaucht und nicht gleich ein ganzer Trupp von Schattenwandlern vor ihrer Haustür steht.«

»Er hat recht«, mischte Leo sich ein. »Ein durchtrainierter Mann kann viel leichter irgendwo hineinkommen als sechs. Nur würde ich Kamen nicht gerade als durchtrainiert bezeichnen.«

»Ich kann gut auf mich selbst aufpassen«, sagte Kamen brüsk. »Was meine Kraft betrifft, war mir bei den Templern nur Odjit überlegen. Ich kann mir die Geister solange vom Leib halten, bis ich sie zum Reden gebracht habe, und ich kann schneller fliehen als irgendjemand sonst. Es ist allerdings einfacher, wenn ich mir dabei nicht auch noch um einen Begleiter Sorgen machen muss.«

»Mich hast du überzeugt«, sagte Leo. »Ich bezweifle aber, dass du Jackson überzeugen wirst.«

»Wenn du den Anführer der Fraktion der Körperwandler dazu bewegen möchtest, dass er dir diesen Alleingang erlaubt«, sagte Bella, »dann triffst du dich lieber unter vier Augen mit ihm. Es gibt hier zu viele Leute, die dir absolut das Schlimmste zutrauen und dich niederschießen, bevor du auch nur Buh sagen kannst.«

»Das ist mir bewusst«, erwiderte Kamen grimmig. »Aber ich weiß nicht, wie ich es schaffen soll, mich mit Jackson alleine zu treffen.«

»Aber ich«, sagte Leo. »Er ist immerhin mein bester Freund. Wenn ich ihn bitte, sich mit mir unter vier Augen zu treffen, dann kommt er sicher alleine. Bella, du kannst hierbleiben und weiterforschen.« Er deutete auf die Berge von Büchern, die in die Bücherei getragen worden waren, damit Bella und Kamen sie durchforsten konnten.

Sie nickte und sah den beiden nach, als sie gingen. Dabei kreuzte sie die Finger. Zu viele Variablen waren im Spiel – das ganze Unterfangen war eine bescheuerte Idee. Doch Bella hatte das Gefühl, dass Kamen Jackson überzeugen würde – und wenn er sich dafür umbringen musste.

Leo hatte ihn gebeten, alleine zu kommen, und Jackson war außerordentlich neugierig, als er Leos Gemächer betrat. Es überraschte ihn, als er sah, dass auch Kamen anwesend war. Kamen und Leo legten ihm ihren Plan und die Beweggründe dar, und Jackson sah nichts, was dagegen sprach.

»Du hältst das also für eine gute Idee«, stellte Leo fest, der anscheinend geschockt war, dass Jackson sich hatte so leicht überzeugen lassen. Er wunderte sich, dass Jackson Kamenwati offensichtlich vertraute – seit er zu ihnen übergelaufen war, hatte man den Mann kaum vom Grundstück gelassen.

»Ich halte es für eine großartige Idee – wir haben lange genug auf eine gute Idee gewartet. Wir merken doch alle, dass uns die Zeit davonläuft. Wir müssen den anderen Schattenwandlern klarmachen, dass es in ihrem eigenen Interesse ist, wenn sie sich uns anschließen. Und wer kann diese Überzeugungsarbeit besser leisten, als der Mann, der das Problem verursachte und es besser versteht als wir alle anderen?«

»Na ja, so kann man es auch sehen«, sagte Kamen trocken.

»Es ist die Wahrheit. Oder etwa nicht?«

»Doch, die volle Wahrheit«, gab Kamen unumwunden zu. »Ich weiß, dass ich in der Verantwortung stehe – das wusste ich schon von Anfang an. Deshalb bin ich ja hierhergekommen. Mir ist bewusst, dass ich für vieles Buße tun muss – und nicht nur für dieses Verbrechen. Erlaube mir, dass ich meine Schuld abtrage.«

»In Ordnung. Machen wir es so. Aber nimm eines der Haus-Handys mit und melde dich pünktlich alle paar Stunden. Auf die Weise erfahren wir am schnellstens, ob die Geister dich umgelegt haben, und können uns sofort einen Plan B überlegen. Wir sollten eh sofort einen Alternativplan vorbereiten, für den Fall, dass du an irgendeinem Punkt scheiterst.«

Kamen nickte zustimmend.

Jackson redete weiter. »Dann haben wir also alles geregelt? Fang mit den Geistern an. Sie sind der härteste Brocken und am gefährlichsten. Danach gehst du am besten nach Brasilien und kümmerst dich um die Phönixe. Sie leben am weitesten entfernt. Während du damit beschäftigt bist, nehmen wir Kontakt zu Grey auf. Als ich das letzte Mal dort war, hatte er eine geflügelte Stute in seinem Stall. Vielleicht kann sie uns sagen, wo wir den Anführer ihrer Leute finden.«

»Soweit ich das verstanden habe, ist *sie* die Herrscherin der Mysticals«, sagte Leo. »Zumindest hat Grey das behauptet, meine ich. Auf jeden Fall hat er Himmel und Hölle in Bewegung gesetzt, um das geflügelte Pferd aus der Hand der Geister zu befreien. Sie muss wichtig sein. Allerdings nur, wenn sie sich aus ihrer mystischen Gestalt zurück in ihre Menschengestalt verwandelt und wieder sprechen kann. Ich weiß, dass Grey sie genau dazu bringen möchte, aber nach dem letzten Stand der Dinge hatte er damit wohl noch kein Glück. Offenbar ist sie außerordentlich misstrauisch. Verständlicherweise, wenn man bedenkt, dass die Geister sie gefangen gehalten hatten. Grey behandelt sie seit ihrer Befreiung wie eine Prinzessin. Das bringt hoffentlich etwas.«

»Hoffentlich«, sagte Jackson und wandte sich wieder an Kamen. »Weißt du, wie du die Phönixe findest?«

»Ihre Hauptkolonie ist in Brasilien, wie du schon sagtest. Wo genau, scheint allerdings niemand zu wissen«, erwiderte Kamen. »Aber ich kenne einen Findezauber, mit dem ich direkt zu ihnen gelange – oder zumindest ziemlich in ihre Nähe. Der Zauber bringt mich an einen Ort mit hohem Kraftaufkommen. So haben wir oft die Häuser eurer Fraktion ausfindig gemacht.«

»Nicht schlecht«, sagte Jackson. »Ich habe mich immer gefragt, wie ihr das geschafft habt. Egal, wo wir hingezogen waren, habt ihr uns immer wieder aufgestöbert.«

»Es funktioniert nur mit Orten, an denen magische Kräfte konzentriert auftreten. Die Phönixe haben sehr starke Kräfte. Wenn ich ihre Kolonie entdecke, finde ich hoffentlich auch den oder die Anführer.«

»Das könnte klappen. Bisher hatten wir noch kein Glück damit. Du hast ganz schön viel vor.«

»Das macht mir nichts aus.«

»Aber du solltest die Geister ernster nehmen – sie sind gefährlich. Sie können in dich eindringen. Dann legen sie eine Hand um dein Herz und nehmen feste Gestalt an, sodass sie dich von innen anfassen. Doch das müssen sie nicht – es genügt eine leichte Berührung der Haut, und man ist tot. Die Todeshand der Geister – dagegen kannst du nichts tun.«

»Ich bin mir der Gefahren bewusst, Leo. Aber danke für die Warnung.«

Leo runzelte die Stirn. »Sichere dich immer auch nach hinten ab. Ehrlich gesagt kann ich mir nicht vorstellen, dass du Erfolg hast. Ich habe eher das Gefühl, du suchst den Tod. Aber, he, du musst tun, was du nicht lassen kannst. Ich halte dich nicht zurück. Immerhin könnte diese verrückte Idee ja tatsächlich funktionieren. Falls es wirklich zu einer Schlacht kommen sollte, wird meine Frau ganz vorne an der Front stehen. Ihre Abwehr- und Schutzkräfte sind so stark, dass es ihr einmal gelungen ist, Apep Schaden zuzufügen, indem sie seine eigene Kraft auf ihn zurücklenkte. Aber mehr haben wir bisher nicht gegen ihn einsetzen können. Ich kenne keinen, der es mit den Kräften eines Gottes aufnehmen könnte, deshalb brauchen wir einen Schlachtplan, und zwar dringend.«

»Das hier ist der Schlachtplan. Wenn alle anderen Fraktionen mit an Bord sind, gehen wir die nächste Phase an. Bis dahin exerziere ich mit unseren Leuten weiterhin wie schon die letzten sieben Monate. Ich möchte, dass alle kampfbereit und voll einsatzfähig sind«, sagte Jackson.

»Kampfbereit sind wir jetzt schon«, erwiderte Leo. »Das Problem ist, wie wir unsere Angriffe mit denen anderer Gruppierungen koordinieren sollen, wenn wir unsere Mitkämpfer nicht mal sehen.«

»Also müssen Menschen die Nachrichten zwischen beiden Seiten übermitteln. Offen gesagt, wäre es mir aber lieber, wenn sich keine völlig wehrlosen Menschen in der Nähe befänden, wenn der Kampf beginnt.«

»He!« Leo konnte die Worte seines besten Freundes nicht einfach so auf sich sitzen lassen.

»Du bist ein Söldner, Leo, und du bist gut im Einsatz gegen menschliche Gegner. Sogar sehr gut – einer der Besten. Aber Apep ist kein Mensch. Und wenn du denkst, er kommt alleine, dann täuschst du dich gewaltig. Diesen Fehler begeht er sicher nicht noch einmal. Er wird seine Gefolgsleute mit in den Kampf schicken, und das sind nicht wenige.«

»In dem Falle brauchen wir mehr Schattenwandler«, erwiderte Leo. »Und das Haupthaus ist schon so voll, da können wir niemanden mehr unterbringen.«

»Wir haben noch die beiden anderen Häuser auf dem Anwesen. Sie sind zwar viel kleiner, aber ein paar Leute können dort wohnen. Leo, rede mit der Ersten Fraktion. Wir müssen wissen, wen sie noch für unsere Sache gewinnen können. Wir belegen eines der Häuser mit der Ersten Fraktion, das andere mit der Zweiten. Und dann können wir nur hoffen, dass dabei nicht das totale Chaos ausbricht.«

»Wir haben drei Übersetzer, die immer einsatzfähig sind: Max, der menschliche Assistent von Jackson, ich und Angelina, die Menschenschwester von Marissa. Ich finde heraus, ob die Erste Fraktion noch irgendwelche Menschen kennt, die uns helfen könnten. Menschen, denen sie vertrauen.«

»Gut«, brummte Jackson. »Jeder weiß, was er zu tun hat? Dann machen wir uns an die Arbeit.«

Kamen verließ die Zusammenkunft mit einem guten Gefühl. Die Entscheidungen, die er getroffen hatte, waren richtig. War es ein selbstmörderischer Plan? Ja. War es Selbstmord, wenn er nicht loszog? Ganz bestimmt. Aber so hatten sie zumindest eine Chance, auch wenn sie noch so klein war. Doch wenn er nichts unternahm, würden sie auf jeden Fall verlieren. Wenigstens konnte er jetzt endlich etwas *tun*. Als er durch die Tür in seine Gemächer trat, runzelte er die Stirn. Viel zu viel Zeit hatte er in diesen Räumen verbracht, seit er vor fast einem Jahr auf das Anwesen gekommen war. Er konnte sie nicht mehr sehen und war froh, dass er hier endlich wegkam, auch wenn er dabei sein Leben aufs Spiel setzte. Aber er war schon früher gestorben, und er würde immer wieder sterben. Er hatte keine Angst vor dem Tod. Seine Seele würde einfach für hundert Jahre im Äther verbleiben, ehe er wiedergeboren wurde. Angst hatte Kamen nur davor, dass er sterben könnte, ehe diese katastrophale Situation geregelt war. Dann hätte er Tausende von Leben auf dem Gewissen. Er machte sich nichts vor: Tausende, wenn nicht Hunderttausende von Leben würden diesem Gott geopfert werden, wenn sie ihm nicht Einhalt geboten.

Vielleicht sogar noch mehr. Vielleicht sogar fast die gesamte Menschheit.

Noch etwas anderes stand auf dem Spiel. Im Moment lebten die Spezies der Schattenwandler noch im Verborgenen. Sehr wenige Menschen wussten überhaupt von der Existenz von Dämonen oder Körperwandlern, und noch weniger Menschen war klar, dass es tatsächlich Vampire gab. Er selbst hatte, ehrlich gesagt, auch lange nicht geglaubt, dass Vampire, Lykanthropen und Dämonen wirklich existierten, und dabei war *er* ein Schattenwandler. Aber wenn die Menschen herausfanden, dass es diese Wesen wirklich gab – na ja, was dann passierte, konnte sich jeder leicht ausmalen. Wenn Menschen Angst vor etwas hatten, wurden sie aggressiv und vernichteten es, ohne auch nur den Versuch zu unternehmen, es verstehen zu wollen. Kamen brauchte sich nur in einen Menschen hineinzuversetzen, der erfuhr, dass es Vampire tatsächlich gab. Angesichts der Horrorliteratur, die über Vampire verfasst worden war, würde er die Gefahr, die von ihnen ausging, wahrscheinlich auch eliminieren wollen.

Allerdings – vielleicht würde *er* auch anders reagieren. Zuerst hatte ihn die Tatsache, dass Vampire wirklich existierten, auch verängstigt, aber das war nur seiner Unwissenheit zuzuschreiben. Es war ihm nicht leichtgefallen, diesen neuen Schattenwandlern zu vertrauen – Schattenwandlern, die man weder spürte, noch berühren oder einschätzen konnte. Es gab keine Gesichter, in deren Mienenspiel man hätte lesen können, wenn sie sprachen; es gab keine Körpersprache, die einem Signale gab, ob sie logen oder die Wahrheit sagten. Man musste ihnen, im wahrsten Sinne des Wortes, blindes Vertrauen entgegenbringen.

Aber mit all seinen anderen Sinnen hatte Kamen gespürt, dass diese Spezies sein Vertrauen verdiente. Als der Dämonenkönig Noah gestanden hatte, dass kriminelle Vampire umgingen, die Schattenwandler töteten, um ihnen ihre Kräfte zu stehlen, war das eine Art Vertrauensbeweis gewesen. Dass auch in ihren Kreisen nicht alle perfekt waren, hatte sie für Kamen realer gemacht – weniger erhaben, aber vertrauenswürdiger.

Es faszinierte ihn, dass niemand aus der Ersten Fraktion der Schattenwandler Magie anwenden konnte, ohne davon »verdorben« zu werden. Magie verdüsterte ihre Seelen und vergiftete ihre Gedanken – genau wie bei Menschen, die versuchten, Magie für ihre Zwecke einzusetzen. Früher hatte er angenommen, dass jede Spezies der Schattenwandler stark genug war, um magische Kräfte zu beherrschen und zu lenken. Doch anscheinend hatte er sich geirrt. Die einzigen Spezies auf ihrer Seite, die Magie unbeschadet anwenden konnten, waren die Körperwandler und die Dschinn. Die magischen Kräfte der Nachtengel kamen eher aus ihrem Inneren, und sie unterschieden sich von Engel zu Engel. Die Geister schienen alle die gleichen Fähigkeiten zu besitzen, und sie waren angeboren, also nicht magisch. Phönixe und Mysticals – nun, sie wussten so wenig über diese beiden Spezies, weshalb er nicht einmal spekulieren wollte.

Aber das alles spielte im Moment keine Rolle. Er musste sich auf wichtigere Dinge konzentrieren. Kamen fragte sich, warum er so darauf bestanden hatte, alleine zu gehen. Ein weiterer Fremder hätte auf Schattenwandler sicherlich nicht besonders bedrohlich gewirkt. Aber Kamen wollte nicht noch ein Leben aufs Spiel setzen. Schlimm genug, dass seinetwegen schon andere umgekommen oder ihr Leben zerstört worden war. Wenn irgend möglich, wollte er nicht noch mehr Leben auf dem Gewissen haben.

Und natürlich ließen die anderen ihn alleine auf diese Todesmission gehen, weil sie es für seine gerechte Strafe hielten, da er ihnen die Situation überhaupt erst eingebrockt hatte.

Kamen packte Kleider zum Wechseln in einen Rucksack, dazu ein paar lebenswichtige Dinge: sein Notizbuch mit den Zaubersprüchen, einige Kräuter und andere Zutaten für kompliziertere Zauber. Und etwas zum Lesen und Studieren, falls er Warte- oder Ruhezeiten zu überbrücken hatte. Das Notizbuch müsste er nicht unbedingt mitnehmen, denn er hatte alles, was er wissen musste, sorgsam auswendig gelernt. Doch vielleicht fand er in dem Buch, das er zum Lesen mitnahm, ein paar neue Zauberformeln, und er notierte sie gerne alle an einem Ort, vor allem, wenn er sich etwas Neues beibrachte.

Kamen nahm den Rucksack und wandte sich der Tür zu, um das Gemach zu verlassen. Links von der Tür hing ein Spiegel, und als er daran vorbeiging, sah er aus dem Augenwinkel sein Spiegelbild. Er hielt inne und betrachtete sich kritisch. Wäre er der Herrscher einer fremden Kultur, wie würde er den Mann, der ihm da entgegenblickte, einschätzen?

Kamen konnte nur hoffen, dass die fremden Herrscher die Wahrheit nicht erahnten.

3

Es war viel leichter als erwartet, die nächstgelegene Festung der Geister zu finden. Kamen hatte angenommen, dass sie zumindest ansatzweise Vorkehrungen ergriffen hätten, um sich gegen eine Entdeckung durch Feinde abzusichern.

Aber es gab keinerlei Sicherheitsmaßnahmen. Er hatte Glück. Lieber wäre er gleich direkt zu dem Ort gegangen, wo sich das Oberhaupt der politischen Struktur der Geister aufhielt, falls sie überhaupt so etwas wie ein Oberhaupt – oder eine politische Struktur – hatten. Aber er wusste nicht, wie er diesen Ort hätte ausmachen sollen, deshalb begann er mit dem, was am Nächsten lag.

Kamen konnte mithilfe von Magie in einem Strahl von Ort zu Ort »fliegen« – eine irrwitzig schnelle Form des Reisens. Er kombinierte einen Findezauber und den Blitzflugzauber, und das brachte ihn fast direkt auf die Türschwelle einer Geister-Behausung. Es war natürlich Nacht, denn das Sonnenlicht würde ihn erstarren lassen. Er stand vor einem Haus und erkannte sofort, dass die Dunkelheit dem, was immer sich im Innern des Hauses befand, einen Vorteil verschaffte. Nur eine einzige Berührung, und er wäre tot. Allerdings kannte er einen Schutzzauber, der eine Art Blase um ihn bildete, von der alles abprallte, das mit ihr in Kontakt kam. Der Zauber brauchte viel Energie und eine hohe Konzentration, aber solange Kamen ruhig blieb, sollte es eigentlich klappen. Er sah sich um, während er den Zauber heraufbeschwor. Das Haus stand mitten in einer abgeschiedenen Gegend, die wie normales Ackerland aussah. Weite

Felder erstreckten sich in alle Richtungen. Ein kurzer Zauber, und Kamen wusste, dass er sich mitten im Staate Iowa befand. *Corn Country* – Maispflanzen, so weit das Auge blickte.

Das Gebäude selbst war ein verwunschener kleiner Bauernhof. Er war alt – Generationen waren unter seinem Dach geboren und gestorben –, doch er wirkte gepflegt. Der hübsche Vorgarten war sorgsam angelegt. Offensichtlich verbrachte hier jemand viel Zeit mit Gartenarbeit.

Diese Gedanken gingen Kamen noch durch den Kopf, als eine Frau um die Hausecke kam. Ihre Hände steckten in Gartenhandschuhen, und sie trug eine Anzuchtschale mit Setzlingen.

Es war Kamen sofort klar, dass sie ein Geist sein musste. Sie war bleich – geisterhaft bleich –, und ihre langen Haare, die zu einem kessen Pferdeschwanz zusammengebunden waren, wiesen eine stahlgraue Farbe auf. Aber sie sah überhaupt nicht aus wie die Geister, denen Kamen früher begegnet war. Eigentlich war sie sogar ziemlich hübsch, überhaupt nicht ausgemergelt, und auch ihre Knochen standen nicht hervor. Sie hatte hohe Wangenknochen, aber ansonsten war ihr Gesicht weich und rund.

Kaum hatte sie Kamen erblickt, erstarrte sie mitten in der Bewegung. Beinahe wäre ihr die Anzuchtschale entglitten, doch sie fing sich gerade noch rechtzeitig und zog die Setzlinge an sich, als böten sie ihr Schutz vor ihm.

»Wa-was wollen Sie hier?«, stieß sie hervor. »Das ist P-Privatbesitz.« Sie schaute sich schnell um und warf dabei einen sehnsüchtigen Blick auf die Eingangstür des Hauses. Offensichtlich schätzte sie ab, ob sie an ihm vorbei ins Innere flüchten könnte, ehe er sie packte.

»Ich habe schon einige Geister gesehen, aber Sie sehen gar nicht wie einer aus«, sagte Kamen.

Wäre ihre Hautfarbe nicht schon weiß gewesen, dann wäre sie jetzt erbleicht. »S-Sie wissen, wer wir sind?« Sie klang ungläubig. Dann bekam sie es mit der Angst zu tun. »Was bist du? Mach, dass du wegkommst! Sonst schreie ich!«

»Ich will Ihnen nichts tun. Ich will nur reden – Kontakt herstellen zwischen Körperwandlern und Geistern, um vielleicht eine Art Waffenstillstand …«

Sie unterbrach ihn mit einem kurzen harten Lachen. »Du bist ein Körperwandler? Die Körperwandler würden uns doch am liebsten tot sehen, so wie alle Schattenwandler.«

»Das stimmt nicht«, sagte er. »Ja, es gab früher Feindseligkeiten, aber die derzeitige Führung der auf Diplomatie bedachten Fraktion der Körperwandler hat Interesse an einem friedlichen Abkommen. Gibt es einen Anführer der Geister? Irgendjemanden, mit dem ich das alles besprechen kann?«

»Wenn du an die Tür klopfst« – sie nickte in Richtung der Tür – »dann ist dir die Aufmerksamkeit aller Geister im Haus gewiss. Aber sie brauchen gar nicht erst herauszukommen, weil ich dich nur berühren muss, und dann bist du tot.«

Kamen dachte einen Moment lang über ihre Drohung nach. »Warum hast du dann solche Angst vor mir?«

Ihre Hände, die immer noch die Anzuchtschale umklammerten, verkrampften sich.

»Ich habe keine Angst vor dir. Aber du musst ein sehr mächtiger Schattenwandler sein, wenn man dich ganz alleine zu den Geistern schickt.«

Sie war nicht auf den Kopf gefallen, das musste er zugeben.

»Ja, ich bin ein mächtiger Schattenwandler. Aber ich werde meine Kräfte nur einsetzen, wenn man mir keine andere Wahl lässt. Ich hätte dich schon längst überwältigen können, aber ich habe es nicht getan. Stattdessen reden wir miteinander, und das ist alles, was ich vorerst möchte. Ich will nur mit den Geistern reden und ihnen erklären, warum ich hier bin und worum es geht.«

»Warum?«, fragte sie. »Warum wollt ihr Frieden mit den Geistern schließen?«

Kamen war sich nicht sicher, ob er gleich Einzelheiten preisgeben sollte, aber dann tat er es doch.

»Weil eine gefährliche Situation entstanden ist, die alle Spezies der Schattenwandler betrifft und die droht, jeden Moment zu eskalieren. Die Körperwandler werden als Erstes dran sein, aber irgendwann wird es auch die Geister treffen. Es ist nur eine Frage der Zeit.« Er musterte sie von Kopf bis Fuß. Sie war kleiner als er – viel kleiner. Eine zierliche Frau, aber vollbusig, soweit er das angesichts des Tanktops erkennen konnte, das sie zu einer verwaschenen Jeans trug, die an den Knien frische Flecken von feuchter Erde aufwies. Der schön angelegte Vorgarten war offensichtlich ihr Werk. Die Vorstellung, dass ein Geist solche *normalen* Dinge tat, verwirrte Kamen. Geister, die Setzlinge zogen und denen offensichtlich etwas daran lag, dass der Hof einen guten Eindruck machte? Es kam ihm so – menschlich vor.

»Sie werden dir nicht glauben«, sagte sie und reckte das Kinn etwas. »Und man kann keine ganze Spezies einschüchtern, die einen mit einer einzigen Berührung zu töten vermag.«

»Ich habe keine Zeit, dir das alles genau zu erklären. Ich muss mit eurem Anführer sprechen, mit demjenigen, der bei euch das Sagen hat. Am liebsten wäre mir eine Person, auf die alle Geister hören, aber ich kann auch weiter unten in der Hierarchie anfangen und mich hocharbeiten. Doch ich bin nicht bereit, dir alles zu erzählen, wenn ich es danach noch einmal ausbreiten muss. Wie wär's, wenn du ins Haus gehst und denjenigen herausholst, der hier das Sagen hat?«

»Jemand, auf den alle Geister hören?« Sie sah ihn mit offenem Mund an. »Du möchtest mit dem Doyen sprechen?«

»Ist das der Titel eures Anführers?«

Sie nickte.

»Dann ja. Ich möchte mit eurem Doyen sprechen. Mit wem soll ich denn sonst ein Friedensabkommen schließen?«

»Ich dachte, du möchtest nur hier mit dieser Zelle reden. Ich wusste nicht, dass du im Ernst glaubst, du könntest so etwas ganz alleine durchziehen.« Sie musterte ihn aus schmalen Augen. »Warum bist du ganz alleine hier? Sollte ein Abgesandter der Körperwandler nicht Begleiter haben? Um ihn bei den Friedensverhandlungen zu unterstützen oder so.«

»Wir dachten, es wirkt weniger bedrohlich, wenn ich alleine komme.«

Sie verlagerte ihr Gewicht von einem Fuß auf den anderen. Dann kaute sie an ihrer Unterlippe.

»Ich muss jeden töten, der in die Nähe des Hofes kommt. Das gilt für uns alle. Ich hätte dich schon längst umbringen sollen.«

»Aber du hast es nicht getan«, stellte er fest.

»Ich möchte die Pflanzen nicht fallen lassen.«

»Ich warte, bis du sie abgestellt hast«, erklärte er höflich.

»H-hast du gar keine Angst? Ich muss dich wirklich nur berühren.« Sie ging langsam in die Knie und stellte die Anzuchtschale mit den Setzlingen sanft im Gras ab. Als sie sich wieder aufrichtete, kaute sie noch immer an ihrer Lippe herum. Eine bezaubernd süße Erscheinung, die ganz und gar nicht bedrohlich wirkte.

»Dann berühr mich«, forderte Kamen sie leise auf.

Sie zog die Gartenhandschuhe aus, ließ sie neben den Setzlingen zu Boden fallen und rieb die schmalen, schlanken Hände aneinander.

»Wenn ich dich nicht töte, bekomme ich wahrscheinlich Riesenärger«, sagte sie. Es klang wie eine Entschuldigung.

»Ich verstehe. Dann lass es uns hinter uns bringen. Los, berühr mich.«

Sie ging zwei Schritte auf ihn zu und blieb dann stehen.

»Du musst schon näher kommen.«

»Bist du eigentlich total bescheuert?«, schrie sie ihn da an. »Warum machst du das?«

»Warum machst du *nichts*?«, entgegnete er.

»W-weil … weil …« Sie suchte offensichtlich nach einer Ausrede, weil sie ihm den wirklichen Grund nicht verraten wollte.

»Weil du noch nie jemanden getötet hast?«, schlug Kamen hilfsbereit als Erklärung vor.

Sie sah ihn völlig verblüfft an. »Woher weißt du das?«

»Intuition. Na gut, du wirst mich also nicht töten und ich dich auch nicht. Das ist doch zumindest mal ein Anfang. Wie wär's, wenn wir als Nächstes ins Haus gehen?«

Sie riss die Augen weit auf. »Glaub mir – das willst du nicht. Die da drin haben schon Leute getötet, und auch bei dir werden sie nicht zögern, wenn du in ihr Territorium eindringst. Außerdem hast du keine Ahnung, in welche Bredouille du *mich* bringst, wenn ich dich durch die Tür lasse.«

»Dann sollen wir uns also hier draußen die Beine in den Bauch stehen und die ganze Zeit anstarren?«, fragte er.

Wieder kaute sie an ihrer Lippe herum, und er kam nicht darüber hinweg, wie naiv und offenherzig die Geste wirkte. Sie sah so unschuldig und wehrlos aus. Es war ein Glück, dass er mit den besten Absichten hier war, anderenfalls wäre sie jetzt schon tot. Bei dem Gedanken runzelte Kamen die Stirn.

»Ich könnte – ich könnte dich woanders hinbringen. Wo sie mich nicht kennen. Ah, jetzt weiß ich! Ich bringe dich direkt zum Amtssitz des Doyen! Da willst du doch eh hin, nicht wahr?«

Interessant, dachte Kamen bei sich. Lieber führte sie ihn direkt ins Herz der Welt der Geister, als dass sie ihn ins Haus ließ. Er fragte sich, was das wohl zu bedeuten hatte.

»Also gut. Wenn dir das möglich ist, dann gerne. Und ja, am liebsten wäre es mir, wenn ich gleich direkt mit euerm Doyen sprechen könnte.«

»Ich – ich muss mir erst noch schnell die Hände waschen und mich umziehen. Können wir uns in zwanzig Minuten vorne an der Zufahrt treffen?«

Kamen sah sie misstrauisch an. »Willst du die anderen holen, damit ihr mich hinterrücks überfallen könnt? Es wäre ziemlich idiotisch von mir, wenn ich dich ins Haus lassen würde.«

»Bitte – ich verspreche dir, dass nur ich komme.«

Aus irgendeinem Grund glaubte Kamen ihr. Er nickte und ging die Zufahrt runter. Die schmale Straße war ziemlich lang, und eine Kurve führte durch ein kleines Feld, auf dem Mais wuchs. Es handelte sich um einen von Hand bepflanzten Nutzgarten, mit dem wohl die Küche versorgt wurde. Trotzdem war der Mais so hoch, dass er sich darin verstecken konnte, sodass niemand ihn vom Hof aus sehen konnte – er das Haus allerdings auch nicht mehr im Blick hatte.

Zur Sicherheit hielt Kamen den Schutzzauber aufrecht. Er hatte keine Ahnung, wie er sich wehren sollte, falls gleich eine ganze Schar von Geistern über ihn herfiel, aber er plante zumindest einen Fluchtweg. Im Notfall würde er im Strahl nach New Mexico zurückkehren und musste dann eben noch einmal von vorn anfangen.

Es dauerte dreißig Minuten, bis sie um die Kurve der Straße auf ihn zukam. Aber das Warten hatte sich gelohnt, fand Kamen. Sie trug das Haar jetzt offen, und es wurde nur von einem juwelenbesetzten Stirnband zusammengehalten, das fast wie ein Diadem aussah. Das Haar fiel ihr in weichen Wellen über

Schultern und Rücken. Kamen erschien es viel länger als vorher ihr Pferdeschwanz. Ihm fiel auch auf, dass es nicht einheitlich stahlgrau war. Er entdeckte alle möglichen Schattierungen von schiefer- bis aschgrau und viele Abstufungen dazwischen.

Ihre Haut sah weich aus und wie weiß gepudert. Sie hatte Lidschatten in sanften Pastelltönen aufgelegt, ihre Augen mit einem blauen Lidstrich versehen und die grauen Wimpern mit Mascara geschwärzt. Ihre Lippen waren in einem zarten Rosaton geschminkt. Sie sah ganz und gar wie ein Mensch aus, wenn auch etwas blass.

Die Jeans hatte sie gegen ein langes Kleid eingetauscht, dessen Empiretaille ihren vollen Busen betonte und sie größer wirken ließ, als sie in Wirklichkeit war. Das Kleid war rosa – offenbar eine Lieblingsfarbe von ihr. Es war aus einem weichen Stoff gefertigt, bei dem es sich wohl um Baumwolle handelte, wie Kamen annahm. Der Schnitt verbarg ihre Rundungen, doch das elegante Kleid ließ keinen Zweifel an ihrer Weiblichkeit aufkommen.

Sie hatte sich schick gemacht. Kamen war verwirrt. Tat sie das immer, wenn sie ausging? Oder hatte sie sich so vornehm gekleidet, weil sie ihn zu der ranghöchsten Person in ihrer Gesellschaft führen wollte? Er nahm Letzteres an, aber wenn beide Annahmen stimmten, hätte ihn das auch nicht überrascht. Ohne ihre Arbeitshosen strahlte sie eine gewisse stilvolle Eleganz aus. Ein Auftreten, dem eine vornehme Anmut anhaftete.

Sie war anders als all die Geister, die er bisher kennengelernt hatte. Allerdings war es mindestens hundert Jahre her, seit er das letzte Mal Kontakt zu einem Geist gehabt hatte. In einem Jahrhundert konnte sich sehr viel verändern.

Er wusste das selbst am besten. In seinem vorigen Leben um 1900 herum hatten die Frauen noch kein Wahlrecht besessen und lange Röcke und Korsetts getragen.

»So siehst du richtig gut aus«, sagte er ehrlich, wenn auch nicht besonders taktvoll. Kamen neigte nicht dazu, die Dinge zu beschönigen, und ob er damit andere beleidigte, kümmerte ihn herzlich wenig. Er war rücksichtslos ehrlich. Was er sagte, meinte er auch. Zumindest auf seine Offenheit konnte man sich hundertprozentig verlassen.

»Danke – heißt es dann wohl«, sagte sie.

Vielleicht lag es an dem Rouge, das sie aufgelegt hatte, aber Kamen hatte den Eindruck, dass sie bei seinem Kompliment rot wurde. Offensichtlich war sie es nicht gewohnt, im Zentrum der Aufmerksamkeit zu stehen.

»Es ist eine weite Reise nach Nevada. Wo steht dein Wagen?«

»Ich reise nicht mit einem Fahrzeug«, erwiderte er. »Wohin in Nevada?«

»Wenn du kein Fahrzeug hast, wie sollen wir dann dorthin kommen?«, fragte sie hörbar enttäuscht.

»Lass das meine Sorge sein. Hast du eine Adresse?«

»Da gibt es keine richtige Adresse. Es liegt mitten in der Wüste.«

»Ein Haus? Mitten in der Wüste?«

»Also, so was wie ein Haus. Mehr eine Art Bunker. Ein sehr wohnlicher Bunker.«

»Stell dir den Ort in Gedanken vor«, sagte er. Zögernd fuhr er fort: »Damit das funktioniert, muss ich dich berühren.«

»Du kannst mich anfassen. Ich habe meine Gabe unter Kontrolle. Eine Berührung schadet dir nur, wenn ich dir auch Schaden zufügen möchte.«

Dass die tödlichen Berührungen willentlich von den Geistern gesteuert werden konnten, war eine neue Information, von der Kamen noch nie zuvor gehört hatte. Gut zu wissen. Immer noch etwas beunruhigt streckte er die Hand aus und berührte ihre Stirn. Ihre Haut war weich und glatt wie die eines Babys – und warm. Aus irgendeinem Grund hatte er gedacht, sie würde sich kalt anfühlen. Kalt wie der Tod. Doch das rührte nur von seiner Angst her, weil er wusste, dass sie ihn mit einer einzigen Berührung ihrer Finger töten konnte. Sie könnte ihn sogar in diesem Moment töten. Aber wenn er sie richtig einschätzte, dann war sie nicht in der Lage zu töten. Etwas in ihr sträubte sich dagegen. Kamen nahm an, das sich das änderte, wenn sie sich ernsthaft bedroht sah, doch im Moment …

Er schloss die Augen und konzentrierte sich auf ihren Geist und das Bild, das sie vor ihrem inneren Auge heraufbeschwor. Er glitt mit ihr zusammen in den Strahl, und sie legten die Entfernung in wenigen Augenblicken zurück. Im nächsten Moment tauchten sie vor einem eingezäunten Grundstück auf. Der Geist – ihren Namen hatte sie ihm noch nicht verraten – krümmte sich vor Schmerz, kaum hatten sie den Strahl verlassen. Sie hielt sich an seinem Arm fest und würgte, als müsse sie sich gleich übergeben. Unerfahrene Reisende reagierten oft so auf den Strahl. Ihnen wurde furchtbar schlecht.

Kamen war beeindruckt, als sie tief einatmete und den Würgereiz unterdrückte. Sie richtete sich auf und tat einen taumelnden Schritt nach vorn, wobei sie sich nach allen Seiten umsah. Sie befanden sich innerhalb eines ziemlich vernachlässigten Grundstücks, das von einem Stacheldrahtzaun umgeben war. Es stand nur ein einziges Gebäude darauf – eine Art kleine Baracke. Vor dem Eingang der Baracke waren Wachen postiert, ebenso an einem Tor im Zaun. An denen waren sie vorbeigekommen, doch wenn sie in die Baracke wollten, mussten sie die Wachen dort passieren. Einfach würde das nicht werden.

»Wie heißt du eigentlich?«, fragte er, als er sie ansprechen wollte und merkte, dass er ihren Namen nicht kannte.

»Geneviève. Aber die meisten Leute sagen Viève zu mir.«

»Viève. Na gut, Viève, irgendwelche Vorschläge, wie wir jetzt weiter vorgehen sollen?«

»Das ist deine Aufgabe«, erwiderte Viève. »Wenn ich alleine hier wäre, würde ich einfach durch den Boden hindurch in den Bunker gehen. Aber wenn ich dich mitnehme und dann plötzlich …«

»Sekunde – du kannst mich durch Wände mitnehmen?«

»Hm – ja. Ich muss dich dabei nur berühren.«

»Du kannst sehr viel mit diesen Händen tun«, stellte Kamen fest. Er war vom Ausmaß ihrer Fähigkeiten ziemlich beeindruckt.

»Die meisten können noch viel mehr machen«, murmelte sie vage.

»Was soll das heißen?«

»Nichts«, erwiderte Viève schnell. »Möchtest du jetzt mit mir zusammen in den Bunker oder nicht? Es kann gefährlich werden für uns, weil wir ohne Anmeldung auftauchen.«

»Soweit ich sehe, bleibt uns nichts anderes übrig. Diese Wachen werden mir sicher den Eintritt verwehren.« Ein grimmiger Ausdruck legte sich um Kamens Mund. »Bring uns rein. Aber du musst uns direkt zum Doyen führen. Es ist unsere einzige Chance.«

»Sie werden uns sehen, wenn wir an ihnen vorbeikommen«, sagte sie. »Ich kann zwar durch Wände gehen, aber unsichtbar bin ich nicht. Allerdings kann dich in dieser Phase niemand berühren, und vielleicht gewinnst du dadurch die Zeit, die du brauchst.« Sie kaute einen Moment auf ihrer Lippe. »Ich möchte später nicht bedauern, dass ich dir geholfen habe«, sagte sie mit einem bittenden Ausdruck in den Augen. »Wenn du irgendwelche Mätzchen machst, bekommst du sofort meine tödliche Berührung zu spüren.«

»Das glaube ich dir keine Sekunde lang«, gab Kamen zurück. »Aber mach dir keine Sorgen. Ich werde dir keinen Grund geben, mich in dieser Weise zu berühren.«

Sie streckte die Hand aus und legte sie um seinen Oberarm. Ihre Berührung war sanft, fast so, als streichele sie ihn. Etwas in Kamen rührte sich interessiert und spannte sich an. Das überraschte ihn. So etwas wie erotische Gefühle kannte er einfach nicht mehr. Doch ihre Berührung hatte eindeutig etwas hochgradig Sinnliches an sich. Er wusste nicht weshalb, aber es war so.

Plötzlich zog sie ihn mit sich nach unten, und er spürte, wie sein Körper durch Sand und Erde glitt. Dann drang er durch kaltes Metall, und im nächsten Moment fielen sie in einen großen, elegant eingerichteten Raum. Dicke Perserteppiche lagen auf dem Boden aus tiefdunklem brasilianischem Kirschholz. An den terrakottafarbenen Wänden hingen Kunstwerke, die offensichtlich teuer waren. Die schimmernden Möbel waren passend zum Parkett ebenfalls aus Kirschholz.

»Ich weiß nicht, in welchem Raum er sich gerade aufhält. Aber wir stoßen sicher gleich auf jemanden …«

Ihre Worte waren nur geflüstert, doch nicht, weil sie wirklich flüsterte, sondern weil ihre Stimme in ihrem körperlosen Zustand kaum Substanz hatte. Sie hatte gerade zu Ende gesprochen, als jemand den eleganten Raum betrat.

Das war jetzt endlich jemand, der aussah wie die Geister, die Kamen schon kennengelernt hatte: ausgemergelt und bleich, bar aller Farbe und – scheinbar – leblos. Seine Augen waren in tiefen Höhlen eingesunken, der Blick leer. Er war dünn und drahtig. Über einem Paar schwarzer Hosen und einem schwarzen Hemd – beides von einem sehr teuren Designer – trug er eine bodenlange Robe.

Kaum hatte er sie aus dem Augenwinkel erspäht, blieb er

stehen. Er schloss die Tür hinter sich und sah sie dann direkt an. Alarm schlug er nicht. Er musterte sie nur einen Moment lang sehr genau.

»Was kann ich für dich tun, Mischling?«, fragte er sanft. Seine Stimme war voller, als Kamen erwartet hatte.

Mischling? Aha, dachte Kamen. Das erklärte, warum Viève so anders aussah als der Geist, der vor ihm stand. Sie war nur ein halber Geist.

»Wir sind hier, um mit dem Doyen zu sprechen«, sagte sie mit zitternder Stimme.

»Und warum sollte der Doyen seine Zeit mit einem kleinen Mischlingsmädchen verschwenden und – was immer du da mitgebracht hast.« Er deutete mit einer Kinnbewegung auf Kamen.

»Er ist ein Körperwandler«, sagte sie kleinlaut. »Er möchte mit den Geistern in Friedensverhandlungen treten.«

Der Geist lachte so laut, dass es im ganzen Raum widerhallte. »Andere Schattenwandler haben kein Interesse daran, Frieden mit den Geistern zu schließen. Wir werden von allen gehasst, und dieser Hass wird von uns erwidert. Wenn du kein Mischling wärst, wüsstest du das wahrscheinlich. Ihr verschwindet lieber, ehe euch jemand mit seiner Todeshand berührt.«

Doch zu Kamens Überraschung schaltete Viève auf stur. »Nein. Er möchte Frieden schließen, und ich – ich glaube ihm. Ist ein Friedensangebot dem Doyen nicht wenigstens ein paar Momente seiner kostbaren Zeit wert? Wenn der Körperwandler nun die Wahrheit sagt? Wenn er wirklich hier ist, um Friedensgespräche zu führen?«

»Und wenn er sich nur eines kleinen dummen Mädchens bedient, um nahe genug an den Doyen heranzukommen, damit er ihn ermorden kann?«, gab der Mann zurück.

»Ich bin zwar ein Mischling, aber ich bin keine Verräterin.

Wenn er auch nur daran denkt, den Doyen zu töten, werde ich ihn sofort meine tödliche Berührung spüren lassen.«

Sie hob entschlossen das Kinn, und fast glaubte Kamen ihr, dass sie es tatsächlich tun könnte.

Aber nur fast.

Der Geist glaubte ihr auch nicht. Er lachte.

»Also gut, überzeuge mich. Er soll selbst sprechen, ehe ich ihn zu einer Audienz beim Doyen vorlasse.«

Kamen trat von Viève weg, sodass sie ihn loslassen musste. Sofort nahm er wieder feste Gestalt an. Er hielt den Schutzzauber aufrecht, als er sich dem anderen Geist näherte.

»Eine neue Gefahr droht allen Schattenwandlern. Ein Gott namens Apep ist gekommen, um alle zu vernichten, die ihm im Weg stehen. Schattenwandler – Menschen – alle. Wir müssen uns zusammentun, um gegen das Böse zu kämpfen. Es gibt keine andere Lösung.«

»Apep«, sagte der Geist nachdenklich. »Würde es dich überraschen, wenn ich dir sage, dass die Geister früher dem Gott, der als Apep bekannt ist, gedient haben? Und dass er bereits an uns herangetreten ist und erneut unsere Treue eingefordert hat?«

Eiskalte Furcht machte sich in Kamen breit. Eine solche Möglichkeit hatte er noch nicht einmal in Betracht gezogen. Eine Spezies der Schattenwandler, die mit Apep gemeinsame Sache machte? Das wäre eine Katstrophe. Vor allem, wenn ein solches Bündnis verhinderte, dass die zwölf Völker der Schattenwandler zusammenfanden und dem Fluch zwischen ihnen ein Ende setzten. Denn dann würden sie Apep nie bezwingen.

Er trat einen Schritt zurück und senkte kurz den Schutzzauber, damit er Vièves Hand ergreifen konnte. Sofort beschwor er den Schutzzauber wieder herauf, für den Fall, dass sie sich gegen den Geist schützen müssten.

»Ich wäre überrascht. Ich würde euch für dumm halten, wenn ihr einem Dämonengott die Treue schwört. Jetzt braucht er euch vielleicht noch, aber sobald ihr ihn langweilt oder wütend macht, wird er euch ohne mit der Wimper zu zucken niederstrecken. Für ihn ist alles und jeder ersetzbar, und wohin er auch geht, hinterlässt er ein Blutbad. Der Dämonengott bringt nur Schrecken und Tod mit sich. Sein einziges Ziel ist es, Chaos anzurichten, denn das ist sein größtes Amüsement. Wie lange wird es dauern, bis ihr es seid, die er zu seinem Amüsement umbringen wird, Doyen?«

Der Geist lächelte. »Dann weißt du also, wer ich bin? Was hat mich verraten?

»Das Auftreten und dass Sie so genau über den Gott Bescheid wissen.« Kamen winkte ab. »Mein Friedensangebot ist ernst gemeint. Die elf anderen Spezies der Schattenwandler möchten mit Ihnen ein Abkommen schließen.«

»Elf? Es gibt nur fünf.«

»Es sind elf. Die sechs anderen können wir wegen eines Fluches nicht sehen. Dieser Fluch kann nur durch die Kooperation mit den Geistern gebrochen werden. Bitte, Doyen, lassen Sie Vernunft walten.«

»Ich lasse Vernunft walten. Und am besten ist es, wenn wir uns nicht in diese Sache hineinziehen lassen. Wenn Apep uns angreift, werden wir zurückschlagen. Wir werden ihm nicht dienen, aber euch auch nicht.«

»Ihnen ist sicher klar, dass es gefährlich ist, wenn Sie sich weigern, ihm zu dienen«, sagte Kamen. »Er wird wütend werden und die Geister angreifen. Da wird es besser sein, die vereinten Kräfte der Schattenwandler auf seiner Seite zu haben.«

»Und alle anderen Fraktionen der Schattenwandler haben sich schon zusammengeschlossen?«

»Alle bis auf die Geister, die Mysticals und die Phönixe. Die

Mysticals und die Phönixe stehen als Nächste auf meiner Liste. Wenn ich Sie überzeugen konnte, werde ich zu ihnen gehen. Der Plan war, dass ich mit dem Schwierigsten anfange.«

»Ein weiser Plan. Wenn wir dieses Abkommen nicht zustandebringen, dann ist es sinnlos, dass du noch zu den anderen gehst.«

»Nein. Ich werde ihnen trotzdem einen Friedensschluss anbieten. Elf vereinte Schattenwandlerspezies sind besser als nichts. Aber in den alten Schriften steht, dass wir nur alle zusammen diesen Fluch brechen und den Gott besiegen können.«

Der Doyen ging in die Mitte des Raums und nahm in einem Sessel Platz. Er schlug die Beine übereinander und lehnte sich entspannt zurück.

»Ich sage dir, wie wir es machen. Wenn es dir gelingt, die elf Spezies zu vereinen, dann werden die Geister sich euch ebenfalls anschließen. Aber ich mache mir keine Sorgen, dass das passieren wird. Die Mysticals und die Phönixe sind engstirnige, selbstbezogene Wesen. Sie werden sich euch genauso wenig anschließen wollen wie ich.«

»Das ist also Ihre Antwort? Wenn ich die elf anderen Spezies der Schattenwandler an einen Tisch bringe, werden Sie sich dazusetzen?«

Der Doyen schien einen Moment nachzudenken.

»In einem Punkt hast du recht: Wenn Apep hört, dass wir ihm nicht dienen wollen, wird er uns angreifen. Ich muss etwas unternehmen, um mein Volk vor ihm zu schützen. Wenn die einzige Lösung ist, dass wir uns dir und deiner Truppe anschließen, dann bin ich bereit dazu. Aber es stimmt, was du sagst: Alle Spezies der Schattenwandler müssen sich zusammenschließen, und ich glaube nicht, dass dir das gelingen wird.«

»Es wird mir gelingen. Ich werde es Ihnen beweisen«, sagte Kamen im Brustton der Überzeugung.

»Nimm den Mischling mit auf deine Reise zu den Höfen der Phönixe und der Mysticals. Mischling, du wirst mir Bericht erstatten, wenn sich alle elf Völker zusammengeschlossen haben. Ist dir deine Aufgabe klar? Solltest du mich enttäuschen, wird das Folgen haben.«

»I-Ich werde Sie nicht enttäuschen«, sagte Viève eingeschüchtert.

»Gut. Und nun verlasst mein Haus.«

Viève reagierte sofort. Sie drückte sich mit den Füßen vom Boden ab, und ehe Kamen wusste, wie ihm geschah, bewegte er sich schon nach oben – durch Metall, durch Erde, durch Sand. Sie tauchten genau da wieder auf, wo sie gestartet waren, und Kamen musste Viève's Hand loslassen und tief Luft holen. Es war unangenehm, sich so durch das Erdreich zu bewegen.

Im nächsten Moment baute sich Viève vor ihm auf.

»Was hast du mir da eingebrockt?!«, fauchte sie ihn an.

»Du hast dir das selbst eingebrockt. Du hättest dich jederzeit weigern können, mich zum Doyen zu führen.«

»Eine große Wahl hast du mir nicht gerade gelassen!«

»Doch, du hattest die Wahl und du hast die richtige Entscheidung getroffen, Viève. Dieses Friedensabkommen ist wichtig für das Überleben aller Schattenwandler. Durch dich können wir zumindest damit anfangen, die Spezies zusammenzubringen. Wir können damit anfangen, uns auf den Kampf gegen Apep vorzubereiten. Durch dich gibt es Hoffnung, wo vorher keine war. Durch dich wurde den Geistern die Möglichkeit auf eine neue Art von Zusammenleben eröffnet.«

Viève's Lippen zuckten. »Das alles soll ich getan haben? Ich habe dich doch nur hergebracht.«

»Du hast erkannt, dass ich in friedlicher Absicht komme. Du

hast gesehen, dass es möglich wäre für die Geister, in Frieden zu leben. Sonst hättest du mich nie zu eurem Doyen geführt.«

Viève dachte einen Moment über seine Worte nach, dann nickte sie zögernd. »Das stimmt wohl irgendwie. Wenn ich dir nicht geglaubt hätte, wäre gar nichts passiert. Und ich möchte, dass es Frieden gibt zwischen unseren Völkern. Ich möchte in einer Welt leben, in der wir keine Angst voreinander haben. Vielleicht passe ich besser in so eine Welt.«

»In die jetzige Welt passt du nicht?«

Sie schüttelte den Kopf. »Du hast ihn gehört. Ich bin ein Mischling. Alle verachten Mischlinge.«

»Ein Mischling aus was?«

»Halb Geist, halb Mensch.«

»Wie konnte das passieren?«

»Meine Mutter ist ein Geist, mein Vater menschlich. Sie schiebt es auf einen Moment der Schwäche. Dass sie ihn vom ersten Moment an wollte und sich ihm im Traum genähert hätte. Jetzt sagt sie, sie wünscht sich, sie hätte es nie getan, weil sie seither immer nur als Mutter eines Mischlingskindes abgestempelt wird. Sie würde mich verlassen, wenn irgendein anderes Haus mich nehmen würde. Deshalb … Ich versuche, nicht aufzufallen und mache mich nützlich. Lieber bin ich ein nützlicher Mischling als ein Mischling, den alle verspotten.«

»Das ist ein furchtbares Los«, sagte Kamen.

»Ich sehe halt anders aus, und deshalb gibt es kein anderes Leben für mich.«

»Aber du besitzt alle Fähigkeiten eines Geistes. Der einzige Unterschied ist dein Aussehen. Sonst nichts.«

»Das ist Unterschied genug«, sagte sie mit einem Schulterzucken.

4

Jasmine lag träge im Bett und beobachtete ihren Gatten Adam, der gerade frisch geduscht aus dem Badezimmer kam. Eine Dampfwolke folgte ihm aus der Dusche, und sie lächelte. Adam war ein Wasserdämon und kontrollierte alles, was aus der chemischen Zusammensetzung H_2O bestand. Er konnte Wasser praktisch aus dem Nichts hervorzaubern, es in jede mögliche Gestalt bringen, er konnte es regnen lassen oder einen Nebel heraufbeschwören. Von feinem Dunst bis hin zu einem Wolkenbruch konnte Adam alles auslösen – allerdings keinen Hurrikan, der ja eigentlich mit starken Niederschlägen einherging. Dafür musste er mit einem Winddämon zusammenarbeiten. Doch er war in der Lage, Wasser zum Gefrieren zu bringen oder zum Kochen.

Und er vermochte die Temperatur seiner Dusche so zu manipulieren, dass er die Hitze des Wassers gerade noch aushalten konnte. Adam duschte gerne siedend heiß, und dabei bildete sich immer eine Menge Dampf.

Er war groß und im Vergleich zu anderen Männern ausgesprochen muskulös gebaut. Er war viel größer als sein Bruder Jacob, ein Erddämon, der eine athletischere Figur besaß. Aber die Brüder hatten beide dunkelbraunes, fast schwarzes Haar und sehr ähnliche, wenn auch keineswegs identische Gesichtszüge. Jasmine fand, dass Adam von den drei Brüdern am besten aussah, auch besser als Kane, der Jüngste, der ebenfalls dunkles Haar hatte und eine ähnliche Gesichtsform.

Kane war ein Geistdämon. Er und seine Frau, die Druidin

Corrine, ein kurvenreicher Rotschopf und die Schwester von Jacobs Frau, waren nur eine Woche vor ihnen auf dem Anwesen in Portales, New Mexico, angekommen. Noah, der Dämonenkönig, hatte sie geschickt. Es brauchte eine stärkere Präsenz von Dämonen und Druiden, fand Noah, sollte Apep in Portales auftauchen. Vielleicht hatten sie dann beim nächsten Kampf zumindest überhaupt eine Chance gegen den Gott.

Jasmine setzte sich auf, wobei sie sich hinten abstützte, legte ein Bein über das andere und drückte die Brust raus. Sie musterte ihren Ehemann ausgiebig, betrachtete seine feuchte Haut und das weiße Handtuch, das er sich um die Hüften geschlungen hatte. Langsam ließ sie den Blick die provozierende Haarlinie entlanggleiten, die von seinem Nabel nach unten führte, ehe sie unter dem Saum des weißen Handtuchs verschwand.

Wow, dachte sie.

»Den Blick kenne ich«, sagte Adam mit einem Grinsen.

»Welchen Blick? Ich habe keinen Blick.«

»Doch, das hast du, meine kleine Vampirbraut. Du hast dieses Funkeln in den Augen, welches dafür gesorgt hat, dass wir während unserer Flitterwochen vierzehn Tage lang nicht aus dem Zimmer gekommen sind.«

Jetzt grinste auch sie. »Und was ist so schlimm daran?« Sie berührte seinen festen Bauch und strich mit den lackierten Fingernägeln über die hervortretenden Muskelpakete. Er sog zischend die Luft ein.

»Deine Finger sind eiskalt. Du musst etwas trinken, Mäusezähnchen.«

»Nenn mich nicht Mäusezähnchen. Bald klingen wir wie eins von diesen kitschigen Pärchen, die so verliebt ineinander sind, dass allen anderen, die das Geturtele mit ansehen müssen, schlecht wird.«

»Aber wir sind doch verliebt ineinander. Knallhart und pervers verliebt vielleicht, aber es ist trotzdem Liebe.«

»Erinnere mich nicht daran«, sagte sie und verdrehte die Augen. Dann schaute sie Adam an und lachte leise. »Ich kann immer noch nicht fassen, dass du mich dazu überredet hast – zu diesem komischen Paarungsritual.«

»Leicht war es nicht.« Er beugte sich zu ihr hinunter, sodass sie auf gleicher Höhe waren und ihre Nasen sich berührten. Sie spürte seinen Atem auf ihrer Haut. Jasmines Bauchmuskeln spannten sich an. »Aber schließlich habe ich dich doch rumgekriegt.«

Er lehnte sich noch weiter vor und küsste sie leidenschaftlich. Doch im nächsten Moment löste er sich abrupt von ihrem Mund. »Brrr.«

»Brrr?!« Jasmine war empört.

»Du bist kalt. Du *musst* etwas trinken. Warum hast du es überhaupt so weit kommen lassen? Du bist völlig ausgehungert.«

»Hier treiben sich nicht gerade Unmengen von Menschen herum. Die hier wohnen, kann ich nicht nehmen – sie wären innerhalb einer Woche ausgesaugt. Also muss ich in die Stadt. Und die ist nicht gerade groß.«

»Klein ist sie aber auch nicht. Ich bin sicher, das Büffet hat einiges für dich zu bieten.«

»Das Büffet besteht nur aus Frauen. Du lässt mich ja nicht von anderen Männern trinken.«

»Hm, so wie ich das sehe, hast du zwei Möglichkeiten. Du gehst in die Stadt oder …« Er legte den Kopf zurück und hielt ihr seine Kehle hin.

Jasmine wurde schlagartig feucht vor Lust. Ihr Körper schrie geradezu vor Begierde – nach Sex *und* nach Blut.

»Ich kann nicht ständig von dir trinken. Ja, du bist ein Schattenwandler, und die Bisse heilen schnell. Aber das Blut der Schattenwandler ist sehr schwer und gehaltvoll. Zu gehaltvoll. Man wird zu leicht abhängig davon.«

»Mir macht das nichts aus, solange du nur von mir abhängig bist.«

Langsam verzog sie die Lippen zu einem Lächeln. »Du kannst ganz schön überzeugend sein. Es ist eine Abhängigkeit wie von Schokolade, nur besser; denn von Schokolade wird man fett.«

»Mein Blut macht dich ganz bestimmt nicht fett.«

»Noch nicht – aber sehen wir mal, was in drei oder vier Monaten ist.«

Adam runzelte die Stirn. »Mir gefällt das nicht. Mir gefällt es nicht, dass du hier bist, wenn du …«

»Hör auf, wir haben das schon mindestens hundertmal besprochen. Ich bin schwanger, nicht aus Glas.«

»Ja, schon, aber …«

»Himmel! Männer, die zum ersten Mal Vater werden, sind so nervig.«

»Frauen, die zum ersten Mal Mutter werden, sind ganz schön stur.«

»Wie hast du mich noch mal zu diesem Elternding überredet?«

»Ich habe dich zu gar nichts überredet! Wir – wir haben einfach nicht besonders aufgepasst. Es hätte mich nicht gewundert, wenn du schon früher schwanger geworden wärst.«

»Ich habe nicht zugelassen, dass mein Körper schwanger wird. Ich bin ein Vampir. Ich kann das beeinflussen.«

Das überraschte ihn. »Du kannst entscheiden, ob du schwanger werden willst oder nicht?«

»Was glaubst du denn, warum ich in all den Jahren nie schwanger geworden bin?«

»Aber das heißt ja … Es war also kein Unfall? Du hast es geplant?«

Sie biss sich auf die Unterlippe und wirkte zum ersten Mal seit langer Zeit unsicher. »Ist das okay für dich?«

»Ja, klar, natürlich ist das okay! Ich dachte nur, wir sind wie Damien und Syreena und könnten keine Kinder kriegen, weil … ich weiß nicht … weil wir zwei unterschiedlichen Spezies angehören.«

»Damien und Syreena konnten keine Kinder kriegen, weil sie verflucht waren. Aber jetzt ist sie schwanger geworden, und die Welt ist in Ordnung.«

»Hast du was gehört? Sie sollte das Kind doch schon vor einer Woche auf die Welt bringen.«

»Du weißt doch, dass man das nicht so genau vorhersagen kann, wenn es um speziesübergreifende Fortpflanzung geht. Bei Lykanthropen dauert die Schwangerschaft fast so lange wie bei Dämonen, während eine Vampirschwangerschaft von der Dauer her einer menschlichen Schwangerschaft ähnelt. Er ist ein Vampir, sie ein Lykanthrop, da ist alles möglich zwischen einer neunmonatigen Schwangerschaft oder der längeren bei den Lykanthropen. Bei uns wird es genauso sein.«

»Bei uns.« Er lächelte. »Danke. Für das ›uns‹.«

Sie erwiderte sein Lächeln. »Ich möchte mit niemand anderem ein Kind außer mit dir. Über fünfhundert Jahre lang wollte ich nicht schwanger werden – ich wollte es nie. Bis du aufgetaucht bist.«

»Aber meine Bedenken über deine Anwesenheit hier zerstreust du damit nicht. Es gefällt mir nicht. Ich könnte einfach mit Noah sprechen, damit er jemand anders an unserer Stelle schickt.«

»Wenn du einem Befehl des Dämonenkönigs nicht Folge leistest, wird er den Grund dafür wissen wollen. Und ich möchte noch nicht, dass es alle wissen. Es gibt oft Fehlgeburten bei Vampiren, vor allem in den ersten paar Monaten. Wenn wir die ersten drei Monate überstanden haben, können wir es öffentlich machen.«

»Aber dann wird man es schon sehen, oder?«

»Es gibt Mittel und Wege, das zu verbergen.«

Er lachte leise. »Nicht für dich. Dafür stellst du deinen süßen Hintern und deine Bauchkette zu gerne zur Schau.«

Jasmine verzog den Mund. »Meine Bauchkette werde ich sehr vermissen.«

»Ich auch«, sagte er und knurrte dabei leise. »Jetzt komm schon, trink etwas. Es kann nicht gut sein für das Baby, wenn du so auskühlst.«

»Schon gut. Dann gehe ich jetzt in die Stadt.« Sie schob ihn weg und stand auf. »Vielleicht will mich ja jemand begleiten. Ich habe das Gefühl, dass ein paar von uns hier bald die Decke auf den Kopf fällt.«

»Heute findet ein Kampftraining statt. Ich werde euch die Langeweile schon austreiben.«

»Das hoffe ich. Ich freue mich darauf.«

»Jas!«, beschwerte er sich.

»Wenn ich nicht mitmache, dann fangen sie an, Fragen zu stellen. Mir passiert nichts, das verspreche ich dir.«

»Ich hoffe doch sehr, dass dir nichts passiert.«

Sie winkte ihm über die Schulter zu und ging ins Bad, um zu duschen.

Das heiße Wasser wärmte Arme und Beine. Die Körpertemperatur von Vampiren breitete sich in Ringen aus wie auf einer Zielscheibe. Wenn sie Blut tranken, verteilte sich die Wärme von der Körpermitte aus bis in die Extremitäten. Im Laufe des Tages kühlten Arme und Beine dann wieder langsam aus, während das Körperinnere am längsten warm blieb. Sie hatte seit zwei Tagen nichts mehr zu sich genommen und deshalb war sie ziemlich kalt. Adam hatte recht. Das durfte sie nicht mehr zulassen. Niemand wusste, warum Schwangerschaften bei Vampiren so oft frühzeitig endeten, und sie wollte auf keinen Fall eine Fehlgeburt riskieren. Sie war leichtsinnig gewesen, aber ab jetzt würde sie regelmäßig trinken. Dieses Baby war zu wichtig für sie. Für sie beide.

Als sie mit dem Duschen fertig war, ging sie zurück ins Schlafzimmer. Adam hatte sich zu ihrer großen Enttäuschung bereits angezogen. Aber es wäre ihm gegenüber nicht fair, jetzt mit ihm zu schlafen, wenn ihr Körper praktisch kalt wie ein Leichnam war. Alle Leidenschaft der Welt konnte an dem Gefühl nichts ändern, dass er mit einem Eiszapfen Sex hatte.

Sie zog sich an und gab ihm einen schnellen Kuss – der dann doch länger dauerte und ihm einen wärmeren Kuss für später verhieß. Dann verließen sie zusammen ihre Räumlichkeiten.

Auf dem Anwesen standen drei Häuser. Im Hauptgebäude waren die Vertreter der Zweiten Fraktion untergebracht, im zweiten Haus die der Ersten Fraktion. Das dritte Haus war als Ausweichquartier gedacht; für Gargoyles, Menschen und wer immer sonst noch eine Unterkunft brauchte.

Theoretisch war es zwar denkbar, dass die beiden Fraktionen sich in denselben Zimmern aufhielten; denn sie würden nicht einmal bemerken, dass die anderen auch da waren. Aber dann gab es noch so winzige Details wie Kleidung und andere Besitzgegenstände. Diese waren von dem Fluch nicht betroffen, weshalb Schränke und Schubladen doppelt belegt gewesen wären. Eigentlich erstaunlich, dass dies den Fraktionen nicht schon vor Jahren aufgefallen war, aber es war auch keine Überraschung. Jede Schattenwandler-Spezies hatte ihr angestammtes Gebiet, und die meisten lebten noch immer dort. Die Ursprungsgebiete der Ersten und der Zweiten Fraktion überschnitten sich nirgends. Und weil die meisten Schattenwandler nicht viel mit Menschen zu tun hatten, hatte sich die Frage, warum sich zwei Wesen nicht sehen konnten, nie gestellt.

Die Druidin Bella hatte die Prophezeiung über die zwölf Nationen der Schattenwandler auf einer Schriftrolle gefunden, die in Aramäisch von Menschenhand geschrieben worden war. Deshalb hatten auch alle anderen die Worte auf der Rolle lesen können. Wäre die Prophezeiung von jemandem aufgeschrieben worden, der auch mit dem Fluch belegt war, dann hätten sie wahrscheinlich nie davon erfahren.

Es war seltsam, dass Schriftstücke der Menschen in die große Bibliothek der Dämonen und Druiden gelangt waren. Noch seltsamer war es jedoch, dass die Menschen zu Prophezeiungen über die Schattenwandler in der Lage waren. Bella hatte es Fügungen des Schicksals und anderen unerklärlichen Dingen zugeschrieben – oder dem Scherz einiger besonders bösartiger Gottheiten. Wer ahnte schon, warum es so gekommen war? So war es eben. Und es war gut so. Die Schriftstücke, die Kamen gestern entdeckt hatte, waren in Altägyptisch verfasst. Und er nahm an, ebenfalls von Menschenhand. Sie hatten Glück gehabt. Wieder stellte sich die Frage, wie solche Schriften Zugang in die Archive der Schattenwandler gefunden hatten. Woher wussten die Menschen von dem Fluch?

Aber es waren nur zwei Schriften in der riesigen Menge an Schriftrollen und alten Wälzern. Mehr hatten sie nicht gefunden. Alles, was sie taten, taten sie nur aufgrund dieser beiden kleinen Hinweise. Aber hatten sie eine andere Wahl?

Jasmine ging in die Küche, dem Mittelpunkt des Hauses, wo Corrine und Bella sich gerade bei einem morgendlichen Kaffee unterhielten. Ihre Schwägerinnen. Jasmine hatte nie viel auf weibliche Gesellschaft gegeben. Sie war eine Einzelgängerin.

Nur für Damien, den Vampirprinzen, hatte sie eine Ausnahme gemacht. Solange sie zurückdenken konnte, waren sie zusammen durch die Jahrhunderte gezogen.

Aber diese beiden Frauen mochte Jasmine. Manchmal kicherten sie ihr zu viel oder verhielten sich kindisch, aber das konnte sie ihnen verzeihen. Sie strich sich mit der Hand über den Bauch. Ihr kleines Geheimnis machte ihr zu schaffen. Zumindest ihrer Familie hätte sie die Neuigkeit mitteilen können. Doch wenn sie ehrlich war, dann musste sie zugeben, dass sie Angst hatte. Jasmine war nicht abergläubisch, aber sie wollte diese Schwangerschaft in keiner Weise gefährden.

»Hallo«, sagte sie und ging zur Kaffeemaschine. Heißer Kaffee würde sie zumindest ein bisschen aufwärmen. Allerdings änderte das nichts daran, dass der Mond schon hoch am Himmel stand, sie spät aufgestanden war und Hunger hatte. Die Chance, dass eine Menschenfrau mitten in der Nacht durch Portales schlenderte, war gering. Jasmine lebte normalerweise in oder in der Nähe von Großstädten, wo immer Leute auf den Straßen unterwegs waren. Für die Beschaffung einer anständigen Mahlzeit war diese Kleinstadt die Hölle.

»Ich gehe in die Stadt. Möchte eine von euch mitkommen?«, fragte Jasmine.

»Hast du Hunger?« Bella wusste sofort, was der Zweck des kleinen Ausflugs war.

»Ein bisschen«, meinte Jasmine und grinste. »Ist eigentlich noch jemand von unserer Fraktion gekommen? Noah, Damien und Siena, unsere allerliebste Lykanthropenkönigin, schicken uns warme und nicht ganz so warme Wesen.«

»Sie tun, was jeder gute Anführer in so einer Situation tun sollte. Die Mistrale haben keinen Anführer, aber sie haben die Sirene Windsong mit ihrem Schützling Lyric geschickt, um sie zu vertreten. Hoffentlich bringt der betörende Klang ihrer Stimmen etwas bei einer offenen Feldschlacht. Jede Wette, dass Apep mit all diesen Templern kommt und wen er sonst noch auf seine Seite ziehen kann. Vielleicht sogar Menschen. Gott, was machen wir dann? Was sollen wir mit irregeleiteten, naiven Menschen machen? Sie umbringen?« Bella schauderte. »Ich hoffe, so weit kommt es nicht.«

»Das können wir uns überlegen, wenn es wirklich dazu kommt«, sagte Corrine.

»Nein, wir müssen jetzt darüber nachdenken. Wir brauchen eine Strategie für alle denkbaren Szenarien«, sagte Jasmine. »Wir müssen genau wissen, was wir zu tun haben und wer unsere Feinde sind. Selbst Menschen können uns gefährlich werden. Wenn es zum Beispiel Nekromanten sind? Menschen, die Magie beherrschen, können tödliche Gegner sein.«

Corrine und Bella nickten beide mit grimmiger Miene. Das war ihnen auch klar. Nekromanten konnten Macht über einen Dämon erlangen, indem sie ihn mit seinem wahren Namen anriefen. Solche Dämonen verloren ihren freien Willen und konnten im Kampf gegen ihre eigenen Brüder und Genossen eingesetzt werden.

»Ich hoffe, wir bekommen es nicht mit Nekromanten zu tun. Ich hasse diese Kerle.« Corrinne lief ein kurzer Schauer über den Rücken. »Ich weiß eigentlich gar nicht, was ich hier verloren habe. Ich kann Gefährten für andere Schattenwandler finden. Das ist meine Gabe. In einer Schlacht bin ich nutzlos.«

»Aber Kane ist wichtig, und du wolltest ihn nicht alleine hierherkommen lassen. Er ist ein Geistdämon mit großen mentalen Kräften. Und er kann teleportieren. In einem Kampf kann das ein entscheidender Vorteil sein. Deine Aufgabe ist es, dich sofort in Sicherheit zu bringen, wenn es losgeht«, sagte Bella.

»Ja, ich weiß schon. Ich soll alle Menschen zusammentrommeln und dafür sorgen, dass wir zusammen so schnell wie möglich eine Fliege machen.«

»So, wie ich das sehe, wissen die Menschen ziemlich gut, wie man eine Fliege macht. Sie brauchen jemanden, der ihre Flucht organisiert, und dafür bist du perfekt geeignet«, lobte Bella ihre Schwester.

»Oh ja, schönen Dank auch. Ich bin ja so froh, dass ich nicht vollkommen nutzlos bin«, meinte Corrine trocken.

»He, wir haben alle unsere Aufgabe. Es gibt hier keine wichtigen und weniger wichtigen Jobs«, sagte Jasmine. »Also, wer geht jetzt mit mir in die Stadt?«

»Ich komme mit. Ich brauche ein paar Dinge von Walmart«, sagte Bella. »Wir schicken die Kinder zu ihren Siddahs. Hier ist es zu gefährlich für sie. Ich hätte sie nie mitbringen sollen. Aber ich konnte den Gedanken einfach nicht ertragen, dass ich so lange von meinen Babys getrennt sein soll.«

Siddahs wurden die Pflegeeltern der Dämonen genannt. Wenn ein Dämonenkind ein bestimmtes Alter erreichte und seine Kräfte sich entwickelten, sollten nach der Vorstellung der Dämonen nicht länger die leiblichen Eltern für sie sorgen und sie ausbilden. Theoretisch hätte Bellas älteres Kind, Leah, schon bei ihrer Siddah leben sollen. Ihre Kräfte hatten sich bereits gezeigt, als sie noch ein Kleinkind war. Aber Bella war nicht bereit gewesen, sie schon wegzugeben. Sie und Jacob hatten vereinbart, dass sie Leah nach ihrem sechzehnten Geburtstag ziehen lassen würden. Bis dahin waren es noch ein paar Jahre, und Bella musste sich noch keine Gedanken deswegen machen.

Aber in der jetzigen Situation waren die Kinder am besten bei ihren Siddahs aufgehoben. Leah würde an den russischen Hof der Lykanthropenkönigin Siena geschickt werden. Siena war mit Leahs männlichem Siddah verheiratet, dem Winddämon Elijah. Leahs weibliche Siddah war Legna, Noahs Schwester und die Botschafterin der Dämonen am Hofe der Lykanthropen, weshalb sie auch in Russland war.

Bellas Sohn würde an den Hof des Dämonenkönigs geschickt werden. Noah und seine Königin, Kestra, waren die Siddahs des Jungen. Kane wollte die Kinder später in der Nacht an den jeweiligen Hof teleportieren. Vorher würde es zweifellos noch einen tränenreichen Abschied geben. Aber so war es am besten. Sie gingen alle davon aus, dass Apep sie nur deshalb noch nicht angegriffen hatte, weil er schwanger war. Aber man nahm an, dass er mittlerweile niedergekommen war und es nur eine Frage der Zeit war, bis der Gott sich seinen Schlachtplan zurechtgelegt hatte und mit voller Kraft zum Angriff blies.

Der Gedanke ließ Bella unruhig werden. Ihnen blieb nicht mehr viel Zeit. Sie stand auf und ließ ihre halb geleerte Kaffeetasse einfach stehen.

»Komm, wir gehen. Die Kinder haben schon fast alles gepackt. Ich brauche nur noch ein paar Kleinigkeiten. Ich möchte, dass sie innerhalb der nächsten paar Stunden abreisen.«

»Gut, gehen wir!« Jasmine hob vom Boden ab.

»Äh, Jas – wir können nicht fliegen. Wir müssen das Auto nehmen.«

»Richtig.« Jasmine runzelte irritiert die Stirn. »Ich vergesse das ständig. In Ordnung, dann fahren wir eben in die Stadt. Können wir die Cobra nehmen? Wenn ich schon fahre, dann wenigstens mit einem coolen Wagen.«

»Ja, klar, können wir die Cobra nehmen.« Bella verdrehte die Augen, als Jasmine sich sofort den richtigen Autoschlüssel vom Schlüsselbrett schnappte.

5

Viève konnte es einfach nicht fassen, in was sie da hineingeraten war. Ihre Mutter hatte immer gesagt, dass man mit ihr nichts als Ärger hätte – dass sie zu dumm wäre, um überhaupt mit irgendeiner Situation fertigzuwerden, dass sie für das Geistervolk nutzlos wäre.

Sie wusste nicht, ob all diese Vorwürfe sich jetzt bewahrheitet hatten, oder ob sie gerade widerlegt worden waren.

Zumindest wusste sie, dass sie nicht dumm war. Sie war sehr belesen. Aber hätte sich jemand Intelligentes auf dieses Schlamassel eingelassen? Und sie war auch nicht nutzlos. Der präzise angelegte Garten war ihr Werk, und sie gestaltete die Außenanlagen mit Kies und Schotter. Aber sie brachte sich immer wieder in Schwierigkeiten. Dieses letzte Fiasko war nur ein weiteres Beispiel unter vielen.

Falls es wirklich ein Fiasko war. Dieser Mann – dieser Körperwandler – tat so, als wäre sie praktisch die Retterin ihrer ganzen Spezies. Das kam ihr übertrieben vor. Zumindest ein bisschen. Aber wenn diese Friedenspläne erfolgreich waren, dann hatte sie sich doch als nützlich erwiesen. Und mehr hatte Viève nie gewollt.

Sie wollte ihrem Volk von Nutzen sein.

»Ich weiß nicht mal deinen Namen«, sagte sie leise.

Er sah sie verdutzt an. Er hatte sie nach ihrem Namen gefragt, aber ihr nicht gesagt, wie er hieß. Und sie hatte bis jetzt nicht daran gedacht, ihn zu fragen.

»Kamenwati. Aber Kamen reicht.«

»Kamen. Also, Kamen, was machen wir jetzt? So wie es aussieht, wirst du mich nicht mehr los. Tut mir wirklich leid.«

»Das braucht dir nicht leidzutun. Mir tut's überhaupt nicht leid.«

»Sicherlich könntest du deine Aufgabe doch besser erledigen, wenn dir kein Geist an den Fersen klebt? Ein Blick, und die Leute werden davonlaufen, wenn sie mich sehen. Sie werden dir nie eine Chance geben. Ich bin ziemlich sicher, dass der Doyen genau darauf spekuliert.«

»Vielleicht«, meinte Kamen. »Aber diesen Plan können wir leicht durchkreuzen. Du wirkst im Moment gar nicht wie ein Geist, sondern eher wie ein etwas blasser weiblicher Mensch mit grauen Haaren. Du siehst überhaupt nicht so aus, wie ich mir einen Geist vorstelle.«

»Ich weiß«, sagte sie und verzog das Gesicht. Sie war so oft als Mensch verunglimpft worden, dass ihr das Wort wie eine Beschimpfung vorkam. Ein Fluch, der auf ihrem Dasein lastete. Wenn sie nur mehr wie ein Geist aussähe, dann wäre ihr Leben ganz anders verlaufen.

»Das ist gut für uns«, sagte er eindringlich und drehte ihr Gesicht zu sich her. Er legte seine Hand unter ihr Kinn und hob ihren Kopf an. Sie schaute hoch in die strahlendsten blauen Augen, die sie je gesehen hatte. Sie kamen ihr – weise vor. Alt. Es waren die Augen eines erfahrenen Mannes von Welt, von Dutzenden von Welten. Wenn er wirklich ein Körperwandler war, stimmte das sogar. Er hatte schwarzes Haar, das im Nacken und an den Seiten kurz geschnitten war. Für einen Menschen sah er wohl gut aus, nahm sie an. Er erinnerte sie an einen Schauspieler, nur fehlten die Fältchen, die vom Lächeln kamen. Sein ganzes Auftreten gab ihr das Gefühl, dass er nicht oft lächelte.

Das war schade. Bei so attraktiven Gesichtszügen hatte er wahrscheinlich ein bezauberndes Lächeln.

»Du bist ein sehr heller Typ und wirklich schön. Niemand wird aus Angst vor dir davonlaufen.«

Für einen Geist wäre das eine Beleidigung. Geister liebten es, Angst und Schrecken zu verbreiten. Manchmal machten sie sich einen Spaß daraus, Menschen heimzusuchen und sie zu Tode zu erschrecken. Aber vor allem lag ihnen daran, dass sie als die furchterregendsten aller Schattenwandler galten. Die Geister hielten große Stücke auf ihren Ruf als knallharte Wesen, mit denen sich niemand gerne anlegte.

Eben deshalb hatte das Verhalten des Doyen sie maßlos überrascht. Sie hatte weder mit seinem ruhigen Auftreten noch mit seiner Gelassenheit bei dem Gespräch gerechnet. Geister waren Hitzköpfe. Sie handelten impulsiv, ohne lange nachzudenken. Das war einer der Gründe, warum es Viève so sehr beeindruckte, was Kamen getan hatte. Es war mutig gewesen – oder vielleicht auch nur leichtsinnig. Sie wusste noch nicht genau, was sie davon halten sollte.

Aber es fühlte sich gut an, wenn er ihr Gesicht berührte. Sonst berührte sie niemand. Die Spezies der Geister war allgemein nicht besonders körperbetont, abgesehen von den Berührungen, mit denen sie den Tod brachten. Aber vielleicht lag es auch genau daran, dass sie sich nie viel berührten. Ein falscher Gedanke, die falsche Stimmung und schwupps! – war man tot.

Denn diese speziellen Berührungen waren für Geister genauso tödlich wie für alle anderen Schattenwandler. Ein Geist konnte sich in einen körperlosen Zustand versetzen und dadurch eine Berührung unmöglich machen, aber das war der einzige Unterschied. Denn wenn ein Geist in seiner festen Gestalt überrascht wurde …

Es schauderte sie ein wenig bei dem morbiden Gedanken.

»Ist dir kalt?«, fragte er fürsorglich.

Viève war es nicht gewohnt, dass jemand nett zu ihr war. Sie schüttelte den Kopf, und dabei streifte ihr Kinn seine Hand. Durch die unbeabsichtigte Liebkosung bekam sie eine leichte Gänsehaut am Hals.

»Ich bin es nicht gewohnt, dass ich angefasst werde«, gab sie zu.

Er zog sofort seine Hand weg, und die Stelle, wo seine Finger gelegen hatten, fühlte sich kalt an. »Bitte entschuldige. Das hätte ich nicht tun sollen.«

»Doch! Es hat mir gefallen!«, platzte sie heraus. Dann wurde ihr klar, was sie da gesagt hatte, und sie lief prompt rot an. »Ich meine, es hat mir nichts ausgemacht.«

Er musterte sie nachdenklich. »Ich werde dich trotzdem nur noch anfassen, wenn du es mir erlaubst.«

»Das ist ein Versprechen, das sich nur schwer wird einhalten lassen«, erwiderte sie.

»Wieso das?«

»Auf dieser kleinen Reise werden wir uns immer wieder berühren müssen – zur Fortbewegung, zum Schutz, aus allen möglichen Gründen. Ich gebe dir Erlaubnis, dass du mich von jetzt an immer anfassen darfst«, sagte sie und nickte zur Bekräftigung.

»Sehr gut«, sagte er, aber er hatte einen besorgten Zug um den Mund. Sie fragte sich, warum er sich ständig Sorgen machte. Ja, ihre Lage war ernst, aber ein kurzes Lächeln … Was konnte das schon schaden?

Also lächelte sie ihn an und hoffte, er würde es erwidern. »Sollen wir dann jetzt los? Ehe die Wachen uns doch noch bemerken?«

Er verzog keine Miene. »Ja sicher. Aber das bedeutet, dass wir wieder in den Strahl müssen.«

Sie wurde noch einen Tick blasser. »Oh. Na gut. Ich komme ja doch nicht darum herum. Erinnere mich daran, dass ich nichts esse, bevor wir irgendwohin gehen. Wo wollen wir eigentlich hin?«

»Im Moment an einen neutralen Ort, an dem wir sicher sind. Die Phönixe kann ich nur mit einem Zauber aufspüren, für den ich Ruhe brauche. Aber den Anführer der Mysticals zu finden ist leichter, denn dazu muss ich nur mit einer Dschinn Verbindung aufnehmen, die ich kenne.«

»Bedeutet das, die Dschinn und die Nachtengel sind schon auf eurer Seite? Und diese sechs anderen Schattenwandler-Nationen?«

»Genau das bedeutet es.«

»Wie sind die anderen sechs?«, fragte sie.

»Also, soweit ich das beurteilen kann, sind sie friedlich, intelligent und verhalten sich der komplizierten Lage entsprechend vernünftig.«

»Aus deinem Mund ist das wohl ein hohes Lob.«

»Wie meinst du das?«

»Du kommst mir nicht wie jemand vor, der viel Lob austeilt.«

»Das stimmt wohl«, meinte Kamen. »Ich lobe, wenn es angebracht ist und derjenige es verdient.« Wieder musterte er sie. »Zum Beispiel solltest du wissen, dass ich dich für eine sehr tapfere junge Frau halte.«

Viève musste lachten. »Ich bin zweiundfünfzig. Das kann man kaum mehr als jung bezeichnen.«

»Aus meiner Sicht bist du jung. Du siehst aus, als wärst du höchstens zwanzig. Bitte vergib mir, falls ich dich beleidigt habe.«

»Nö. Alle Frauen mögen es, wenn man ihnen sagt, sie sähen jung aus.« Sie lächelte ihn etwas unsicher an. Vielleicht ließ er sich jetzt dazu bewegen, es zu erwidern.

Tat er nicht.

»Du weichst Komplimenten ziemlich geschickt aus«, meinte er in nachdenklichem Ton.

Sie konnte spüren, wie ihr Hals heiß wurde und ihre Wangen brannten. Sie war rot geworden. Noch ein Beweis, dass sie halb Mensch war. Noch etwas, worin sie sich von anderen Geistern unterschied.

»Wir sollten los«, sagte sie und wandte sich von ihm ab.

Einen Moment lang war er still, und sie konnte seinen Gesichtsausdruck nicht sehen, weil sie ihm den Rücken kehrte. Schließlich meinte er: »Gut. Gib mir deine Hand.«

Sie streckte die Hand aus und wartete, dass er sie umfasste.

»Dreh dich um und leg deine Hand in meine«, bat er sie. Er sprach leise und langsam.

Sie drehte sich um, und er betrachtete sie. Mit aller Kraft versuchte sie zu verhindern, dass sie noch mehr errötete. Er hielt ihr die Hand hin und wartete.

Warum griff er nicht einfach nach ihrer Hand und nahm sie mit in den Strahl? Warum ließ er sich so viel Zeit damit?

Viève seufzte und legte ihre Hand in seine. Sofort umfasste er ihre Finger, und sie stellte sich darauf ein, dass ihr gleich vom Fliegen im Strahl schlecht werden würde. Doch er zog ihre Hand an seine Lippen und hauchte ihr einen Kuss auf die Fingerknöchel. Sie errötete bis zu den Haarwurzeln.

»Mir gefällt das«, sagte er mit weicher Stimme.

»Was?«, fragte sie benommen.

»Wie du rot wirst. Es bringt Farbe in dein Gesicht. Eine sehr hübsche Farbe.«.

Seine Worte lösten die Erstarrung, die sie erfasst hatte. Sie wollte sich losreißen, doch zu ihrer Bestürzung ließ er ihre Hand nicht los.

»Habe ich etwas Falsches gesagt?«, fragte er.

»Nein. Können wir jetzt bitte gehen?«

»Erst wenn du mir sagst, was ich falsch gemacht habe. Warum kannst du so ein einfaches Kompliment nicht annehmen?«

»Es ist nicht einfach.« Allmählich wurde sie sauer. »Normale Geister werden nicht rot. Sie können nicht erröten. Noch etwas, worin ich mich von anderen Geistern unterscheide.«

Er sah ihr tief in die Augen und sagte: »Manchmal ist anders sein besser.«

»Ach ja? Erzähl das mal meiner Familie«, erwiderte sie trocken.

»Die Familie ist nicht alles im Leben.«

»In meinem Leben schon.«

»Vielleicht früher. Aber all das ist jetzt anders geworden. Und ich glaube, es ist viel besser so.«

Und damit zog er sie in den Strahl, und sie flogen los.

Kamen wusste nicht, was in ihn gefahren war, sich vor dem Flug im Strahl so seltsam zu verhalten. Ihre Hand küssen? Ihr Komplimente machen? Aber es hatte ihn geärgert, dass sie so wenig von sich selbst hielt, dass sie dachte, sie hätte nichts Anderes verdient. Er wusste nicht, warum es ihn ärgerte, aber es störte ihn gewaltig. Der Strahl brachte sie direkt in seine Räume auf dem Anwesen in New Mexico. Er schnappte schnell nach einem Mülleimer und hielt ihn ihr hin, falls sie sich dieses Mal doch übergeben musste. Aber wieder beeindruckte sie ihn und bezwang die Übelkeit, die diese Art des Reisens mit sich brachte. Sie würde sich schnell daran gewöhnen, auch wenn es ihr jetzt noch zu schaffen machen.

Während sie sich erholte, trat er ins Wohnzimmer, das neben seinem Schlafgemach lag. Vor seiner Abreise hatte er die Möbel zur Seite geschoben, und die für einen Findezauber nötigen Hilfsmittel lagen noch ausgebreitet da. Er hatte sie benutzt, um die Geister aufzuspüren, und jetzt wollte er damit die Phönixe finden. Die Mysticals würde er als Letzte angehen, denn er hatte das Gefühl, dass ihre Kaiserin am einfachsten zu kontaktieren war.

Kamen hatte schon das Bild eines Phönix gezeichnet, um das herum er den Zauber zentrieren wollte. Es war keine Abbildung eines echten Phönix, sondern er hatte den Vogel zu Papier gebracht, der normalerweise als Phönix bezeichnet wurde.

Nun zündete er eine Kerze an und setzte sich in die Mitte des Kreises, in dem er die Asche eines Apfelbaumes verstreut hatte. Drei geschlossene Gefäße waren auf den Punkten platziert, die für drei der vier Himmelsrichtungen standen. Er selbst saß auf dem vierten, dem Punkt für Süden. Mit der brennenden Rosmarinkerze berührte er jedes Gefäß und dann sich selbst, wobei er jedes Mal ein bisschen Wachs verrieb. Dann steckte er die Kerze zurück in den Ständer. Er merkte, dass Viève den Raum betreten hatte und ihm zuschaute, aber sie sagte nichts und störte ihn nicht bei seiner Aufgabe.

Es war eigentlich ein einfacher Zauber. Man brauchte nur ein paar ganz gewöhnliche Ingredienzien, Kräuter und Ähnliches. Doch der Preis, den man für die gewünschte Information zahlte, war hoch. Kaum sagte Kamen die Worte des Zauberspruches auf, spürte er den schneidenden Schmerz. Er hatte das Gefühl, als würde er in vier Richtungen gerissen werden – nach Norden, Osten, Süden und Westen. Er biss die Zähne zusammen, um nicht laut aufzuschreien. Auf keinen Fall wollte er Viève mit den Einzelheiten des Zaubers belasten. Sie war schon scheu genug.

Doch er konnte ihr nichts vormachen. Er versuchte, sich den Schmerz nicht anmerken zu lassen, doch sie erkannte sofort, was los war. Sie rang nervös die Hände und hätte ihn am liebsten gebeten, mit dem Zauber aufzuhören. Das war es nicht wert, dachte sie. Aber dann machte sie sich klar, was auf dem Spiel stand, und sie verstand, warum er den Schmerz auf sich nahm. Wie seltsam, dachte sie. Noch nie hatte sie jemand so Selbstloses kennengelernt. Geister waren berüchtigt für ihren Egoismus und hatten nur den eigenen Vorteil im Sinn. Das Verhalten des Doyen war das beste Beispiel dafür. Er half ihnen nur, wenn dabei etwas für sich und die Nation der Geister heraussprang. Über die Konsequenzen für andere, falls er seine Hilfe verweigerte, machte er sich keine Gedanken. Für ihn war nur wichtig, welchen Nutzen er für sich daraus ziehen konnte.

Und hier war dieser Mann – ein Mann, der nichts für sich selbst beanspruchte und doch mit aller Kraft nach Antworten und Lösungen suchte, um die Gefahr abzuwenden, die seinen Worten nach allen drohte.

Doch wie konnte sie wissen, dass es auch stimmte? Dass er den Ernst der Lage nicht falsch einschätzte und die Gefahr übertrieb?

Nun, die Reaktion des Doyens gab ihr einen Anhaltspunkt. Er hätte Kamen sofort hinauswerfen lassen, wenn es nicht um etwas wirklich Ernstes gegangen wäre. Und der Doyen hätte sie nie mit Kamen mitgehen lassen, auch wenn sie nur ein Mischling war. Sie konnte nicht viel Gutes über die Geister sagen, aber sie würden ihresgleichen nie unnötig irgendwelchen Gefahren aussetzen, egal ob Mischling oder vollwertiger Geist.

Nein, der Doyen machte sich Sorgen. Er wollte, dass man ihn in Ruhe ließ und ihn nicht in diese Affäre hineinzog. Normalerweise wäre das die sicherste Vorgehensweise. Nur hatte er wohl erkannt, dass in dieser Schlacht niemand neutral bleiben konnte. Die Geister waren das Zünglein an der Waage. Alles hing davon ab, für welche Seite sie sich entschieden.

Viève war klar, dass Kamen das erkannt hatte. Er wusste, dass Opfer gebracht werden mussten, und er war dazu bereit. Und wenn er dazu bereit war, dann war sie es auch. Das alles machte ihr Angst, aber sie würde nicht weniger geben als er.

Warum sie so empfand, wusste sie nicht genau. Die Geister hatten sie nie gut behandelt und nie wirklich als ihresgleichen betrachtet. Aber Viève wollte nicht, dass ihnen etwas Schlimmes widerfuhr. Wenn sie etwas tun konnte, um ihre Mutter und die anderen in ihrer Zelle zu beschützen, dann tat sie das eben. Das war sie ihnen schuldig. Sie hatten ihr immerhin eine Art Zuhause gegeben. Sie hatte zwar nie das Gefühl gehabt, willkommen zu sein, aber man hatte ihr Essen gegeben und Kleidung, und sie hatte im Schutz der Zelle all die Jahre relativ komfortabel gelebt.

Ein plötzlicher Windstoß stob vom Zentrum des Kreises auf, die Kerze erlosch, und der Zauber endete. Kamen sank einen Moment lang in sich zusammen, doch dann richtete er sich wieder auf, und als er sich erhob, war ihm fast nichts von der Anstrengung anzumerken. Kerzengrade stand er da und zog die Ärmel seines Hemds zurecht. Offensichtlich nutzte er den Moment, in dem er seine Kleidung in Ordnung brachte, um sich auch geistig und körperlich wieder zu fangen.

»Hat es funktioniert?«, fragte Viève besorgt.

»Es hat funktioniert. Eine große Gruppe von Phönixen lebt in Brasilien, in der Gegend westlich des Rio Braço do Potinga. Im Strahl kann ich uns innerhalb von ein paar Minuten dorthin bringen.«

Er ging einen Schritt auf sie zu, doch plötzlich stolperte er und schwankte. Sie trat rasch in den Kreis und schob sich unter seinen Arm an seine Seite, um ihn zu stützen.

»Nein, das kannst du nicht. Du musst dich erst ausruhen.«

»Wir haben keine Zeit«, erwiderte er, nahm ihre Hilfe aber an und ließ sich zum Sofa führen. Er ließ sich darauf fallen und stöhnte erleichtert auf. Es war frustrierend, dass er sich diese Schwäche erlaubt und auch noch gezeigt hatte. Es war ihm ernst: Sie hatten keine Zeit für Schwäche. Es war schon zu viel Zeit verschwendet worden. Bald würde dieses Monster sein Kind gebären, wieder seine frühere Stärke erlangen und dann mit aller Kraft gegen die Einzigen vorgehen, die seinen mörderischen Siegeszug noch aufhalten könnten. Die Einzigen, die vielleicht noch einen Weg fanden, ihn zurück in die Hölle zu schicken, aus der er gekommen war.

Die Schattenwandler.

Sie konnten nicht zulassen, dass er gewann. Es lag in ihrer Verantwortung, dass Apep wieder in diese Hölle zurückgetrieben wurde. Wenn sie es nicht schafften, würde der Dämonengott eine Schneise der Verwüstung durch die Erde ziehen und die Menschen niedermetzeln wie noch niemand vor ihm.

Und er hatte noch einen unberechenbaren Joker im Ärmel: das Kind, das der Gott gebären würde. Würde es wie bei einem normalen Kleinkind einige Jahren dauern, bis es erwachsen war? Oder kam es wie in den alten Mythen schon voll ausgebildet auf die Welt? Sein Vater war ein Schattenwandler, aber mit einem Gott als Mutter war alles möglich.

Sie mussten ihn aufhalten. Wenn sie Apep gegenübertraten, ehe er das Kind auf die Welt gebracht hatte und er sich, so nahm Kamen an, in einem geschwächten Zustand befand, dann hatten sie vielleicht eine Chance.

Falls er tatsächlich nicht bei vollen Kräften war. Die Vermutung basierte auf der Tatsache, dass er sie in all den Monaten nicht angegriffen hatte – entweder, weil er seine Kräfte schonen oder das Kind in seinem Bauch schützen wollte.

Apep zeigte Schwäche oder zumindest sah es aus. Das konnten sie nicht ignorieren. Sie hatten schon zu viele Monate damit verbracht, die beiden Fraktionen der Schattenwandler an einem Ort zu versammeln, und noch immer waren nicht alle Spezies vertreten. Aber bald war es so weit. Dafür würde Kamen sorgen.

»Mir geht es gut«, sagte er, als er wieder zu Atem gekommen war. Er wollte aufstehen, doch sie legte ihre schmalen Hände auf seine Schultern und drückte ihn zurück aufs Sofa. Er war zu schwach, um sich dagegen zu wehren.

»Du ruhst dich erst einen Moment lang aus«, befahl sie. Sie kniete vor ihm auf dem Boden und sah ihn mit eindringlichem Blick an. »Auf ein, zwei Stunden kommt es jetzt auch nicht an.«

»Vielleicht doch«, sagte er. Er legte ihr seine Theorie dar, warum der Gott seit dem Angriff vor all den Monaten sie nicht noch einmal angegriffen hatte. Dann beschrieb er, wie schlimm der Angriff gewesen war, als Apep sie wie lästige Fliegen vom Tisch gefegt hatte. Das letzte Mal hatten sie Glück gehabt. Doch darauf konnten sie sich nicht noch einmal verlassen. Beim nächsten Kampf würde es Tote geben.

»Und jetzt sage ich dir mal was«, erklärte sie leise. »Wir kriegen das hin. Wir vereinen all diese Schattenwandler und überzeugen auch die Geister davon, dass ihnen nichts anderes übrig bleibt, als sich uns anzuschließen. Aber das tun wir erst, wenn du der Aufgabe gewachsen bist und keinen Moment früher. Ich lasse nicht zu, dass du dich aufopferst.« Sie schob das Kinn vor, und Kamen wurde klar, wie ernst sie es meinte.

Und aus irgendeinem Grund brachte ihn ihre Sturheit zum Lachen.

Humor war nicht gerade seine Stärke. Er verzog nur selten das Gesicht zu einem Lächeln. Es gab nicht mehr viel zu lachen für ihn. Aber sie brachte ihn dazu, dass er leise lachte, und es fühlte sich gut an. Es war so gut, den Ernst der Lage für ein paar kurze Augenblicke vergessen zu können.

Als sie sein Lachen hörte, glitt ein zufriedenes Lächeln über ihr Gesicht. Sie konnte stolz auf sich sein, und zwar zu Recht. Es war nicht einfach, ihn zum Lachen zu bringen.

»Wenn du mich hier auf dem Sofa gefangen hältst«, sagte er und fuhr mit den Fingerspitzen ihre ausgeprägten Wangenknochen nach, »dann erzähl mir wenigstens etwas von dir.« Er fragte sich im Stillen, warum er sie anscheinend ständig berühren musste. Und warum es sich, genau wie das Lachen, so gut anfühlte.

»Da gibt es nicht viel zu erzählen. Du weißt doch schon alles über mich.«

»Erzähl mir über deine Arbeit im Garten«, drängte er sie.

Etwas blitzte in ihren Augen auf. »Oh, ich liebe das Gärtnern«, sagte sie leise. »Pflanzen zum Wachsen zu bringen, sie zu hegen und zu pflegen, wenn sie krank sind, den Garten zu richten und schön zu gestalten. Und das Essen – etwas zu essen, dass man aus einem winzigen Samen selbst gezogen hat, ist das Beste auf der Welt. Meine Lieblingspflanzen sind Erdbeeren und Mais. Erdbeeren wachsen ganz versteckt, bis man die Blätter auseinanderschiebt und darunter diese kleinen roten Juwelen findet, und sie schmecken so süß. Und Mais wächst so hoch und steht so aufrecht auf dem Feld. Es ist wie ein verborgener Schatz, den man erst beim Dreschen entdeckt.«

»Du möchtest gerne überrascht werden. Du weißt, dass die Erdbeeren und die Maiskolben da sind, aber es überrascht dich trotzdem jedes Mal, wenn du sie findest.« Wieder verzog Kamen den Mund zu einem kurzen Lächeln. Sie wirkte so unschuldig. Dennoch würde er sie nicht als naiv bezeichnen. Die Welt, in der sie bisher gelebt hatte, war hart mit ihr umgesprungen. Sie hatte es sich nicht leisten können, naiv zu sein.

»Ja, ganz genau. Was ist mit dir? Was macht dir Freude?«

»Nichts«, sagte er. Es war die Wahrheit – leider. Er hatte nur ein Hobby: in alten Schriften zu forschen und neue Zauber einzustudieren. Aber das war wohl eher Berufung denn Hobby. »Ich lese sehr viel, aber es ist nicht so wie das Gärtnern bei dir.«

»Warum nicht? Findest du nicht manchmal auch etwas Überraschendes, wenn du liest?«

Das tat er tatsächlich. In den Schriften entdeckte er oft ein kleines Juwel oder kam zu einer ganz unerwarteten Einsicht.

»Manchmal schon«, gab er zu.

»Und macht dir das Lesen Spaß?«

»Es befriedigt mich«, sagte er. »Früher hat es mir große Freude bereitet, aber das ist schon lange her. Ich habe den Spaß daran verloren, seit …« Seit er einen Zauber verwendet hatte, mit dem er unabsichtlich einen Dämonengott in diese Welt geholt hatte. »Das ist schon lange so, und ich denke nicht, dass sich daran so bald etwas ändern wird.«

»Das ist traurig«, sagte sie leise. Mit ihrer bleichen Hand berührte sie sein Gesicht, ihre Finger strichen an seinem Kinn entlang. »Vielleicht kommt der Spaß am Lesen für dich eines Tages wieder zurück.«

»Vielleicht.« Aber er bezweifelte es. Er konnte ihr nicht erklären, warum. Er wollte nicht erleben, wie sich ihre Einstellung ihm gegenüber veränderte, wenn ihr klar wurde, dass er für die Katastrophe verantwortlich war.

Und in diesem Moment herrschte eine solch intensive Nähe zwischen ihnen. Er berührte ihr Gesicht und sie seines. Er fühlte sich mit ihr verbunden, von ihr geerdet. Einen kurzen Moment lang fühlte es sich so an, als gehörte er zu jemandem.

Er hätte alles darum gegeben, dieses Gefühl festzuhalten. Es war schon so lange her, seit er so etwas gespürt hatte. Ganz sicher nicht in diesem Leben. Die Freuden des Körpers und der Seele hatte er in seiner letzten Lebenszeit auf diesem Planeten zurückgelassen. Seit seiner Wiedergeburt in diesem Körper hatte er geistige Freuden genossen, aber keine körperlichen.

Einen Moment lang wollte er das ändern. Er wusste nicht warum, er konnte den seltsamen Impuls nicht erklären, der in seine wohlgeordnete Existenz einbrach, aber er spürte den überwältigenden Drang sie zu küssen.

Kamen richtete sich auf, beugte sich nach vorn und drückte seine Lippen auf ihren Mund. Zuerst küsste er sie ganz analytisch, wobei er versuchte, den Impuls und die ihn begleitenden Gefühle zu verstehen. Aber sein Gehirn wurde sofort lahmgelehnt, als sie den Kuss erwiderte und ihn ein allumfassendes Gefühl von Lust und Begehren überwältigte. Ihr Mund war weich und nachgiebig. Sie hieß ihn willkommen. Sie ließ zu, dass er sie küsste, ließ zu, dass sein Kuss leidenschaftlicher wurde und drängender. Sie schmeckte nach den Erdbeeren, die sie so liebte und roch auch nach ihnen – süß und frisch. Er legte seine Hand an ihre Wange, und ihre Haut fühlte sich unter seinen Fingerspitzen zart wie Seide an. Wäre er noch ganz er selbst gewesen, dann hätte er von ihr abgelassen, den Kuss abgebrochen und sich entschuldigt für was immer da über ihn gekommen war – aber er tat nichts dergleichen. Stattdessen berührte er mit der Zunge ihre Lippen, eine wortlose Bitte, ihn in die Wärme ihres Mundes einzulassen. Sie holte Luft und atmete seufzend aus, als sie die Lippen öffnete und sich ihre Zungen berührten.

Der Kuss entfachte heiße Leidenschaft in ihm, und Kamen zog sie fest an sich. Seine Zunge umschlang ihre, und sein Herz schlug dreimal so schnell wie vorher. Seine für gewöhnlich elegante, geschmeidige und logische Aura geriet ins Wanken. Da war nur noch das unwiderstehliche Bedürfnis, sie überall auf seinem Körper zu spüren. Er schlang die Arme um sie und drückte sie so eng an seine Brust, dass ihre Brüste fast zerquetscht wurden. Sie kniete immer noch vor ihm, und seine Beine hielten ihren Oberkörper umschlossen, als er auf die Sofakante vorrutschte, damit er sie noch näher an sich spüren konnte.

Er beendete den Kuss und rang um Atem, während er in ihrem Gesicht nach einer Reaktion auf sein Verhalten suchte. Doch er sah nur, wie schön sie war und wie begehrenswert, und er wollte noch mehr von ihr.

Die Begierde versetzte ihm einen Schock und brachte ihn schlagartig zurück in die Wirklichkeit. Und diese Wirklichkeit war, dass er Viève nicht verdiente. Er hatte die Lust nicht verdient, die er bei ihren Berührungen spürte. Was er verdiente, war das kalte, einsame Leben, das er nun schon seit Monaten führte.

Er löste sich aus ihren Armen, stand auf und ging auf Abstand zu ihr. Er keuchte immer noch, und sein Atem ging stoßweise. Sein Körper war wie elektrisiert von dem Gefühl, sie an seiner Brust zu spüren. Sie war so willig gewesen. Würde sie das wohl immer noch sein, wenn sie die Wahrheit über ihn erfuhr?

Er gab sich keinen falschen Hoffnungen hin. Eines Tages erführe sie alles, und dann würde sie ihn ganz anders anschauen als jetzt. Nicht mehr mit solch zartem Begehren, mit solcher Sehnsucht und Lust.

Kamen fuhr sich mit der Hand übers Gesicht und drehte sich von ihr weg. Er hielt ihren weichen, gütigen Blick nicht mehr aus.

»Kamen – habe ich etwas falsch gemacht?«, fragte sie. Sie stand auf, und als er sich umdrehte, blickte er in ihr bekümmertes Gesicht, das ihn voller Verwirrung ansah. Dachte sie wirklich, sie hätte etwas Falsches getan? Nein. Das konnte er nicht zulassen.

»Nein. Es hat nichts mit dir zu tun. Ich … Diese Art von Vergnügen sind nichts für mich. Es tut mir leid. Ich weiß nicht, was da eben über mich gekommen ist.«

»Warum ist sexuelles Vergnügen nichts für dich?«, fragte sie, und in ihrer Stimme lag ehrliche Neugierde. »Was ist falsch daran? Ist es, weil ich ein Geist bin? Das könnte ich verstehen. Geister sind nicht gerade für ihre sexuelle Attraktivität bekannt.«

»Hör auf«, fuhr er sie so laut an, dass sie zusammenzuckte. »Es hat nichts mit dir zu tun, habe ich gesagt, und das meine ich auch so. Du bist hier nicht das Problem.«

»Was ist dann das Problem?«, fragte Viève.

»Es ist zu kompliziert, um es zu erklären, und wir haben keine Zeit dafür. Mir geht es besser. Wir sollten zu unserem nächsten Ziel aufbrechen.«

Viève fuhr sich mit der Zunge über die Lippen. Der heiße und berauschende Geschmack von ihm war immer noch in ihrem Mund. Er hatte sie überrascht mit seinem Kuss, doch das hieß nicht, dass er ihr missfallen hatte. Es war das erste Mal gewesen, dass jemand sie mit solch drängender Leidenschaft berührt hatte. Geister waren so kalt, und sie hatte immer mehr von ihnen gewollt, als sie ihr geben konnten. Sie hatte es als eine Schwäche ihrer menschlichen Hälfte angesehen. Wäre sie ein vollwertiger Geist, dann würde sie nicht mehr wollen als das, was sie haben konnte.

Aber weil sie war, wie sie war, hatte es sie immer nach mehr verlangt – nach dem, was ihr Kamen gerade gegeben hatte. Zum ersten Mal in ihrem Leben fühlte sie sich vollwertig, fühlte sie sich begehrt. Noch nie hatte sie etwas so Wundervolles gespürt. Sie wollte nicht, dass es schon wieder vorbei war, nachdem sie es gerade erst kennengelernt hatte.

Sie ging auf ihn zu, obwohl sie wusste, dass sie lieber auf Abstand zu ihm bleiben sollte. Aber sie hatte etwas gespürt in seinen Berührungen und Zärtlichkeiten. Sie hatte eine Verbundenheit gespürt – hier war jemand, der genauso verzweifelt wie sie nach einem Ort suchte, an dem er erwünscht war und akzeptiert wurde.

Sie streckte die Hand aus und berührte ihn. Sie sehnte sich nach mehr Körperkontakt, doch er zuckte zurück. Die abweisende Geste genügte, um ihr die Sehnsucht zu nehmen. Er hatte gesagt, es hätte nichts mit ihr zu tun, aber was sollte es sonst sein? Sie war nicht gut genug. Sie war nicht erwünscht.

Sie wich vor ihm zurück und kämpfte gegen die plötzlich aufsteigenden Tränen an. Sie sollte nicht weinen. Geister weinten nicht. Ein reinrassiger Geist hatte nicht einmal Tränendrüsen. Sie hatte welche, und sie hatte ihre Tränen oft zurückgehalten. Hätte sie geweint, wäre sie von den anderen Geistern unweigerlich verspottet worden. Oft genug hatten die Geister sich über ihr Versagen und ihre Schwächen als Mischling lustig gemacht.

»Also gut«, sagte sie. »Du hast recht. Wir sollten aufbrechen, wenn du dich stark genug fühlst. Wir haben keine Zeit, um uns von unwichtigen Dingen aufhalten zu lassen.«

Kamen drehte sich zu ihr um. Sie glaubte ihm nicht, dass es nicht an ihr lag, warum er den Kuss abgebrochen hatte, das wurde ihm jetzt klar. Er könnte sie nur überzeugen, wenn er ihr die Wahrheit sagte, aber – aber er war zu einem Feigling geworden, was diese Sache betraf. Bis jetzt hatte er immer ohne zu zögern die Schuld und die Verantwortung für seine Taten übernommen, aber aus irgendeinem Grund war es bei ihr anders. Er wollte nicht, dass sie ihn wie alle anderen mit stummen Blicken verurteilte.

Er trat zu ihr, legte seine Hände um ihre Oberarme und zog sie eng an sich. In einem Winkel seines Herzens war er unendlich erleichtert, als er ihren warmen, weichen Körper wieder in den Armen hielt. Aber er kämpfte gegen das Gefühl an.

»Viève – süße, kleine Viève – du verdienst jemand Besseren als mich«, sagte er leise und schaute ihr dabei in die taubengrauen Augen.

»Seltsam. Ich habe gerade genau dasselbe gedacht – dass du eine Bessere als mich verdienst«, sagte sie.

»Nein, denk so etwas nicht. Ich bin ein Mann ohne Leidenschaft. Du dagegen besitzt eine Leidenschaft, die göttlich ist. Sie ist verschwendet an einen Mann wie mich.«

»Für einen Mann ohne Leidenschaft hast du vor ein paar Minuten außerordentlich viel davon gezeigt.«

»Das hat vielleicht etwas mit deiner Schönheit zu tun«, sagte er.

Sie lachte kurz auf. »Das bezweifle ich stark! Ich bin keine Frau, die in anderen große Gefühle auslöst. Ich bin ein Geist. Geister haben keine Gefühle.«

»Du bist ein Mischling, und du hast sehr wohl Gefühle. Das habe ich mit eigenen Augen gesehen.«

»Du musst es mir nicht auch noch vorhalten!«, rief sie plötzlich aus. Diese verdammten Tränen! Gleich würde sie anfangen zu weinen. Was würde er dann von ihr denken?

»Viève …« Seine Stimme wurde weich, als er ihr Gesicht in beide Hände nahm und ihren Kopf leicht nach hinten neigte. Er wollte, dass sie ihm direkt in die Augen blickte, damit sie sehen und spüren konnte, wie ernst es ihm war. »Es ist mir egal, dass du ein Mischling bist. Du hast genug von einem Geist in dir, damit wir diese Aufgabe bewältigen können, und das ist im Moment das Wichtigste. Was alles andere betrifft … Du bist eine tolle Frau, die sogar die eingerostete Leidenschaft eines Mannes, der sie überhaupt nicht verdient, zum Glühen bringt.« Er beugte sich vor und küsste ihre vollen, leicht geöffneten Lippen. Es sollte eine tröstende Geste sein, ein Kuss, um ihr Selbstvertrauen zu geben. Doch er sehnte sich nach mehr, und er musste seine Begierde zurückdrängen. Er ließ sie los und trat zurück, wobei er ihr in die Augen blickte. »Und glaube mir, wenn ich dir sage, dass ich dich nicht verdiene. Du verdienst einen viel besseren Mann als mich.«

Viève fuhr sich mit der Zunge über die Lippen und wagte trotz ihres zerbrechlichen Selbstvertrauens den Sprung ins kalte Wasser. »Aber ich will keinen besseren Mann. Ich will dich.«

Kamens Begierde verwandelte sich in unwiderstehliche Lust. Er verstand es nicht, konnte nicht begreifen, warum das Gefühl so übermächtig war. Was war an dieser Frau, dass er sich in ihrer Gegenwart so lebendig fühlte? Es fühlte sich verrucht und verführerisch an.

»Glaube mir«, flüsterte er ganz nah an ihren Lippen, »es gibt keine Frau, die ich mehr begehre.«

»Aber warum dann …?«

»Es darf einfach nicht sein.«

Ihr wurde klar, dass sie es akzeptieren musste – erst einmal. Doch das Gefühl, dass sie nie genug für ihn sein könnte, war verflogen. Er begehrte sie. Das hatte er selbst gesagt. Doch aus irgendeinem Grund war er überzeugt davon, dass er es nicht verdiente, sich gut zu fühlen. Sie würde herausfinden müssen, was dahintersteckte – warum er sich lieber bestrafte, als sich seinem Begehren hinzugeben. Und wenn sie es wusste, konnte vielleicht – vielleicht konnte es dann mehr zwischen ihnen geben als nur diesen leidenschaftlichen, wundervollen Kuss.

»Wir sollten los«, sagte sie leise.

Er senkte die Arme und ergriff ihre Hände. Er nickte, runzelte leicht die Stirn und sagte: »Halt dich bereit. Je länger wir im Strahl sind, desto unangenehmer wird es.«

»Zum Glück habe ich heute noch nichts gegessen.« Sie wollte ihn mit dem kleinen Witz zum Lächeln bringen.

Er lächelte nicht. Stattdessen schloss er die Augen, und der Strahl riss sie mit sich fort.

6

Apeps Schwangerschaft war schon weit fortgeschritten. Er konnte nirgends mehr bequem sitzen, hatte schlechte Laune und sein Heißhunger auf Pizza hatte bedenkliche Ausmaße angenommen. Er wollte nur noch, dass es endlich vorbei war. Er hatte Dinge zu erledigen, Völker zu erobern, und nichts davon konnte er tun, solange er ein Baby mit sich herumschleppte.

Wessen Idee war das eigentlich gewesen? Hatte wirklich er sich das ausgedacht? Was für einer idiotischen Logik war er da nur aufgesessen? Das Baby saugte ihn aus und kostete ihn die Hälfte seiner göttlichen Kraft. Seinetwegen musste er seine Anwesenheit in der Welt verheimlichen. Wenn er die Welt der Menschen nach seinen Wünschen formen wollte, brauchte er seine ganze Kraft.

Doch bevor es so weit war, musste er erst die einzigen Wesen auf Erden vernichten, die ihn möglicherweise stoppen könnten.

Die Schattenwandler.

Der Fluch verhinderte zwar, dass sie sich vereinten, und da die Geister auf seiner Seite waren, würden die Schattenwandler den Fluch auch nicht brechen können. Doch der Geister-Doyen hatte ihn nicht gerade mit viel Enthusiasmus empfangen, und keiner hatte ihn angebetet, wie Apep eigentlich erwartet hatte. Aber er hatte ihnen auch nicht seine göttlichen Kräfte demonstrieren können und all die Gründe, weshalb die Geister eigentlich voll Verehrung und Furcht vor ihm auf die Knie fallen sollten.

So ging das nicht.

Wann war diese verdammte Schwangerschaft endlich vorbei? Als er den Entschluss gefasst hatte, den Uterus der Körperwandlerin, den er in dieser Inkarnation bewohnte, zu nutzen und sich fortzupflanzen, hatte er sich das alles viel angenehmer vorgestellt. Einen Sohn zu erschaffen, mit dem er seine Macht teilen konnte – es hatte sich gut angehört, etwas, das seinen Interessen diente. Einen göttlichen Erben hatte er gewollt. Was konnte wohl anbetungswürdiger sein?

Aber jetzt dachte er darüber nach, was es wohl bedeuten würde, sich die Verehrung mit seinem Sohn teilen zu müssen. Apep wollte nicht, dass sein Sohn die gesamte Aufmerksamkeit auf sich zog. Immerhin würde er nur ein Halbgott sein. Sein Vater war zwar ein mächtiger Nachtengel, aber Nachtengel waren kaum mehr wert als Menschen. Das Gleiche galt für den Körper, den er zurzeit bewohnte.

Er würde ein paar Regeln festlegen müssen. Den Leuten musste klar sein, wem ihre Anbetung zustand. Sein Sohn konnte ein bisschen Aufmerksamkeit abbekommen, dagegen hatte er nichts, aber er selbst, Apep, würde am meisten verehrt werden. Am besten erreichte er das durch Angst. Erst würde er sie das Fürchten lehren und dann dazu bringen, ihn anzubeten.

Wenn er nur endlich dieses Ding los war, das ihn so behinderte!

Er hatte versucht, die Schwangerschaft mit seiner göttlichen Kraft zu beschleunigen, aber es hatte nicht funktioniert. Das Kind kam erst, wenn es wollte, und aus irgendeinem Grund konnte er daran nichts ändern.

Es war sooo ungerecht! Vielleicht könnte er auf das medizinische Wissen der Menschen zurückgreifen. Die waren doch sicherlich in der Lage, eine Geburt einzuleiten. Allerdings war das mit Risiken verbunden. Er musste sichergehen, dass das

Baby voll ausgewachsen war; er konnte schließlich kein anfälliges, schwächliches Kind zur Welt bringen. Was würden die Leute sonst denken? Nein, er musste ein fettes, gesundes Baby produzieren, das er stolz der Welt präsentieren konnte. Es war ein weiterer Beweis seiner eigenen Macht und Herrlichkeit.

»Asutept!«, quengelte Apep. »Bring mir eine Pizza! Aber keine vom Lieferservice! Ich will eine gute Pizza – mit extra viel Käse und Peperoni!«

»Sofort, Herrin, Euer Wunsch ist mir Befehl!«

Herrin. Diese Idioten glaubten immer noch, er sei die Körperwandlerin Odjit, die Anführerin der Templer. Sobald er das Kind los war, würde er so einiges ändern. Aber jetzt war es besser, wenn sie ihn noch für die Körperwandlerin hielten. So gehorchten sie ihm blind. Die Templer-Sekte war dieser Frau ergeben, und deshalb waren die Templer ihm ergeben. Bald würden sie die Wahrheit erfahren, aber er rechnete nicht damit, dass es Probleme geben würde. Immerhin dienten die Templer ihm schon seit fast einem Jahr.

Apep setzte sich aufs Bett und legte die geschwollenen Füße hoch. *Bald*, dachte er. Bald würde sich alles ändern. Bald würde er allen seine wahre Macht zeigen. Mit vereinten Kräften würden er und sein Sohn die Welt beherrschen. Und niemand würde sie aufhalten können.

Dafür würde er schon sorgen.

Als sich die Übelkeit nach dem Flug im Strahl allmählich legte, wurde Viève klar, dass sie sich in der feuchten schwülen Wildnis des brasilianischen Regenwaldes befand. Der Lärm fiel ihr als Erstes auf, sie war umgeben von einem chaotischen Durcheinander von unterschiedlichen Geräuschen: Insekten summten, ein Fluss rauschte, Lebewesen bewegten sich über ihr durch das Blattwerk oder glitten ins Wasser. Etwas schlängelte sich über ihre Füße, und mit einem Schrei stolperte sie direkt in Kamens Arme. Es war schon das zweite Mal an diesem Abend, und er lachte leise.

»Du weiß schon, dass du einfach nur deine schemenhafte Gestalt annehmen musst, damit dich nichts mehr berühren kann, oder?«, fragte er.

»Ach ja, richtig. Hab ich ganz vergessen.« Aber sie wollte ihren festen Körper behalten, wenn er sie wie jetzt eng an sich gepresst in den Armen hielt. Er war stark und voller Selbstvertrauen. Er wusste, was er wollte, wohin die Reise ging und verlor sein Ziel dabei nie aus den Augen. Etwas an dieser Einstellung war außerordentlich anziehend. Vielleicht war sie eine Närrin, dass sie so empfand, aber sie konnte nichts dagegen tun.

Und ihr wurde klar, dass sie, was auch geschehen mochte, immer mit ihm verbunden sein würde. Sie hatte etwas in ihm gesehen, das er ihr nicht mehr nehmen konnte. Er mochte sich zwar hinterher von ihr abgewandt haben, aber was sie erlebt hatte, ließ sich nicht verleugnen. Sie hatte etwas in diesen wenigen Augenblicken gespürt, als sie sich küssten, und sie wusste, dass er es auch gespürt hatte.

Vielleicht machte sie das tatsächlich zu einer Närrin.

Die Luft war heiß, drückend und sehr schwül – die Luftfeuchtigkeit legte sich sofort auf ihre trockene Haut. Aber als sie tief Luft holte, meinte sie, in ihrem ganzen Leben noch nie etwas so – so Lebendiges gerochen zu haben. Schon ein kurzer Blick zeigte ihr, dass um sie herum Hunderte von verschiedenen Pflanzen wuchsen. Hier war die Natur selbst die Gärtnerin, und es war wunderschön.

»Wir sind nicht allein«, sagte er und blickte bedeutungsvoll hoch ins Blätterdach.

Über ihnen zwischen den Ästen der weit in den Himmel ragenden Bäume flogen feuerrote Vögel. Ihre Federn leuchteten rot und orange in der Dunkelheit.

»Phönixe?«, flüsterte sie.

»Ich nehme es an. Aber es kommt mir so vor, als ob sie kein Interesse daran haben, als Erste auf uns zuzugehen.«

Kamen sprach einen Zauber aus, und plötzlich hoben sie vom Boden ab. Sie stieß einen überraschten Schrei aus und schlang die Arme noch fester um ihn, als sie zum dichten Blattwerk emporflogen und der Boden sich immer weiter entfernte. Sie hätte ihre körperlose Gestalt annehmen können, weil sie in dem Zustand selbst zu fliegen vermochte, und zwar genauso schnell wie er in seiner normalen Gestalt. Aber wie schon zuvor wollte sie ihn nicht loslassen.

Seinen Körper spüren zu wollen, wurde langsam aber sicher zu einer Sucht. Dafür gab es eine einfache Erklärung: Er war stark und voller Vitalität und besaß alles, was sie nicht hatte. Natürlich zog sie das an.

Als sie einen dicken Ast erreichten, legte er die Hände um ihre Taille und setzte sie darauf. Ihre Beine baumelten in einer Höhe von mindestens hundert Metern.

Dann wandte sich Kamen dem dichten Grün zu und rief: »Der Hof der Körperwandler bittet in einer äußerst dringenden Angelegenheit um eine Audienz am Hofe der Phönixe.«

Der Klang seiner Stimme sorgte um sie herum für Bewegung. Flügelschlag war zu hören und das Rascheln von Winden und Blättern. Die summenden Geräusche des Regenwalds kamen zur Ruhe, doch nach einem Moment der Stille setzten sie erneut ein.

»Was machen wir jetzt?«, fragte Viève.

»Wir warten«, erwiderte Kamen. »Wir warten, bis sie verstehen, dass wir erst gehen, wenn sie uns die Audienz gewährt haben.«

»Aber das kann Stunden dauern. Vielleicht sogar Tage.« Sie schlug einen Moskito tot, der auf ihrem Nacken gelandet war.

»Das stimmt. Aber wenn sie nicht sofort antworten, kann ich es uns hier immerhin etwas bequemer machen.«

»Wie das?« Wieder schlug sie nach einem Moskito.

»Nun. Erst einmal kann ich die Insekten vertreiben.« Er murmelte etwas mit leiser Stimme, und plötzlich war ihr ganzer Körper von grünem Licht umgeben, das sich über ihre Haut legte. Sie sah aus wie ein blass schimmernder Smaragd, doch es hielt die Insekten von ihr fern. Sie spürte sofort, dass etwas anders war, und als der nächste Moskito auf sie zuflog, schien er knapp über ihrer Haut plötzlich aufzuleuchten. Enttäuscht ließ er von ihr ab.

»Gleich merken sie nicht einmal mehr, dass du hier bist – sobald dein Geruch verflogen ist.«

»Mein Geruch?«

»Du riechst nach Erdbeeren. Der Geruch zieht alles an.« Seine Stimme wurde bei diesen Worten fast eine ganze Oktave tiefer, und er schaute sie einen Moment lang durchdringend an. Sie spürte, wie ihr Herz bei seinem Blick schneller schlug.

»Zieht er dich auch an?«, platzte sie heraus, ehe sie sich ihre Worte richtig überlegen konnte.

Grimmig presste er die Lippen zusammen. »Mehr als du ahnst«, meinte er, wirkte aber nicht sonderlich glücklich bei diesem Geständnis.

Nun, das war zumindest etwas. Er fand sie attraktiv. Aber er dachte, er habe kein Recht, mit ihr zusammen zu sein. Es war ein seltsames Verhalten. Was, fragte sie sich, konnte das wohl sein, das ihn mit solcher Gewalt zurückhielt? Weshalb dachte er, er sei es nicht wert, geküsst zu werden, nicht einmal von einer so unbedeutenden Frau wie ihr?

»Warum …« Sie brach ab. Vielleicht war es besser, wenn

sie nicht nachhakte. Bisher hatte sie ihn noch nicht verärgert, aber das war wohl nur eine Frage der Zeit. Irgendwann wurden alle Leute auf sie ärgerlich. Sie verloren die Geduld mit ihr oder verachteten sie aus diesem oder jenem Grund. Er sollte sie nicht verachten. »Denkst du, sie werden bald antworten?«, fragte sie, obwohl sie eigentlich viel lieber gewusst hätte, warum er so hart zu sich war, dass er sich nicht ein klein wenig Spaß oder körperliche Vergnügungen gönnte. Er erlaubte sich nicht einmal ein Hobby, das ihm gefiel. Dafür musste es einen Grund geben.

»Eine Weile wird es sicherlich dauern, nehme ich an.« Er setzte sich neben sie auf den dicken Ast. Einen Moment lang schaute er sich um und atmete die frische Luft oben in den Bäumen ein. »Es ist wirklich schön hier. Ich kann verstehen, warum die Phönixe sich hier niedergelassen haben.«

»Aber hier ist niemand. Es ist so abgeschieden.«

»Sie haben sich selbst. Vielleicht brauchen sie sonst keine Gesellschaft.«

»Vielleicht«, sagte sie. Das konnte sie verstehen. Die Geister waren auch eine sehr zurückgezogen lebendende Gemeinschaft. Sie lebten in Zellen, und in jedem Haus wohnten mehrere Generationen derselben Familie. Geister aus anderen Familien traf man nur beim Kinua, der Zusammenkunft aller Zellen. Wenn der Wunsch bestand, suchte man sich bei dieser Gelegenheit einen Partner. Allerdings heirateten Geister nicht und siedelten auch nicht ins Haus des Partners über. Zumindest normalerweise nicht. Sie schliefen miteinander, wann immer sie wollten, und wenn die Frau schwanger wurde, zog sie das Kind in ihrer Zelle auf, während die Männer von jeglicher Verantwortung gegenüber ihren Kindern befreit waren. Es war eine Übereinkunft bar jeden Gefühls, die genau wie alle anderen Handlungen zwischen den Geistern völlig emotionslos vonstattengingen. Hätte die Evolution sie nicht mit einem Sexualtrieb ausgestattet, würde es keine neuen Generationen von Geistern geben. Denn die Geister hatten zwar nichts, das einem wirklichen Gefühlsleben gleichkam, aber ihr Sexualtrieb war stark. Sie waren weder äußerlich anziehend noch taten sie etwas, um einen Sexualpartner für sich zu gewinnen, aber wenn sie in Stimmung waren, gaben sie sich ganz und gar ihren Trieben hin.

»Ich nehme an, wenn sie ganz unter sich bleiben, gibt es bei ihrer Gesellschaft so etwas wie Mischlinge gar nicht.«

»Ich weiß es nicht. Es könnten hier im Regenwald Eingeborenenstämme leben, mit denen die Phönixe unter Umständen Kontakt haben.«

»Daran habe ich nicht gedacht.«

Er schwieg einen Moment. »Was ist so schlimm daran, ein Mischling zu sein?«, fragte er. Sein sanfter Ton verriet, dass er wusste, wie unangenehm ihr das Thema war.

Sie zuckte zusammen. »Es zeigt, dass die Mutter schwach war. Ein Mischling ist der lebende Beweis für ihren Fehltritt. Es ist, als ob man ein scharlachrotes Zeichen auf der Brust trägt.«

»Ein Fehltritt der Mutter? Was ist mit Mischlingskindern, die von männlichen Geistern gezeugt wurden?«

»Solche Mischlinge gibt es bei uns nicht. Bei uns betreut die Mutter das Kind. Wenn ein Mann mit einer Frau schläft, die kein Geist ist – na ja, dann überlässt er ihr das Kind, falls eines entstanden ist. Genau wie bei einer Geisterfrau.«

»Aber dann zieht ja eine menschliche Frau ein Schattenwandlerkind groß. Ein Kind, das im Tageslicht nicht leben kann.«

»Oh, ein Leben im Tageslicht ist schon möglich für uns. Wir können dann nur keine körperlose Gestalt annehmen. Es macht uns undurchlässig und raubt uns unsere übernatürlichen Fähigkeiten. Es macht uns – mit einem Wort – menschlich.«

»Aber die Kinder sehen doch sicherlich anders aus.«

»Du meinst, so wie ich? Das tun sie, da bin ich mir sicher. Aber hässliche Menschen gibt es überall auf der Welt. Da fällt so ein Geistermischling nicht weiter auf.«

»Du bist nicht hässlich«, fuhr er sie an. »Ganz im Gegenteil.«

»Für die Geister bin ich hässlich. Und ist das nicht alles, was zählt? Außer, ich würde mir einen Partner in der Menschenwelt suchen, was ich aber nicht möchte. Das würde ich einem Kind nicht antun wollen – es in einem Haus aufwachsen zu lassen, in dem es verachtet und verspottet wird.«

»Nicht aus jeder Verbindung geht ein Kind hervor.« Er hielt kurz inne. »Du hast also keine Kinder?« Er hatte nicht daran gedacht, sie nach Kindern zu fragen. Hatte er sie etwa gezwungen, ihre Familie zurückzulassen?

»Nein. Ich habe keine … Ich bin nicht …« Sie reckte das Kinn. »Für einen Geist bin ich nicht gerade die ideale Partnerin. Vielleicht lerne ich eines Tages einen Geist kennen, dem es egal ist, dass ich ein Mischling bin. Aber bis jetzt ist das noch nicht passiert.«

»Willst du damit sagen, dass du noch nie mit jemandem geschlafen hast? Du lebst schon seit über fünfzig Jahren auf diesem Planeten und hattest noch nie Sex?«

»Keiner der Geister wollte je mit mir schlafen. Die einzige andere Möglichkeit wäre ein Menschenmann gewesen, und ich habe dir ja schon erklärt, warum ich das nicht möchte.«

»Aber sicherlich willst du …«

»Natürlich will ich! Manchmal sehne ich mich so sehr danach, dass es wehtut! Ich habe Glück, und die Begierde – das überwältigende Verlangen nach Sex, wie es Geister empfinden – ist bei mir nicht so stark, dass ich alles andere darüber vergesse, wie normalerweise bei meinem Volk. Bei mir ist der Sexualtrieb schwächer ausgeprägt, ein Erbe meiner menschlichen Seite. Ich habe Geister gesehen, die durchdrehten, weil sie die Begierde nicht stillen konnten. Kannst du dir vorstellen, was mit mir geschehen wäre, wenn ich als Mischling mit einer vollen Dosis der Begierde hätte leben müssen? Niemand von den Geistern will mich, deshalb müsste ich mir einen menschlichen Partner suchen oder verrückt werden vor Lust.«

»Es widert mich an, wie man mit dir umgeht«, sagte er hitzig. Er legte eine Hand an ihren Hals und strich mit dem Daumen zärtlich an ihrem Kinn entlang. »Tut mir leid, aber so ist es nun einmal. Die Geisterwelt ist kalt und herzlos und voller sinnloser Vorurteile.«

Sie nickte und flüsterte: »Aber es ist die einzige Welt, die ich kenne.«

»Du könntest leicht als Mensch durchgehen. Du könntest in der Welt der Menschen leben.«

»Ich wüsste nicht wie. Und ich wäre abgeschnitten von allem, was mir die Geister geben. Geld, Geborgenheit.«

»Geborgenheit! Wann hast du dich jemals bei den Geistern geborgen gefühlt?«

»Ich … Da ist mein Garten.«

»Du könntest auch in der Welt der Menschen problemlos einen Garten haben.«

»Warum lebst du nicht in der Welt der Menschen?«, fragte sie angriffslustig. »Du bist doch fast ein Mensch.«

»Bis auf eine winzige Kleinigkeit – Sonnenlicht lähmt mich.«

»Na und? Auch viele Menschen machen die Nacht zum Tag.«

Er verstand, was sie meinte. Im Gegensatz zu ihr wurde er nicht diskriminiert und verachtet. Nicht wirklich.

Oder etwa doch? Mittlerweile hassten die meisten schon seinen bloßen Anblick. Aber dazu hatte er ihnen auch einen guten Grund gegeben. Viève hatte sich dagegen nichts zuschulden kommen lassen. Sie war nur als Mischling auf die Welt gekommen und wurde deshalb von ihren Leuten verachtet. Er konnte sein Schicksal nicht mit dem ihren vergleichen. Sie hatte es nicht verdient, wie man sie behandelte. Er schon.

»Aber vielleicht würdest du bei den Menschen Leute finden, die dich akzeptieren – die sich in dich verlieben«, beharrte er.

»Ich bin ein Geist«, sagte sie leise. »Wir brauchen keine Liebe.«

»Du bist ein Mischling, und ich kann doch sehen, dass du Liebe brauchst.«

Mit einem Mal traten ihr Tränen in die Augen. »Ich will das nicht. Ich wünschte mir, ich wäre ohne diese Gefühle geboren worden. Mein Leben wäre so viel einfacher ohne sie.«

»Aber du wurdest nicht ohne Gefühle geboren. Du musst diese Gefühle akzeptieren. Du musst akzeptieren, dass du Bedürfnisse hast, die die Geister nicht erfüllen können. Nur so kannst du zu einem Leben finden, dass wirklich gut für dich ist.«

»Ich wäre für den Rest meines Lebens eine Ausgestoßene«, flüsterte sie.

»Du bist schon jetzt eine Ausgestoßene«, erwiderte er sanft.

Er hatte recht. Sie war eine Ausgestoßene. Schon ihr ganzes Leben lang, und das würde sich auch nicht mehr ändern. Nie würde sie wirklich irgendwo zu Hause sein. Es war ein trauriger Gedanke, und das Herz wurde ihr schwer.

Doch im nächsten Moment war die Traurigkeit wie weggeblasen, als sein Mund zärtlich ihre Lippen berührte. Er küsste sie nicht leidenschaftlich, sondern tröstend. Sie atmete scharf ein.

»Lass das«, sagte sie und wandte den Kopf ab. »Bedaure mich nicht. Auf dein Mitleid kann ich verzichten.«

Er nahm ihren Kopf zwischen beide Hände und sah ihr tief in die Augen.

»Ich bedaure dich aber. Denn weil du selbst kein Mitleid verspürst, muss es jemand anderes für dich tun. Du akzeptierst dein Schicksal einfach und führst dein Leben so, als ob du nichts Besseres verdient hättest. Aber du verdienst etwas so viel Besseres.«

»Du auch«, platzte sie heraus. »Du verdienst so viel mehr. Aber du glaubst auch nicht, dass du es wert bist. Genau wie ich.«

»Bei mir ist es etwas anderes. Ich habe furchtbare Dinge getan, Viève. Wenn du wüsstest, was ich getan habe, würdest du nicht einmal mehr mit mir sprechen wollen. Du würdest nicht wollen, dass ich dich berühre, geschweige denn, dass ich dich küsse. Es ist selbstsüchtig von mir, dir nicht zu erzählen, was ich verbrochen habe. Aber ich möchte zumindest für eine Weile jemanden um mich haben, der mich nicht hasst.«

»Ich hasse dich nicht. Ich könnte dich nie hassen.«

»Oh, du würdest mich hassen«, flüsterte er und legte dabei seine Stirn an ihre. »Das würdest du.«

Ein Geräusch rechts von ihnen riss sie aus ihrer Zweisamkeit. Ein großer orangeroter Vogel ließ sich auf dem Ast neben ihnen nieder. Im nächsten Moment schoss eine blendend helle, heiße Flamme empor, dann saß ein Mann auf dem Ast. Er war dunkelhäutig, mit einem Paar dunkelbrauner Augen und flammenroten Haaren. Seine Nase war flach und breit, und die Lippen waren voll und weich. Noch nie hatte Kamen einen Rotschopf gesehen, dessen Haut nicht blass, sondern so ebenmäßig braun war wie bei diesem Fremden. Der Mann war nackt, sein Körperbau sehnig, und unter seiner dunklen Haut zeichnete sich jeder Muskel deutlich ab.

»Wer möchte den Stammesfürsten sprechen?«, fragte er. Er sprach mit einem starken Akzent.

»Mein Name ist Kamenwati. Ich repräsentiere die Körperwandler und die vereinten Völker der Nachtwandler-Nationen. Sie haben mich gesandt, um euch bei einem Problem um Hilfe zu bitten, das uns alle bedroht.«

Der Mann lachte. »Wir haben hier keine Probleme. Also geht jetzt.«

»Das kann ich nicht«, sagte Kamen schnell, bevor der Mann sich wieder in einen Vogel verwandelte und wegflog. »Eine Kreatur wandelt auf Erden, die alle Schattenwandlervölker vernichten will – auch die Phönixe.«

»Wer soll das sein?«, fragte der Phönix. »Wer soll uns bedrohen in unserem friedlichen Wald hier weit ab vom Rest der Welt?«

»Er heißt Apep. Er ist ein Dämonengott, der durch eine schlimme Tat auf diesem Planeten hervorgebracht wurde. Im Moment sammelt er seine Kräfte. Aber wenn er voll erstarkt ist, wird er uns angreifen. Er weiß, dass nur die vereinten Völker der Schattenwandler in der Lage sind, ihn aufzuhalten. Ohne sie könnte er ungehindert die Welt überrennen – er wird jeden Menschen und jeden Schattenwandler, der sich ihm in den Weg stellt, töten oder versklaven. Alle Schattenwandler-Völker außer den Phönixen, den Mysticals und den Geistern haben sich schon unserer Sache angeschlossen. Die Geister haben aber bereits zugesagt, sich auf unsere Seite zu stellen, wenn auch die beiden anderen Völker zu uns stoßen. Ich bitte dich: Wir müssen den Stammesfürsten so schnell wie möglich sehen. Die Zeit läuft uns davon.« Er holte kurz Luft. »Und da ist noch mehr, viel mehr. Willst du weiterhin in Unwissenheit leben oder willst du hören, was ich zu sagen habe?«

Einen Moment lang schien der Mann zu überlegen, und Viève hielt den Atem an. Er musste Ja sagen, er musste einfach. Sie hatte keine Ahnung, was sie tun sollten, wenn er sich nicht darauf einließ.

»Mein Name ist Cembo«, sagte er schließlich. »Ich bin der Stammesfürst dieses Volkes der Schattenwandler. Sag, was du zu sagen hast, und sag es schnell, weil ich mir nicht sicher bin, ob ich dir glauben soll.«

Kamen trug rasch alles vor: Zuerst sprach er von der Natur des Fluchs und den beiden Fraktionen der Schattenwandler. Dann berichtete er alles andere, was er sonst noch wusste, und verschwieg nur seine persönliche Verantwortung dafür, dass Apep in diese Welt gekommen war.

»Das klingt nach einem Problem der Körperwandler, das die Schattenwandler nicht betrifft. Ihr habt euch diesen Gott zum Feind gemacht – nicht wir. Wir werden uns der Welt da draußen nicht aussetzen, wenn es nicht wirklich nötig ist.«

»Es ist beileibe kein Problem, das nur die Körperwandler betrifft. Du kannst doch bestimmt erkennen, welch katastrophale Folgen das auch für die Schattenwandler haben wird.«

»Ich erkenne gar nichts«, erwiderte Cembo stur. Aber dann fügte er hinzu: »Allerdings bin ich der Meinung, dass wir mehr über das Problem erfahren müssen. Deshalb werde ich Vertreter meines Volkes in die Welt aussenden. Sie werden sich ein Urteil bilden und mich darüber informieren.« Cembo gab ein krächzendes Geräusch von sich, und zwei Vögel in buntem Federkleid landeten in den Ästen neben ihm.

»Das sind Cordo und Ceara. Sie werden mit euch hinaus in die Welt draußen gehen.«

»Dann müssen wir zweimal nach draußen fliegen«, sagte Kamen. »Ich kann maximal zwei Begleiter im Strahl mitnehmen, und werde Viève nicht hier zurücklassen.«

Cembo nickte. »Cordo wird warten, bist du zurückkommst. Nimm Ceara als Erste mit.«

Der Vogel zu seiner Linken ging in Flammen auf, und ein leichter Ascheregen rieselte auf Kamen und Viève. Nachdem sich ihre Augen von dem blendenden Licht erholt hatten, erkannten sie eine hübsche Amazone, deren Haut so dunkel war wie die des Stammesfürsten, deren Haare aber einen helleren Rotton als seine aufwiesen.

»Ceara und Cordo sind meine Stimme. Was immer sie entscheiden, gilt als meine Entscheidung. Sie sind meine engsten Berater.«

»Ich verstehe. Vielen Dank. Sie werden schnell verstehen, wie wichtig unser Anliegen ist.«

»Ich hoffe nicht. Ich hoffe, dass du das Problem vollkommen übertrieben darstellst und dass es nichts mit uns zu tun hat. Alles andere ist undenkbar.«

»Aber das Undenkbare ist real. Deine Berater werden es mit eigenen Augen sehen. Komm, Ceara, nimm meine Hand«, sagte Kamen. Er ergriff Viièves Hand und hielt die andere Ceara hin. Sie schaute sie einen Moment lang an, als wisse sie nicht, was sie damit anfangen solle. Doch dann streckte sie ihre Hand aus, sodass Kamen sie nehmen konnte.

Gleich darauf glitten sie in den Strahl.

7

Sie kamen auf dem Gelände eines weitläufigen Anwesens an, das an eine große Ranch erinnerte. Die Auffahrt war von mehreren leeren Plattformen aus Stein gesäumt. Das Haus mit dem gepflegten Garten davor war mindestens drei Stockwerke hoch, und neben der Eingangstür waren breite, hohe Fenster eingelassen.

Ceara fiel auf die Knie, kaum hatte sie den Strahl verlassen, und übergab sich. Seltsamerweise war es für Viève dieses Mal nicht mehr ganz so schlimm gewesen. Sie gewöhnte sich tatsächlich an diese verstörende, nervenaufreibende Art des schnellen Reisens.

Voller Mitgefühl mit dem Phönix ging sie neben der jungen Frau in die Hocke und strich ihr tröstend über den Rücken.

»Gleich ist es vorbei«, sagte sie.

Ceara nickte nur und mühte sich sichtlich, das Würgen zu unterdrücken. Währenddessen verschwand Kamen schon wieder schnell wie ein Blitz aus ihrem Blick. Ceara kam gerade auf die Beine, als er mit Cordo im Schlepptau zurückkehrte. Cordo reagierte ähnlich heftig auf die Reise im Strahl wie Ceara, doch als Ceara und Viève ihm helfen wollten, hob er die Hand, um sie abzuwehren. Er rang einen Moment um Fassung und atmete einige Mal rasch ein und aus, ehe er sich erhob.

Beide Phönixe waren nackt, was Viève etwas unangenehm war. Cordo war von der Natur sehr gut ausgestattet und um einiges größer und muskulöser als der Stammesfürst. Insgesamt war er ein auf eine wilde Art ziemlich gut aussehender Mann.

Ceara war nur wenig kleiner als er, aber ihr überaus weiblicher Körperbau bestand nur aus Kurven. Mit ihren breiten Gesichtern, dem roten Haar und der dunklen Haut hätten sie Bruder und Schwester sein können. Viève fragte sich, ob sie wirklich Geschwister waren.

»Willkommen im Haus der politisch aktiven Körperwandler – und der Gemeinschaft von fast allen bekannten Schattenwandlervölkern. Mit eurer Ankunft und der Anwesenheit von Viève sind hier jetzt alle Nationen der Schattenwandler – bis auf die Mysticals – vertreten.«

»Wir sind nur hier, um Informationen zu sammeln, nicht als Vertreter unseres Volkes. Wir sind gekommen, um deine Behauptungen zu überprüfen«, sagte Ceara.

»Natürlich«, erwiderte Kamen. Doch er war auf jeden Fall gelassener, seit sie mit ihm mitgekommen waren. Jetzt konnte er sich ganz darauf konzentrieren, die Mysticals von ihrer Sache zu überzeugen. Wenn er nur ein Mitglied aus jedem Schattenwandlervolk hierherbrachte, konnte er vielleicht eine Lösung entwickeln, um den Fluch zu brechen. Zumindest schien das der wichtigste Schlüssel zu dem Rätsel zu sein. Und vielleicht gelänge es ihm dann auch, mit ein wenig magischer Hilfe …

Aber er dachte über Dinge nach, die noch gar nicht abzusehen waren. Es wäre nur ein kleiner Erfolg, wenn von allen Schattenwandlern Repräsentanten hier anwesend waren. Die Nationen mussten sich verbünden und von ganzem Herzen auf ihrer Seite stehen. Und das hieß: Er musste die Phönixe davon überzeugen, dass das Problem überhaupt ihre Aufmerksamkeit verdiente. Falls Apep sie wieder angriff, dann wäre diese Schwierigkeit vom Tisch, aber es musste auch einen anderen Weg geben, ihnen den Ernst der Lage klarzumachen.

Wobei … Das war es! Er konnte einen Zeugenzauber beschwören! Schnell führte er alle ins Haus. Dort trafen sie auf

Jackson und seine Frau Marissa, die gerade das Wohnzimmer betraten. Das Paar hielt überrascht inne, als es ihre nackten Gäste und Viève erblickte.

»Menes«, sagte Kamenwati, »darf ich dir Ceara und Cordo vorstellen, die Vertreter des Stammes der Phönixe?«

Die Körperwandlerseele von Jackson war Menes – einst ein bedeutender ägyptischer Pharao, heute Pharao aller Körperwandler der politisch engagierten Fraktion. Er benutzte beide Namen, aber normalerweise sprachen ihn alle mit Jackson an.

Jackson trat vor und hielt dem männlichen Phönix die Hand hin. Cordo betrachtete die ausgestreckte Hand, dann schaute er Jackson in die Augen.

»Dieser hier behauptet, es gäbe eine Bedrohung gegen die Phönixe. Wir sind nur hier, um die Gefahr realistisch einzuschätzen.«

»Gut, wir werden euch gerne dabei unterstützen«, sagte Jackson. »Aber zuerst sollten wir euch den anderen im Haus vorstellen.«

»Für so etwas haben wir keine Zeit. Außerdem ist es unerheblich, wer hier im Haus wohnt. Uns interessiert nur die Bedrohung. Ihr wirkt aber nicht gerade so, als ob euch Gefahr droht, sondern seht alle recht entspannt aus.« Cordo schaute mit misstrauischem Blick in die Runde.

»Gib mir ein paar Sekunden, damit ich mich vom Flug im Strahl erholen kann, mit dem ich euch hierher gebracht habe«, sagte Kamen. »Ich glaube, ich kann euch etwas zeigen, was ihr sehen solltet.«

Jackson zog eine Augenbraue hoch. »Wie willst du das anstellen?«

»Ein wenig musst du mir schon vertrauen.« Kamen wusste genau, wie schwer das dem Pharao fiel. Er deutete auf Viève. »Das ist Viève. Sie ist eine Vertreterin der Geister.«

Die beiden Phönixe schnappten nach Luft. »Ihr habt ein Bündnis mit den Geistern geschlossen? Das sind bösartige Geschöpfe!«, rief Ceara aus.

»Wir schließen Bündnisse mit *allen* Schattenwandlern«, erwiderte Kamen schroff. »Auch mit den Geistern. Und ich versichere dir, sie hat nichts Bösartiges getan. Im Gegenteil, sie war sehr entgegenkommend und verständnisvoll angesichts der Bedrohung, die uns alle betrifft.« Die Phönixe hatten sich weniger kooperativ gezeigt als die Geister. Aber Kamen konnte es ihnen nicht zum Vorwurf machen. Er verlangte ihnen in sehr kurzer Zeit viel ab. Trotzdem würde er nicht zulassen, dass sie schlecht über Viève redeten. Das hatte sie nicht verdient. Andere Geister vielleicht, aber nicht Viève.

»Nun, ihr seid alle willkommen.« Jackson fuhr sich mit der Hand durch das kurze schwarze Haar. »Hier in diesem Haus und in den beiden anderen Häusern auf dem Anwesen leben eine Menge Schattenwandler. Einige davon könnt ihr nicht sehen, aber glaubt mir: Sie sind da. Wir haben ihre dreckige Wäsche als Beweis.«

»Welche anderen Beweise habt ihr noch?«, fragte Ceara neugierig. »Woher wisst ihr, dass sie wirklich da sind?«

»Die Menschen hier auf dem Anwesen können sie sehen und mit ihnen sprechen. Sie sind unsere Übersetzer. Wenn ihr mit jemandem von der Ersten Fraktion reden wollt, müsst ihr das mithilfe der Menschen tun.« Kamen erklärte ihr, welche der Schattenwandlervölker zur Ersten Fraktion gehörten.

»Ihr lasst zu, dass die Menschen von unserer Existenz erfahren?«, fragte Cordo, den die Vorstellung offensichtlich schockierte. »Wo wir herkommen, halten die Menschen uns für sagenhafte Fabelwesen.«

»Sie halten auch die Vampire, Lykanthropen und Dämonen für Fabelwesen. Genau wie die Dschinn. Aber wenn wir miteinander kommunizieren wollen, dann brauchen wir die Menschen. Die Menschen und die Mischlinge.«

»Mischlinge?«, fragte Viève und war auf einmal ganz Ohr.

»Die Kinder aus Paarungen zwischen Schattenwandlern und Menschen können einander schreiben. Zumindest war das bisher unsere Erfahrung. Sie spüren einander auch. Aber sie können einander nicht sehen, genauso wenig wie wir«, sagte Kamen.

»Mischlinge können euch also nützlich sein?«, fragte sie. »Für die Kommunikation, meine ich.«

»Ja, sogar sehr nützlich.« Kamen drehte sich zu ihr um und berührte kurz ihr Gesicht.

Jackson riss die Augen auf. War das etwa gerade eine Geste der *Zuneigung* gewesen? Von Kamenwati? Dem kältesten, analytischsten und berechnendsten Mann, den er kannte – der sollte *Zuneigung* gezeigt haben? Es war unvorstellbar.

Jackson riss sich zusammen und konzentrierte sich wieder auf seine neuen Gäste. »Wollt ihr etwas anziehen? Wir haben hier Kleidung in vielen Größen und Schnitten für Gäste wie euch.«

»Wir tragen keine Kleidung.«

»Normalerweise nicht.« Ceara warf Cordo einen mahnenden Blick zu »Aber in diesem Fall werden wir etwas anziehen.«

»Warum sollten wir? Damit die sich nicht unangenehm berührt fühlen?«, spottete Cordo. »Wir sind nicht hier, um neue Freunde zu finden.«

»Doch, das seid ihr«, stellte Kamen klar. »Ihr seid hier, um einschätzen zu können, ob es wirklich nötig ist, dass unsere Völker ein Abkommen miteinander schließen. Da ist es wenig sinnvoll, sich mit den anderen anzulegen. Ein bisschen guten Willen müsst ihr schon zeigen. Vor allem, weil ihr auf uns angewiesen seid – genau wie wir auf euch. Wenn ihr euch der Gefahr bewusst werdet, die uns droht, dürftet ihr das einsehen.«

»Das wird sich zeigen«, erwiderte Cordo in frostigem Ton. »Na gut, dann bringt uns schon diese *Kleidung*.«

Marissa winkte ihnen, ihr zu folgen, aber die beiden Phönixe schienen sie nicht zu verstehen.

»Folgt mir bitte«, sagte sie. Cordo runzelte die Stirn, aber er folgte Marissa, wobei er Ceara bei der Hand nahm und mit sich zog.

Als die drei den Raum verlassen hatten, seufzte Viève. »Sie sind sehr unfreundlich«, sagte sie.

»Manche würden dein Volk ganz ähnlich beschreiben«, sagte Jackson, der selten ein Blatt vor den Mund nahm.

»Und sie hätten recht«, erwiderte sie grimmig. »Freundschaft bedeutet den Geistern nicht viel, nicht einmal unter ihresgleichen. Man trifft sich nur einmal im Jahr, wobei es vor allem darum geht, einen Paarungspartner zu finden. Aber ich war nie … Ich habe gehört, die Treffen sind ziemlich düstere Angelegenheiten.«

»Du hast nie selbst an einer dieser Zusammenkünfte teilgenommen?«, fragte Jackson.

»Nein.«

»Warum nicht?«

»Ich würde dort nur stören. Du musst wissen: Ich bin ein Mischling. Bei den Geistern sind Mischlinge nicht besonders gern gesehen.«

»Bei uns sind Mischlinge sehr gern gesehen«, sagte Jackson schnell. »Je mehr Leute, die mit den anderen Schattenwandlern kommunizieren können, desto besser.«

»Bist du sicher, dass ich das auch kann?«

»Bis jetzt konnten alle Mischlinge miteinander kommunizieren.«

»Aha. Also, ich würde es gerne einmal versuchen.«

»Später vielleicht«, sagte Kamen. »Ich muss jetzt erst einmal ein paar Zutaten aus meinen Räumen holen und mich über den Zeugenzauber informieren. Jackson, ich brauche dich und Marissa für den Zauber. Ihr seid das wichtigste Element dabei.«

Jackson legte die Stirn in Falten. »Wir mögen Magie nicht«, sagte er stockend.

»Warum denn nicht?« Viève sprang Kamen sofort zur Seite. »Er hat damit schon viel erreicht für das Friedensabkommen, an dem dir so viel liegt.«

»Es ist nur … Für die Politik-Fraktion hat Magie immer etwas Negatives bedeutet. Es ist nicht einfach, sich von diesem Denken zu lösen.«

»Nun, inzwischen ist mehr als nur ein Templer auf deine Seite übergelaufen. Es wäre klug, wenn du dich ein wenig für die Möglichkeiten der Magie öffnest. Sie ist vielleicht der Schlüssel, mit dem wir diesen Fluch brechen und Apep besiegen können.«

»Ich weiß schon«, sagte Jackson mit grimmiger Miene. »Es ist nur eine alte Gewohnheit. Es gibt hier eine ganze Menge Leute, denen es genauso geht. Die Politik-Fraktion kämpft schon so lange gegen die Templer. Aber es ist meine große Hoffnung, dass man eines Tages nicht mehr von Templern und der Politik redet, sondern nur noch von Schattenwandlern. Niemand wird mehr der Ersten oder der Zweiten Fraktion der Schattenwandler angehören. Wir werden uns alle zusammenschließen und nur noch Schattenwandler sein.«

»Das klingt fast wie ein schöner Traum.« Viève seufzte. »Wenn alle miteinander in Frieden lebten – wäre das nicht schön?« Doch dann sagte sie: »Allerdings würde ich mich nicht zu sehr auf die Geister verlassen. Sie sind sehr egoistisch.«

»Und du? Bist du auch egoistisch?«, fragte Jackson mit einem schelmischen Unterton.

»Ich kann schon manchmal egoistisch sein, aber das sind wir alle auf die eine oder andere Art, nicht wahr? Wir haben alle unsere eigenen Interessen im Blick. Doch in diesem Fall verstehen hoffentlich alle, dass es für jeden Einzelnen das Beste ist, wenn wir zusammenarbeiten.«

»Damit wir zusammenarbeiten können, muss ich jetzt in meine Räume. Jackson, kümmerst du dich darum, dass Viève die anderen auf dem Anwesen kennenlernt?«

»Natürlich. Viève?« Jackson reichte ihr seinen Arm. Ihr wurde klar, dass es eine Geste des absoluten Vertrauens war. Er musste wissen, dass die Berührung eines Geistes ihn töten konnte. Aber er hatte gesehen, wie Kamen sie ohne Probleme berührt hatte, und nahm offenbar an, dass in ihrer Berührung nichts Bösartiges lag. Mit einem scheuen Lächeln nahm sie seinen Arm. Kamen musterte sie einen Moment lang, dann verabschiedete er sich mit einem kurzen Nicken und ging hoch in sein Quartier.

Viève folgte Jackson durch das große Haus. Als Erstes betraten sie ein geräumiges Wohnzimmer, wo ihr Kat, Ahnvils Frau, vorgestellt wurde.

»Das ist meine schüchterne Angetraute«, sagte Ahnvil. Seine Stimme mit dem starken schottischen Akzent war so tief und warm wie der Blick, mit dem er Kat ansah. Die beiden gaben ein sehr gegensätzliches Paar ab. Der massige Gargoyle war sehr groß und athletisch gebaut, seine Arme und Beine muskelbepackt. Kat dagegen war zierlich und klein und verschwand fast zwischen seinen mächtigen Schultern, als er sie liebevoll umarmte. »Wir haben vor genau sieben Tagen geheiratet, heute ist unser einwöchiger Hochzeitstag. Zur Feier des Tages habe ich etwas ganz Besonderes für mein Mädel geplant.«

»Hör auf«, rief sie, und ein wundervoller Rosaton erschien auf ihren Wangen. »Musst du es denn allen auf die Nase binden?«

»Allen und jedem. Die ganze Welt soll wissen, was ich für dich empfinde, Mädel. Das möchte ich mir nicht nehmen lassen.«

Sie stöhnte auf. Sein Enthusiasmus ging ihr sichtlich auf die Nerven, aber sie lächelte ihn warm an und tätschelte seinen prallen Bizeps. »Beachtet uns einfach nicht«, sagte sie. »Worüber haben wir gesprochen? Ach ja, genau. Ich war der erste Mischling, der Kontakt mit der Ersten Fraktion der Schattenwandler aufgenommen hat. Ich bin quasi zufällig in eine Druidin hineingerannt. Obwohl Bella, die Druidin, sagt, eine Vorahnung hätte sie genau zum richtigen Zeitpunkt an die Stelle gebracht, an der sie sein musste. Weißt du, sie hat diese wahnsinnig intensiven Vorahnungen. Und sie ist eine Vollstreckerin. Das ist so was wie ein Cop. Eine knallharte Draufgängerin von einem Cop, der die Dämonen unter Kontrolle hält. Keine Ahnung, ob du weißt, wie mächtig diese Dämonen sind, aber es ist echt nicht einfach, sie zu kontrollieren.«

»Ich bin wirklich gespannt darauf, diese Bella kennenzulernen.«

»Aber genug von uns, wir möchten ja auch etwas über dich erfahren.« Kat beugte sich neugierig nach vorn. »Erzähl uns alles über dich.«

Viève wurde bleich. Über sich selbst wollte sie als Allerletztes sprechen. Plötzlich vermisste sie den Schutz, den Kamen ihr bot, und das Gefühl überwältigte sie ein bisschen. Wann hatte sie angefangen, ihn sich als ihren Beschützer vorzustellen? Sie kannten sich ja erst seit ein paar Stunden. Warum war sie mit einem Mal so abhängig von ihm?

Weil sie sich auf vollkommen fremdem Terrain befand. Sie war nicht die Richtige für eine solche Aufgabe. Sie wusste nichts von Diplomatie. Sie redete nicht einmal gerne mit anderen Leuten. Sie hatte gelernt, den Mund zu halten und keine Fragen zu stellen. Sie hatte ihre Zelle nie verlassen, war nie gereist, nicht einmal zum Kinua. Ihr Leben hatte bisher aus der Arbeit in ihrem Garten bestanden, und im Winter aus Lesen und Nähen. Sie hatte ihren Anteil an den häuslichen Pflichten übernommen – oft mehr als ihren Anteil. Aber niemand in der Zelle, nicht einmal ihre Mutter, war je aus eigenen Stücken auf sie zugekommen und hatte mit ihr gesprochen. An manchen Tagen wechselte sie mit niemandem auch nur ein einziges Wort. Und den Geistern in ihrer Zelle gefiel es so.

Sie fragte sich, warum der Doyen eine wie sie mit so einer wichtigen Aufgabe betraut hatte. Er wusste natürlich, dass sie ein Mischling war. Warum vertraute er ihr überhaupt? In ihrer eigenen Zelle hielt man sie nicht für vertrauenswürdig. Wegen ihrer menschlichen Seite war sie als geborene Betrügerin und Lügnerin abgestempelt.

»Über mich gibt es nicht viel zu erzählen. Ich bin ein Geister-Mischling und man hat mich hierhergeschickt, damit ich zu Hause berichte, ob und wann die elf anderen Schattenwandlervölker sich dem Friedensabkommen anschließen. Denn nur dann werden wir als zwölftes Volk dazustoßen.«

»Und wenn wir es nicht schaffen, werden die Geister sich nicht mit uns verbünden? Wie wollen sie sich verteidigen, wenn Apep gegen sie zum Angriff bläst?«, fragte Kat.

»Apep hat schon Kontakt zu den Geistern aufgenommen«, erklärte Viève leise. »Er verlangt, dass sie ihm dienen, wie sie es vor langer Zeit schon einmal getan haben.«

Kat erbleichte. »Und werden die Geister ihm folgen? Ich weiß nicht, wie wir gegen ein ganzes Volk von Schattenwandlern kämpfen sollen, die uns mit einer bloßen Berührung töten können.«

»Oh nein, ich glaube nicht, dass der Doyen Apep folgen will. Wenn es nach ihm ginge, würden wir uns heraushalten und neutral bleiben.«

»Das wird Apep nicht zulassen. Er wird Gehorsam von den Geistern verlangen«, sagte Jackson.

»Genau deshalb bin ich hier«, erwiderte Viève.

»Nun, wir sind froh, dass du da bist«, sagte Jackson. »Komm. Ich stelle dich den anderen vor.«

Sie folgte ihm, und er führte sie zu ein paar Menschen: Max, ein langjähriger Vertrauter der Körperwandler, Angelina, die Schwester Marissas, und Leo, der entschlossen und kampferfahren wirkte, die Sorte Mann, mit der sich kein Mensch leichtfertig anlegte. Seine Geliebte, Faith, war viel offener und gelassener. Sie lachte oft, und ihre Augen leuchteten voller Wärme und Herzlichkeit. Dann lernte Viève Ram kennen, einen blonden Gott von einem Mann, und Jacksons Schwester Docia, eine zierliche, kurvenreiche Brünette.

Es waren viele Namen und Gesichter, die sie sich merken musste, aber Viève war fast ein bisschen stolz darauf, wie leicht es ihr fiel. Sie hatte nie damit gerechnet, eine solche Aufgabe übertragen zu bekommen, aber sie würde ihr Bestes geben.

Schließlich stellte Jackson ihr mithilfe von Max die Schattenwandler der Ersten Fraktion auf dem Anwesen vor. Viève konnte sie nicht sehen, aber Max war daran gewöhnt, dass er erst einmal beide Seiten knapp beschrieb. Jacob war ein Dämon, Bella eine Druidin, er war groß, mit gebräunter Haut und dunklen Haaren, sie war klein und schlagfertig, mit langen schwarzen Locken. Sagan war ein Schattenbewohner, der offenbar überhaupt kein Tageslicht vertrug, weshalb er das Quartier, in dem er mit seiner Frau Valera wohnte, nie verließ. Sie war als Hexe geboren worden und anscheinend in der Lage zu zaubern, was sie allerdings nur zur Selbstverteidigung und mit guten Absichten tat. Denn anderenfalls vergiftete die Magie sie, und sie nahm beim Zaubern Schaden. Der schwarzhaarige Sagan war dunkelhäutig und groß; Valera ein normal großer Rotschopf, mit einer durchschnittlichen Figur.

Danach lernte Viève Jasmine kennen, eine schwarzhaarige Vampirin, und ihren Gefährten Adam, einen Dämon. Wie seine Artgenossen war auch er groß, athletisch gebaut und schwarzhaarig.

Als Nächstes wurde sie Windsong vorgestellt, einer Mistrale, deren Gesang jeden, der ihn hörte, in seinen Bann schlug. Sie war zierlich gebaut und konnte sich, wann immer sie wollte, in einen Vogel verwandeln, wobei ihr weiches braunes Haar zu einem braunen Federkleid wurde.

Ganz zuletzt lernte sie Jinaeri kennen, eine schlanke, braunhaarige Lykanthrope, die sich angeblich jeden Moment in einen Lemuren verwandeln konnte. Die Vorstellung faszinierte Viève. Sich, wann immer man wollte, in ein Tier zu verwandeln – wie viel Spaß man dabei haben konnte! Wie frei man sich fühlen musste! Sie hatte voller Staunen bei der Verwandlung der Phönixe zugesehen. Was für ein Wunder, dass es Wesen gab, die sich in jedes Tier auf dem Planeten verwandeln konnten. Aber wenn sie es richtig verstanden hatte, dann konnten die Lykanthropen immer nur in eine von drei möglichen Formen schlüpfen. Ihre menschliche Gestalt, ein bestimmtes Tier und eine menschengroße Kreuzung zwischen ihrer menschlichen und ihrer tierischen Gestalt. Jinaeri sah demzufolge in ihrer dritten Form wie eine Affenfrau aus.

Viève war erschöpft, als sie sich von Jinaeri verabschiedeten. Jackson sah, wie müde sie war, und schob sie in Richtung Treppe.

»Komm, ich bring dich zu Kamen«, sagte er. »Du fühlst dich ja anscheinend wohl in seiner Gegenwart.«

Sie wurde rot. Was sollte das jetzt heißen? Hatte Jackson etwa aus ihrem Verhalten schließen können, dass sie auf Kamen stand? Wenn es so war, dann hatte sie keine Ahnung, wann sie sich hätte anders verhalten sollen. Störte es hier irgendjemanden? Sie konnte es sich nicht vorstellen, aber sicher war sie sich nicht. Sie war vor nicht einmal einer Stunde hier eingetroffen – da wollte sie nicht gleich etwas falsch machen. Der Doyen wusste um die drohende Gefahr, weil Apep bereits mit ihm in Verbindung getreten war. Viève brauchte also keine Beweise wie die Phönixe. Sie war hier, um zu sehen, ob sich wirklich alle zu einem Bündnis zusammenschlossen, das auch für das Volk der Geister das Beste im Sinn hatte. So hatte es der Doyen zwar nicht formuliert, aber sie wusste, dass es ihm darum ging.

Und sie war tatsächlich freundlich aufgenommen worden und fühlte sich trotz der kurzen Zeit, die sie erst hier war, überraschend wohl in dieser Gemeinschaft. Das wollte sie nicht kaputt machen. Es war ein gutes Gefühl, ein Gefühl, das sie so noch nie gespürt hatte. Doch Jackson hatte ihr auch den Unterschied zwischen den gemäßigten Körperwandlern und den Templern erklärt, und dass die Templer schon seit ewigen Zeiten mit der Politik-Fraktion verfeindet waren. War es vielleicht nicht gerne gesehen, dass sie sich für einen ehemaligen Feind interessierte, einen Templer-Körperwandler? Sie fragte sich, was genau sie Kamen vorwarfen und welcher Verbrechen er sich schuldig gemacht hatte. Hatte er überhaupt ein Verbrechen begangen? Oder war es bei Kamen wie bei ihr? Bestand seine einzige Schuld darin, dass er anders war?

Aber das konnte sie nicht glauben. Hier lebten so viele unterschiedliche Wesen, die alle akzeptiert wurden. Man hatte sogar *sie* akzeptiert – bis jetzt zumindest. Sie kannten sie natürlich noch nicht wirklich, und sie hatte noch niemandem Probleme gemacht. Sie würde sich große Mühe geben, dass sie niemandem Angst einjagte oder zur Last fiel. Vielleicht gelang ihr hier, wo sie früher immer versagt hatte.

Sie folgte Jackson zwei Stockwerke hoch und dann durch einen langen Gang. Das Haus war riesig. Es hier draußen im Nirgendwo zu errichten, musste ein ziemlich großes Unterfangen gewesen sein. Jackson öffnete eine Tür, und Viève trat in das Zimmer, in dem sie mit Kamen bei ihrer Ankunft gelandet war. Auf dem Boden war noch immer ein Kreis aus Asche zu sehen und die Überreste der Kräuter, die verstreut worden waren. Da, auf diesem Sofa hatte er sie geküsst.

Bei dem Gedanken errötete sie, und aus Scham und Gewohnheit legte sie die Hände an ihre heißen Wangen. Doch dann fiel ihr ein, dass sie nicht mehr bei den Geistern war. Den Leuten hier war es egal, dass sie wie ein Mensch rot anlief. Sie ließ die Arme wieder sinken und schluckte tapfer ihre Angst herunter. Sie kam sich nackt vor, aber sie wollte ihr Gesicht nicht mehr verstecken.

Jackson schien ihr Dilemma nicht einmal zu bemerken, was sie sehr erleichterte. Kamen saß an einem Schreibtisch in der hinteren Ecke und blätterte in einem abgewetzten Notizbuch. Ab und zu schlug er etwas in einem der alten Wälzer nach, die aufgeschlagen auf dem Tisch lagen. Er schaute nicht auf, als sie eintrat, sondern war ganz auf seine Aufgabe konzentriert.

»Ich habe das Gefühl, Viève fühlt sich wohl bei dir«, sagte Jackson zu ihm, worauf Viève gleich wieder errötete. »Deshalb lasse ich sie jetzt erst einmal bei dir. Viève, wenn du etwas brauchst, sprich einfach irgendjemandem im Haus an. Wir sind alle aus dem gleichen Grund hier, und wir helfen uns gegenseitig, wann und wo immer wir können. Wenn wir etwas tun können, damit du dich hier wohler fühlst, dann machen wir es.«

»Danke«, erwiderte sie höflich.

Jackson nickte ihr zu, dann wandte er sich mit besorgter Miene an Kamen. »Dein Plan … wird er gelingen?«

»Das wissen wir erst, wenn wir es versucht haben«, erwiderte Kamen kurz angebunden. »Aber wenn du wissen willst, ob ich den Zauber ausführen kann, dann ist die Antwort Ja, das kann ich. Ich bin einer der wenigen, die solch einen Zauber beherrschen. Allerdings brauche ich wahrscheinlich ein bisschen Hilfe von Tameri.«

»Ich bin sicher, sie unterstützt dich gerne.« Jackson gefiel dieser Plan, den Kamen da ausheckte, gleich viel besser, wenn Tameri, die Körperwandlerhälfte seiner Schwester Docia, mit dabei war. Bei Tameri wusste Jackson wenigstens, dass sie ehrlich war und er ihr vertrauen konnte. Er konnte sich sicher sein, dass sie keine Hintergedanken hegte. Bei Kamen war er da nicht so überzeugt, obwohl der Templer nun schon fast ein Jahr hier lebte. Doch ein Jahr auf ihrer Seite konnte die Jahrhunderte auf der Gegenseite nicht ausgleichen. Auch wenn er fairerweise eingestehen musste, dass sie den Großteil dieser Jahrhunderte im Äther auf ihre Wiedergeburt gewartet hatten. Kamen hatte immer eine hohe Stellung innegehabt und war deshalb oft in ihr Visier geraten. Seine Lebenszeit auf der Erde war in jeder Inkarnation relativ kurz gewesen. Menes, Jacksons Körperwandler, hatte bei zwei Gelegenheiten persönlich dafür gesorgt, dass Kamen aus dem Verkehr gezogen wurde.

Alles gute Gründe, warum es sich seltsam anfühlte, nun in Frieden mit dem Mann zu leben. Aber es war einen Versuch wert, und Jackson war ehrlich bemüht, Kamen zu vertrauen.

Er konnte nur hoffen, dass er nicht auf den Falschen setzte. Falls sich Kamen im entscheidenden Moment von ihnen abwenden sollte, war alles verloren.

Doch Jackson erinnerte sich an die seltsam liebevolle Geste, mit der Kamen den Geist berührt hatte. Zum ersten Mal sah er in Kamen etwas, das wie bei allen anderen war – und nicht nur eine hochdisziplinierte und völlig unnahbare Kreatur. Allein diese kurze Zärtlichkeit ließ Kamen sofort viel freundlicher erscheinen – fehlbarer, realer. *Normaler*.

»Ich möchte auch helfen«, erklärte Viève voller Tatendrang in der Stimme.

»Dann störe ich euch nicht länger«, sagte Jackson. Er sah von Kamen, der sich wieder seinen Büchern zugewandt hatte, zu Viève, die zu ihm gegangen war, um ihm zu helfen. Sie legte ihre Hände auf Kamens Schultern und drückte sie kurz, als sie sich gegen seinen Rücken lehnte und an seinem Kopf vorbei in das Notizbuch schaute. Kamen schüttelte sie weder ab, noch beschwerte er sich über ihre Nähe. Der Anblick gab Jackson Hoffnung. Zwischen den beiden lief ganz offensichtlich etwas. Was genau, würde die Zukunft zeigen, aber im Moment … Jackson drehte sich um und ließ das Paar allein im Zimmer zurück. Manchmal war es bei diesen Dingen besser, wenn sie sich langsam entwickeln durften.

Und genau darum verschwand er jetzt.

8

Eben hatte Kamen noch konzentriert gelesen, doch im nächsten Augenblick war er vollkommen abgelenkt. Vièves Hände lagen auf seinen Schultern und massierten seine verspannten Nackenmuskeln. Als er noch bei den Templern gewesen war, hatte er sich regelmäßig Ganzkörpermassagen gegönnt, er hatte sich Maniküren, Pediküren und andere Annehmlichkeiten geleistet, die Reichtum, Macht und seine Stellung mit sich gebracht hatten.

Doch heute musste er auf solche Dinge verzichten. Er besaß keine Reichtümer mehr, sondern war abhängig von der Großzügigkeit und dem Wohlstand der Politik-Fraktion. Er besaß keine Macht mehr außer seiner immer noch mächtigen Magie. Und die Stellung, die er bei seinen früheren Feinden innehatte, hätte niedriger nicht sein können.

Wie tief man fallen kann, dachte er bitter.

Aber er hatte dieses Los selbst gewählt. Wenn er gewollt hätte, dann hätte er weiterhin Odjit/Apep dienen können und dabei wahrscheinlich sogar eine Position ausgefüllt, die Wohlstand und ein angenehmes Leben mit sich brachte. Allerdings hätte er es sich nie mit Apep verscherzen dürfen. Denn dann hätte der Gott ihn so schnell abserviert, wie man ein gebrauchtes Papiertaschentuch in den Mülleimer wirft.

Doch er hatte nicht aus Angst vor dem Dämonengott die Seiten gewechselt. Er war, was Odjit betraf, auf beiden Augen blind gewesen. Und nun musste er seine Fehler wiedergutmachen – falls das überhaupt möglich war.

Deshalb akzeptierte er gerne, dass er seinen Besitz und seine Stellung verloren hatte. Er hatte es verdient. Auch wenn es bedeutete, dass er auf den Luxus einer einfachen Massage verzichten musste.

Vièves Berührung war allerdings keine einfache Massage. Ihre Hände weckten ihn auf, sandten Hitzewellen über seine Schultern, und er spürte ihren Körper, der sich federleicht gegen seinen Rücken drückte. Er konnte ihre Brüste an seiner Wirbelsäule spüren, während ihre Finger immer noch beiläufig seine Schultern kneteten. Sie schaute an seinem Kopf vorbei in sein Notizbuch, an dem er sich verzweifelt festhielt, damit er sich nicht umdrehte und sie in die Arme schloss. In seiner Fantasie zog er sie schon auf seinen Schoß und presste seine erwachende Erektion gegen ihren Rücken. Die Vorstellung verschlug ihm den Atem. Er konnte sich nicht daran erinnern, wann ihn eine Frau das letzte Mal so erregt hatte. Ganz sicher nicht in diesem Leben – vielleicht nicht einmal in dem davor. Er war erst seit zehn Jahren in diesem Körper, doch das war mehr als genug Zeit, um sich einem sexuellen Bedürfnis hinzugeben, wenn es sich meldete. Nur hatte es sich nie gemeldet, und er hatte Sex nie vermisst. Er hatte gedacht, er stehe über den niedrigen Gelüsten des Fleisches. Und jetzt war es doch passiert: Er wollte mit einer Frau schlafen – noch dazu mit einem Geist. Einer Spezies, die für ihre Kälte und Gefühllosigkeit berüchtigt war. Einer Spezies, die laut Vième kein Liebesleben kannte, nur einen Trieb, der sie alle paar Jahre überkam. Wie viele Jahre waren wohl ›ein paar Jahre‹? Drei? Fünf? Zehn? Noch länger? Die Geister waren wie alle Schattenwandler unsterblich und konnten, wenn alles gut ging, jahrhundertelang leben. So betrachtet war es nicht unvorstellbar, dass ihr Geschlechtstrieb sie nur jedes Jahrzehnt zusammenkommen ließ.

Aber Vième war kein normaler Geist. Von Anfang an hatte

sie darauf bestanden, dass sie anders war. Doch welche Auswirkungen hatte die Tatsache, dass sie ein Mischling war, auf ihre Triebe?

Moment mal! Was dachte er da eigentlich gerade? Vièves Sexualität war für ihn völlig irrelevant! Nichts an dieser Situation sollte ihn überhaupt so aus dem Gleichgewicht bringen. Er stand über solch einem animalischen Verhalten!

»Wie kann ich dir helfen?«, flüsterte sie direkt neben seinem Ohr. Er spürte ihren warmen Atem und seine Willensstärke schwand, während die sexuelle Spannung in seinem Körper sich noch weiter steigerte. Mit einem Ruck kam er hoch und hätte sie beinahe von sich gestoßen, als er mit ein paar schnellen Schritten auf Abstand zu ihr ging. Er wollte ihr schon einen finsteren Blick zuwerfen, als ihm klar wurde, dass sie keine Ahnung hatte, was ihre Nähe in ihm ausgelöst hatte. Sie starrte ihn ehrlich verwirrt an. Das war kein absichtlicher Verführungsversuch gewesen.

Er kam sich wie ein Vollidiot vor. Und er wollte sich gar nicht erst ausmalen, was sie bei ihm auslöste, wenn sie sich nur ein wenig Mühe gab.

»Stimmt etwas nicht?«, fragte sie.

Er wusste nicht, was er ihr antworten sollte. Sein erster Impuls war, ihr die Wahrheit zu sagen, aber er hielt sich zurück. Er wollte sie nicht ermutigen, und eine ehrliche Antwort tat vielleicht genau das.

»Ich bin es nicht gewohnt, dass jemand mir die Schultern massiert, wenn ich arbeite«, sagte er. Keine richtige Lüge, aber doch weit von der Wahrheit entfernt. Es musste genügen.

»Oh, entschuldige. Ich mach's nicht wieder.«

Wie schade. Der Gedanke schoss ihm durch den Kopf, ohne dass er etwas dagegen tun konnte. Aber er verbot es sich, dem Gefühl auf den Grund zu gehen.

»Ist schon gut«, sagte er. Langsam bewegte er sich auf den Schreibtisch zu und beobachtete sie dabei. Sie trat einen Schritt zurück und machte ihm Platz. Nervös setzte er sich wieder und blätterte langsam in seinem Notizbuch herum. Aber er sah nicht, was auf den Seiten stand, denn er war zu sehr mit der Frau beschäftigt, die links hinter ihm stand und zu warten schien.

Wie versprochen berührte sie ihn nicht, aber er hatte das Gefühl, als würde sie sich an ihn lehnen. Er blätterte ein paar Seiten zurück und versuchte sich zu konzentrieren. Bevor sie in sein Zimmer gekommen war, hatte er in drei Büchern auf einmal gelesen. Jetzt bereitete es ihm Mühe, sich auf eines zu konzentrieren. Er verdoppelte seine Bemühungen. Der Zeugenzauber musste doch zu finden sein! Er war sich sicher, dass er ihn irgendwo gesehen hatte, und wenn er sich nicht vollkommen täuschte, hatte er ihn in seinem Notizbuch notiert. Aber seine Notizen umfassten viele Bände. Er hatte das Gefühl, als hätte er den Zauber in das letzte Buch geschrieben, nicht in das aktuelle. Es war noch nicht allzu lange her, aber doch schon eine geraume Weile.

Er musterte die Zauberspruchsammlungen, die auf dem Schreibtisch lagen. In einem dieser drei Bücher hatte er den Zauber entdeckt. Aber es war schwierig, sich an Dinge zu erinnern, die ein ganzes Leben zurücklagen. Während ihm das alles durch den Kopf ging, kam er allmählich wieder zur Ruhe. Er war sich immer noch ihrer Gegenwart bewusst – sehr bewusst. Aber sie blieb auf Abstand, wie sie versprochen hatte, und das half.

»Es gibt doch sicher etwas, das ich tun kann?«

»Nur, wenn du Arabisch kannst. Ich schreibe in Arabisch.« Er zeigte ihr sein Notizbuch, dessen Seiten in seiner regelmäßigen Schrift mit arabischen Schriftzeichen gefüllt waren.

»Die Bücher sind in Sanskrit und Französisch verfasst. Ich kann mich einfach nicht mehr erinnern, ob es ein sehr alter Zauber war oder eine neuere Formel. Aber er war in einem dieser Wälzer, das weiß ich genau.«

»Nun, ich kann weder Arabisch noch Sanskrit, aber Französisch kann ich lesen.«

Er drehte sich mit hochgezogenen Augenbrauen zu ihr um. »Wirklich? Es ist ein alter französischer Dialekt, der wahrscheinlich nicht viel leichter zu verstehen ist als Altenglisch.«

»Das kann ich lesen, glaube ich. Auch wenn ich erst ein halbes Jahrhundert alt bin, habe ich schon sehr viel gelesen. Französisch habe ich mir selbst beigebracht, aber ich komme ganz gut zurecht damit. Wonach soll ich suchen?« Sie beugte sich vor und griff nach dem französischen Buch. Ihr Duft, der Duft süßer Erdbeeren, überwältigte ihn fast. Er atmete, fast gegen seinen Willen, tief ein und schloss die Augen, als ihr erregender Geruch durch ihn strömte.

»Der Zauber ist als Zeugenspiegel bekannt«, sagte er und zwang sich, nicht noch einmal so tief einzuatmen.

Sie trat zurück – Gott sei Dank – und setzte sich auf das Sofa, wobei sie ihren Rock schürzte, damit sie es sich im Schneidersitz bequem machen konnte. Sie legte den schweren Wälzer zwischen ihre Oberschenkel und fing an, darin zu blättern.

»Die Sprache ist klar und verständlich. Wenn der Zauber in diesem Buch steht, finde ich ihn leicht«, sagte sie. »Schade, dass es kein Inhaltsverzeichnis gibt.«

»Ganz so leicht soll es wohl nicht sein«, meinte er mit einem schiefen Blick.

»Anscheinend nicht. Aber es ist leichter als Sanskrit. Oder Arabisch.«

»Arabisch ist gar nicht so schwer, wenn man erst einmal verstanden hat, wie die Sprache grundsätzlich funktioniert. Ich kann es dir gerne beibringen.« Das Angebot kam ihm über die Lippen, bevor er darüber nachgedacht hatte.

Sie strahlte ihn sofort an. »Würdest du das wirklich tun? Ich lerne sehr schnell.«

»Das kann ich mir gut vorstellen. Konzentrieren wir uns erst einmal darauf, dass wir den Zauber finden. Dann sehen wir weiter.«

»Natürlich.« Sie vertiefte sich in das Buch auf ihrem Schoß.

Kamen wandte sich ebenfalls wieder seiner Lektüre zu, aber er hätte schwören können, dass er immer noch ihren Duft in der Nase hatte. Wie bei allen Schattenwandlern waren seine Sinne sehr gut. Im Dunkeln konnte er perfekt sehen, mit seinem ausgefeilten Geschmackssinn konnte er die feinsten Nuancen unterscheiden, sein Gehör war außerordentlich scharf. Aber war sein Geruchssinn wirklich so ausgeprägt, dass er ihren Duft über diese Entfernung wahrnahm, oder bildete er sich das nur ein?

Er kam zu dem Schluss, dass es wirklich an seiner überaus guten Nase liegen musste. Denn warum sollte er sich Erdbeerduft einbilden? Er war ein Mann, für den nur harte Fakten zählten. Er neigte nicht zu fantastischen Schwärmereien.

Über eine halbe Stunde lang lasen sie still und arbeiteten sich durch die Wälzer. Er kam etwas langsamer voran als sie, weil ihr Geruch ihn ständig ablenkte. Woher kam wohl dieser Duft? War es ihr Parfüm? Die Seife, die sie benutzte? Er konnte es sich nicht erklären, doch sie roch einfach wundervoll. Ob ihre Haut wohl auch nach Erdbeeren schmeckte, wenn er mit der Zunge darüberfuhr?

Er tat es schon wieder! Er ließ zu, dass diese lächerlichen Eindrücke ihn überwältigten!

Was hatte sie nur an sich, das diese seltsamen Fantasien in ihm auslöste?

»Ich hab's!«, rief sie plötzlich aus. »Also, ich denke, ich habe den Zauber gefunden. Ist er das?«

Sie sprang auf und eilte zu ihm. Eine Wolke von Erdbeeraroma schlug ihm entgegen, als sie ihm das Buch vor die Nase hielt.

Er warf nicht einmal einen Blick auf die aufgeschlagene Seite. Mit einer raschen Bewegung erhob er sich und packte sie am Arm. In seiner ganzen Größe stand er vor ihr.

»Was ist das für ein Zauber?«, fragte er vorwurfsvoll. »Welche Art von Magie ist das?«

»Magie? D-das ist der Zauber, nach dem du suchst …«

»Nein! Ich möchte wissen, was du mit mir gemacht hast!«

»Ge-gemacht? Ich habe gar nichts gemacht.«

»Oh doch, das hast du. Du brauchst mich nur zu berühren, und mein Körper steht in Flammen, du brauchst nur in meine Nähe zu kommen, und ich kann deinem Duft kaum widerstehen und würde dich am liebsten von Kopf bis Fuß ablecken. Es muss irgendein Zauber sein! Ein Sexzauber oder so etwas Ähnliches. Was ist es?« Er verstärkte den Griff um ihren Arm und zog ihren Körper hart an sich. Er presste sein Gesicht in ihre Halsbeuge und sog den Duft ihrer Haut ein.

»Ich kann doch überhaupt nicht zaubern!«, rief sie aus.

»Dann erklär mir, was das ist!«

»Ich weiß es nicht. Mir – mir geht es genauso! Du – du riechst nach Bergamotte. Wann immer ich in deiner Nähe bin, duftet es nach Bergamotte, und es riecht so gut.« Sie stöhnte, als er mit den Lippen an ihrem Hals entlangglitt. »Bitte – bitte …«

»Was bitte? Bitte, beende den Zauber, oder bitte, gib dich ihm hin? Was soll ich tun?«, wollte er wissen.

»Es ist kein Zauber! So etwas würde ich niemals tun, das schwöre ich dir.«

»Dann soll es also etwas Natürliches sein? Das kommt mir sehr unwahrscheinlich vor. Ich bin kein Mann, der körperlichen Lüsten frönt. Und doch fühle ich genau das, wenn du mir so nah bist wie jetzt: reine, unbändige Lust.«

Sie stöhnte auf, als er mit der Zunge über die weiche Haut in ihrem Nacken fuhr und dann langsam hoch bis zu ihrem Haaransatz leckte. Als er ihre Locken erreichte, stieß er einen Fluch aus. »Du *schmeckst* sogar nach diesen verdammten Erdbeeren.«

Sie hatte nicht den Eindruck, dass er oft fluchte, und wie alles andere Unerwartete an ihm, traf es sie mit voller Wucht. Aber bevor sie seine scharfen Worte überhaupt verarbeiten konnte, presste er schon seine festen Lippen auf ihren Mund. Es war nicht zärtlich, es gab kein Vorspiel. Seine Zunge stieß zwischen ihre Lippen und umschlang ihre Zunge in einem leidenschaftlichen Kuss. Die rohe Begierde ließ sie aufstöhnen, und intensive Lust schnellte wie ein Peitschenhieb durch sie. Sie hatte nicht gewusst, dass ein Kuss so hitzig, so voller Begierde sein konnte. Nichts, was sie über Sex wusste, hatte sie darauf vorbereitet. Sie hatte vor ihm noch nie einen anderen Mann geküsst. Keiner hatte sie gewollt. Nicht einmal aus Neugier hatte einer sie küssen mögen.

Er legte die Hände auf ihren Rücken und zog sie an sich, bis ihre Körper eng aneinandergepresst waren. Durch den weichen Stoff seiner Hosen spürte sie sofort seine Erektion. Heiße Röte stieg in ihre Wangen, und aus alter Gewohnheit heraus wollte sie die Hände vors Gesicht schlagen. Doch er packte ihre Handgelenke, zog sie an sich und legte ihre Arme um seinen schlanken, muskulösen Körper. Sie drückte die Handflächen auf seinen Rücken und spürte, wie sich die Muskeln unter seinem Hemd bewegten, als er sie noch fester in die Arme schloss.

Kamens Herz klopfte so heftig, als wollte es bei der ersten Gelegenheit aus seiner Brust springen. Sein Körper war so angespannt, als würde er unter Strom stehen, so sehr wollte er sie. Ihr süßer Geschmack lag auf seiner Zunge. Er küsste sie wie ein halb verhungerter Mann, dem jemand einen Bissen Brot anbot. So fühlte er sich in ihrer Nähe – als hätte er sein ganzes Leben lang dürsten müssen, und sie war das Wasser, das er endlich trinken durfte.

Er streichelte ihren Rücken, doch die Berührung war wie ein Tropfen auf dem heißen Stein angesichts der Intensität seines Verlangens. Seine Finger strichen über ihre Schultern und über ihr Dekolleté, ehe er ihre warmen Brüste in seinen Händen wog. Er merkte sofort, dass sie keinen BH trug. In ihr Kleid waren Körbchen eingenäht, was bedeutete, dass sie darunter praktisch nackt sein musste. Er spürte, wie sich ihre Brustspitzen zusammenzogen, und konnte ein Ächzen nicht länger zurückhalten, als er noch härtes wurde. Er spürte, wie die Erregung sie genau wie ihn überwältigte, und fragte sich, wie weit er gehen konnte und wann sie ihn wohl stoppen würde.

Er beendete den Kuss und presste schwer atmend seine Stirn an ihre.

»Was hast du nur mit mir angestellt?«, flüsterte er mit heiserer Stimme.

»Nichts. Das schwöre ich!«

»Du kleine Lügnerin«, sagte er, aber er meinte es nicht ernst. »Es war vielleicht keine Absicht, aber du hast ganz sicher etwas mit mir angestellt. Und deshalb werde ich jetzt etwas mit dir anstellen.«

Er schob die Finger unter den Träger ihres langen Kleides und zog ihn über ihre Schulter, ehe er ihn ganz langsam abstreifte. Ihr stockte der Atem, als kühle Luft auf ihre nackte

Brust traf. Sie schluckte hörbar und suchte beunruhigt seinen Blick. Doch er war ganz auf die nackte Haut konzentriert, die er nach und nach entblößte. Als die Spitze ihrer Brust zum Vorschein kam, holte er leise aber tief Luft.

»Zum Anbeißen schön«, sagte er. Die angespannte Erregung in seiner Stimme war nicht zu überhören. Bei seinen Worten lief ihr ein Schauer über den Rücken, und warme Röte legte sich über ihre bleiche Haut. Dann hob er den Arm und bedeckte ihre Brust mit seiner warmen, starken Hand. Mit seinen langen schlanken Fingern umfasste er ihren Busen, knetete ihn und wog die Brust in seiner Hand. Mit den Fingerspitzen drückte er die Spitze leicht zusammen, bis sie vor Erregung aufstöhnte. Noch nie hatte jemand sie so berührt, und nie hätte sie geahnt, dass die Empfindungen sie so überwältigen würden. Noch schwindliger wurde ihr, als er sie mit wildem Hunger küsste.

Einen kurzen Moment lang ließ er sie zu Atem kommen, dann küsste er ihre Brust. Er begann oben, platzierte Küsse auf die sanfte Erhebung, wo das Dekolleté in den Busen überging und hinterließ mit seiner Zunge eine feuchte Spur auf ihrer weichen Haut. Dann bewegte er seine Hand zur Seite, damit er die Spitze mit den Lippen umschließen konnte. Viève stellte sich auf die Zehenspitzen und schob die Hände in sein Haar. Sie stöhnte vor Lust, ihr Kopf fiel nach hinten, und sie schloss die Augen. Er saugte die Spitze tief in seinen Mund ein, und sie wurde zwischen den Schenkeln feucht. Es war ein wundervolles Gefühl. Alles, seine Hände, sein Mund, seine Nähe. In diesen Sekunden fühlte sie sich lebendiger als in all den fünfzig Jahren ihres Lebens zuvor.

Dann lag sie auf dem Boden und spürte den dicken Teppich unter ihren Schultern und seine Hand, die er an ihren Knöcheln unter ihr Kleid schob. Seine sanften Finger fuhren an ihrem Unterschenkel hoch und berührten sie zärtlich, dann erreichten sie ihr Knie, und er kitzelte sie in der empfindlichen Kniekehle. Er streichelte über die Außenseite ihres Oberschenkels, wobei er ihr Kleid immer höher schob, bis er ihre Hüfte erreicht hatte. Mit der ganzen Hand umfasste er ihren Po und nestelte am Saum ihres Minislips. Er strich über ihre Hüfte, und plötzlich berührte er sie direkt zwischen den Beinen und ließ seine Finger genau da über den Stoff ihres Slips gleiten, wo ihr geheimes Herz lustvoll pochte.

Viève war vollkommen überwältigt. Nie hätte sie geahnt, dass sie so etwas fühlen könnte – dass sie es tatsächlich *fühlte*. Schon vor Ewigkeiten hatte sie sich damit abgefunden, dass Sex in ihrem Leben keine Rolle spielen würde. Und jetzt war sie hier und vergnügte sich auf eine Art und Weise, wie sie es nie für möglich gehalten hatte. Und alles wegen dieses einen Mannes. Warum hatte sie alle Vorsicht in den Wind geschlagen? Warum sorgte sie sich nicht wie sonst um alles, was schiefgehen könnte?

Doch es war ihr egal. Nichts konnte ihr jetzt Sorgen bereiten, wenn es sich so gut, so richtig anfühlte. Es war ein Wunder, dass jemand mit ihr zusammen sein wollte, dass jemand *sie* wollte! Allein diese Tatsache änderte ihre Sicht auf alles im Leben. Und sie war dankbar dafür, dass sie die Dinge aus dieser neuen Perspektive sehen durfte.

Kamen hob den Kopf und sah ihr tief in die Augen, während er ihren heißen Schoß durch den feuchten Baumwollstoff hindurch streichelte. Wilde Erregung schoss durch ihren Leib. Sie konnte nicht mehr an sich halten, umschlang ihn blindlings mit den Beinen und zog ihn auf sich, bis er zwischen ihren Schenkeln lag und sie seine Erektion spüren konnte. Voller Lust stöhnte er auf, und sie packte ihn mit beiden Händen am Rücken, um ihn noch enger an sich zu ziehen.

Dann waren ihre Hände plötzlich an seinem Hemd. Sie zerrte wie wild an den Knöpfen, bis der Stoff aufplatzte und sie endlich seine Brust berühren konnte. Sie betrachtete ihn, die warme nackte Haut, die beiden runden Höfe um seine Brustspitzen, und sie wollte sich daran festbeißen, so wie er es bei ihr getan hatte.

Er konnte offenbar ihre Gedanken lesen, denn er stützte sich mit einer Hand auf dem Boden ab und beugte sich mit dem Oberkörper über sie, als wollte er ganz in sie eindringen, doch er brachte nur seine linke Brustspitze zu ihrem Mund. Hungrig fuhr sie mit der Zunge darüber und nahm ihn behutsam zwischen die Zähne. Kamen sog scharf und lustvoll den Atem ein, glitt im selben Moment mit den Fingern unter den Saum ihres Slips und tauchte in ihre feuchte Hitze.

Viève schrie auf und warf den Kopf zurück, als er die kleine Knospe fand, mit der er ihre Lust entfesselte. Er küsste sie auf den Mund, als er seinen Finger wieder und immer wieder auf der empfindlichen Stelle kreisen ließ. Sie stöhnte an seinem Mund, ihr Atem ging stoßweise, und sie konnte nicht aufhören, an seiner Zunge zu saugen.

Sie hatte sich immer nur selbst befriedigt, doch verglichen mit dem, was sie jetzt fühlte, waren diese früheren Orgasmen nur ein schales Vergnügen gewesen. Innerhalb von Sekundenbruchteilen erreichte sie den Höhepunkt. Lust schoss durch ihren Körper, und sie brannte wie Zunder, den seine Glut in Flammen aufgehen ließ.

»Ja«, sagte er. »Oh ja – das ist gut. Das gefällt mir so gut. Das machen wir gleich noch einmal.«

Sie stöhnte und gab sich ganz seinem Kuss und seinen Berührungen hin, als er sie noch leidenschaftlicher streichelte. Mit Händen und Beinen umfasste sie ihn und drückte ihn so fest an sich, als hätte sie Angst, er könnte ihr entwischen. Das würde sie ihm erst erlauben, wenn sie fertig war mit ihm. Keine Sekunde früher.

Dieses Mal glitt er mit dem Finger in sie, als er sie streichelte. Das Gefühl, dass ein anderer als sie selbst in ihren Körper eindrang, ließ sie aufstöhnen.

»Bitte«, bettelte sie, obwohl sie gar nicht recht wusste, um was sie ihn eigentlich bat.

»Das gefällt mir, das gefällt mir so gut. Ja, genau das werde ich tun.« Er senkte den Kopf auf ihre nackte Brust und machte sich über die steife Spitze her. Er saugte heftig daran und streichelte sie im gleichen Rhythmus mit den Fingern. Es dauerte nicht lange, und sie war auf dem besten Weg zu ihrem zweiten Höhepunkt.

»Himmel, allein, wenn ich dich nur höre, komme ich fast«, sagte er lüstern, als ihre Schreie an seinem Ohr klangen und im ganzen Raum widerhallten.

»Noch nicht.« Ihre Stimme zitterte. »Er-erst, wenn du in mir bist.«

»Keine Sorge, meine Süße, mein Täubchen. Ich werde dich nicht enttäuschen.«

Er packte ihren Slip und zog ihn über ihre Beine nach unten, wobei er seinen Körper anheben musste. Doch Viève klammerte sich so fest an ihn, dass Kamen lachen musste.

»Soll ich dir den Slip vom Leib reißen?«, fragte er.

»Ist mir egal. Nur lass mich nicht los.« Sie hatte solche Angst, dass er von ihr ablassen könnte. Dass er alles beenden und ihre Welt mit einem Schlag zum Einstürzen bringen würde. Sie wollte nicht zurück in die Realität. Sie wollte dieses unbeschreibliche Hochgefühl bis zur Neige auskosten. Es durfte nicht jetzt schon enden.

»Wie du willst.« Er zerrte an dem feinen Stoff ihres Slips, und Spitze und Baumwolle fielen ihrer beider Lust zum Opfer.

»Jetzt du«, sagte sie und schob sein Hemd über seine breiten Schultern die Arme nach unten, wobei sie mit den Fingern seine angespannten Muskeln befühlte. Er zog das Hemd aus der Hose, streifte es ab und warf es einfach zur Seite. Weder Kamen noch Viève kümmerte es, wo das Hemd landete. Viève griff nach seiner Gürtelschnalle, doch dann hielt sie inne.

»Nimm dir, was du willst«, flüsterte er in ihr Ohr. »Hab keine Angst. Sorg dich nicht um mich. Nimm dir einfach, was du willst. Wenn du das Gefühl hast, etwas steht dir zu, dann nimm es.«

Das hier stand ihr zu. Sie hatte es sich tausendfach verdient, in all den Hunderten von Momenten, als man sie verhöhnt hatte, als ihr gesagt worden war, sie wäre nicht gut genug und würde auch niemals gut genug sein. Nun, hier war ein Mann, der sie für mehr als nur gut erachtete. Er stand in Flammen ihretwegen. Nur ihretwegen. Die Vorstellung gab Viève Mut, sie löste die Gürtelschnalle und zog den Gürtel auf. Dann öffnete sie ohne zu zögern seinen Hosenknopf und den Reißverschluss.

Sie wurde immer erregter, nestelte immer schneller an seiner Hose. Sie wollte ihn sehen, wollte ihn in ihren Händen spüren. Noch nie war sie einem Mann so nahe gekommen und hatte es bis jetzt auch nie gewollt. Aber jetzt wollte sie es. Als sie ihre Hand durch den Stoff seiner Shorts auf seine Männlichkeit legte, wollte sie ihn.

Er atmete zischend ein, als ihre zarte Hand ihn streichelte. Ihre Berührung war ungelenk und unsicher, als ob sie Angst hätte, ihn zu berühren. Doch ihre Lust siegte über ihre Angst. Und ganz kurz fragte sich Kamen, ob sie nicht recht hatte, sich zu fürchten. Ob sie beide nicht Angst haben sollten. Er selbst fürchtete nur zwei Dinge im Leben: dass er versagte und dass er sich selbst überschätzte. Spielten seine Versagensängste und sein Hang zur Überheblichkeit hier eine Rolle?

Nein, dachte er und betete, dass er recht haben möge.

Ihre Finger glitten unter den Stoff seiner Boxershorts und umschlossen seine schmerzhaft erregte Männlichkeit. Er konnte an nichts anderes mehr denken, konnte sich nur noch auf das Hier und Jetzt konzentrieren und darauf, dass es eine Ewigkeit her war, seit eine Frau ihn berührt hatte. Dass eine Frau wie sie ihn berührt hatte, lag noch viel weiter zurück in der Vergangenheit. Sie war so offen, so rein, so neugierig. Er biss die Zähne zusammen, als sie ihn streichelte, ihn erforschte und auf immer wieder andere Weise berührte.

»Du bist so hart und so heiß. Sind alle Männer so heiß?«, fragte sie.

Bei der Frage wurde alles in ihm still, und sie war so wichtig, dass er versuchte, seinen rasenden Herzschlag zur Ruhe zu bringen. Denn plötzlich wurde Kamen klar …

»Es stimmt also – du hast das …«, er deutete auf ihre fast vereinten Körper, »… noch nie gemacht?«

Sie wirkte mit einem Mal verängstigt und biss sich auf die Unterlippe, während ihre Augen sich besorgt weiteten.

»Das spielt keine Rolle«, sagte sie.

»Doch, das tut es«, erwiderte er mit Nachdruck.

»Bitte – bitte hör nicht auf. Ich möchte nicht, dass jetzt Schluss ist.«

Er brauchte einen Moment, um zu verstehen, was sie meinte. »Warum sollte ich aufhören?«, fragte er sie. »Denkst du, dass ich plötzlich nicht mehr mit dir schlafen möchte? Nach all den Hindernissen, um die sich das Begehren nicht geschert hat, soll mich diese eine Sache nun hindern und wieder zu Verstand kommen lassen?«

»Ich möchte es nicht riskieren«, flüsterte sie und kaute kurz auf ihrer Unterlippe herum. »Ich hatte noch nie Sex mit jemandem. Vor dir hat mich noch nie jemand geküsst. Niemand wollte mich, weil ich ein …«

»Weil du ein Mischling bist.« Er beendete den Satz für sie. »Das verstehe ich. Aber ich bin noch so klar im Kopf, dass ich dir eines versprechen kann: So etwas hält mich nicht davon ab, mit dir schlafen zu wollen. Im Gegenteil, deshalb will ich es noch mehr. Der Gedanke, dass ich dir geben kann, was noch niemand sonst dir gegeben hat – mein Verlangen nach dir wird nur noch stärker.« Er bedachte sie mit einem eindringlichen Blick. »Aber bist du dir auch ganz sicher? Das alles kommt sehr plötzlich und …«

»Ja! Ich bin mir sicher!«, unterbrach sie ihn schnell.

Er lachte leise. »Also gut, machen wir weiter. Du kannst mich jetzt weiterstreicheln.« Er betrachtete sie aufmerksam. »Und ich streichele dich.« Mit diesen Worten fuhr er mit zwei Fingern in sie, und sie holte tief Luft. Er spreizte die Finger in ihr, um sie so weit wie möglich zu dehnen. Das sollte ihre Lust steigern und sie für ihn vorbereiten.

Sie streichelte ihn nun kräftiger, sie wollte ihn spüren, wollte alles darüber lernen, wie sie ihn befriedigen konnte. Er küsste sie direkt auf den Mund und sagte: »Ruhig, meine Süße. Wir haben alle Zeit der Welt.« Es stimmte nicht wirklich, und sie wussten es beide, aber ihre Liebkosungen wurden langsamer.

»Zieh deine Hose aus«, sagte sie. »Ich möchte dich ganz spüren.«

»Ich dich auch. Dieses Kleid ist im Weg. Am liebsten möchte ich dich von allem befreit sehen, in nichts als nackter Haut.«

Sie lösten sich voneinander und streiften sich hastig die Kleider vom Leib. Als Viève sich ganz ausgezogen hatte, legte sie sich wieder auf den Teppich und streckte die Arme nach ihm aus, damit er gleich zu ihr zurückkam. Er sehnte sich auch nach ihr, aber einen Augenblick lang wollte er sie noch anschauen. Sie war so klein und zierlich und bleich im Vergleich zu ihm – wenn sie so nebeneinanderlagen, wirkte er sonnengebräunt.

Das elfenbeinfarbene Weiß ihrer Haut wurde nur durchbrochen von den grauen Locken an ihrer Scham und den zartrosa Spitzen ihrer vollen Brüste.

»Du bist wunderschön«, stieß er hervor und fuhr mit der Hand über die weiße Haut von Schulter und Hüfte bis zu ihren Knöcheln.

»Bin ich nicht.« Ihre Wangen färbten sich rosa, und sie wollte sie schon mit der Hand bedecken, doch er hielt sie zurück.

»Nicht doch. Du brauchst dich nicht vor mir zu verstecken. Es gefällt mir, wenn du rot wirst. Ich finde es charmant, wie schüchtern du bist. Über deinen Mut kann ich nur staunen. Jetzt komm und küss mich. Lass mich mit dir schlafen. Im Moment möchte ich nirgends lieber sein als in dir.«

»Oh, ich bin so froh«, flüsterte sie stürmisch. Er musste leise lachen. »Es gefällt mir, wenn du lachst«, sagte sie. »Es klingt so freundlich.«

Man konnte nicht sagen, dass Kamen oft freundlich klang. Aber in ihrer Nähe fühlte sich sein Herz unendlich viel leichter an als sonst, und ein freundliches Lachen kam ihm leicht über die Lippen. Er lachte gerne für sie. Und nur für sie. Denn ansonsten war in seinem Leben für diese Leichtigkeit kein Platz. Dafür waren seine Verfehlungen zu schwerwiegend.

Bei diesem Gedanken zögerte er. Viève wusste nicht, wer er war. Sie wusste nicht, welche Verbrechen er begangen hatte. Er sollte es ihr jetzt sagen, damit ihr klar war, mit was für einem Monster sie ins Bett stieg. Es ihr jetzt zu enthüllen, wäre richtig. Es wäre selbstlos. Er öffnete den Mund, um etwas zu sagen, aber sie drückte einen Kuss auf seine geöffneten Lippen, küsste ihn mit Zunge und Zähnen, und alle seine Worte blieben ihm in der Kehle stecken. *Viel zu einfach,* dachte er. Aber er wollte nicht, dass es aufhörte. Nicht nur der Sex, sondern auch alles andere. Er wollte nicht, dass sie ihn mit Verachtung im Blick anschaute. Es war egoistisch von ihm, aber er wollte es nicht.

Jetzt noch nicht.

Kamen drückte zärtliche Küsse auf ihren Hals, ihre Schultern, ihre Brüste. Er bewegte sich zu ihrem Bauch hinunter, küsste ihren Nabel und ihr Schamhaar. Sie hatte so vieles noch nie erlebt, und er wollte derjenige sein, der ihr zeigte, was es alles gab, das sie beim Sex genießen konnte. Das hatte sie verdient. Er küsste sie auf die Innenseite des einen Oberschenkels, dann des anderen. Ihr Duft stieg ihm in die Nase. Erdbeeren und Sex. Sie war sehr erregt, und er konnte sich kaum noch zurückhalten.

Er drückte ihre Schenkel auseinander, und sie vergrub ihre Finger in seinen Haaren. Vorsichtig berührte er sie mit der Zunge. Er leckte sie, und sie atmete scharf ein. Mit der Zungenspitze fand er das knospende Zentrum ihrer Lust und wechselte kurze, sanfte Zungenstöße mit langen, sinnlichen Berührungen ab. Seine Zunge tanzte auf ihrer erregten Perle. Sie stöhnte vor Lust, und mit den Händen in seinem Haar zeigte sie ihm, was ihr am besten gefiel. Er achtete darauf, wann sie seufzte und wann sie stöhnend flüsterte. Kein Zeichen ihrer Lust entging ihm, und er reagierte sofort, bis sie vor Erregung nicht mehr aufhören konnte laut zu keuchen. Als sie kurz vor dem Höhepunkt war, nahm er ihre Knospe in den Mund und saugte daran, sodass sie wie ein flammender Stern hoch in den Nachthimmel schoss. Sie schrie laut auf vor Lust, und er glitt mit den Fingern in sie, um zu spüren, wie der Höhepunkt ihr Inneres krampfhaft zusammenzog.

Während er sie weiter dehnte, hörte er, wie sie um Atem rang. Dann spürte er, wie sie mit der Hand nach seiner Erektion suchte. Aber ihr Orgasmus hatte ihn auch schon fast kommen lassen. Ihre neugierigen Berührungen waren jetzt zu viel für ihn. Deshalb drückte er sich hoch und beugte sich über sie. Er nahm ihre Hände und presste sie gegen seine Brust, während er sich zwischen ihre geöffneten, feuchten Schenkel legte. Einen Augenblick lang nahm er sich Zeit, um ein Wort der Macht auszusprechen, und wartete dann kurz, damit der Zauber seine Wirkung entfaltete. Dann glitt er in ihre feuchte Hitze. Er stöhnte laut auf, so gut fühlte sie sich an. Wusste sie, wie empfänglich sie war? Hatte sie eine Ahnung, was das mit ihm anstellte?

»Ich nehme dich jetzt«, stieß er zwischen zusammengebissenen Zähnen hervor. »Jetzt gleich.«

»Ja, bitte, tu's«, rief sie aus, als er gegen ihren Schoß drückte und zum ersten Mal in sie eindrang.

Sie war so eng. So jungfräulich. Er wollte es langsam angehen lassen, aber er schaffte es nicht. Wo war seine viel gepriesene Selbstkontrolle? Was war mit dem Mann geschehen, den seit Ewigkeiten nichts und niemand hatte erregen können? Er war verschwunden, ganz und gar verschwunden. Ihretwegen. Er stieß tiefer in ihre Wärme, und seine Hüftbewegungen wurden noch schneller, als er endlich ganz in ihr war. Einen Moment lang hielt er inne, horchte auf ihren Atem und spürte ihren Bewegungen nach. Er wollte ihr nicht wehtun. Er wollte sicher sein, dass es für sie genauso erregend war wie für ihn.

»Hör nicht auf«, flüsterte sie atemlos an seinem Ohr. »Hör niemals auf.«

Er hatte nicht vor aufzuhören. Voller Leidenschaft bewegte er sich in ihr, und sie stöhnte laut auf. Dann stieß er wieder und immer wieder in sie, bis er einen wilden, fast fieberhaft rastlosen Rhythmus gefunden hatte.

»Gleich komme ich für dich«, sagte er. »Gefällt dir das?«

»Ja, das gefällt mir sehr. Bitte, bitte …«

Er lachte leise. »Also, wenn du so höflich bist, dann muss ich das wohl mehr als nur einmal machen.«

»Oh ja, das wäre wundervoll.« Sie keuchte im Rhythmus seiner Stöße und fing an zu stöhnen. Er spürte, wie sie immer erregter wurde. Aber dieses Mal würde es sich anders für sie anfühlen. Dieses Mal würde ihr Orgasmus tiefer in ihr beginnen. Dafür würde er sorgen.

Er stieß härter in sie, härter und schneller. Sie umschloss ihn eng und feucht, und er konnte nicht mehr an sich halten. Als sie kam, folgte er ihr und schrie, als er seinen Samen in ihr verströmte. Es war wie eine Katharsis für seine Seele. Die zurückhaltende Selbstkontrolle, die er sich über Jahre auferlegt hatte, war zusammengebrochen, und er war froh darüber. Hätte ihn noch vor wenigen Stunden jemand gefragt, wie er zu Sex stand, hätte er erwidert, dass er absolut kein Interesse daran hatte. Jetzt war das Gegenteil der Fall.

Jetzt wollte er mehr.

9

Apep saß auf dem Untersuchungstisch, ein schmaler Streifen Papier war unter seinem Po ausgebreitet, und auf seinen Oberschenkeln lag ein Bademantel. Man hatte ihn angewiesen, sich umzuziehen und den Bademantel vorn offen zu lassen. Und mit einem Grinsen hatte die Sprechstundenhilfe dann noch hinzugefügt, dass er den Slip ausziehen sollte.

Er trug sowieso keinen Slip, weshalb die Anweisung unnötig war, aber der Rest … Er war ein *Gott*. Götter machten sich nicht für andere frei. Es waren die anderen, die sich nackt vor einem Gott auszogen. Außerdem verstand er nicht, was die Umzieherei sollte. Er war nur wegen einer Sache hier. Es war Zufall, dass er in dieser Frauenarztpraxis gelandet war. Er hatte keinen Termin gehabt und eine irrwitzige Summe am Empfangstresen hinterlassen müssen, um sofort mit dem Arzt sprechen zu dürfen. Es ginge um Leben und Tod, hatte er gesagt.

Nicht erwähnt hatte er, dass es um das Leben des Arztes ging und der Tod, von dem er sprach, der Tod des Arztes war. Dazu würde er später kommen, falls es notwendig wurde. Er war noch nicht bereit, sich diesen schwächlichen Menschen zu offenbaren und ihre Verehrung entgegenzunehmen. Während seiner Schwangerschaft hatte es vollkommen ausgereicht, dass die Templer-Körperwandler ihm zu Diensten standen. Er hatte sie gehörig eingeschüchtert, sie verhielten sich unterwürfig und hatten eine Heidenangst vor ihm. Sicher, ein oder zwei hatten versucht, von dem Anwesen zu fliehen, in das sie gezogen waren, solange er in anderen Umständen war. Aber sie waren geschnappt und entsprechend bestraft worden. Sie hatten ein warnendes Beispiel abgegeben für alle anderen, denen der Sinn nach Flucht stand.

Apep zupfte ungeduldig am Gürtel des Bademantels herum. Also wirklich! Wo blieb dieser Arzt? Er wartete jetzt schon seit geschlagenen drei Minuten.

In dem Moment wurde die Tür des Untersuchungszimmers aufgestoßen, und eine Frau mit kurz geschnitten Locken, die einen Schwesternkittel trug, und ein älterer Mann mit Halbglatze kamen herein. Sein Gesichtsausdruck war alles andere als freundlich.

»Jetzt hören Sie mal zu, Miss … Miss …« Er schaute in die Patientenakte, die nicht zu aller Zufriedenheit ausgefüllt worden war.

»Odjit«, sprang Apep hilfsbereit ein.

»Miss Odjit, Sie können nicht einfach in eine Praxis marschieren, mit Geld um sich werfen und erwarten, dass der Arzt Ihnen sofort zu Diensten steht.«

»Doch, natürlich kann ich das. Wie ich schon sagte, geht es um Leben und Tod.«

»Geht es Ihnen nicht gut?«, fragte der Arzt und war mit einem Mal besorgt. »Sie wirken nicht entkräftet auf mich.«

Apep lachte. »Ach, natürlich nicht. Machen Sie sich nicht lächerlich. Und ja, es geht mir nicht gut. Sie müssen dieses Ding aus mir rausholen.« Er deutete auf seinen schwangeren Bauch.

»Ihr Kind? Sie möchten, dass ich das Kind vor dem Termin hole? Wie weit fortgeschritten ist die Schwangerschaft?« Wieder schaute er in die Patientenakte.

»Weit genug. Ich habe die Schnauze voll von diesem ganzen Bald-wirst-du-Mutter-Theater. Es wird Zeit, dass ich mich endlich größeren und wichtigeren Dingen widme. Und das kann ich nicht, solange dieses Ding mir die halbe Lebensenergie absaugt. Sie haben keine Vorstellung, was diese Schwangerschaft mich an inneren Ressourcen gekostet hat!«

»Eine Schwangerschaft kann sehr anstrengend sein«, sagte der Arzt, der plötzlich nervös wirkte. »Aber Sie können das letzte Drittel der Schwangerschaft nicht beschleunigen, nur, weil Sie das Kind loswerden möchten. Eine Schwangerschaft muss ihren natürlichen Lauf nehmen. Lange kann es nicht mehr dauern. Wer war denn bis jetzt Ihr Arzt?«

»Sie sind mein Arzt«, sagte Apep in einem Ton, als würde er mit einem nicht besonders intelligenten Kind sprechen.

»Ich hab Sie doch noch nie gesehen!«

»Natürlich nicht! Sie sind nicht besonders helle, was?«

»Wollen Sie damit sagen, dass Sie *bis jetzt* bei keiner einzigen Vorsorgeuntersuchung gewesen sind?« Der Arzt klang fassungslos. Er wechselte einen Blick mit der Sprechstundenhilfe.

»Ich habe sehr gut für mich selbst gesorgt. Ärzte waren bis jetzt überflüssig. Aber jetzt brauche ich einen. Also, los jetzt, ich werde ungeduldig. Was können Sie tun, damit wir dieses *Ding* aus mir rauskriegen?«

»Erst ein paar Untersuchungen! Ein Sonogramm! Wir müssen wissen, wie weit Sie sind. Es muss abgeklärt werden, ob das Kind gesund ist.«

»Oh, es ist vollkommen gesund. Es gibt kein gesünderes Kind, das können Sie mir glauben. Es ist immerhin ein Halbgott. Halbgötter sind berühmt für ihre Rossnatur.«

»H-Halb…?« Das Gesicht des Arztes nahm einen seltsamen Ausdruck an. »Ich verstehe. Okay, wir müssen eine ganze Reihe von Untersuchungen durchführen, und ein Gespräch mit unserem Psychologen wäre vielleicht auch angebracht.«

»Zum Teufel mit den Untersuchungen!«, brüllte Apep, dem der Geduldsfaden riss. Er sprang vom Tisch und packte den

Arzt an der Kehle. Mit einem Satz knallte er den nervtötenden kleinen Mann gegen die Tür und drückte ihn nach oben. Der Arzt zappelte mit den Füßen, und sein Gesicht lief blau an, weil er keine Luft bekam.

Apep seufzte und strich mit der freien Hand seinen Bademantel glatt. »Siehst du, was du angerichtet hast? Jetzt ist mir ein bisschen was ausgelaufen. Meine verdammte Blase hält zurzeit gerade mal einen Teelöffel Flüssigkeit, und ein kleiner Nieser oder wenn ich mich zu schnell bewege …« Er zuckte mit den Schultern. »Und du«, fuhr er die Sprechstundenhilfe mit einem scharfen Blick an. »Rühr dich bloß nicht vom Fleck. Ich habe noch eine Hand frei. Wenn du mir irgendwelche Schwierigkeiten machst …« Er ließ den Satz ausklingen. Den Rest konnte sie sich selbst zusammenreimen. Sie verkroch sich in der Ecke des Untersuchungszimmers. »Jetzt hör mir ganz genau zu«, sagte Apep zu dem Arzt. Er sprach langsam, während der Mann um seinen nächsten Atemzug rang. »Du wirst alles tun, was nötig ist, um dieses Kind aus meinem Körper zu entfernen. Ist das klar? Bis das getan ist, hast du keine andere Funktion auf diesem Planeten. Sag alle anderen Termine ab, ruf deine Frau an und sag ihr, du kommst heute nicht nach Hause. Wenn du das nicht sofort machst, breche ich dir jeden deiner kleinen Knochen einzeln, und zwar so lange, bis du um dein Leben brüllst. Ich habe gehört, es gibt zweihundertsechs Knochen im menschlichen Körper. Soll ich mit deinem kleinen Finger anfangen?« Apep griff mit der freien Hand nach dem Finger des Arztes, der einen erstickten Schrei ausstieß. Apep verzog den Mund zu einem strahlenden Lächeln. »Gut. Wir haben uns also verstanden. Richtig?« Er wartete, bis der Mann angestrengt nickte, dann ließ er ihn los. Der Arzt rutschte auf den Boden, wobei sein Kopf laut gegen die Tür schlug. Dann sank er in sich zusammen. Die Sprechstundenhilfe in der Ecke machte keine Anstalten, ihm zu Hilfe zu kommen. Das gefiel Apep. Er mochte sie sofort. Er liebte es, wenn seine Verehrer in Ehrfurcht und Angst vor ihm erstarrten.

»Wo sollen wir es machen? Hier?« Apep bückte sich und zog den Arzt freundlicherweise hoch, stellte ihn auf die Füße und stützte ihn mit einer Hand ab, während er selbst wieder hochkam.

»Krankenhaus«, krächzte der Frauenarzt.

»Hmm. Das ist nicht nötig. Wenn ich so darüber nachdenke, ist es doch am besten, wenn du alles einpackst, was du dafür brauchst und mit mir mitkommst. Die Sprechstundenhilfe auch. Ich mag sie.«

Die Sprechstundehilfe riss die Augen auf und schüttelte heftig den Kopf. Apep konnte der Versuchung nicht widerstehen und jagte ihr noch mehr Angst ein. »Und übrigens, Süße, wenn du wegrennst oder um Hilfe rufst, dann kostet dich das was. Entweder du zahlst dafür – oder der gute Herr Doktor hier zahlt. Und du möchtest doch ganz sicher nicht, dass jemand umkommt, oder?«

Die Frau begann zu weinen.

»Reiß dich zusammen«, sagte Apep überaus freundlich. Er war mildtätig gestimmt, weil er wusste, dass er bald von dieser Schwangerschaft erlöst war. »Und vergiss nicht: Ich bringe jeden um, den ihr um Hilfe bittet. Schickt jetzt alle heim, und dann gehen wir zu mir nach Hause.« Apep seufzte. »Mein persönlicher Leibarzt. Warum bin ich nicht schon früher auf die Idee gekommen?«

Er nahm auf einem Stuhl Platz und schaute zu, wie der Arzt und die Sprechstundenhilfe in Windeseile das Zimmer verließen. Er hoffte inständig, dass sie jemanden benachrichtigten, aber sie redeten mit niemandem, wie er enttäuscht feststellen musste. Zu diesem Zeitpunkt hätte er gerne jemanden umgebracht. Vielleicht sollte er einfach so irgendjemanden töten. Er verspürte ein solches Verlangen danach …

Aber ihm war klar, dass er den Arzt am besten unter Kontrolle hatte, wenn er eingeschüchtert war, nicht vollkommen verängstigt. Wenn der Arzt mit ansehen musste, wie eine seiner Mitarbeiterinnen getötet wurde, verwandelte er sich womöglich in ein brabbelndes Etwas, und was sollte Apep dann tun? Dann müsste er wieder ganz von vorn anfangen.

Auf keinen Fall wollte er noch mal von vorne anfangen. Das kam überhaupt nicht in die Tüte.

Die Schwangerschaft musste jetzt zu Ende gebracht werden. Das Kind war schon längst überfällig

Er hatte einen Feind, den er vernichten musste, und eine Welt, die es zu erobern galt.

Kamen rollte zur Seite und kam mit dem Rücken auf dem Teppich zu liegen, während er noch nach Atem rang. Es fühlte sich an, als bekäme er keine Luft mehr, und doch war er in jeder anderen Hinsicht vollkommen erfüllt. Er legte einen Arm um Vièves Schultern und zog sie an sich. Sie legte den Kopf auf seine Brust, und er beugte sich nach vorn, um ihr einen Kuss auf den Scheitel zu drücken. Wie er rang auch sie noch nach Atem, und sie klammerte sich an ihn. Dabei rollte sie sich zusammen und zitterte leicht. Er teleportierte sofort eine Decke vom Bett und ließ sie auf sie beide auf dem Boden niedersinken. Er hätte Viève ins Bett bringen sollen. Sie hatte ein Bett verdient. Gerade wollte er aufstehen und sie ins Schlafzimmer tragen, als sie mit einem unterdrückten Schrei aufsprang. Panik machte sich in ihren Gesichtszügen breit.

»Was ist los?«, fragte er voller Sorge.

»Wir – wir haben kein Kondom benutzt! Ich bin ein weiblicher Geist. Weibliche Geister werden schwanger, wenn sie Sex haben! Immer, bei jedem Geschlechtsverkehr. Außer, sie verwenden ein Kondom. Und wir haben das nicht getan. Ein Kondom verwendet, meine ich.«

Kamen entspannte sich wieder. »Das ist alles? Einen Moment lang dachte ich schon, es wäre etwas Schlimmes passiert.«

»Ob das alles ist? *Alles*? Ich möchte kein Mischlingskind! Ich werde keinem Kind das zumuten, was ich erdulden musste. Niemals!«

»Ganz ruhig, mein Täubchen. Ich würde dich nie mit so wenig Respekt und vor allem so wenig Fürsorge behandeln. Wir haben verhütet.«

»Wir – wir haben verhütet?« Sie sah verwirrt aus. »Wie denn?«

»Du hast es vielleicht bemerkt – kurz bevor ich in dich eingedrungen bin, habe ich ein Wort der Macht gesprochen.«

Viève versuchte sich zu erinnern, dann fiel ihr ein, dass sie tatsächlich so etwas bemerkt hatte.

»Ja, ich glaube schon«, sagte sie zögernd.

»Ich habe mich selbst unfruchtbar gemacht. Der Zauber hält vierundzwanzig Stunden lang an. Du kannst von mir nicht schwanger geworden sein.«

»Wirklich?« Sie war verblüfft und auch beeindruckt. »Das kannst du zaubern?«

»Das kann ich zaubern. Wenn ich es nicht könnte, hätte ich auf jeden Fall ein Kondom benutzt. Ich würde nie etwas tun, bei dem du Schaden nimmst. Ich habe in meinem Leben viele Dinge getan, die anderen geschadet haben. Wenn möglich, möchte ich solche Fehler in Zukunft vermeiden.«

Sie saß einen Augenblick da und klemmte sich die Strähnen ihres taubengrauen Haars hinter die Ohren. Ihr nackter Oberkörper weckte schon wieder das Begehren in ihm. Er ließ seine langen Finger über ihre Schulter gleiten.

»Wir sollten doch eigentlich nach einem Zauber suchen.«

Er runzelte die Stirn. Sie hatte recht. Er hatte sich vollkommen ablenken lassen. Auf dem Schreibtisch lag noch immer das Buch mit den französischen Zaubersprüchen, das sie aufgeschlagen dort hingelegt hatte, bevor er sich von allem rationalen Handeln verabschiedet und sich ganz in ihr verloren hatte.

Und doch würde er alles noch einmal ganz genauso machen, dachte er. Keinen einzigen Moment würde er missen wollen. Vielleicht war er egoistisch und wollte etwas für sich selbst, das er nicht mehr verdient hatte. Aber er konnte sich nicht dazu bringen, dass es ihm leidtat.

Kamen stand auf und ging nackt zum Schreibtisch. Dabei spürte er ihren Blick im Rücken. Er drehte das Buch um, damit er darin lesen konnte, und da war er, der Zeugenzauber, genau wie sie gesagt hatte.

»Das ist der Zauber«, sagte er.

»Wirklich? Das ist ja toll!« Sie klang aufgeregt und stand auf, wobei sie die Decke um sich wickelte und dann zu ihm eilte. Schon wollte sie den Zauber laut vorlesen, da legte er ihr den Zeigefinger auf die Lippen und brachte sie damit zum Schweigen.

»Vorsicht«, sagte er. »Dieser Zauber braucht keine Kräuter als Zutaten. Er muss nur laut gesprochen werden. Vergiss nicht: Jeder kann zaubern, aber nicht alle können mit den Konsequenzen von Magie umgehen.«

»Aber du gehst damit so selbstverständlich um.«

»Ich bin ein sehr mächtiger ägyptischer Priester, der in mehr als einem Dutzend Reinkarnationen ständig gezaubert hat. Es gibt nur eine einzige Zauberin, die mächtiger ist als ich, und sie wandelt nicht mehr auf dieser Erde.«

»Also gut. Was machen wir dann jetzt?«

»Jetzt? Jetzt ziehen wir uns an, weil ich kaum denken kann, wenn du nackt neben mir stehst.«

Sie lachte. »Das geht mir genauso.«

Er blickte an seinem nackten Körper hinunter. »Wobei die Phönixe sich in unserer Gegenwart jetzt wohl ganz zu Hause fühlen würden.«

»Du hast recht!« Sie reckte das Kinn und ließ die Decke auf den Boden fallen. »Dann gehen wir zu ihnen!«

Zum ersten Mal konnte er ihren nackten Körper vollständig betrachten, und er reagierte sofort und heftig. Sie war ganz fahle Perfektion, die hellrosa Spitzen ihrer Brüste waren die einzigen Farbtupfer in einer ansonsten auf Weiß und Grau beschränkten Palette. Aber die Blässe stand ihr, wie das Weiß einer zum Leben erwachten Marmorstatue, deren Alabasterkurven warm und einladend wirkten, weil ein Künstler sie mit liebenden Händen geformt hatte. All das brachte ihn fast um den Verstand. Er konnte sie immer noch riechen – nur roch sie jetzt nach ihm, und allein schon diese Tatsache erregte ihn.

Er verstand immer noch nicht, was über ihn gekommen war, wie er es geschafft hatte, nach so vielen Jahren der Enthaltsamkeit eine Geliebte zu finden. Dabei war es ihm nicht schwergefallen, auf Sex zu verzichten. Es war einfach so gekommen. Es war das Richtige für ihn gewesen. Sex brachte immer alles durcheinander.

Doch jetzt *wollte* er sein Leben durcheinanderbringen. Mit ihr.

Seine lüsternen Gedanken zeigten körperliche Wirkung, und als Viève es bemerkte, bekamen ihre Wangen einen leichten, hübschen Rosaton.

»Nein«, sagte er und drehte ihr Gesicht zu sich. Er strich ihr über das leicht geschwungene Schlüsselbein. »Niemand außer mir soll dich so sehen.« Er fuhr den Knochen entlang bis zu der

Mulde unter ihrem Kinn und berührte die empfindliche Stelle. »Stimmst du mir zu?«

»Ich – ich will nicht, dass mich außer dir jemand so sieht«, erwiderte sie.

»Dann sind wir uns ja einig. Ich hoffe, es ist ein Zeichen, dass wir uns bei vielen anderen Dingen auch einig sein werden.« In seiner Stimme lag ein sinnlicher Ton, der mehr versprach als seine Worte sagten. Sie merkte es sofort.

»Und ich darf *dich* so sehen.« Sie berührte das kreisförmige Tattoo hinten auf seiner Schulter – zwei Schlangen, die sich jeweils in den Schwanz der anderen verbissen hatten. »Was ist das?«, fragte sie

»Das Uroboros-Zeichen. Es erscheint auf der Haut eines Körperwandlers, wenn er vom Körper eines Menschen Besitz ergreift. Es kann an unterschiedlichen Stellen auftauchen. Bei mir ist es die Schulter.«

»Es sieht sehr hübsch aus.«

Er lächelte sie an. »Danke«, sagte er.

Sie beugte sich nach vorn, um ihr Kleid aufzuheben. Sein Blick folgte ihr und verpasste keine Nuance ihrer Bewegung. Sie streifte das Kleid über, das ihre bleiche Schönheit fast vollkommen verbarg.

»Jetzt du«, sagte sie. Sie hob seine Boxershorts auf und reichte sie ihm schüchtern. Er musste ein leises Lachen unterdrücken. Was hatte sie nur an sich, dass er sich in ihrer Gegenwart so viel leichter fühlte? So leicht, dass er lachen musste, obwohl ihre Lage doch so verdammt ernst war?

Er nahm ihr die Shorts aus der Hand und zog sie an. Dann holte er seine restlichen Kleider, und innerhalb kürzester Zeit war er wieder so tadellos gekleidet, als wäre nie etwas zwischen ihnen passiert. Aber es war etwas passiert, und wenn er einen Beweis dafür brauchte, dass sie tatsächlich miteinander geschlafen hatten, musste er nur ihren Geruch einatmen. Er konnte sich selbst überall an ihr riechen.

Und es genügte ihm nicht, wurde ihm plötzlich klar. Nicht für heute, und auch für eine ganze Weile nicht. Er wollte sie für mehr, als er zu hoffen wagte. Vielleicht führte es nirgendwohin, denn er verdiente keine so faszinierende Frau, und das, was er ihr zu bieten hatte, war kein wirkliches Leben. Aber er würde sie für eine kurze Zeitspanne entführen, er würde sie für sich behalten wie ein kostbares Geheimnis. Wenn sie ihn wollte. Immer noch wusste sie nichts von der Schwere seiner Vergehen gegen sie und alle anderen Lebewesen. Hätte er mehr Ehre im Leib, dann würde er es ihr jetzt sagen und es hinter sich bringen. Aber er wollte nicht, dass das flirtende Leuchten in ihren Augen erlosch.

Sein Verhalten war egoistisch, und genau diese Art von Egoismus hatte damals zu seinem Fehltritt geführt. Aber es war ihm egal. Offensichtlich hatte er seine Lektion doch noch nicht gelernt. Irgendwann würde sie die Wahrheit so oder so erfahren. Bis dahin würde er sie in seinen Armen halten wie ein verdurstender Mann die letzte Kelle voll Wasser.

Viève beobachtete ihn und konnte immer noch nicht fassen, was geschehen war. Er sah aus, als hätte er sie nie auch nur berührt. Dabei war sie sich sicher, dass alle seine Handabdrücke sehen würden, die er überall auf ihrer Haut hinterlassen hatte. Sie würde im vollen Bewusstsein, sich in einer knappen Stunde fundamental verändert zu haben, aus diesem Zimmer in die Welt hinaustreten. Sie hatte zum ersten Mal mit einem Mann geschlafen. Ihr Körper fühlte sich erschöpft und leicht wund an vom Sex. Wenn das nicht wäre, blieben ihr nur die allzu kurzen Erinnerungen als Beweis, dass sie tatsächlich mit Kamen zusammen gewesen war.

Sie kaute nervös an ihrer Unterlippe. Was bedeutete das

jetzt für sie beide? Es waren geheime Momente gewesen, Momente außerhalb der Welt, in die sie jetzt wieder zurückkehrten und wo das Leben weiterging wie zuvor. War es das gewesen? War das alles, was sie haben konnte? Falls es so war, dann wünschte sie sich, sie hätte besser aufgepasst! Sie war so überwältigt gewesen von seiner Leidenschaft, dass sie sich hatte mitreißen lassen anstatt selbst aktiv zu handeln. Jetzt war es vorbei, und ihr blieben nur die Erinnerungen. Und es war viel zu wenig, an das sie sich erinnern konnte. Sie hatte ihn nicht einmal berühren können. Nicht so, wie sie es gerne getan hätte.

Sie streckte den Arm nach ihm aus und berührte seinen Oberarm. Durch das Hemd spürte sie, wie seine starken Muskeln sich anspannten. Er legte seine Arme um ihre Taille und zog sie eng an sich. Erschrocken blickte sie zu ihm auf.

»Wir reden bei der nächsten Gelegenheit darüber«, sagte er leise. Seine Stimme war heiser und voller Gefühl.

»Du willst …« Sie traute sich kaum zu fragen. »Du willst immer noch mit mir schlafen? Noch einmal?«

»Noch einmal. Und dann noch einmal und noch einmal. So oft, wie du mit *mir* schlafen möchtest.« Dann veränderte sich sein Gesichtsausdruck. »Aber, Viève, ich habe Dinge getan in meinem früheren Leben, schreckliche Dinge, und ich habe Angst, dass du mich irgendwann deswegen verlassen wirst. Ich bin zu feige, um es dir jetzt zu erzählen, aber ich möchte, dass du weißt, ich verheimliche es dir nicht mit böser Absicht. Ich möchte …« Er schluckte. »Ich möchte, auch wenn es nur für kurze Zeit ist, mit jemandem zusammen sein, der mich nicht als Verbrecher sieht, trotz allem, was ich getan habe. Es ist ein egoistischer Wunsch, das ist mir klar, und ich habe Angst davor, wie du reagieren wirst, wenn du die Wahrheit erfährst. Aber ich hoffe, du glaubst mir, wenn ich sage, dass ich dir nie etwas antun werde, das dich verletzt, und vielleicht kannst du es so besser aushalten, dass ich dich noch im Dunklen lasse.«

»Was glaubst du denn, das du verbrochen hast? Ich kann mir nicht vorstellen, dass es allzu schlimm ist. Du kommst mir nicht wie ein Verbrecher vor.«

»Du sagst das, weil du noch sehr naiv bist. Aber«, kam er ihr zuvor, bevor sie wütend werden konnte, »ich bin froh, dass du so bist. Nur deshalb siehst du etwas in mir, das meine Taten vielleicht wiedergutmachen kann.«

»Ich sehe so einiges in dir. Ein Mann, der sich so wie du für die Sache seines Volkes einsetzt, kann kein Verbrecher sein.« Sie lächelte ihn an, aber er schüttelte den Kopf. »Gut, dann ist das eben etwas, wo wir uns nicht einig sind«, sagte sie. »Aber nimm jetzt das Buch mit dem Zauberspruch. Wir gehen zu den Phönixen.«

»Also gut. Aber eines musst du wissen: Ich bin deiner nicht würdig. Wäre ich edleren Gemüts, hätte ich nie mit dir geschlafen. Aber so ein Mann bin ich nicht.« Kamen strich mit dem Handrücken an ihrem Kinn entlang. »Ich kann einfach nicht aufhören, dich ständig zu berühren.«

Viève spürte, wie sich Wärme in ihrem Körper ausbreitete, der eben noch völlig entspannt gewesen war. Sie nahm ihn am Arm und zog seine Hand von ihrem Gesicht weg.

»Wir kommen nie raus aus diesem Zimmer, wenn du nicht für eine Weile damit aufhörst.«

Er verzog das Gesicht, und seine Züge wurden noch ernster – falls das überhaupt möglich war bei einem so ernsthaften Mann wie Kamen. Er nahm das Buch, wobei er mit einem Finger die Seite offenhielt, wo der Zeugenzauber stand, mit der anderen Hand nahm er Viève am Arm. Er öffnete die Tür und ließ ihr den Vortritt.

10

Sie fanden die Phönixe bei Marissa und Jackson in der Küche. Beide hatten sich inzwischen etwas angezogen, soweit man von ›angezogen‹ sprechen konnte. Der weibliche Phönix, Ceara, trug ein leichtes Cocktailkleid aus Chiffon, das ihre Oberschenkel knapp bedeckte. Der männliche Phönix, Cordo, hatte ein Paar locker sitzender Cargohosen übergestreift. Sonst hatte er nichts an. Er saß mit nacktem Oberkörper am Küchentisch, wo alle die Muskeln unter seiner dunklen Haut bewundern konnten. Er hatte nichts Zierliches an sich, und Kamen vermutete, dass er seine körperliche Kraft mit Absicht zur Schau stellte. Alle sollten wissen, wie stark er war. Oder vielleicht wollte er einfach nur damit angeben, wie gut er aussah … wie ein echter Vogel, der sich balzend aufplusterte.

Ceara stand Cordo in puncto Schönheit in nichts nach. Das nachtdunkle Blau ihres Kleides hob ihre feuerroten Haare wundervoll hervor. Viève fand sie wunderschön – und auch Marissa sah sehr gut aus. Sie selbst kam sich in Gegenwart dieser eleganten Frauen unscheinbar vor. Marissa hatte ebenfalls rote Haare, die jedoch einen kupferfarbenen Stich aufwiesen. Sie war groß und trug eine hübsche smaragdgrüne Bluse zu einem klassischen schwarzen Bleistiftrock, der ihre weibliche Figur betonte.

Viève zupfte an einer ihrer langweiligen grauen Locken und kaute auf ihrer Unterlippe herum. Sie hätte wetten können, dass das Make-up, das sie heute Morgen aufgelegt hatte, inzwischen abgewischt war oder dringend aufgefrischt werden musste. Unter den Wimpern hervor beobachtete sie Kamen. Was dachte er wohl, wenn er diese schönen Frauen in leuchtenden kraftvollen Farben sah, während sie – ein verwaschener, farbloser Geist – danebenstand? Marissas blaugrüne Augen strahlten förmlich. Die Augen von Ceara hatten eine helle lavendelblaue Farbe, ihre eigenen dagegen waren langweilig fad und wie alles andere an ihr grau. Bei dieser weiblichen Konkurrenz würde sie immer als Letzte ausgewählt werden.

»Wir haben den Zauber gefunden, den ich anwenden möchte«, sagte Kamen zu Jackson.

»Erklär mir diesen Zauber.« Jackson stellte seinen Kaffeebecher auf die Küchenarbeitsplatte. »Ich möchte genau wissen, was du vorhast, ehe ich erlaube, dass irgendwer sich darauf einlässt.«

»Der Zauber ist eigentlich ganz einfach«, erklärte Kamen. »Ich kann damit eine Person in die Erinnerungen einer anderen Person mitnehmen, sodass sie praktisch aus erster Hand sozusagen Zeuge einer Begebenheit wird, ganz so, als würde sie die Situation selbst erleben. Mein Plan ist, die Phönixe in eure Erinnerungen mitzunehmen.« Er nickte Jackson und Marissa zu. »Eure Erinnerungen an das letzte Mal, als wir gegen Apep kämpfen mussten.«

»Das klingt wirklich einfach«, meinte Jackson zögernd. »Aber wo ist der Haken?«

»Der Haken?«, wiederholte Kamen.

»Bei diesen Dingen gibt es doch immer einen Haken.«

»Nicht immer. Der Zauber ist nicht besonders kompliziert. Der einzige Haken ist vielleicht … Ich weiß nicht, wie real sich die Erinnerung für die Beobachter anfühlen wird. Es kann sein, dass sie alles spüren, auch alle Schmerzen, die du in der Situation erlitten hast.«

»Das hört sich nicht gut an«, sagte Jackson mit gerunzelter

Stirn. Er erinnerte sich nur zu gut an die Schmerzen bei dem Kampf gegen Apep.

»Ein bisschen Schmerzen machen mir nichts aus«, spöttelte Cordo.

»Es waren nicht nur *ein bisschen Schmerzen*«, stieß Jackson verbissen hervor.

Der Phönix schnaubte herablassend. »Bring mich in seine Erinnerungen«, sagte er. »Leg schon los mit deiner Magie. Ich habe keine Angst.«

»Und was ist mit dir?«, fragte Kamen und sah Ceara an. »Marissa musste keine körperlichen Schmerzen erdulden, aber die emotionale Belastung war furchtbar.«

»Gefühle jagen mir keine Furcht ein«, antwortete sie und lachte dabei.

»Das sollten sie aber«, sagte Marissa ganz leise. »Wenn ich es irgendwie vermeiden kann, möchte ich so etwas wie diesen Moment nie wieder erleben müssen.«

»Tja, das ist aber der ›Haken‹ für euch«, sagte Kamen. »Ihr werdet die Erinnerungen mit ihnen zusammen noch einmal durchstehen müssen, und zwar in allen Einzelheiten.«

Marissa verzog das Gesicht, und man sah, dass ihr ein Schauer über den Rücken lief. »Wenn es nicht anders geht, muss es eben sein.«

»Sollen wir uns dafür irgendwohin zurückziehen, wo es bequemer ist?«

»Unsere Wohnung?«, bot Jackson an.

»Gut. Am besten wäre ein Bett für unsere Gäste, und für dich und Marissa stellen wir Sessel neben das Bett. Ihr müsst Körperkontakt haben zu demjenigen, den ihr in eure Erinnerung mitnehmt.«

Sie gingen in Jacksons und Marissas Suite, und die beiden Phönixe legten sich nebeneinander auf das frisch gemachte

Bett. Jackson zog einen Sessel an die linke Bettseite, wo Cordo lag, und Marissa setzte sich in einen Sessel auf der rechten Seite des Bettes neben Ceara.

»Haltet euch an den Händen«, sagte Kamen und schlug das Zauberbuch auf der Seite auf, wo der Spruch stand. Jackson und Cordo nahmen sich bei den Händen, ebenso Ceara und Marissa.

»Jackson, Marissa, geht in eurer Erinnerung zurück zu dem Zeitpunkt, ehe Apep auf dem Anwesen eintraf. Erinnert euch daran, was genau ihr in diesem Augenblick getan habt.«

»Ich habe im Garten gearbeitet«, sagte Marissa.

»Ich saß mit einem Bier auf der Terrasse.«

»Gut. Behaltet diese Erinnerungen in euren Gedanken.« Kamen sah Viève an. »Trete bitte ein Stück zurück. Ich weiß nicht, wie sich der Zauber manifestieren wird.«

Gehorsam trat Viève vom Bett weg und ging rückwärts, bis sie die Wand im Rücken spürte. Von dort aus beobachtete sie das Geschehen voller Neugier.

Kamen räusperte sich, und dann sprach er den Zauber in perfektem Französisch.

> *Führe uns zurück zu jenem Tag, auf dass ich Erinnerungen teile im Hier und Jetzt – mit eigenen Augen sehe, Zeuge werde, was geschah, als wäre es mir selbst widerfahr'n.*

Dann berührte Kamen zuerst den Fuß von Cordo, dann den von Ceara.

Und mit einem Mal saß Cordo in einem Schaukelstuhl auf der Terrasse des Hauses, in dem sie sich gerade aufhielten. Er hatte ein Bier in der Hand und betrachtete den Rücken eines Mannes, der in seiner Nähe saß. Ein Freund. Dieser Mann war sein Freund, und sein Freund steckte in Schwierigkeiten. Es drohte ihm keine unmittelbare Gefahr, aber er ging durch eine emotionale Krise. Er fragte sich, wie er seinem Freund helfen könnte.

Leo. Sein Name war Leo, und sie waren seit ihrer Kindheit miteinander befreundet. Leo war nur ein Mensch und hatte in letzter Zeit einiges durchmachen müssen.

»Leo«, sagte er, worauf dieser sich zu ihm umdrehte.

Sie redeten miteinander. Das Gespräch artete in einen Streit aus. Leo war so verzweifelt, dass er grundlos aggressiv wurde. Cordo bemühte sich, Geduld mit ihm zu haben, aber Leo machte es ihm nicht leicht.

Jemand trat zu ihnen auf die Terrasse. Ram. Er kannte ihn. Seine Anwesenheit schien Leos schlechte Laune nur noch zu verschlimmern, aber er konnte nichts daran ändern.

Während sie redeten, fiel sein Blick zu Marissa, die im Garten in einem Stück Erde wühlte und gedankenverloren vor sich hinlächelte. Sie war wunderschön. Atemberaubend schön. Ihre Körperwandlerin Hatschepsut meinte er schon seit Anbeginn der Zeit zu kennen, aber diese Frau, Marissa Anderson, kannte er erst seit Kurzem. Und doch bildeten sie zusammen bereits eine perfekte Einheit, die in jeder Hinsicht alles erfüllte, was seine Seele brauchte. Allein ihr Anblick gab ihm schon das Gefühl vollkommener Erfüllung. Er erinnerte sich daran, wie sie am frühen Abend kurz vor dem Aufstehen miteinander geschlafen hatten. Sie hatten sich lange innig und voller Zärtlichkeit geliebt. Sie gab ihm alles, was er sich von einer Frau wünschen konnte. Und doch spielte sie jetzt wie ein Kind mit Erde.

Seine Liebe für sie kannte keine Grenzen.

»Mir reicht's. Ich gehe«, schnaubte Leo, dann stand er auf und verschwand im Haus. Cordo konnte nichts daran ändern. Sein Freund musste mit seinem Ärger selbst fertigwerden, und er musste ihm Zeit lassen.

Er wechselte noch ein paar Worte mit Ram. Sie redeten über

Kamenwati, den sie beide sehr unterschiedlich einschätzten. Cordo war um einiges hoffnungsvoller als Ram, dass der Mann seine Taten wirklich wiedergutmachen wollte. Dennoch würde es noch einige Zeit dauern, bis er ihm voll und ganz vertraute.

Dann trat Docia auf die Terrasse. Seine Schwester, die er sehr liebte. Wenn er in ihr bezauberndes Gesicht blickte, musste er immer lächeln. Auch jetzt bewegten sich seine Mundwinkel wie von selbst nach oben. Sein Hund, Sargent, kam zu ihm getrottet, und er kraulte ihn hinter den Ohren. Liebe und Loyalität umgaben ihn, und es fühlte sich gut an. Ja, sie lebten in gefährlichen Zeiten, aber das hier fühlte sich gut an. Noch nie war er glücklicher gewesen.

Und dann, von einem Moment auf den anderen, war das Glücksgefühl verschwunden, und ihn überkam eine furchtbare Vorahnung, die schlimmer war als alles, was er je erlebt hatte. Die Bierflasche glitt aus seiner Hand, und er sprang auf. Er brüllte Marissas Namen. Er musste zu ihr, musste sie in Sicherheit bringen.

»Marissa!«

Er rannte los und raste mit Riesenschritten durch den Garten. Aber er war nicht schnell genug. Einfach nicht schnell genug! Er flog förmlich die Auffahrt hoch, als plötzlich mit einem ohrenbetäubenden Schlag ein flammender Energiestrahl vom Himmel schoss und direkt vor ihm einschlug. Erde und Steine wurden in die Luft geschleudert. Er konnte nicht weiter, er musste anhalten. Er schaute zum Himmel hoch und suchte nach dem Angreifer, aber da war nichts. Er sah nichts, doch dann spürte er etwas. Etwas Tödliches und extrem Gefährliches. Ein weiterer gewaltiger Energieschlag krachte vom Himmel, der diesmal direkt hinter ihm einschlug. Die Botschaft war eindeutig: Beweg dich einen Schritt nach vorn und du stirbst, beweg dich einen Schritt zurück und du stirbst.

Ram kam von der Terrasse auf ihn zugerannt. Cordo bemerkte es, weil ein weiterer Energiestrahl vom Himmel kam und seinen Freund mitten auf der Brust traf. Rams Körper wurde wie eine Puppe durch die Luft geschleudert.

Leo kam aus dem Haus und lief auf ihn zu. Er brüllte, dass er zurückbleiben sollte. Zumindest dachte er, dass er gebrüllt hätte. Dann schoss Leo mit etwas – er feuerte mit einer Pistole auf die Stelle am Himmel, wo die Energiestrahlen herkamen.

Und wie aus dem Nichts erschien eine Frau am Himmel. Sie war ganz in Weiß gekleidet und hatte kastanienbraunes Haar. Blutflecken breiteten sich auf ihrer weißen Kleidung aus – Schussverletzungen. Leo hatte sie getroffen. Er hatte sie verwundet.

Odjit – die Anführerin der Körperwandler-Templer. In jeder Reinkarnation war sie der Fluch, der auf seinen vielen Leben lastete. Nur war das gar nicht mehr Odjit. Odjits Körper war von einem Gott übernommen worden – dem Gott, der Chaos und Verderben brachte. Apep.

»Na gut«, sagte sie zu Leo. »Es wird mir ein Vergnügen sein, dich als Erstes sterben zu lassen.«

»Nein!«, schrie Cordo, und er spürte, wie sich verborgene Kräfte in ihm Bahn brachen. Seine telekinetischen Kräfte. Er richtete sie auf Leo und schleuderte seinen Freund zur Seite, um ihn, so gut es ging, aus der Schusslinie zu holen.

Sein Rettungsversuch zog die Aufmerksamkeit der Kreatur am Himmel auf sich.

»*Du* bist gefährlich«, sagte sie, und das Echo ihrer Stimme hallte dröhnend von allen Seiten auf ihn ein.

Instinktiv griff er sie an und beschwor alle Kräfte herauf, die in ihm wohnten. Er ging mit einer Wucht gegen sie vor, die selbst Bäume entwurzelt hätte. Doch jetzt reichte es gerade einmal, die Frau einen kleinen Purzelbaum in der Luft schlagen zu lassen. Da wurde ihm klar, wie machtlos er gegen sie war. Er konnte nichts tun, um seinen besten Freund und die Frau, die er liebte, zu schützen. Er würde versagen.

»Du«, sprach sie wieder, »könntest uns irgendwann Ärger machen. Die Vorstellung gefällt uns ganz und gar nicht.«

»Wir wissen, wer du bist«, rief Cordo, der sich von ihrem Hass aufstacheln ließ. »Ein zweitklassiges Monster, das sich für einen Gott hält. Wenn du denkst, wir würden zulassen, dass du hier in dieser Welt Amok läufst, dann hast du dich …«

»Schweig!«, zischte Cordos Widersacherin. Sie schnipste mit den Fingern, und plötzlich hielt sie eine Scheibe purer Energie in der Hand. Sie schleuderte sie in seine Richtung. Alles passierte innerhalb weniger Augenblicke, sie bewegte sich blitzschnell, und die Entfernung zwischen ihrer Hand und seiner Kehle war viel zu kurz. Er riss die Arme hoch, um sich zu schützen, doch die Scheibe schnitt durch seine Hände und durchschlug seinen Hals.

Der Schmerz war unerträglich. Es fühlte sich an, als würde ihm die Seele aus dem Körper gerissen werden. Er konnte die Qualen nicht mehr ertragen und verlor das Bewusstsein.

Ceara sah, wie ihr geliebter Ehemann getroffen wurde. Sie musste mit ansehen, wie er zusammenbrach und zu Boden ging, als würden seine Kleider nur noch eine leere Hülle sein. Sie schrie auf und erstickte fast, als der Schmerz über seinen Verlust sie durchfuhr.

Nein! Sie hatten sich doch gerade erst gefunden! Das durfte nicht wahr sein! Warum war die Welt so grausam zu ihnen? Was hatten sie getan, dass sie so bestraft wurden?

Leo feuerte immer noch auf die Frau. *Gut! Leg sie um! Sie verdient den Tod!*

Ungeachtet der Gefahr, in die sie sich brachte, rannte Ceara los. Sie musste zu Jackson. Sie musste sich davon überzeugen, dass er noch am Leben war! So durfte es nicht enden. Das durfte es einfach nicht!

Während sie rannte, gellten unmenschliche Schreie in ihren Ohren. Dann wurde ihr klar, dass sie es war, die schrie. Die Schreie kamen aus ihrem Mund, aus dem Mund einer Frau, die im Begriff stand, ihren seelenverwandten Geliebten zu verlieren.

Sie erreichte Jackson und sank neben ihm auf die Knie. Mit beiden Händen packte sie ihn und zog seinen Kopf in ihren Schoß. Fest drückte sie ihn an ihre Brust. Sie schaute hoch und sah sich nach Hilfe um. Bei der Terrasse stand eine dunkelhäutige Frau und zog in letzter Sekunde eine Art magischen Schutzschirm hoch, um die nächsten Energiestrahlen, die auf Leo zukamen, abzuwehren. Die Energie prallte von dem Schild ab und wurde auf den Gott am Himmel zurückgeworfen, der vor Schmerz und Wut aufbrüllte.

»Du!« Mit einem zitternden Finger deutete der Gott auf die schwarze Frau, deren neonblaue Flügel in voller Spannweite von ihrem Rücken abstanden. »Du wirst dafür büßen, dass du dich eingemischt hast. Das hier geht dich nichts an! Lass dir das eine Warnung sein.«

Und dann verschwand der Gott.

Alles andere wurde unwichtig. Wieder und immer wieder rief sie Jacksons Namen, damit er sie endlich hörte, damit er wieder erwachte.

Doch er hörte sie nicht, noch wachte er auf.

Mit einem keuchenden Atemzug tauchte Ceara aus der Erinnerung auf. Sie fuhr sich mit der Hand übers Gesicht und merkte, dass es nass war von Tränen. Ihr ganzer Körper fühlte sich ausgelaugt an. Die Gefühle, die sie gerade erlebt hatte, drückten immer noch schmerzhaft auf ihr Herz. Sie bekam keine Luft und war kaum imstande, sich von den Erinnerungen zu lösen, die Marissa mit ihr geteilt hatte.

Ihr wurde bewusst, dass alle sie ansahen – wie auch Cordo. Er saß neben ihr auf dem Bett, und ein gequälter Ausdruck lag in seinem Blick. Sie fühlte sich nicht viel besser, als er aussah.

»Das ist ja schrecklich«, wisperte sie.

Er nickte und schaute dann zu Jackson. »Wie hast du überlebt?«

»Es war nicht einfach«, erwiderte Jackson grimmig. »Als ich wieder das Bewusstsein erlangte, lag ich in einem Bett, und alle meine Lieben waren um mich versammelt. Aber ich hatte ständig das Gefühl, als würde ich davontreiben. Als sei ich nicht mehr in dieser Daseinsebene verankert. Das Einzige, was mich noch hielt, war …«

Er warf Marissa einen liebevollen Blick zu. Sie durchquerte den Raum, und sie schlossen einander fest in die Arme. Ceara spürte, wie sich ihr die Kehle wieder vor Rührung zuschnürte.

»Wir müssen unserem Stammesfürsten berichten«, sagte Ceara. »Alles. Auch von der Schönheit, die wir hier gefunden haben. Ihr seid anders, als man uns erzählt hat.«

»Was hat man euch denn erzählt?«, fragte Kamen.

»Vor langer Zeit lebten wir in dieser Welt – der zivilisierten Welt. Unser Anführer wurde damals anders genannt als heute. Er war der Zar, und wir hatten uns aus allen möglichen Gründen mit anderen Völkern verbündet. Doch am Ende brachte uns das nichts als Ärger ein. Deshalb verabschiedeten wir uns schon vor Jahrhunderten von der Welt der Schattenwandler und der Welt der Menschen. Nun leben wir in Ruhe und Frieden, und wir werden nicht zulassen, dass sich das ändert. Unser Zar ist heute unser Stammesfürst, und er regiert mithilfe des Ältestenrats, dem Ceara und ich angehören.«

»Seit Hunderten von Jahren hatte niemand mit eurer Spezies Kontakt«, erklärte Kamen. »Wir konnten nicht wissen, dass ihr euch absichtlich von uns abgesondert habt, noch was sich bei euch alles verändert hatte.«

»Und genau so wollten wir es auch«, sagte Cordo. »Die Ältesten unseres Volkes mahnten uns, dass Kontakte mit der Außenwelt gefährlich wären. Und ihr seht ja, dass sie recht behalten haben. Eure eigenen Erinnerungen beweisen das.« Er hielt inne. »Aber es ist eindeutig ein Problem, um das wir uns alle kümmern müssen. Ich würde ja sagen, es ist vor allem ein Problem der Körperwandler, aber er hat dich mit solcher Leichtigkeit niedergestreckt – einen Mann mit solch unglaublichen Kräften. Und trotzdem konntest du selbst mit deinem schärfsten Angriff nichts gegen den Gott ausrichten. Das müssen wir zur Kenntnis nehmen, denn es betrifft uns alle. Wenn Apep, wie ihr sagt, erst dann aufhört, wenn er uns alle zerstört hat, dann ist er auch unser Problem. Wir werden in den Wald zurückgehen und unserem Stammesfürsten berichten, was wir erfahren haben. Danach kommen wir als Abgesandte unseres Volkes zurück an euren Hof.«

»Danke«, sagte Viève erleichtert. Damit hatten sie die Phönixe auf ihrer Seite und nur noch ein Volk zu überzeugen! Wenn es ihnen gelang, die Mysticals mit ins Boot zu holen, würden sich auch die Geister ihnen anschließen.

Doch kaum war ihr dieser Gedanke durch den Kopf gegangen, als ihr klar wurde, dass es dann keinen Grund mehr für sie gäbe hierzubleiben. Man würde erwarten, dass sie zu den Geistern zurückkehrte.

Aber sie konnte noch nicht gehen. Zu viel hatte sich verändert. Sie brauchte mehr Zeit. Sie wollte – sie wollte alles, was sie hier erlebte, noch eine Weile länger auskosten. Zum ersten Mal in ihrem Leben gaben ihr andere das Gefühl, dass sie etwas Besonderes wäre, und dieses Gefühl wollte sie nicht so schnell wieder aufgeben.

»Ich bringe euch heim und auch wieder hierher zurück«, sagte Kamen. »Seid ihr bereit, mit mir in den Strahl zu treten?«

»Das sind wir.«

Kamen drehte sich zu Viève um. »Kommst du zurecht, solange ich fort bin?«

Seine Fürsorglichkeit verschlug ihr einen Moment lang die Sprache. Er kümmerte sich um sie. Niemand hatte sich jemals um sie gekümmert.

Sie nickte, obwohl alles in ihr sich dagegen sträubte, ihn auch nur eine Sekunde lang aus den Augen zu lassen.

Er reichte jedem Phönix eine Hand und verschwand mit ihnen. Viève blieb mit Marissa und Jackson zurück, die immer noch eng umschlungen dastanden und nur Augen füreinander zu haben schienen. Sie wollte die beiden nicht stören und bewegte sich langsam zur Tür.

»Viève.«

Sie erstarrte, als Jackson ihren Namen sagte.

»Ja?«

»Bleib noch eine Weile. Wir würden uns gerne mit dir unterhalten.«

»Oh. Na gut – aber über was sollten wir drei uns schon unterhalten?«, fragte sie mit einem linkischen Lachen.

»Du könntest uns etwas über die Geister erzählen.«

»Ach die.« Offenbar blickte sie nicht weniger enttäuscht drein als sie klang, denn Marissa lachte auf.

»Du scheinst ja nicht besonders angetan von deinem eigenen Volk zu sein.«

»Die Geister sind nicht wirklich mein Volk«, sagte sie, um zumindest eine Erklärung für ihr Verhalten zu geben.

Marissa zog eine Augenbraue hoch. »Was soll das heißen? Du bist doch ein Geist, oder?«

»Nun ja. Hauptsächlich schon. Teilweise.«

»Teilweise?«

»Ich bin halb Geist, halb Mensch.«

»Okay. Aber das macht dich trotzdem zu einem Geist, oder?«, fragte Marissa.

»Kommt ganz darauf an, wen man fragt«, murmelte Viève.

»Ich verstehe. Also gibt es welche, die dich nicht für einen richtigen Geist halten.«

Die meisten. Aber das sagte Viève nicht. Marissa und Jackson sollten nicht daran zweifeln, dass sie eine geeignete Vertreterin der Geister war.

»Der Doyen meint, dass für diese Aufgabe genug von einem Geist in mir steckt. Was andere denken, ist egal.«

»Stimmt«, sagte Marissa langsam. »Aber warum habe ich das Gefühl, dass noch mehr hinter der ganzen Sache steckt?«

»Ich weiß nicht«, erwiderte Viève. Sie wollte ihre Worte mit einem beiläufigen Achselzucken unterstreichen, brachte aber nur eine krumme Haltung zustande.

»Du musst wissen, dass ich Psychiaterin war, bevor ich ein Körperwandler wurde«, erklärte Marissa. Sie löste sich von Jackson, kam zu Viève und legte ihr den Arm um die Schultern. Viève erstarrte bei der Berührung, aber sie wollte nicht unhöflich sein, und deshalb ließ sie es zu. »Wenn du über irgendetwas reden möchtest, habe ich immer ein offenes Ohr.«

»Danke. Aber es gibt nichts«, versicherte Viève ihr. Trotzdem war sie dankbar für das Angebot. Es war eine nette Geste, und nur wenige waren jemals so offen auf sie zugegangen. »Falls etwas passiert, über das ich reden möchte, komme ich auf dein Angebot gern zurück. Nicht, dass ich denke, es würde etwas passieren«, fügte sie rasch hinzu.

»Alles klar. Aber ich hätte etwas, über das ich gern mit dir reden würde, wenn es für dich okay ist«, sagte Marissa.

Viève fand das seltsam, trotzdem sagte sie: »Ja?« Es kam nicht häufig vor, dass Leute mit ihr reden wollten. Sie war es nicht gewöhnt, Konversation zu treiben. Hoffentlich sagte sie nichts, mit dem sie ihr Volk in ein schlechtes Licht rückte. Denn wenn der Doyen von so einem Fauxpas erfuhr – sie wusste nicht, wie er sie dafür bestrafen würde.

»Ich möchte mit dir über Kamen reden.«

Viève errötete, und ehe sie einen klaren Gedanken fassen konnte, schlug sie instinktiv die Hände vors Gesicht.

»W-was ist mit ihm?«

Marissa wechselte einen Blick mit Jackson.

»Ich möchte nur, dass du vorsichtig bist. Du weißt nicht, was für eine Sorte Mann er ist. Informiere dich über ihn, bevor du ihm vertraust.«

Wut schoss in ihr hoch. Wie konnten sie es wagen, schlecht über Kamen zu reden? Er riss sich hier beide Beine aus, damit dieses Bündnis irgendwie zustande kam. Sahen sie das denn nicht?

Aber Viève war nicht in der Lage, ihre Wut so zu zeigen, wie es andere vielleicht taten. Wut war ein Gefühl, das ihr fremd war. Sie war schon so lange nicht mehr richtig wütend gewesen. Sie hatte sich daran gewöhnt, alles einfach zu akzeptieren und ruhig weiterzumachen wie bisher. Wenn sie frustriert war, tobte sie sich im Garten aus. Sie konnte ohnehin nichts gegen die unguten Gefühle tun, deshalb jätete sie Unkraut oder pflanzte Blumen, bis alle Wut verflogen war. Es war nicht schwer, bei der Arbeit im Garten ihren inneren Frieden zu finden.

»Gibt es etwas, das ihr mir über Kamen sagen möchtet?«, fragte sie direkt. Wenn sie ihr erklärten, warum sie so über ihn dachten, könnte sie vielleicht …

»Nur, dass wir Kamen schon seit vielen Zeitaltern kennen. Unsere Erfahrungen mit ihm waren nicht – positiv. Kamen ist ein Templer, wir dagegen vertreten eher diplomatische Grundsätze. Die beiden Fraktionen sind schon seit langer Zeit verfeindet.«

»Aber jetzt arbeitet ihr mit ihm zusammen.«

»Ja. Oberflächlich betrachtet scheint es so, als hätten sich Kamens Beweggründe geändert. Ob das wirklich so ist, wird erst die Zukunft zeigen.«

»Wie lange lebt er schon hier bei euch?«

»Seit fast einem Jahr«, sagte Jackson.

Und trotzdem bezweifelten sie immer noch, dass er jetzt wirklich auf ihrer Seite stand? Was sollte der Mann denn noch tun, um sie zu überzeugen? Vielleicht setzte er sich deshalb so selbstlos dafür ein, dass das Friedensbündnis zustande kam – um diesen Leuten zu beweisen, dass er nicht mehr ihr Feind war.

»Gibt es einen Grund, warum ihr an der Aufrichtigkeit seiner Motive zweifelt?«, fragte sie.

»Nur unsere Erfahrungen mit ihm in der Vergangenheit. Kamen bezog immer eindeutig Stellung gegen unsere Fraktion. Er ist tief verwurzelt in der Tradition der Templer. Erinnerst du dich an die Gargoyles, die du hier im Haus kennengelernt hast?«

Sie nickte.

»Ahnvil wurde von Kamen erschaffen, um ihm als Sklave zu dienen.«

Das schockierte Viève. Hatte Kamen befürchtet, dass sie dies über ihn erfahren würde? Hielt er sich deshalb für einen charakterlosen Mann – für einen Verbrecher? Weil er Sklaven erschaffen und besessen hatte? Aber das lag doch sicherlich schon sehr lange zurück!

»Dann war Ahnvil bis vor einem Jahr Kamens Sklave?«, fragte sie verwirrt und ängstlich.

»Nein. Ahnvil hat seine Freiheit schon vor einigen hundert Jahren erhalten. Aber soweit wir wissen, hat Kamen andere Sklaven besessen, bevor er auf unsere Seite übergelaufen ist«, erklärte Marissa.

»Warum ist er denn zu euch übergelaufen?«, fiel Viève ein zu fragen.

»Also, ich glaube, das solltest du ihn lieber selbst fragen«, sagte Marissa.

Das würde sie tun. Sie würde Kamen fragen, sobald er zurück war.

»Jetzt haben wir lange genug über diese schlimmen Dinge gesprochen«, sagte Marissa. »Erzähl uns etwas von dir.«

»Von mir? Über mich gibt's nichts Interessantes zu erzählen«, wehrte Viève sofort ab.

»Da irrst du dich ganz bestimmt. Was arbeitest du denn in der Geisterwelt?«

»Ich arbeite nicht. Ich kann nicht viel. Manchmal versuche ich, mich nützlich zu machen, aber das gelingt mir nicht oft.«

»Wie machst du dich denn nützlich?«

»Ich arbeite im Garten«, sagte sie. »Aber es ist wirklich nichts Besonderes. Jeder kann das.«

»Eine Gärtnerin! Ich liebe die Gartenarbeit. Allerdings muss man hier im Südwesten auf ganz andere Dinge achten, als ich es aus New York gewohnt bin.«

»New York! Ich wollte schon immer mal nach New York«, sagte Viève sehnsüchtig.

»Wo kommst du her?«

»Aus Iowa. Meine Zelle ist in Iowa.«

»Ist das der Ort, wo auch der Doyen lebt?«, fragte Marissa.

»Nein, nein! Der Doyen würde niemals in einer so kleinen

Zelle irgendwo auf dem flachen Land leben. Obwohl er auch an einem sehr abgelegenen Ort wohnt, aber nicht mit solchen Leuten wie mir.«

»Leuten wie dir?«

»Wie ich eben schon sagte – ich bin ein Mischling«, erwiderte Viève.

Für sie war das alles vollkommen logisch, wurde Marissa klar. Sie war ein Mischling und deshalb weniger wert als ihre Artgenossen. Aber soweit sie Viève bis jetzt einschätzen konnte, war sie mehr wert als alle Geister, die Hatschepsut, ihre Körperwandlerin, jemals kennengelernt hatte. Über Generationen war Hatschepsut immer wieder Geistern begegnet, aber keine dieser Begegnungen war erfreulich gewesen. Eines von Menes' Leben war sogar von der tödlichen Berührung eines Geistes beendet worden. Zwar hatte Menes vor etlichen Jahren auf diese Weise den Tod gefunden, aber trotzdem rechnete sie Jackson seine Zurückhaltung hoch an. Sie wusste, dass er sich in der Gegenwart des Geistes nicht wohlfühlte, aber er gab sich so offen wie möglich, wenn er sich mit ihr unterhielt. Das musste er tun. Sie alle mussten das. Auch die Geister. Ihre Situation würde noch viel schlimmer werden. Sie mussten miteinander auskommen; wenn nicht, waren die Folgen unabsehbar.

Wenn sie nur den Fluch brechen könnten. Kamen und die Druidin Bella suchten Tag und Nacht nach einer Lösung, aber Marissa hatte Angst, dass sie sie nicht rechtzeitig fanden. Sie wollte nicht noch einmal so etwas erleben wie das, an was sie sich gerade zusammen mit Ceara erinnert hatte. Sie hatte Angst, dass beim nächsten Mal – dass sie beim nächsten Angriff Menes verlieren könnte. Nicht nur für die nächsten hundert Jahre, sondern für immer. Wer wusste schon, über welche Kräfte der Gott verfügte? Vielleicht stand es in seiner Macht,

Seelen ganz auszulöschen. Wie sollte sie jemals ohne Menes weiterleben?

Und Jackson selbst konnte nicht wiedergeboren werden. Dieser Teil von ihm würde für immer ins Jenseits eingehen, seine Seele sich von ihrer entfernen. Marissa liebte Jackson – die Seele, die Jackson war, und auch die Seele, die Menes war. Sie liebte sie beide. Ein Leben ohne Jackson oder mit nur einer seiner beiden Seelen war unvorstellbar.

Marissa wollte sich Jackson zuwenden, der ihnen folgte, als sie hinaus in den Flur gingen, aber sie musste sich auf den kleinen Geist konzentrieren.

»Nur zu deiner Information: hier wohnen viele Mischlinge, und sie fühlen sich alle sehr wohl in der Gemeinschaft. Du solltest dich hier eigentlich gut einfügen. In gewisser Weise sind Jackson und ich auch Mischlinge. Zwei unterschiedliche Hälften, die zusammenkommen und ein Ganzes bilden.«

»So habe ich das noch nie betrachtet.«

»Das solltest du aber. Es gibt eigentlich niemanden auf diesem Planeten, der noch ganz reinen Blutes ist. Wenn man nur weit genug in der Ahnenreihe zurückgeht, findet sich bei allen immer irgendwo etwas. Man kann wirklich kaum mehr von reinrassigen Spezies reden.«

»Bei den Geistern kann ich mir das nicht vorstellen«, sagte Viève mit einem gequälten Lächeln. »Bei uns sieht man es sofort, wenn jemand ein Mischling ist.«

»Das stimmt. Aber irgendwann hast du Kinder, und ich bin sicher, falls ihr Vater auch ein Geist ist, werden sie wie Vollblut-Geister aussehen.«

»Oh, das wird nie passieren«, sagte Viève mit einem Schulterzucken. »Kein männlicher Geist wird je mit mir schlafen, und deshalb werde ich auch niemals ein reinrassiges Geisterkind auf die Welt bringen.«

»Niemals ist ein großes Wort. Bei Völkern, die schon so lange existieren wie wir, hat sicher irgendwann einmal ein Geist …«

»Nein. Niemals«, sagte Viève entschieden.

»Aber deine Mutter hat mit einem Menschen geschlafen. Es ist also nicht unmöglich, dass ein Geist sich in eine …«

»Nein. Es ist einfach … Glaub mir, die Chancen, dass ein männlicher Geist sich mit einer wie mir abgeben würde, sind astronomisch gering. Eher würden sie sich kastrieren.«

Ihre Worte waren schonungslos und hart, aber es war klar, dass sie keinerlei Zweifel an dem hegte, was sie von sich gab. Diese bleiche, hübsche, kleine Geisterfrau glaubte ernsthaft, dass niemand mit ihr Kinder haben wollte. Und wahrscheinlich bezog sich das nicht nur auf Geister. Vièves geringes Selbstwertgefühl saß tief. Es hüllte sie wie ein dunkler Schleier ein.

»Na gut, aber dann wissen sie nicht, was sie verpassen, und sie können einem nur leidtun«, sagte Marissa und drückte Viève leicht an sich.

Es war sehr freundlich von ihr, so etwas zu sagen, aber Viève wusste, dass sie es nur aus Höflichkeit tat. Trotzdem war es nett, dass jemand so freundlich zu ihr war.

Auch wenn sie es nicht verdient hatte.

11

Kamen kehrte völlig erschöpft nach Portales zurück. Er hatte sich in der Nacht bei dem aufwendigen Spiegelzauber ziemlich verausgabt, und inzwischen war draußen vor den verdunkelten Fenstern die Sonne aufgegangen. Er war völlig übermüdet, aber bevor er ins Bett ging, wollte er sich noch vergewissern, dass Viève gut untergebracht war.

»Wo ist Viѐves Zimmer«, fragte er Jackson, als er ihn gefunden hatte.

»Sie hat keins«, erwiderte Jackson ziemlich verwirrt.

»Warum hast du ihr kein Zimmer zugewiesen? Hältst du von ihr etwa weniger als von diesen beiden Phönixen, die du ja anscheinend in einem bequemen Quartier untergebracht hast?«, fragte Kamen scharf und konnte den Ärger in seiner Stimme nicht unterdrücken.

»Kamen, ich halte ziemlich viel von ihr, und wir wollten ihr ein eigenes Zimmer geben, aber sie hat darauf bestanden, bei dir zu wohnen.« Jackson runzelte die Stirn. »Wenn du sie nicht bei dir haben willst, dann lasse ich sie sofort in ihr eigenes Zimmer führen. Ich dachte, wir könnten das besprechen, sobald du zurück bist. Vielleicht solltest du erst mal mit ihr reden.«

»Ja«, sagte Kamen entschuldigend. »Das sollte ich wohl.«

Als er die Treppe wieder hochstieg, war er mehr als nur ein wenig verwundert. Er und Viève hatten nicht darüber gesprochen, wo sie während ihres Aufenthalts wohnen würde. Trotzdem konnte er kaum glauben, dass sein schüchterner kleiner

Geist einfach beschlossen hatte, in seinem Bett zu schlafen, ohne mit ihm darüber zu sprechen.

Aber als er seine Suite betrat, empfing ihn ein Anblick, der erklärte, warum es Viève vollkommen normal und logisch erschienen war: Sie lag auf dem Sofa, wo sie sich ein ordentliches kleines Lager mit Leintuch über den Polstern und einer Decke gemacht hatte. Sie bewegte sich, als er eintrat, und war einen Moment später hellwach. Rasch setzte sie sich auf.

»Ich hoffe, du hast nichts dagegen. Wenn du nicht möchtest, dass ich auf dem Sofa schlafe, gibt mir Jackson auch ein eigenes Zimmer. Ich habe nur … ich wollte nicht ganz allein sein hier in diesem großen Haus. Allein schon die Vorstellung ist mir nicht geheuer. Die meisten Leute hier mögen Geister nicht. Bei dir weiß ich wenigstens, dass du mich ein bisschen magst. Dachte ich zumindest. Aber ich kann jederzeit ausziehen, wenn …«

Sie brach ab, als er um das Sofa herum auf sie zukam. Sie lehnte sich zurück, weil sie dachte, jetzt würde er sie hinauswerfen. Es war von Anfang an eine idiotische Idee gewesen. Was hatte sie sich nur dabei gedacht? Die Tatsache, dass sie ein einziges Mal miteinander geschlafen hatten, gab ihr noch lange nicht das Recht, es sich auf seinem Sofa bequem zu machen!

Er packte ihre Hand und zog sie mit einem Ruck von ihrem improvisierten Nachtlager hoch.

»Es tut mir leid. Ich hätte nicht …«

»Sei still«, fuhr er sie an.

Sie schloss sofort den Mund. Tränen schossen ihr in die Augen – noch eine Emotion, die sie ihrer menschlichen Hälfte zu verdanken hatte, noch eine Schwäche. Und es war ja von vornherein klar gewesen, dass sie sich Ärger einhandeln würde. Dafür war sie bekannt. Nie machte sie irgendetwas richtig.

Er schob einen Arm unter ihre Kniekehlen, den anderen schlang er um ihren Rücken, dann hob er sie so plötzlich hoch, dass ihr schwindlig wurde. Sie hatte ein Nachthemd an, das sie sich aus einer Kleiderkammer voller Frauenkleidung hier im Haus geborgt hatte. Würde er sie wirklich nur in diesem dünnen rosa Seidending vor die Tür setzen?

Er machte zwei Schritte, und mit einem Mal wurde ihr klar, dass er nicht zur Tür ging, die hinaus auf den Gang führte, sondern sich auf die Tür zu seinem Schlafzimmer zubewegte. Sie war angelehnt, und er stieß sie mit dem Fuß auf. Das Licht ging an, und mit vier Schritten war er neben dem Bett und legte sie sanft auf die Bettdecke.

»Oh nein! Ich kann nicht in deinem Bett schlafen!«, rief sie aus. »Danke für das Angebot, aber du musst nicht so höflich sein. Ich bin es gewöhnt, dass ich nur …«

»Ich habe gesagt, sei still«, sagte er streng.

Sie hielt den Mund. Während er sich das Hemd aus der Hose zog und dann die Manschettenknöpfe löste, nestelte sie am Spitzensaum ihres Nachthemds herum. Er streifte das Hemd ab, und seine wunderbar breite Brust mit den unglaublich verführerischen Muskeln kam zum Vorschein. Ihr Mund wurde trocken, als sie sich vorstellte, mit der Zunge über all diese Muskeln zu fahren. Wie schön das wäre!

Seine Hände gingen zur Gürtelschnalle, und ihr Blick folgte der Bewegung. Er zog die Schuhe aus und kickte sie weg, während er den Gürtel öffnete. Mit einer raschen Bewegung zog er ihn aus den Schlaufen seiner Hose, rollte ihn zusammen und legte ihn auf den Nachttisch. Dann löste er den Hosenknopf und öffnete den Reißverschluss.

»Wenn du nicht mit mir schlafen möchtest, ist das jetzt die letzte Gelegenheit, Nein zu sagen«, erklärte er mit ruhiger Stimme.

»Du hast gesagt, ich soll still sein.«

Sein Mundwinkel zuckte. »Ich erteile dir hiermit die Erlaubnis, eine Antwort auf meine Frage zu geben. Möchtest du mit mir schlafen?«

Ihre Kehle war wie zuschnürt. »Ja«, flüsterte sie. »Aber ich habe nicht gedacht … Also, ich erwarte nicht, dass du mit mir schläfst.«

»Das habe ich schon verstanden«, sagte er grimmig. »Viève, du und ich, wir werden jetzt eine Vereinbarung treffen.«

»Was für eine Vereinbarung?«, fragte sie, während sie zusah, wie er sich die Hose über Hüften und Schenkel nach unten schob. Er bewegte sich dabei so langsam, dass es fast schon aufreizend wirkte. Doch sie wusste, dass das nicht in seiner Absicht lag.

»Du und ich erklären in gegenseitigem Einverständnis, dass wir miteinander schlafen möchten. Dies gilt solange, bis einer von uns deutlich sagt, dass er oder sie es nicht mehr will. Diese Übereinkunft geht mit ein paar Grundsätzlichkeiten einher.«

»Okay …«

»Erstens: Du kannst mir jederzeit egal wann und egal wo sagen, dass du mit mir schlafen möchtest. Ich werde nicht sauer auf dich sein, ich werde es dir nicht übel nehmen, und ich werde dich nicht abweisen.«

»Aber bestimmt …«

»Zweitens: Deinerseits kannst du davon ausgehen, dass ich dich immer will. Dadurch hast du einen ungeheuren Wert in der Hand. Sieh es als dein Kapital an, das du bei mir einlösen kannst, wann immer du willst.«

»Wann im…«

»Wann immer du willst«, wiederholte er fest.

»Also gut.« Etwas erwachte in ihrer Brust zum Leben. Er wollte sie. Bis er es zurücknahm, wollte er sie. Es klang, als wäre er sich seiner Worte sehr sicher.

»Drittens.« Er legte die Hose sorgfältig zusammen und

hängte sie über eine Stuhllehne. »Wann immer du dich vor mir kleinmachst, wirst du auf der Stelle schwer dafür bestraft.«

»Be-bestraft?«

Er stand nur in seinen Boxershorts vor ihr, und doch fühlte es sich an, als hätte er mehr Kleider am Leib als sie. Er wirkte selbstbewusst und gebieterisch. Jemandem wie ihm widersprach man nicht.

»Genau«, sagte er, kroch auf das Bett und legte sich auf sie. Sie ließ sich in die Kissen zurückfallen, während sie mit den Fingern über seine Brust strich. »Die Strafe besteht in so ausgiebigem, ungezügeltem Sex, dass alle anderen Male dagegen verblassen.«

»Ich habe bis jetzt erst ein Mal Sex gehabt«, gab sie zu Bedenken, und ein amüsierter Ton schlich sich in ihre Stimme.

»Bis jetzt. In einer Stunde wirst du schon doppelt so viel Sex gehabt haben.«

»Werde ich das?«

»Jawohl«, sagte er. Dann küsste er sie so leidenschaftlich, dass ihr der Atem wegblieb. »Und komm ja nicht auf die Idee, dich kleinzumachen, nur damit ich mit dir schlafe. Du weißt noch, was ich zu Erstens gesagt habe?«

»Ja«, hauchte sie atemlos.

»Du kannst mich jederzeit zum Sex auffordern – wann immer du möchtest.«

Sie wurde rot und legte die Hände an die Wangen. »Ich weiß nicht wie.«

Er sah ihr tief in die Augen. »Finde es heraus«, sagte er.

»Mach ich«, flüsterte sie.

Dann küsste er sie wieder, und das Begehren in seinem Kuss und die Hitze seines Körpers entflammten sie. Die heiße Glut brannte durch den dünnen Stoff ihres Nachthemds, als trüge sie nichts am Leib. Er legte eine Hand um ihre Taille und presste sie noch enger an sich. Sie drängte sich ihm entgegen, während sie zuließ, dass er in ihr schwelgte wie ein Verdurstender an einer klaren Quelle. Er begann mit ihrem Mund, dann nahm er die Haut an ihrer Kehle zwischen die Zähne. Sanft biss er in das zarte Fleisch, dann fuhr er mit der Zunge hinunter zu ihrem Schlüsselbein. Er drückte seinen Mund auf ihre Haut und knabberte daran, ehe er seinen Mund fest auf ihr Dekolleté presste, um kräftig zu saugen. Er küsste, biss und leckte sie überall, bis er die Stelle erreichte, wo das Nachthemd ihre Brüste bedeckte.

Er schob einen Daumen unter den Spaghettiträger des Nachthemds und streifte ihn langsam von der Schulter und den Arm hinunter. Doch dann hielt er inne und überdachte anscheinend sein Vorgehen.

»Nein, zieh es aus. Ich will es nicht im Weg haben.«

Er legte sich neben sie und schaute sie erwartungsvoll an.

Natürlich hatte er sie schon völlig nackt gesehen. Aber sie hatte sich noch nie vor einem Mann ausgezogen. Mit einer Hand bedeckte sie ihre Wange und mit der anderen griff sie nach dem Saum des Nachthemds.

»Warum tust du das?«, fragte er unvermittelt, und sie erstarrte.

»Was denn?«

»Jedes Mal, wenn du rot wirst, versteckst du dein Gesicht.«

»Ach so.« Verlegen spielte sie mit dem Saum ihres Nachthemds. »Geister werden nicht rot. Und wenn es mir passiert, erinnere ich immer alle daran, dass ich anders bin. Ich glaube, deshalb habe ich mir angewöhnt, mein Gesicht in solchen Momenten zu verstecken.«

»Aber du legst Rouge auf.« Das hatte er bemerkt.

»Ja, aber nur, damit niemand sieht, dass ich von Natur aus rot werde. Dann hält man es vielleicht für Make-up, wenn ich rot anlaufe – dachte ich zumindest.«

»Funktioniert es denn?«, fragte er, weil er ihre Logik nicht ganz nachvollziehen konnte.

»Nicht besonders gut. Aber ich mache es trotzdem.«

»Wenn du mit mir zusammen bist, brauchst du dir darüber keine Gedanken mehr zu machen.« Er nahm ihre Hand und zog sie von ihrem Gesicht weg. »Du brauchst dein Gesicht nicht zu verstecken. Mir gefällt es, wenn du rot wirst. Du siehst dann sehr hübsch aus und ausgesprochen verführerisch.«

»Nein, nein. Nicht hübsch«, sagte sie und wurde gleich wieder rot. Automatisch wollte sie die Hand hochnehmen, doch er hielt sie fest und ließ sie nicht los.

»Doch, hübsch. Du bist hier nicht bei den Geistern. Niemand urteilt hier über dich aufgrund von etwas, das mit deinem Aussehen zu tun hat. Hier sehen alle nur eine ausgesprochen attraktive Frau, deren Wangen ab und zu ganz zauberhaft erröten.«

Tränen schossen ihr in die Augen, und sie hielt sie blinzelnd zurück. Sie würde doch nicht anfangen zu weinen, nur, weil ihr endlich jemand sagte, dass sie attraktiv war. Auf keinen Fall würde sie deswegen losheulen.

»Okay«, flüsterte sie.

»Gut, dann zieh endlich das Nachthemd aus. Die Farbe steht dir wirklich sehr gut, aber nackt bist du mir doch lieber.«

Bei diesen Worten wurde sie schon wieder rot, aber sie versuchte nicht mehr, ihr Gesicht zu verbergen. Er hatte gesagt, dass es ihn nicht störte, und sie glaubte ihm.

Sie griff wieder nach dem Saum des Nachthemds, und er half ihr beim Ausziehen, indem er es ihr schließlich über den Kopf zog. Es fiel neben dem Bett auf den Boden, und sie lag vollkommen nackt neben ihm.

Sie hörte seine tiefen Atemzüge, als er langsam ein- und ausatmete. Er verschlang sie förmlich mit seinem Blick. Mit den weichen Knöcheln seiner Hand strich er leicht über die rosige Spitze ihrer rechten Brust, dann fuhr er mit den Fingern ihren Körper entlang hinunter bis zu den grauen Locken, die ihren Schoß vor ihm verbargen. Ihr Atem ging schneller, doch er strich nur langsam über die Löckchen und schaute dabei seinen eigenen Berührungen zu.

»Du bist perfekt«, sagte er leise, und ehe sie das Kompliment zurückweisen konnte, küsste er sie so innig, dass die Beine unter ihr nachgegeben hätten und sie dahingeschmolzen wäre, hätte sie nicht bereits gelegen. Dann glitten seine Finger zwischen ihre feuchten Schenkel. »Du bist schon bereit für mich«, stellte er ehrfürchtig fest. Er streichelte das bebende Fleisch ihrer Weiblichkeit. »Gott, du bist so verführerisch«, raunte er voller Begehren.

Sie brachte kein Wort heraus, sondern spreizte nur die Schenkel, damit er sie überall berühren und streicheln konnte. Sie würde ihm alles geben – was immer er wollte, wenn sich das, was er mit ihr tat, nur weiterhin so gut anfühlte. So, als wäre sie etwas Besonderes und unendlich verführerisch. Ach, wenn dieses Gefühl doch nie enden würde.

Sie berührte seine Brust und fuhr die Muskeln entlang, die sie schon so lange hatte erkunden wollen. Sie hatte ihn für einen Bücherwurm gehalten, aber sein Körper passte ganz und gar nicht in dieses Bild. Kamen war groß, stark und athletisch gebaut. Sein Körper war kampfbereit und an den Muskeln traten die Adern hervor, die sie mit dem lebensspendenden Blut versorgten. Als sie mit den Fingerspitzen über seine Brust strich und dabei die Spitzen berührte, atmete er zischend ein. Sie wiederholte die zärtliche Berührung, doch dieses Mal nahm sie ihre Fingernägel zu Hilfe. Er belohnte sie dafür mit einem feurigen Kuss. Sie klammerte sich an ihn, weil ihr fast schwindlig wurde, als er seine Finger immer tiefer zwischen ihre Schenkel schob, bis er das Zentrum ihrer Lust fand und seine Fingerspitze spielerisch die feste Perle umkreiste. Die Berührung setzte alle Nervenenden bei ihr in Brand. Sie stöhnte leise an seinem Mund, und er knurrte vor Lust.

»Da ist es, ja? Genau da?«

Sie konnte nur stumm nicken.

»Und was ist damit«, fragte er und schob unvermittelt einen Finger in ihren Schoß. Dabei nahm er den Daumen keine Sekunde von ihrer zarten Knospe, sondern spielte weiter damit. Sie stöhnte und nickte wieder.

»Gut«, sagte er. »Hauptsache, ich mache es richtig.«

Da musste sie doch lachen. »Zweifelst du etwa daran?«, fragte sie atemlos.

»Kein bisschen. Aber beim Sex ist es nie verkehrt, sich beim Partner zu vergewissern, ob sich alles gut anfühlt.«

»Du bist wirklich sehr aufmerksam.«

»Jetzt bist du dran. Frag mich, was ich gernhabe.«

Sie betrachtete ihn schüchtern, aber das Gefühl seiner Finger in ihr gaben ihr Mut. Sie fuhr mit der Hand über seine harten Bauchmuskeln, bis sie das Gummiband seiner Unterhose streifte. Dann glitt sie mit der Hand darunter, und ihre Fingerspitzen stießen auf seine harte, heiße Männlichkeit. Vorsichtig streichelte sie die Spitze.

»Gefällt dir das?«, fragte sie.

Er schüttelte den Kopf, und sie biss sich auf die Unterlippe. Sie schob die Hand tiefer in seine Boxershorts, legte sie fest um ihn und streichelte ihn langsam von oben bis unten. Er ächzte leise und bewegte unwillkürlich die Hüften.

»Vielleicht das?«, fragte sie.

Wieder schüttelte er den Kopf. Verwirrt runzelte sie die Stirn. Es gefiel ihm, das war deutlich zu sehen. Sie wussten beide, dass es ihm gefiel. Was wollte er also?

Sie ließ ihre Hand noch tiefer gleiten und umschloss den weichen Hodensack hinter seiner harten Männlichkeit.

»Oder das?«

»Du bist ganz nah dran«, presste er hervor.

»Also, was genau willst du eigentlich?« Inzwischen war Viève doch etwas genervt.

»Ich will alles. Absolut alles. Ich bin egoistisch und kann nie genug kriegen. Ich werde erst dann ganz befriedigt sein, wenn du mich in jeder nur denkbaren Art und Weise umschlossen hast.«

»Oh«, hauchte sie. »Dann wollen wir dich endlich mal ganz ausziehen.« Sie griff nach dem Bündchen seiner Boxershorts.

»Wenn ich dich dabei nicht loslassen muss.«

Eine interessante Herausforderung, aber bestimmt zu schaffen. Sie schob die Shorts so weit über Kamens Hüften, dass er seine Finger nicht aus ihr nehmen musste. Dann rutschte er ein bisschen herum, bis es ihm gelang, die Shorts vollends abzustreifen. Sofort legte sie ihre Hand wieder um sein hartes Fleisch und streichelte ihn, wobei sie voll hungriger Begierde lauschte, wann ihm der Atem stockte und bei welcher Berührung er ein Stöhnen nicht zurückhalten konnte. Während all dem vollbrachten seine Finger Wunderdinge in ihr. Sie keuchte vor Lust und drückte ihre Scham in seine Handfläche. Daraufhin senkte er den Kopf und nahm eine Spitze ihrer Brust zwischen die Zähne. Er saugte solange daran, bis das erregende Gefühl und seine streichelnde Hand sie zu ihrem ersten, atemberaubenden Höhepunkt brachten.

Ihre Lustschreie hallten durch den Raum, und sie klammerte sich mit beiden Händen an ihm fest. Er war hart wie Stahl vor Verlangen und konnte nicht mehr länger warten, sie endlich ganz spüren. Kamen zog seine Finger aus ihr heraus und drückte ihre Beine noch weiter auseinander, damit er sich dazwischen legen konnte. Er löste sich aus ihren zärtlichen Händen, und mit einem einzigen Stoß drang er in sie ein. Dabei entging ihm nicht, dass sie einen Moment lang das Gesicht wie im Schmerz verzog.

»War das zu schnell?«, fragte er besorgt.

»Nein, es ist nichts. Es hat nur ganz kurz wehgetan. Und es ist mir egal, solange du nur in mir bleibst.«

»Aber du sagst es mir, wenn ich dir jemals wehtun sollte? Okay?«

»Ja, das werde ich«, versicherte sie ihm.

»Gut. Denn ich möchte nicht, dass dir jemals Schaden zugefügt wird.«

»Aber du fügst mir doch keinen Schaden zu. Was du mit mir machst, bereitet mir solche Lust, dass ich noch den Verstand dabei verliere.«

Er lächelte sie an. »Gut. Genau so soll es sein.«

»Es erregt mich sogar, wenn du so lächelst«, sagte sie.

»Bei dir fällt mir das ganz leicht. Und jetzt …« Sanft drang er wieder in sie ein, und sie musste lächeln, weil es sich so gut anfühlte. »Jetzt möchte ich dich zum Lächeln bringen.«

»Bei dir fällt mir das ganz leicht«, erklärte sie mit einem leisen Schnurren.

»Es wird nie anders zwischen uns sein«, versprach er ihr.

Trotzdem beobachtete er sie genau, während er die ersten paar Male in sie stieß. Er wollte sicher sein, dass er ihr keine Schmerzen bereitete. In ihren Zügen war nichts außer reiner Lust zu erkennen, und das musste ihm genügen. Er konnte darauf vertrauen, dass sie Wort hielt und es ihm sagte, falls er ihr wehtat.

Er streichelte ihren Busen, ließ seine Hand erst über die eine Brust und dann die andere gleiten. Beide Male nahm er kurz die Spitze zwischen die Finger und drückte sie leicht. Als sie schließlich wie ein Kätzchen schnurrte, küsste er sie auf den Mund, sodass er direkt auf seiner Zunge spüren konnte, wie sie stöhnte und vor Lust leise aufschrie.

Er liebte sie langsam und mit tiefen Stößen, während er sie am ganzen Körper berührte. Später würde er von jeder Stelle ihres Körpers kosten, schwor er sich.

»Gott, du bist so heiß«, knurrte er an ihrem Ohr.

»Und du bist so hart«, gab sie sofort im gleichen Tonfall zurück. Er musste lächeln, weil sie so ehrlich und mutig war. Er wusste, dass ihr das bestimmt nicht leichtfiel, aber sie fühlte sich wohl bei ihm und traute sich immer mehr. Im Lauf der Zeit würde sie mehr Selbstvertrauen gewinnen. Einfach würde es nicht werden. Die Geister hatten Viève systematisch niedergemacht und ihre Bedürfnisse so wenig zur Kenntnis genommen, dass sie fast davon überzeugt war, kein Recht auf Freude zu haben. Und doch hielt Kamen sie für stark. Man musste stark sein, um so etwas zu überleben. Und sie hatte nicht nur überlebt, sondern es geschafft, sich trotz aller Widrigkeiten einen kleinen Ort der Freude zu schaffen. Ihr Garten war ihr Zufluchtsort, und sie hatte sich eine eigene Welt geschaffen, in der sie glücklich war. Doch jetzt musste Viève begreifen, dass die Welt so viel größer war und mehr zu bieten hatte als ein kleines Blumenbeet und ein Haus voll engstirniger Leute.

Er würde nicht zulassen, dass sie dorthin zurückkehrte. Was auch immer passierte, wie auch immer die Sache zwischen ihnen endete, er würde ihr zeigen, dass ihre kleine Zelle in Iowa nicht der Nabel der Welt war. Es gab so viele andere Orte, wo man sie so akzeptieren würde, wie sie war, und sie sich nicht innerlich zerreißen musste. Was auch immer mit ihm geschehen würde – Viève sollte eine bessere Zukunft haben.

Schweißtropfen bildeten sich auf seiner Haut, als er das Tempo beschleunigte. Lust schoss in heißen Strömen durch seinen Körper und elektrisierte ihn. Er wunderte sich über sich selbst. Zum zweiten Mal innerhalb weniger Stunden hatte er Sex, und das, nachdem er jahrelang in selbst gewählter Enthaltsamkeit gelebt hatte. Er sollte erschöpft sein – und das war er auch –, aber wenn er mit ihr zusammen war, schien er über unendlich viel Energie zu verfügen.

Er rollte mit ihr zusammen herum, sodass er auf dem Rücken zu liegen kam und sie auf ihm saß. Sie richtete sich auf und stützte sich dabei mit den Händen auf seiner Brust ab, während er sie an den Hüften packte und sie noch enger an sich drückte. Er passte den Rhythmus ihren Bewegungen an, und es dauerte nicht lange, dass sie laut und voller Lust stöhnte. Jeder Stoß brachte ihre Brüste zum Tanzen, und am liebsten hätte er sie geküsst und daran gesaugt. Aber er konzentrierte sich darauf, Viève zum Höhepunkt zu bringen. Mehr und mehr bewegte sie sich so auf ihm, wie es ihr Lust bereitete, anstatt sich darauf zu verlassen, dass er schon wissen würde, was ihr gefiel. Es war ein wundervoller Anblick, sie dabei zu beobachten, wie sie immer kühner wurde, bis die Lust sie schließlich vollends überwältigte. Sie warf den Kopf in den Nacken und kam.

Und da konnte auch er sich nicht mehr zurückhalten. Ihr Anblick war so herrlich, und sie fühlte sich so unglaublich gut an. Er packte ihre Hüften so fest, dass er wahrscheinlich blaue Flecken hinterließ, als er sich mit langen heißen Stößen in ihr ergoss.

Sie sank auf seinen Oberkörper und rang nach Atem. Ihr silbergraues Haar fiel über seine Brust und seine Schultern. Nach einem Moment seufzte sie.

»Ich glaube, das war noch besser als das letzte Mal!«

»Stell dir nur vor, wie schön es beim nächsten Mal sein wird«, sagte er.

Sie setzte sich auf und schaute auf ihn hinunter, wobei sie sich mit der Hand auf seiner Schulter abstützte. »Du meinst doch bestimmt nicht heute Nacht.«

»Nur, wenn du möchtest«, versicherte er ihr.

»Aber du kannst doch unmöglich … bist du nicht müde? Es war eine wirklich lange Nacht, und du hast sehr viel gezaubert. Wirst du denn niemals müde?«

»Doch, schon«, gab er zu. »Und ich bin müde. Aber etwas an dir gibt mir neue Energie.«

»Wirklich?«, fragte sie schüchtern.

»Ja, wirklich. Ich kann mich nicht daran erinnern, wann ich je eine Frau mit solcher Leidenschaft begehrt hätte.«

»Das musst du nicht sagen«, sagte sie und biss sich auf die Unterlippe.

»Ich lüge nicht«, sagte er so barsch, dass sie zusammenzuckte.

»Das habe ich auch nicht gesagt!«

»Du hast es aber angedeutet. Denn etwas zu sagen, das man nicht meint, ist gleichbedeutend mit einer Lüge. Aber ich meine genau das, was ich sage, Viève. Es ist fast anderthalb Jahrhunderte her, seit ich das letzte Mal mit einer Frau geschlafen habe. Und ja, einhundert Jahre davon habe ich im Äther verbracht, aber ich wurde von einem Leben in ein anderes wiedergeboren, ohne dass mich jemand je sexuell interessiert hätte. Und dann tauchst du plötzlich auf. Ich kann es immer noch nicht fassen, dass ich so auf dich reagiere. Ich hatte nicht vor, mir heute eine Geliebte zu nehmen. Nichts lag mir ferner. Aber ich konnte dir einfach nicht widerstehen.«

»Ich hatte nicht vor, dich zu verführen oder zu irgendetwas zu bringen«, sagte sie leise.

»Das musstest du auch gar nicht. Es ist ganz von selbst passiert, was unschätzbar ist. Ich nehme es nicht auf die leichte Schulter oder halte es für etwas Selbstverständliches.«

»Ich auch nicht«, schwor sie. »Ich hätte nie gedacht, dass ich so ein Glück haben könnte. Ich dachte, dass ich keinen Geliebten verdiene.«

»Ich hoffe, du siehst ein, dass du falsch gedacht hast«, sagte er.

»Ich glaube schon«, erwiderte sie und reckte dabei ein wenig das Kinn. »Alle verdienen es, geliebt zu werden. Sogar ich.«

»Besonders du«, erklärte er mit fester Stimme.

»Wenn du das sagst, dann muss ich dir glauben. Denn wie du gesagt hast: Du lügst nicht.«

»Nein, ich lüge schon. Wir lügen alle. Aber dich werde ich nie anlügen. Können wir uns darauf einigen?«

»So eine Abmachung würde mir gut gefallen. Ich werde dich auch nie anlügen.«

»Nicht einmal ein bisschen?«, neckte er sie, und sie lächelte.

»Nicht einmal ein bisschen. Und jetzt komm, lass uns schlafen. Die Nacht war sehr lang. Es ist so viel passiert, und ich brauche Zeit, um das alles zu verarbeiten.«

»Dann schlaf«, erwiderte er und zog sie auf seine Brust. Er küsste ihr Haar. »Ich passe solange auf, dass dir nichts Böses geschieht.«

»Mmmm. Was für ein schöner Gedanke«, sagte sie schläfrig und gähnte. »Aber du brauchst auch deinen Schlaf. Ich werde über dich wachen.«

Er lachte leise. Sie redete Unsinn und war wahrscheinlich schon halb eingeschlafen. Er hätte sie nicht so lange wachhalten sollen. Ganz offensichtlich war sie erschöpft. Genau wie er. Aber sie hatten sich gegenseitig Energie gegeben.

»Pst, schlaf jetzt«, sagte er leise.

Die Lider wurden ihm schwer, und nach wenigen Minuten war auch er eingeschlafen.

12

Sagan erwachte am nächsten Abend und gähnte ausgiebig. Als er sich umdrehte, spürte er den weichen, warmen Körper seiner Frau Valera, die nicht allzu weit weg von ihm lag. Er zog sie an sich, ohne sich groß Gedanken darüber zu machen, dass er sie dadurch natürlich aufweckte.

»Mmmm«, brummte sie.

Das Zimmer lag wie immer in tiefer Dunkelheit. So musste es auch sein. Der kleinste Lichtstrahl konnte Sagan töten. Valera war zwar in der Lage, einen Zauber heraufzubeschwören, der ihn ganz in Dunkelheit hüllte, sodass er sich draußen unter die anderen mischen konnte, aber das tat er nur äußerst selten. Es brauchte nur einen dummen Zufall, und Valeras Konzentration wäre gestört, sodass der Zauber sich auflöste und er jeder Lichtquelle ausgesetzt wäre, die zufällig gerade angeschaltet war. Zum Glück besaßen die Schattenwandler eine ausgezeichnete Nachtsicht. Für sie war es ein Leichtes, ohne Licht auszukommen, sodass er sich ohne Risiko unter ihnen bewegen konnte. Trotzdem bestand immer die Gefahr, dass jemand aus Versehen einen Lichtschalter betätigte.

Bei allen Kampfübungen auf dem Anwesen wurde immer als Erstes der Hauptstromschalter umgelegt und alle Lichter gelöscht. So konnte Sagan seinen dunklen Schutzraum verlassen und das Kukri, seine tödlichste Klinge, im Kampf einsetzen. Das gekrümmte Messer war seine bevorzugte Waffe, das Katana seine zweitliebste.

Valera streichelte seinen Arm, als er ihr Ohr küsste.

»Hast du was Schönes geträumt?«, fragte er.

Sie seufzte. »Eher nicht. Ich glaube, ich habe erst wieder schöne Träume, wenn das hier alles vorbei ist und wir wieder in Alaska im sicheren Dunkel sind. Ich träume ständig, dass jemand auf einen Lichtschalter drückt und du stirbst, Liebster.«

»Das wird nicht passieren. Wir verbringen fast die ganze Zeit in diesem Raum. Wir gehen nur nach draußen, wenn der Hauptstromschalter des Anwesens ausgeschaltet ist. Und du schützt mich zudem noch mit deinem Zauber. Es besteht überhaupt keine Möglichkeit, dass ich mich irgendwo direktem Licht aussetze.«

»Mitten in einer Schlacht hilft dir das alles nichts. Marissa und Jackson haben berichtet, dass Apep mit *Lichtstrahlen* um sich schießt.«

»Ich werde nicht gegen Apep selbst kämpfen und du auch nicht. Wir kämpfen ausschließlich gegen seine Bodentruppen.«

»Der Fluch von Ra, den die Templer benutzen, ist ein Energiestrahl aus rotem Licht. Das ist genauso schlimm.«

»Dein Zauber wird mich schützen. Deshalb ist es wichtig, dass du zurückbleibst und dich auf den Dunkelheitszauber konzentrierst, während ich kämpfe.«

»Gefallen muss es mir trotzdem nicht.«

»Wir trainieren solange, bis du dir vollkommen sicher bist.«

»Vielleicht haben wir gar keine Zeit mehr zum Trainieren.«

»Valera, wäre es dir wirklich lieber, wenn wir nach Alaska zurückkehren? Wir wurden hierhergeschickt, weil du die Einzige bist, die einen Schattenbewohner in der Welt des Lichts schützen kann. Wenn es dir zu viel …«

»Nein. Nein, wir müssen hierbleiben. Weißt du nicht mehr, was gestern besprochen wurde? Es braucht alle zwölf Nationen, damit überhaupt die Chance besteht, dass der Fluch gebrochen wird.«

»Falls sie den Fluch überhaupt brechen können. Niemand kann das mit Gewissheit sagen, Liebes.«

»In der Magie ist nichts gewiss. Nein«, sagte sie und seufzte wieder, »wir müssen bleiben.«

Er senkte den Kopf und küsste sie wieder. »Ich könnte dafür sorgen, dass unser Aufenthalt nicht nur verschwendete Zeit ist«, sagte er mit einem heiseren Knurren.

»Letzte Nacht hat dir nicht gereicht?«, neckte sie ihn.

»Es wird mir nie reichen«, schwor er. »Wir sind schon seit Jahren zusammen, und doch fühlt es sich für mich an, als wären wir noch ganz am Anfang unserer Beziehung.«

»Oh, nicht ganz am Anfang. Ganz am Anfang war es schwierig.« Damals hatten sie sich nicht vorstellen können, jemals eine Verbindung zwischen ihren beiden Welten zu finden. Sagan war damals ein Bußpriester gewesen, der bei den Gesetzen seines Gottes und seiner Göttin geschworen hatte, für immer seinen Pflichten nachzukommen. Doch das alles lag hinter ihnen. Er hatte sein Amt niedergelegt, und sie waren zusammen in die unterirdische Stadt der Schattenbewohner nach Alaska gezogen. Weg vom Licht, weg von der Welt da draußen. Dort gab es nur sie beide und ihre drei Katzen, um die sich jetzt Daenaira, eine Schattenbewohnerin, mit der Valera eng befreundet war, kümmerte.

»Das stimmt«, erwiderte Sagan. »Ich habe erst gestern mit Kanzler Tristan gesprochen.«

»Wie geht es ihm?«

»Es geht ihm gut. Und Malaya auch.« Malaya war Tristans Zwillingsschwester und ebenfalls Kanzlerin ihres Volks. Sie teilten sich den Titel ebenso wie alles andere in ihrem Leben. »Er überlegt, ob er herkommen soll.«

»Nein! Er darf nicht kommen! Ich kann euch nicht beide schützen.«

»Ich weiß«, beruhigte er sie. »Ich habe es ihm ausgeredet. Er möchte nur irgendetwas tun, um uns zu helfen.«

»Es hilft uns, wenn er zu Hause bleibt. Sag ihm, er soll die Katzen hüten. Das wäre für uns alle eine wirklich große Hilfe.«

»Val! Ich kann dem Kanzler meines Volkes doch nicht vorschlagen, dass er auf unsere Katzen aufpassen soll! Außerdem kümmert sich Dae schon um sie.«

»Na, dann sag ihm eben irgendwas. Er soll nur daheimbleiben, wo er sicher ist.«

»Das habe ich ihm schon gesagt. Ganz auf den Kopf gefallen bin ich auch nicht. Aber er möchte ständig über die aktuelle Lage informiert werden.«

»Gut, dann machen wir das.«

»Das habe ich ihm auch gesagt.«

»In Ordnung, gut.« Sie küsste ihn auf den Mund. »Und jetzt beweg dich. Ich muss aufs Klo.«

Er lachte. »Wo ist nur die Romantik hin in unserer Beziehung?«

»Ha, frag das mal meine wunden Oberschenkel.« Valera krabbelte über ihn aus dem Bett.

»Du hast wunde Schenkel?«, fragte er besorgt. »War ich zu grob?«

»Nein!«, rief sie aus dem Badezimmer. »Du warst genau richtig!«

Unwillkürlich grinste er lüstern. Sein feuriger kleiner Rotschopf war noch immer heiß wie ein Feuerofen. Und am besten gefiel es ihm, wenn er seine dunklen Hände auf ihre bleiche weiße Haut legen konnte.

»Ja, jetzt geht's mir besser!«, sagte sie, als sie aus dem Badezimmer kam und sich wieder aufs Bett setzte. Er griff nach ihrer Hand und küsste ihre Finger. Sie schien es kaum zu bemerken. »Weißt du was? Ich finde, wir sollten heute Abend noch eine zusätzliche Trainingseinheit einlegen«, meinte sie.

»Wir trainieren doch schon später in der Nacht.«

»Ja, ich finde aber, wir sollten zweimal trainieren. Eine Einheit am Abend und eine später in der Nacht. Wir sollten mehr tun, will ich damit sagen.«

Er runzelte die Stirn. Er konnte ihren Wunsch verstehen. Ihm selbst ging es nicht anders. Er war ein Krieger, sein Platz war auf dem Schlachtfeld. Er trainierte jeden Tag, aber das war nicht das Problem. Götter, die Lichtblitze auf ihn schleuderten, das war das Problem. Dass man ihn so leicht mit Licht töten konnte, beeinträchtigte seine Einsatzbereitschaft. Die einzige Lösung war, dass er kein Ziel abgab … dass er seine Angriffe heimlich ausführte, vorpreschte und sich sofort wieder zurückzog, bevor er gesehen wurde. Er war sicher im Einsatz von Shuriken, Sägesternen und mit der Glefe. Zu Hause. In der Dunkelheit.

»Dann gehen wir zu Jacob und sagen ihm, dass du mehr trainieren möchtest. Ich denke, wir sind uns alle einig, dass man sich gar nicht gut genug auf diesen Kampf vorbereiten kann.«

»In Ordnung.« Sie knabberte nervös an einem Nagel. »Mein Schutzzauber ist stärker geworden, und ich glaube, zusammen mit Dunkelheitszauber könnte er dich vor dem Fluch von Ra schützen. Aber ganz sicher wissen wir das erst, wenn jemand dich mit dem Fluch von Ra angreift und ich versuche, den Angriff mit meinem Zauber abzuwehren. Allerdings möchte ich dieses Risiko ungern eingehen.«

»Vielleicht bleibt uns aber nichts anderes übrig. Nur so können wir herausfinden, ob du mich wirklich schützen kannst. Solange wir das nicht ganz sicher wissen, sollte ich mich nicht ins Kampfgetümmel stürzen.«

»Aber wir können den Fluch nicht an dir testen. Wenn mein Schutzzauber nun doch nicht wirkt?«

»Das ist es!« Sagans Miene hellte sich plötzlich auf. »Wir testen es nicht an mir, sondern an jemand anderem.«

»Aber den anderen kann Licht doch gar nichts anhaben.«

»Falsch. Sonnenlicht verbrennt Vampire. Der Fluch von Ra ist ein konzentrierter Strahl aus Sonnenlicht. Deshalb ist er so gefährlich für die Schattenwandler. Jetzt müssen wir nur einen Weg finden, den Fluch von Ra hierherzuholen.«

»Ich könnte ihn heraufbeschwören und …«

»Nein! Das ist ein aggressiver, böser Zauber. Genau die Art von Magie, die aus einem menschlichen Zauberer einen Nekromanten macht, indem er ihn von innen heraus vergiftet. Ich lasse nicht zu, dass du dich mit so einem Zauber abgibst. Wir brauchen einen Templer – Kamenwati oder Tameri.«

»Aber damit wären wir wieder bei unserem üblichen Problem: Wir können sie nicht sehen und sie uns nicht.«

»Das Positive an der Geschichte ist, dass die Templer uns nicht mit dem Fluch von Ra bedrohen können, solange dieser andere Fluch auf uns allen lastet. Denn auch in diesem Falle gilt: Sie können uns nicht sehen und wir sie nicht. Andererseits können wir einpacken, falls sie Nekromanten haben, die uns mit dem Fluch von Ra oder etwas Ähnlichem angreifen.«

»Was sollen wir also tun?«

Er fuhr mit dem Daumen über die zarte, empfindliche Haut unter ihrem Auge. »Ich habe keine Ahnung, Baby.« Sagan seufzte. »Absolut keine Ahnung.«

Kamen wurde mit einem Ruck wach und spürte sofort, dass irgendetwas anders war als sonst. Er wollte sich aufsetzen, doch etwas auf seiner Brust drückte ihn nach unten. Er öffnete die Augen und ihm wurde klar, was anders war als sonst. Er war es nicht mehr gewöhnt, dass eine Frau mit ihm zusammen im Bett schlief. Die paar Male, bei denen er einer Frau beigelegen hatte, waren ziemlich nüchterne Angelegenheiten gewesen. Nie hätte er zugelassen, dass eine dieser Frauen danach mit ihm in seinem Bett schlief. Er hatte ihnen auch nicht getraut. Die Templer waren eine machthungrige Sekte, und es gab viele, die alles für ein bisschen mehr Macht tun würden. Es wäre nicht klug gewesen, einer Templerin zu vertrauen, nur weil sie miteinander geschlafen hatten – und schon gar nicht als hochrangiger Offizier. Es hatte immer etwas von einem Chef, der mit seiner Untergegebenen schläft. Und das war niemals eine weise Entscheidung. Nicht, wenn man ernst genommen werden wollte.

Bei den Templern hatten immer alle gewusst, dass man Kamenwati sehr ernst nehmen musste. Er hatte seinen Wert für die Sekte immer und immer wieder unter Beweis gestellt, und zwar auf eine Art und Weise, auf die er heute nicht gerade stolz war. Er hatte sich dazu hinreißen lassen, mit Problemen genauso kalt und herzlos wie Odjit umzugehen. Sein Gewissen hatte er beruhigt, indem er alles als notwendiges Übel rechtfertigte.

Er hatte viele Sünden begangen und verdiente es nicht, dass sie ihm verziehen wurden. Noch nicht und vielleicht niemals.

Und auf keinen Fall hatte er *sie* verdient.

Mit der Hand streifte er eine eisgraue Strähne weg, die sich unter ihre Nase gelegt hatte und sich bei jedem Atemzug bewegte. Ganz leicht fuhr er die Rundung ihrer Wange nach. Er wollte sie nicht aufwecken, wusste aber nicht, wie tief sie für gewöhnlich schlief. Konnte ein Güterzug nebenan über die Gleise rattern, und sie würde sich nicht mal rühren? Oder war sie eine Frau, die schon bei der geringsten Störung aus dem Schlaf gerissen wurde?

Das wollte er erst später herausfinden. Er sprach ein Wort der Macht, und sie schwebte langsam nach oben, sodass er unter ihr hervorkrabbeln und aus dem Bett schlüpfen konnte. Dann ließ er sie behutsam zurück aufs Laken sinken. Sie rollte sich zusammen, und mit einem leisen Laut griff sie nach dem Kissen, um es fester an ihr Gesicht zu ziehen.

»Kamen«, hauchte sie, dann schlief sie wieder ein.

Er lächelte. Es gefiel ihm, wenn sie mit ihren weichen Lippen seinen Namen formte. Teufel, ihm gefiel einfach alles an ihr. Alles, außer ihrem geringen Selbstwertgefühl. Bei dem Gedanken daran verschwand sein Lächeln, und seine Züge nahmen einen harten Ausdruck an. Irgendwann einmal würde er zurück zu dieser Zelle in Iowa gehen und mit ein paar Geistern ein langes Gespräch darüber führen, wie schlecht sie eine der ihren behandelt hatten.

Aber im Grunde behandelte er sie nicht viel besser. Es war hinterhältig, weiter ihr Geliebter zu sein, ohne ihr die Wahrheit über sich zu sagen. Er war hinterhältig, und daran hatte sich offensichtlich nichts geändert – genauso rücksichtslos wie früher. Er konnte nur hoffen, dass sein Egoismus in dieser Situation keine so furchtbaren Folgen hatte wie beim letzten Mal. Damals sollten die Dinge nach seinem Willen geschehen, und so hatte er Apep in die Lage versetzt, sich Odjits Körper zu bemächtigen.

Nein, dieses Mal sollte sein Egoismus nur einer Person schaden. Wieder berührte er ihre Wange, und er nahm sich vor, das Richtige zu tun. Sobald sie wach war, würde er ihr alles erzählen. Alles andere war feige.

Aber das wäre dann das Ende ihrer Beziehung, und er konnte den Gedanken nicht ertragen, dass es schon vorbei sein sollte. Nicht jetzt schon.

Aber er musste es ihr bald sagen. Je länger Viève sich auf

dem Anwesen aufhielt, desto größer das Risiko, dass jemand anders ihr erzählte, was er getan hatte.

Ja. Sobald sie wach war, würde er es ihr sagen. Und er würde zusehen, wie das Leuchten in ihren Augen verschwand, sie alle Achtung vor ihm verlor und ihn mit dem gleichen Ausdruck im Gesicht anschaute wie alle anderen im Haus.

Wie einen Verbrecher würde sie ihn anschauen. Ein Verbrecher, der er ja auch war.

Kamen stand auf, ging ins Bad und stellte sich unter die Dusche. Aber seine Gedanken kreisten weiterhin um die Frage, was er als Nächstes tun sollte.

In Bezug auf Viève konnte er sich nicht zu einer endgültigen Entscheidung durchringen. Deshalb beschloss er, stattdessen an einem Plan zu feilen, wie er alle Schattenwandler gemeinsam an den Verhandlungstisch bringen könnte. Nur die Geister und die Mysticals hatten sich noch nicht auf ihre Seite geschlagen. Wenn er die Mysticals überzeugte, dann würden die Geister folgen. Doch bei genauerer Betrachtung stand hinter diesem Wenn ein ziemlich großes Fragezeichen. Er hatte keine Ahnung, wie die Mysticals ihn empfangen würden. Er war sich nicht einmal sicher, ob ihre Herrscherin nicht verrückt war.

In ihrer mystischen Form war die Herrscherin der Mysticals ein geflügeltes Pferd. Offenbar war sie über lange Zeit von den Geistern gefangen gehalten worden. Kamen wusste nicht, warum die Geister die Herrscherin eingesperrt hatten, aber für jede Form der künftigen Zusammenarbeit zwischen den beiden Völkern war das nicht gerade ein gutes Vorzeichen. Die Herrscherin wollte wahrscheinlich nichts mit irgendwelchen Bündnissen zu tun haben, an denen auch die Geister beteiligt waren.

Aber vielleicht konnte ihm Viève dabei helfen. Sie repräsentierte eine freundlichere und sanftere Seite der Geister. Wenn die Herrscherin Viève kennenlernte, war sie vielleicht einem

Friedensabkommen mit den Geistern nicht mehr ganz abgeneigt.

Allerdings ging es hier nicht nur um die Geister, und die Herrscherin musste verstehen, worin die eigentliche Gefahr bestand. Allein die Vorstellung, einem Feind von Apeps Kaliber entgegenzutreten, war schrecklich. Es war ein Wunder, dass Kamen bereits zehn Spezies an den Verhandlungstisch gebracht hatte. Man konnte von Glück sagen, dass zwischen den Nationen der Ersten Fraktion der Schattenwandler schon ein gewisses Gemeinschaftsgefühl herrschte. Dieses Gefühl der Verbundenheit fehlte der Zweiten Fraktion noch. In Zukunft würde sich das aber hoffentlich auch bei ihnen ändern. Sie mussten nur …

Eine Hand berührte seinen Rücken, und er zuckte erschrocken zusammen. In dem kleinen, marmorgefliesten Raum befand sich nur die begehbare Dusche, die keine zusätzlichen Wände besaß. Er hatte nicht einmal gehört, dass Viève hereingekommen war. Als er sich unter dem Duschstrahl zu ihr umdrehte, legte sie ihm die Hände auf die Brust und schob ihn einen Schritt zurück. So konnte sie sich ganz unter die Brause stellen. Ihre Haare wurden nass und veränderten sofort ihre Farbe. Sie fing das Wasser mit den Händen auf und wusch sich damit das Gesicht. Wie eine Eidechse in der Sonne genoss sie die heiße Dusche. Sie war wunderschön, und er konnte ihr nicht widerstehen. Er legte ihr eine Hand um den Nacken und zog sie zu einem nassen, lustvollen Kuss an sich.

Sie umarmte ihn, legte ihre Hände auf seinen Rücken und schmiegte sich fest an seine Brust. Ihre Zungen tanzten miteinander in spielerischer Lust. Nach langen Minuten ließ er sie los, damit sie Atem schöpfen konnte. Dabei stellte er sich mit seinem Körper in den Duschstrahl, sodass sie zu ihm hochblicken konnte, ohne Wasser ins Gesicht zu bekommen.

»Hi«, sagte sie und strahlte ihn an.

»Hallo«, erwiderte er. »Ich wollte dich ausschlafen lassen.«

»Ich bin aufgewacht, als du nicht mehr da warst.«

»Ach so.« Er konnte das Gefühl nicht beschreiben, das ihre Worte in ihm auslösten.

»Macht es dir etwas aus, wenn wir zusammen duschen?«, fragte sie schüchtern. »Ich hätte zuerst fragen sollen. Es tut mir leid. Ich habe so etwas nur noch nie gemacht …«

»Erinnerst du dich an unser Gespräch von letzter Nacht?«, unterbrach er sie.

»Sicher, ja …« Sie wurde rot, aber zu seiner Freude versuchte sie nicht, ihr Gesicht zu verbergen.

»Wir haben eine Vereinbarung getroffen über bestimmte Dinge, auf die du dich verlassen kannst.«

»Ja.« Ihre Miene hellte sich auf. »Ja! Ich soll immer davon ausgehen, dass du mich willst, bis du mir deutlich zu verstehen gibst, dass es nicht mehr so ist.«

»Sehr gut. Du hast es dir genau gemerkt.«

»Ja. Und es tut mir wirklich leid. Ich muss mich erst an das alles gewöhnen. Vergiss nicht, es ist das erste Mal für mich.«

»Das habe ich nicht vergessen. Und vielleicht fühlst du dich besser, wenn du weißt, dass ich mich auch erst daran gewöhnen muss.«

»Zum Beispiel zusammen zu duschen?«

»Genau. Aber das heißt nicht, dass es mir unangenehm ist. Nichts, was du tust, ist mir unangenehm. Veränderungen, merke ich gerade, sind gut für die Seele.«

»Gab es für dich in letzter Zeit viele Veränderungen?«, fragte sie.

»Mehr als du ahnst.« Er fuhr mit dem Finger die Spur eines Wassertropfens nach, der über ihre Brust glitt. Mit dem Daumen strich er über die Spitze, und sie keuchte leise.

Verdammt, sie war so empfänglich für seine Berührungen. Er wusste inzwischen, dass es nicht viel brauchte, um ihre Leidenschaft zu wecken. Er fragte sich, wie sie wohl reagieren würde, wenn sie wüsste … Alles wäre dann vorbei, alles. Verdammt.

Verdammt noch mal.

Noch ein einziges Mal – ehe er sich der Welt und der Wahrheit stellen musste, wollte er noch ein einziges, letztes Mal mit ihr schlafen.

Viève stöhnte auf, als er sie plötzlich um die Taille packte und hart und eng an sich zog. Ihre Brüste wurden an seine Brust gedrückt, ihre Hüften waren gegen seine gepresst. Sie stand auf Zehenspitzen, weil er größer war als sie, und sie ihm trotzdem ganz nah sein wollte.

Aber dann genügte ihm auch das nicht mehr, denn er stürzte sich auf ihren Mund und küsste sie, ehe er ihre Schenkel von hinten packte und sie anhob. Ihr Gewicht schien er kaum zu bemerken. Sie legte die Beine um seine Taille und Hüften und verschränkte die Knöchel in seinem Rücken. Er drehte sich um und drückte sie gegen die geflieste Wand der Dusche. Als der eisige Marmor ihre Haut berührte, schrie sie vor Schreck auf. Doch er küsste sie sofort und ließ nicht mehr von ihren Lippen ab. Und währenddessen strömte die ganze Zeit das heiße Wasser der Dusche auf sie herunter.

Er spürte, wie sie seine Schultern liebkoste, seine Brust berührte und die Hände dann wieder zu seinen Schultern wandern ließ. Dann folgte ihre Berührung dem Wasser, das an seinem Körper hinunterfloss, bis sie die Finger um sein hartes Fleisch legte und ihn mit beiden Händen gleichzeitig streichelte. Sie ließ nicht ab von ihm, bis er hart wie Stahl war. Er war bereits hart geworden, als sie zu ihm in die Dusche getreten war, aber ihre Berührungen, ihre Nähe, erregten ihn noch viel mehr. Er konnte nur noch daran denken, dass es das letzte Mal war, dass sie mit ihm schlafen würde, und der Gedanke steigerte sein heißes Verlangen nach ihr noch. Mit einem Ruck löste er ihre Hände, schmiegte sich zwischen ihre Schenkel und glitt mit einem einzigen Stoß tief in sie hinein. Sie fühlte sich so wunderbar heiß und eng an. So feucht. Es war atemberaubend.

Er ging nicht zärtlich mit ihr um. Die Zeit der sanften Berührungen war vorbei. Er wollte sie mit einer Leidenschaft, die er nicht mehr bremsen konnte. Er stieß heftig in sie, wobei er sie mit den Hüften an der Wand festhielt. Er knetete ihre Brust, führte sie an seinen Mund und saugte hart an den Spitzen. Als er anfing, mit den Zähnen an ihrem zarten Fleisch zu nagen, schrie sie auf. Aber er wusste, dass er ihr nicht wehgetan hatte. Es war ein Lustschrei. Er merkte es daran, wie ihr Körper immer feuchter wurde. Er stieß noch härter zu – schneller –, war wie in Ekstase, als die Lust ihn übermannte. Aber es ging nicht nur um die Befriedigung seiner eigenen Bedürfnisse. Das war ein großer Teil davon, sicher, aber es war mehr als nur das. Es ging ihm auch darum, ihr so viel Lust wie möglich zu bereiten. Er wollte, dass sie seinen Namen schrie, wollte, dass sie sich noch in vielen Jahren an die Intensität dieses Akts erinnerte.

Deshalb schob er seine Finger zwischen ihre Körper, hinunter bis zum Zentrum ihrer Lust, und streichelte sie im Rhythmus seiner Stöße. Als sie den Höhepunkt erreichte, zitterte und keuchte sie vor wilder, heißer Begierde. Er verwandelte ihre Schreie in Küsse und nahm dann seinen Finger von ihrer Perle, um ihre Hüften zu packen. Die rasende Leidenschaft, mit der er es ihr besorgte, ließ sie ein zweites Mal kommen – und dann noch ein drittes Mal. Seinen eigenen Orgasmus zögerte er hinaus. Er wollte ihre Lustschreie nie mehr vergessen; für alle Zeiten wollte er sie in seiner Erinnerung bewahren – in diesem Leben und in den nächsten.

Er glitt aus ihr heraus, stellte sie mit wackligen Beinen auf den Boden und drehte sie abrupt herum, sodass ihre Vorderseite gegen die Fliesen gedrückt wurde. Sie ächzte, als er ihren Po hochschob, um sie von hinten zu nehmen. Er fand ihre feuchte Hitze sofort und drang wieder ganz in sie ein. Beide schrien und stöhnten, als die Empfindungen sie überwältigten, und ihre Schreie hallten laut von den Wänden der Dusche wider. Dieses Mal waren seine Bewegungen langsamer, aber noch intensiver. Er legte den Arm um ihre Taille und streichelte sie zwischen den Beinen, während er immer wieder in sie stieß.

Er biss sie in die Schulter, in den Hals und dann ins Ohrläppchen. Er wollte, dass sie noch einmal kam – nur noch ein Mal wollte er spüren, wie sich ihr Körper um ihn herum zusammenzog. Wieder baute sich ihre Erregung wie eine Woge auf, ihr tropfnasser Kopf fiel nach hinten, und sie kam so heftig, dass ihr Schoß ihn wie eine Faust umklammerte. Dieser süßen Lust hatte er nichts mehr entgegenzusetzen.

Er kam mit einem brüllenden Schrei, packte ihre Haare und ergoss sich in wildem Rausch in ihr. Sie hatte sich mit den Händen an der Wand abgestützt, und nun sank sie gegen die Fliesen. Ihre Beine knickten ein, aber er hielt sie fest, sodass sie nicht zu Boden fiel. Voller Bedauern löste er sich aus ihrem Schoß und zog sie unter den heißen Wasserstrahl. Sie legte den Kopf an seine Brust und murmelte unverständliche Worte. Er nahm ein Stück Seife aus einer kleine Einbuchtung in den Fliesen und begann, sie behutsam zu waschen. Zentimeter um Zentimeter verteilte er liebevoll den Seifenschaum auf ihren Rundungen. Heute Nacht würde sie nicht nach Erdbeeren duften. Heute Nacht würde sie nach seiner Seife, seinem Geruch und seinem Shampoo riechen. Was auch immer in den nächsten Stunden geschehen mochte – sein Geruch würde für diese eine Nacht an ihr haften. Sie trug seine Duftmarke, ob sie mit ihm zusammenblieb oder nicht.

Als er auch die letzte versteckte Stelle an ihrem Körper gewaschen hatte, legte er die Seife weg und griff nach dem Shampoo. Er verteilte es in ihrem langen Haar, bis die silbergrauen Locken vor lauter Schaum kaum mehr zu sehen waren. Er massierte ihre Kopfhaut und ihren Nacken, dann spülte er ihre Haare, bis auch die letzte Seifenblase verschwunden war. Sie seufzte zufrieden und lehnte sich mit ihrem ganzen Gewicht gegen seinen Körper. Er liebte es, sie zu spüren, dieses Gefühl, wenn ihre nackten Körper sich überall berührten.

Als sie in die Dusche gekommen war, war er mit dem Abseifen schon fertig gewesen, deshalb musste er nur noch seine Haare waschen. Doch als er das in Angriff nehmen wollte, schnappte sie sich die Flasche und drückte sich ein bisschen Shampoo in die Hand. Mit dem Finger bedeutete sie ihm, er solle sich nach vorn beugen, damit sie seinen Kopf besser erreichen konnte. Er schloss die Augen, als ihre schmalen Finger durch sein Haar glitten. Er trug es relativ kurz geschnitten, in einer Art Wash-and-Go-Frisur. Aber es war lang genug, damit er ihre Massage genießen konnte. Es war ein dekadentes Vergnügen. Purer Luxus. Etwas, von dem er nicht wusste, ob er es jemals wieder erleben würde. Wahrscheinlich nicht mit ihr. Aus irgendeinem Grund schmerzte ihn die Vorstellung. Der Gedanke, dass sie sich gegen ihn wenden würde, versetzte ihm einen Stich im Herzen.

Doch wenn sie es tat, dann aus gutem Grund. Vor allem weil er ihr nicht von Anfang an alles erzählt hatte, bevor sie miteinander geschlafen hatten. Wenn er sich noch einmal entscheiden könnte … würde er ganz genauso handeln. Er würde nicht auf die letzten vierundzwanzig Stunden verzichten. So egoistisch war er.

Die düsteren Gedanken drückten auf seine Stimmung, als er ihr half, seine Haare auszuspülen. Schließlich traten sie unter der Dusche hervor, und er holte ein großes weiches Handtuch. Das musste er der Politik-Fraktion lassen – sie lebten gut und kauften von allem nur das Beste – von Designerkleidung bis hin zu Designerbettwäsche. Sie beschäftigten Reinigungskräfte, die die drei Häuser auf dem Anwesen immer tadellos putzten und aufräumten. Um seine Räume kümmerten sie sich allerdings weniger, sodass er sein Bett jeden Tag selbst machte. Einmal in der Woche wurde es neu bezogen, und er bekam frische Handtücher, doch sonst … Es war klar, dass er ein Gast war, den die Reinigungskräfte mieden.

Kamen konzentrierte sich darauf, Viève abzutrocknen. Er rieb ihre bleichen Arme und Beine mit dem flauschigen Handtuch trocken, dann ihre üppigen Brüste und die verführerische Rundung ihres Pos. Danach wickelte er sie in das Handtuch, ehe er sich selbst eines nahm und damit abtrocknete. Er schlang sich das Handtuch um die Hüften, griff nach ihrer Hand und ging mit ihr ins Wohnzimmer.

13

»Wir werden dir ein paar Sachen zum Anziehen besorgen müssen, solange du hier bist.«

»Oh, ich hab schon welche«, sagte Viève mit einem fröhlichen Lächeln. »Marissa hat mir diese riesige Kleiderkammer gezeigt. Darin bewahren sie alle möglichen Kleidungsstücke auf – in jeder Größe, die man sich vorstellen kann. Die Für-jeden-Anlass-Kammer hat sie sie genannt. Anscheinend sucht sich oft jemand etwas aus. Auf jeden Fall habe ich dort eine Jeans und eine hübsche Bluse gefunden. Auch ein paar Slips und einen BH.« Sie seufzte. »Sie war sehr nett zu mir.«

»Marissa und Jackson sind beide sehr freundlich und fürsorglich. Du wirst hier vielen Leuten wie ihnen begegnen. Allerdings gehen sie vielleicht nicht mehr so offen auf dich zu, wenn du ihnen sagst, dass wir …« Er zögerte. »… dass wir zusammen sind.«

»Warum denn nicht?«, fragte sie und nahm ihre Sachen, die sie ordentlich zusammengelegt auf den Sofatisch gelegt hatte. Sie schlüpfte in den Slip, ohne dabei das Handtuch abzulegen, doch einen Moment später ließ sie es zu Boden gleiten, damit sie den BH anziehen konnte. Es war ein Set aus dunkelvioletter Seide, gesäumt mit aufreizender schwarzer Spitze.

»Die Leute hier vertrauen mir nicht.«

»Warum nicht?« Sie stieg in die Jeans, zog den Reißverschluss hoch und knöpfte sie zu.

Und hier war sie – die perfekte Gelegenheit, um ihr die Wahrheit zu sagen. Die ganze Wahrheit. Er hatte ihr versprochen, sie nicht zu belügen. Aber er konnte dieses Gespräch nicht nackt führen.

»Zieh dich erst zu Ende an. Ich erzähle es dir, wenn wir beide fertig sind.«

»In Ordnung«, erwiderte sie und griff nach der Bluse.

Kamen ging ins Schlafzimmer zurück und zog die oberste Schublade seiner Kommode auf. Er tat es Viève nach und zog ebenfalls eine Jeans an. Sie war gebügelt und hatte keine Löcher, aber es war eine Jeans. Normalerweise trug er keine lässige Kleidung. Er war kein lässiger Mann. Die Jeans besaß er nur, weil sie widerstandsfähig und angenehm zu tragen war. Er ging zum Schrank und nahm sich ein klassisch geschnittenes Hemd heraus.

Als er fertig angezogen war, ging er wieder ins Wohnzimmer. Viève hielt einen kleinen Spiegel in der Hand und zog gerade den Mund mit Lippenstift nach. Sie hatte bereits Lidschatten und einen Hauch Rouge aufgelegt.

»Lass mich raten: In dieser magischen Kleiderkammer findet sich auch Make-up.«

Sie warf ihm ein Lächeln zu. »Stimmt. Und alle möglichen anderen Körperpflegeartikel. Unter anderem eine Zahnbürste, mit der ich mir die Zähne geputzt habe, bevor ich zu dir in die Dusche gekommen bin.«

»Dachte ich's mir doch, dass du nach Minze schmeckst«, sagte er und grinste.

»Stimmt.«

»Gut, nachdem wir jetzt wissen, dass wir beide Wert auf Körperpflege legen, müssen wir uns über etwas sehr Ernsthaftes unterhalten.«

Sie verzog den Mund, und ihre gerade frisch angemalten rosa Lippen waren voll und verführerisch. Er musste sich arg zusammenreißen, um sich davon nicht ablenken zu lassen.

»Dein ernster Ton gefällt mir nicht«, sagte sie und klappte den Taschenspiegel zu.

Sie wird in nächster Zeit noch einiges hören, dass ihr nicht gefällt, dachte er.

»Es gibt Dinge über mich, die du erfahren solltest. Dinge, die … Ich fürchte, sie werden deine Meinung von mir ins Gegenteil umschlagen lassen. Wahrscheinlich suchst du dir für heute Nacht ein anderes Zimmer zum Schlafen, und ich bin der Letzte, der dir das übel nehmen würde, wenn du es für nötig hältst. So wie die Dinge liegen, war ich nicht sehr nett zu dir. Ich hätte dir gleich von Anfang an alles über mich sagen müssen. Aber du hast mich völlig umgehauen. Ich hatte nicht damit gerechnet, jemandem wie dir zu begegnen, und dann auch noch deinetwegen meinen klaren Kopf völlig zu verlieren.«

»Ich habe auch nicht gedacht, dass ich jemandem wie dir begegnen könnte. Aber das heißt doch nicht, dass es etwas Schlechtes sein muss, oder?«

Er fing an, aus Nervosität im Zimmer auf und ab zu gehen. Das war etwas, das er sonst nie tat. Aber die Unterhaltung schlug ihm auf den Magen. Trotzdem musste er sich der Sache stellen, er musste ihr die Wahrheit sagen.

»Es ist schlecht, weil du dich auf mich eingelassen hast, ohne etwas über mich zu wissen. Wenn du mehr gewusst hättest, hätte es dich wahrscheinlich nicht so erwischt.«

Sie lächelte ihn an, und der Ausdruck in ihren hübschen Gesichtszügen ließ sie noch reizvoller erscheinen.

»Das wage ich zu bezweifeln. Komm, sag schon, was so schlimm an dir sein soll. Ich sehe doch, dass es dich bedrückt.«

Es bedrückte ihn wirklich und regte ihn auf. Mehr, als er erwartet hatte. Sonst war er immer die Ruhe selbst und ging ganz rational an die guten wie die schlechten Dinge im Leben heran. Aber das hier – das war schwer. Es war schwer für ihn – und auch für sie.

»Was weißt du über die Templer?«, fragte er sie.

»Sehr wenig. Den Geistern ist nur bekannt, dass euer Volk in eine Art Bürgerkrieg verwickelt ist. Die Fraktion der Politik gegen die der Templer.«

»Dieser Krieg tobt schon, seit die ersten Gargoyles aus der Sklaverei befreit wurden. Und das ist eines meiner Verbrechen. Ich habe viele Gargoyles erschaffen. Einen von ihnen hast du, glaube ich, schon kennengelernt. Ahnvil. Als ich ihn gefangen nahm, war er ein Sterblicher. Ich habe ihn ohne seine Einwilligung in einen Gargoyle verwandelt. Ich habe ihn mit dem erklärten Ziel erschaffen, mir zu dienen und alle meine Wünsche zu erfüllen.«

»Das weiß ich schon. Man hat es mir gestern erzählt«, sagte sie.

Das überraschte ihn. »Und es macht dir nichts aus? Dass ich jemanden zu meinem Sklaven gemacht habe?«

»Es würde mir etwas ausmachen, wenn du noch immer Sklaven erschaffen würdest. Aber das tust du eindeutig nicht. Die Politik würde nicht zulassen, dass du hier wohnst, wenn du noch Sklaven hättest.«

»Das ist nicht alles …«

»Erzähl es mir. Es wird mich nicht schockieren. Ich sehe dir an, dass du das befürchtest.«

»Einen Mann, der hier auf dem Anwesen lebt, habe ich von einem Psychopathen foltern lassen.«

Das schien sie nicht erwartet zu haben, denn sie wurde unruhig.

»Warum hast du das getan?«

»Spielt das eine Rolle? Es ändert nichts an der Tatsache, dass ich es getan habe.«

»Nein. Aber ich würde es trotzdem gerne wissen.«

»Es war ein Racheakt«, sagte Kamen. »Ich meinte, er hätte mir ein Leid zugefügt – er hätte jemandem, den ich liebte, ein Leid zugefügt. Er hatte sie verletzt, sie wäre fast gestorben. Sie fiel ins Koma.«

»Und warum hat *er* das getan?«

»Weil sie versucht hatte, jemanden zu töten, der ihm nahestand.«

»Wer war das?«

»Er heißt Leo«, sagte Kamen.

»Ah, ich habe ihn gestern kennengelernt. Er ist ein Mensch.«

»Ja, ein Mensch. Und er wurde auf meinen Befehl hin in einer Weise gefoltert, die die meisten gebrochen hätte. Ich bin ziemlich sicher, dass er heute noch unter den Folgen leidet.«

»Aber er lebt unter demselben Dach wie du. Wie ist es dazu gekommen?«

»Sagen wir mal, ich habe ihn als Beweis meiner friedlichen Absichten benutzt. Ich erlöste ihn von der Folter, die er auf mein Geheiß hin hatte erleiden müssen. Mit ihm habe ich mir Zutritt zum Anwesen hier und in die Fraktion der Politik verschafft.«

»Und warum hast du das getan?«, fragte Viève.

Jetzt war er gekommen – der Augenblick der Wahrheit. Kamen musste schlucken, Mund und Kehle waren wie ausgedörrt.

»Als ich Odjit aus dem Koma holen wollte, habe ich dabei aus Versehen den Gott Apep auferstehen lassen, der sich nun ihres Körpers bemächtigt hat. Es ist allein meine Schuld, dass wir uns in dieser misslichen Lage befinden. Ich bin dafür verantwortlich. Ich wollte aus rein egoistischen Gründen meine Herrin wieder ins Leben zurückholen und habe dadurch diesen Teufel auf die Erde losgelassen.«

Sie starrte ihn entgeistert mit leicht offenem Mund an.

»*Du* warst das?«, fragte sie. »Du bist der Grund, warum Apep hier ist?«

»Ja«, erwiderte er kurz angebunden.

Jetzt würde sie sich von ihm abwenden. Nie wieder würde er sie berühren können. Bei der Vorstellung überkam ihn ein übermächtiges Gefühl des Verlusts. Er hätte nicht gedacht, dass sie ihm nach so kurzer Zeit so fehlen würde.

»Aber es war ein unglückliches Missgeschick, richtig? Du hast Apep nicht mit Absicht auf die Erde geholt?«

»Das ist doch unwichtig. Ich habe es getan.«

»Nein, es ist wichtig. Es ist ein riesiger Unterschied, ob jemand aus Versehen einen Fehler begeht oder ob er es mit voller Absicht tut.«

»Ich habe den Dämonengott auferstehen lassen, und als mir klar wurde, was ich getan hatte, erlöste ich Leo von der Folter und brachte ihn auf das Anwesen, damit man mich hier aufnimmt. Zu dem Zeitpunkt hatte ich begriffen, welche verheerenden Folgen mein Fehler nach sich ziehen würde, und ich wusste nur noch eins: Ich musste alle meine Fähigkeiten, alle mir zur Verfügung stehenden Möglichkeiten nutzen, um diesen Fehler wieder rückgängig zu machen. Deshalb bin ich heute hier, und deshalb werden alle wenig begeistert reagieren, wenn sie erfahren, dass du meine Geliebte bist. Es tut mir leid«, sagte er leise. »Es war falsch, dass ich es dir nicht früher gesagt habe, aber …« Er schüttelte den Kopf. »Nein. Ich habe keine Entschuldigung. Mein Verhalten dir gegenüber passt perfekt zu meinen anderen Verbrechen.«

»Wie lange ist es hier, dass du Leo aufs Anwesen gebracht hast?«, fragte Viève.

»Fast ein Jahr. Warum?«

»Und während der ganzen Zeit warst du hier und hast versucht, deinen Fehler wiedergutzumachen?«

»Ja, aber …«

Sie hob die Hand, damit er sie ausreden ließ. »Ich verstehe schon. Du hast furchtbare Dinge getan, du hast schreckliche Fehler begangen. Aber mir ist wichtig, wie du heute dazu stehst und dass du versuchst, alles wieder in Ordnung zu bringen.«

»Was ich Leo angetan habe, kann man nie wieder in Ordnung bringen.«

»Nein, wahrscheinlich nicht. Aber du bereust, was du getan hast. Und das zählt.«

»Tut es das? Meiner Meinung nach zählt das überhaupt nichts.«

»Doch, es zählt. Es zählt sogar sehr viel. Genau wie deine Mühen und Anstrengungen, die Welt wieder von Apep zu befreien.«

»Der nur durch meinen Fehler heraufbeschworen wurde.«

»Fehler ist hier das Schlüsselwort.« Sie blieb hartnäckig.

»Du willst mich anscheinend nicht verstehen«, sagte er frustriert. Begriff sie es tatsächlich nicht? Er hatte sie nicht verdient, war ihrer nicht wert. Er hatte nichts von alledem verdient.

»Ich verstehe dich besser als du denkst. Ich verstehe zum Beispiel, dass du das gesamte letzte Jahr daran gearbeitet hast, deinen Fehler wiedergutzumachen.«

»Ich habe einen Gott auf unsere Welt losgelassen! Dieser Gott hat gefoltert, vergewaltigt und getötet. Und das alles nur meinetwegen!« Er schleuderte ihr die Worte entgegen.

»Und es macht dich total fertig, nicht wahr?«, gab sie sofort zurück.

»Ja!«

»Gut so!«

Endlich, dachte er. Endlich sah sie ein, dass er für seine Verbrechen Buße tun musste.

Doch dann sagte sie: »Denn wenn es nicht so wäre, hättest du dich wirklich nicht verändert. Aber du hast dich verändert, stimmt's? Du hältst keine Sklaven mehr. Du lässt keine Unschuldigen mehr foltern. Du hast diese skrupellosen Verhaltensweisen aufgegeben, die dazu führten, dass du Apep in die Welt gebracht hast. *Du machst das alles nicht mehr!*«

»Das ist nebensächlich«, sagte er leise. »Ich kann an dem, was ich getan habe, nichts ändern. Egal, wie ich mich jetzt verhalte – es macht meine Taten nicht ungeschehen.«

»Das stimmt. Es macht deine Taten nicht ungeschehen. Aber mit deinem jetzigen Verhalten leistest du Abbitte.« Sie stand auf und ging zu ihm, bis sie direkt vor ihm stand und ihm in die Augen blicken konnte. »Du denkst, du hast unverzeihliche Dinge getan, und du hast recht, es sind schlimme Verbrechen, für die du verantwortlich bist. Aber Verzeihen heißt nicht, dass du für die schrecklichen Fehler, die du getan hast, schlecht behandelt wirst. Entweder man verzeiht dir oder man verzeiht dir nicht. Ich glaube, dass du es verdienst, dass man dir verzeiht. Vielleicht sind andere im Haus da andrer Meinung, aber das ist mir egal.« Sie griff nach seinen Händen. Die Berührung war wie Balsam für seine Seele. Er hatte gedacht, sie würde ihn nie wieder berühren. »Ich verzeihe dir deine Fehler, Kamen.«

»Du weißt nicht, was du da sagst«, erwiderte er stur.

»Ich sage, dass ich dir verzeihe. Ohne Wenn und Aber. Und ich denke, auch die anderen sollten dir verzeihen. Du hast es dir verdient.«

»Gar nichts verdiene ich.«

»Da bin ich andrer Meinung.«

»Aber …«

Sie legte die Finger auf seine Lippen. »Ohne Wenn und Aber, vergiss das nicht.«

Kamen wusste nicht, was er sagen sollte. Er wusste nicht, was er denken sollte. Er konnte nicht einmal sagen, ob Viève den Verstand verloren hatte oder schlicht das wahrscheinlich gütigste Herz auf der ganzen Welt besaß. Sollte das Letztere der Fall sein, dann hatte er sie auf keinen Fall verdient.

Aber sie blieb bei ihm. Sie wusste jetzt das Schlimmste über ihn und blieb trotzdem bei ihm.

»Ich kann nicht zulassen, dass du hier im Haus wie eine Geächtete behandelt wirst. Es ist besser, wenn du …«

»Ich bin es gewohnt, dass man mich wie eine Geächtete behandelt«, erklärte sie mit fester Stimme.

»Du hast nichts getan. Du hast das nicht verdient.«

»Genau. Ich habe nichts getan, weshalb man mich als Geächtete behandeln könnte. Wenn sich die anderen von mir abwenden, dann haben sie unrecht und nicht ich.«

Dieser Gedanke überraschte Kamen. Viève war es gewohnt, dass ihr für alles die Schuld gegeben wurde. Sie hatte die schlechte Meinung, die die Geister von ihr hatten, verinnerlicht und nicht einmal daran gezweifelt. Dass sie jetzt einen Gedanken formulierte, der andere für etwas verantwortlich machte, war direkt revolutionär.

»Ich möchte nicht, dass man dir wehtut«, flüsterte er. Er legte seine Stirn an ihre und drückte ihre Hände. »Ich möchte nicht, dass du für meine Verbrechen büßen musst.«

»Das werde ich nicht«, versicherte sie. »Ich habe nichts zu tun mit deinen Verbrechen. Wenn mich jemand behandelt, als träfe mich eine Schuld, dann wäre das falsch. Und irgendwie – irgendwie kann ich mir nicht vorstellen, dass die Leute hier so ungerechtfertigte Urteile über andere fällen. Zumindest nicht, was mich betrifft. Ich sehe, dass sie dir Vorwürfe machen, und ich verstehe auch, warum. Aber sie werden, jeder für sich, entscheiden müssen, ob sie dir deine Verbrechen verzeihen können oder nicht. Das ist ihre Entscheidung. Nicht meine und auch nicht deine. Du machst einfach weiter und setzt alles daran, deine Fehler wiedergutzumachen. Alles andere wird sich irgendwann finden.«

Kamen seufzte und blickte in ihre strahlenden, grauen Augen. »Woher bist du gekommen, mein Täubchen? Und was habe ich nur getan, dass du bei mir bleibst?«

»Es muss etwas ziemlich Übles gewesen sein – da bin ich mir sicher. Jetzt hast du mich am Hals, und so leicht wirst du mich nicht mehr los.«

»Ich dachte, ich könnte dich nie wieder berühren«, sagte er, als er sie an sich zog. »Ich war mir sicher, dass du mich hasst.«

»Überraschung«, sagte sie leise und stellte sich auf die Zehenspitzen, um ihn zu küssen.

Die Anspannung fiel von Kamen ab, und er drückte sie voller Erleichterung an sich. Er küsste sie mit zärtlicher Inbrunst, als wäre es das letzte Mal, obwohl er nun wusste, dass sie sich noch oft küssen würden.

In diesem Moment schwor er sich, dass er sie immer so küssen würde, als wäre es das letzte Mal.

14

Apep saß im Bett und war mit einem Tropf verbunden, über den ihm eine mit einem Medikament versetzte Infusion verabreicht wurde. Oxytocin. Eigentlich sollte es seine Wehen auslösen, aber offenbar wirkte es nicht. Ungeduldig trommelte er mit den manikürten Nägeln auf seinem Oberschenkel herum, während er ein Schundmagazin las. Er war schon richtig süchtig nach dem Leben von Prominenten und Stars.

Der Arzt ging nervös im Raum auf und ab und kaute an den Nägeln, was offensichtlich eine eklige Angewohnheit von ihm war. Igitt. Vielleicht sollte er sich einen anderen Arzt besorgen.

Nein. Dafür war jetzt keine Zeit mehr. Für nichts war mehr Zeit. »Ach, jetzt schneiden Sie es endlich aus mir raus!«, rief Apep frustriert.

»Wir haben keinen OP!«, erwiderte der Arzt. »Sie würden eine Infektion riskieren oder …«

»Ich bekomme keine Infektion. Ich bin ein Gott!«

»Ein – ein Gott?«

»Ja! Ein Gott, der diesen ganzen Schwangerschaftsmist satthat. Holen Sie dieses verdammte Ding schon aus mir raus … auaahhh!«

Apep schrie auf, als plötzlich ein Krampf durch seinen Bauch schoss. Er erstarrte. War es das? Ging es endlich los?

»Was war das?«, fragte er den Arzt.

»Ihre Wehen haben eingesetzt!«, bestätigte dieser seine Vermutung erleichtert und aufgeregt. »Jetzt ist es nur noch eine Frage von Stunden.«

Zumindest hoffte der Arzt das. Er wusste besser als jeder andere, wie lange Geburtswehen sich hinziehen konnten. Wenn das Ganze diesem – diesem *Gott* – nicht schnell genug ging, würde es Schwierigkeiten geben. Er und seine arme verängstigte Schwester würden in ernster Gefahr sein. Daran zweifelte er nicht eine Sekunde lang.

»Rose, schalten Sie den Kardiotokografen ein. Ich will die Herzfrequenz des Babys überwachen.«

»Ach, dem fehlt schon nichts«, sagte Apep und winkte ab. »Schließlich ist er ein Halbgott.«

»Nun, selbst dann – nur, um sicherzugehen«, drängte der Arzt. Wenn mit dieser Geburt oder mit dem Kind etwas schiefging, dann gnade ihnen Gott. Er musste alle nur erdenklichen Vorsichtsmaßnahmen treffen. »Miss Odjit, Sie sollten uns das wirklich machen lassen.«

»Na gut, von mir aus. Wenn Sie dann endlich mit diesem Genöle aufhören!« Eine zweite Wehe schnitt durch Apeps Bauch. Diese war schon etwas stärker. Hmm. Er fragte sich, wie schmerzhaft die ganze Sache wohl werden würde. Doch sicher nicht allzu schlimm – sonst würden Menschen es nicht ständig machen und die Erde mit ihrer minderwertigen Nachkommenschaft überschwemmen. Sein Nachkomme hingegen – sein Nachkomme würde großartig sein. Allen überlegen. Fast war es diese ganze Warterei wert, dass er endlich seinen Auftritt hatte.

Die Schwester schnallte ihm den Wehenschreiber um den Bauch, und sofort zeichnete das Gerät den Herzschlag des Babys auf.

»Schöne, kräftige Herztöne«, sagte der Arzt.

»Natürlich hat er die. Das habe ich Ihnen doch ges… aaAAH!!«

Okay, diese letzte Wehe war besonders schlimm. Er war ein Gott. Das sollte nicht so wehtun. Dieser minderwertige

Menschenkörper, in dem er wiederauferstanden war, trug die Schuld. Der war eindeutig beschädigt. Schlimm genug, dass da noch zwei weitere wütende Seelen in seinem Kopf herumtobten – die eine namens Odjit und die ursprüngliche Seele des Körpers, bevor die Körperwandlerin ihn in Besitz genommen hatte. Aber jetzt zu alldem auch noch ein defekter Körper? Das hatte ihm wirklich noch gefehlt.

Nun, zumindest hatte er seine Gläubigen, die ihn unterstützten. Die Templer waren eigentlich Odjits Anhänger, aber das war nur Wortklauberei. Sobald sie erkannten, welch glorreicher Gott er war, würden sie aufrichtige Anhänger von Apep sein.

Wenn die nur endlich dieses Ding aus ihm herausholten!

Eine weitere schmerzhafte Wehe kam, und er wurde zuversichtlich. Das hier würde in ein oder zwei Stunden vorüber sein. Dann konnte er sich wieder daranmachen, die jämmerliche Menschheit zu unterjochen. Zuerst musste er jedoch die Schattenwandler loswerden. Sie waren das Einzige, was sich seiner absoluten Herrschaft in den Weg stellen könnte. Natürlich wussten sie es nicht. Wenn sie es wüssten – nun – aber sie wussten es nicht. Dank seinem genialen Fluch wussten sie nicht einmal, dass die anderen existierten. Natürlich würde er den Fluch wieder auflösen müssen, wenn er wollte, dass die Geister ihm halfen, die anderen Schattenwandler-Nationen zu vernichten. Aber den Fluch aufzulösen war genauso gefährlich, wie ihn bestehen zu lassen. Sie brauchten sich lediglich im selben Raum zu versammeln, und dann …

Nun, aber dazu würde es ja nicht kommen, oder? Wozu sich also darüber den Kopf zerbrechen.

Stattdessen war er gezwungen, sich auf den Schmerz zu konzentrieren, der jetzt wieder in ihm aufstieg und immer stärker wurde.

Ja, das Ganze hier dürfte bald überstanden sein. Und wenn

er seinen Sohn erst an seiner Seite hatte, konnte ihn nichts mehr aufhalten.

Viève weigerte sich, in Kamens Quartier zu bleiben und sich dort zu verstecken, obwohl er sie nur sehr ungern hinaus zu den anderen ließ. Sie hatten, so wie an jedem Abend, eine Versammlung aller Schattenwandler, die sich derzeit auf dem Anwesen aufhielten, einberufen und stellten ihnen mithilfe der menschlichen Vermittler die Phönixe vor. Dann sprach Kamen über seinen Plan für das weitere Vorgehen.

»Kat«, sagte er zu Ahnvils Frau. »Du musst für mich mit Grey Kontakt aufnehmen.«

Grey war der mächtigste Dschinn in den Vereinigten Staaten. Niemand wusste genau, wo er sich aufhielt, aber er schien immer dann aufzukreuzen, wenn er am nötigsten gebraucht wurde. Doch bei dieser Sache, befürchtete Kamen, würde einiges an Überredungskünsten nötig sein.

»Kann ich machen«, sagte Kat bereitwillig. »Er hat mir die Möglichkeit zur Verfügung gestellt, mich jederzeit mit ihm in Verbindung zu setzen. Er hat mir gezeigt, wie es geht. Dschinn für Anfänger.« Sie war stolz auf ihre Leistungen als Dschinn, vor allem da sie bis vor wenigen Monaten nicht einmal gewusst hatte, dass sie einer war.

»Gut, denn die Kaiserin der Mysticals befindet sich in seiner Obhut, und wenn wir wollen, dass die mit uns kooperieren, brauchen wir ihre Hilfe«, sagte Kamen.

»In Ordnung. Lass es mich versuchen, solange wir alle hier sind.« Kat stand auf und ging in die Mitte des Raumes. Sie setzte sich im Schneidersitz auf den Boden und schloss die Augen. Dann rührte sie sich nicht mehr und schien sich zu konzentrieren. Nach einer Weile runzelte sie die Stirn. »Ich weiß, dass ich es richtig mache. Aber er antwortet nicht.«

»Grey scheint mir nicht der Typ, der sich so einfach herbeizitieren lässt«, meinte Kamen.

»Aber bisher hat er mir immer geantwortet. Ich dachte irgendwie, die Lektionen mit mir hätten ihm Spaß gemacht. Aber vielleicht bin ich ihm zu langweilig geworden. Du weißt ja, wie unberechenbar Dschinn sein können.«

»Nur zu gut«, sagte Kamen. »Kannst du es bei SingSing versuchen? Vielleicht weiß sie, wie man Grey erreicht.«

»Na toll. SingSing ist genauso schwer zu kontaktieren. Aber ich versuche es.« Kat schloss die Augen und konzentrierte sich mit aller Kraft darauf, SingSing zu rufen. Grey hatte erklärt, dass sie sich den Dschinn, den sie kontaktieren wollte, nur vorstellen und begrüßen musste. »Oh, SingSing – wo bist du?«, rief sie.

»Ich bin genau hieeer! Ta-daa!«

Wie aus dem Nichts stand plötzlich eine winzige Frau praktisch Nase an Nase vor Kat. Erschrocken zuckte Kat zusammen.

»Hey, Kitty Kat, was geht ab?«, fragte SingSing.

»SingSing, wir brauchen deine Hilfe, um Grey zu finden«, erklärte Kat.

»Was? Kein Hallo? Kein ›Wie geht's dir?‹ Sofort zum Geschäft?« SingSing runzelte die Stirn.

»Nein, nein«, sagte Kat schnell. »Du hast natürlich recht. Das war furchtbar unhöflich von mir. Hallo, SingSing. Wie geht es dir?«

»Spektakulär!« SingSing reckte sich stolz. »Das ist mein Wort der Woche – spektakulär!«

»Was machst du so in letzter Zeit?«, fragte Kat.

»Oh, ich habe mir eben diesen spektakulären Nik besorgt! Schau mal.« Aus dem Nichts zauberte SingSing eine kleine Keramikkatze hervor. Sie sah wie eine billige Statuette aus einem Secondhandladen aus.

»Bist du sicher, dass das ein Nik ist?«, fragte Kat skeptisch.

»Was ist ein Nik?«, fragte Viève Kamen flüsternd.

SingSing verschwand und tauchte direkt unter Viève's Nase wieder auf. Sie hielt ihr die Statuette hin und flüsterte: »Das ist ein Nik! Niknak, um genau zu sein. Ein Gegenstand, der mit magischer Energie aufgeladen ist, die wiederum Dschinn nutzen, um ihre magischen Kräfte an ihnen aufzuladen. Unbelebte Gegenstände wie diesen hier nennt man Niknaks. Lebende, wie meine kleinen Drachen« – sie schüttelte ihre roten Ringellocken, und drei kleine Drachenköpfchen reckten sich aus ihnen hervor und blinzelten trübe, als wären sie gerade geweckt worden – »sind Nikkis. Und das hier …« – schwungvoll präsentierte sie die Statuette – »… ist ein Nik.« Die Katze schwebte empor und begann sich, beleuchtet von einer unsichtbaren Lichtquelle, zu drehen. Trotzdem sah sie wie eine billige kleine Keramikkatze aus. Eine schwarze Katze aus Keramik.

»Bist du sicher, dass das Ding magisch ist?«, fragte Viève zweifelnd.

»Natürlich ist es das, Geistermädel!« SingSing schnappte sich die Statuette aus der Luft und drückte sie fest an ihre Brust. Sie warf Kat einen argwöhnischen Seitenblick zu. »Und komm bloß nicht auf die Idee, sie mir zu klauen.« Sie rückte näher an Viève heran. »Die musst du im Auge behalten«, flüsterte sie laut. »Sie klaut Niks.«

»He! Tue ich gar nicht!«

»Wie bist du dann an diese Halskette gekommen?«, fragte SingSing. »Und an dieses Armband?«

»Oh, na ja, ich …« Kat wurde rot.

»Seht ihr? Geklaut.«

»Ich habe die Sachen *gefunden*«, berichtigte Kat.

»Man nennt es auch stehlen. Weißt du«, erklärte SingSing Viève, »ein Dschinn braucht einen Nik nur zu berühren, und schon gehört er ihm, solange er nicht von einem anderen Dschinn berührt wird. Jede Wette, dass die Niks, die sie trägt, irgendwann mal einem anderen Dschinn gehört haben, und sie sich einfach mit ihnen davongemacht hat.«

»Habe ich nicht! Die haben einer Templerpriesterin gehört!«

»Siehst du. Geklaut.«

»Ich habe sie nicht gestohlen, ich – ach, von mir aus! SingSing, kannst du uns nun helfen oder nicht?«

»Natürlich kann ich.« SingSing stupste jeden kleinen Drachenkopf an, bis sie wieder in ihren Locken verschwunden waren. »Die Frage ist nur – *will* ich dir helfen? Schließlich bist du eine gemeine Diebin.«

»Hör auf, mich so zu nennen! Ach, wisst ihr was, wir werden einfach warten müssen, bis Grey mir antwortet. Sie ist überhaupt keine Hilfe«, sagte Kat.

»Natürlich kann ich helfen!« SingSing verschwand und tauchte vor Kat wieder auf. »Du hättest mich nur bitten müssen.« Sie machte eine kurze Pause. »Also, was willst du genau? Hast du einen *Wunsch?*«

»Nein, ich habe keinen Wunsch!«, rief Kat aus.

SingSing verschwand und stand plötzlich wieder vor Viève. »Was ist mit dir, Geistermädel? Wünschst du dir was?«

»Sprich niemals, unter keinen Umständen einen Wunsch aus«, warnte Kamen. »Sich etwas von einem Dschinn zu wünschen, hat immer seinen Preis.«

»Spielverderber«, schmollte SingSing. »Das kleine Geistermädel hier ist doch randvoll mit Wünschen. Sie wünscht sich, dass die Geister sie mögen. Wünscht sich, sie wäre kein Mischling. Wünscht sich dies und wünscht sich das. Sie wünscht sich sogar, sie hätte heute Morgen noch einen Orgasmus mit dir gehabt.«

»Ist gar nicht wahr!«, rief Viève und bedeckte die Wangen

schnell mit den Händen, als sie Kamen ansah. »Das ist nicht wahr!«

»Ach, wen interessiert schon, ob du noch einen Orgasmus willst?«, sagte SingSing unbekümmert und winkte ab. »Alle Frauen wünschen sich, sie hätten noch einen Orgasmus. Daran ist nichts auszusetzen. Es haben sich etliche Frauen von mir gewünscht, dass ihre Männer bessere Liebhaber wären.« Sie prustete los. »Sie haben nur vergessen, sich zu wünschen, ihre Männer wären bessere *treue* Liebhaber. Die *ihnen* treu bleiben. Männer sind nun mal, wie sie sind – kaum macht man sie zu besseren Liebhabern, sind sie überall gefragt.«

»Das ist schrecklich!«, rief Viève.

»So ist das nun mal, Kleines. Bevor du einen Wunsch aussprichst, musst du ihn dir gut überlegen.« Sie starrte Viève mit konzentrierter Miene an und tippte sich gegen die Schläfe. »Die grauen Zellen anstrengen.« Ein kleiner Drachenkopf schaute heraus. Er hickste einen kleinen Feuerball und versengte eine von SingSings Locken. Der Geruch von verbranntem Haar wehte über Viève hinweg.

»Nun, so sehr wünsche ich mir nichts.«

»Hmm. Seeehr interessant«, sagte SingSing und beäugte Viève einen Moment lang. »Wie auch immer! Zurück zu meinem spektakulären Tag!«

»Warte!«, rief Kat, bevor SingSing ihre schwungvolle Handbewegung beenden und verschwinden konnte.

»Was ist jetzt schon wieder, kleine Diebin?«, fragte SingSing.

»Grey?«, erinnerte Kat sie.

»Ach ja! Hätte ich fast vergessen. Wer will mit?«

»Mit?«

»Zu Grey! Ich kann euch nicht alle mitnehmen!«

»Wir kommen mit«, sagte Kamen schnell. »Viève und ich.«

»Hmm. Das Geistermädel will also den großen bösen Dschinn mal sehen, ja? Nun, sei vorsichtig, was du dir wünschst!« SingSing klatschte in die Hände und sagte: »Tadaa!«

Kamen und Viève verschwanden aus dem Raum.

Kamen und Viève fanden sich plötzlich in einem goldenen Saal wieder. Die Wände waren mit Blattgold überzogen, der Boden aus goldenen Fliesen. Überall lagen Goldmünzen und goldener Schmuck herum. Sogar der Thron, der an der Stirnseite des Raumes stand, war golden.

Gerade hatten sie sich einigermaßen orientiert, als ein gut aussehender Mann mit dunkler Haut und rabenschwarzem Haar auf dem Thron erschien und träge über den Armlehnen des gigantischen Stuhls lümmelte. Dann sah er sie aus schmalen Augen an und seufzte verdrossen.

»Ach, ihr seid es bloß. Was wollt ihr?« Er stand auf und schnippte mit den Fingern. Der goldene Raum verschwand und wich einer opulenten Bibliothek. Grey ging zum Schreibtisch und goss sich aus der Karaffe, die darauf stand, einen Drink ein. Er ließ die Flüssigkeit im Glas kreisen, roch einen Moment daran und schüttete sie dann mit einem großen Schluck hinunter. »Hach! Gutes Zeug. Tut mir leid wegen der Sache mit dem goldenen Saal eben. Muss den Leuten geben, was sie wollen, und jeder, der an einer Lampe reibt oder so, erwartet, den Dschinn in einem goldenen Saal oder sonst irgendwelchen Unsinn zu sehen. Was kann ich für euch tun?«

»Wir sind hier, um eine Audienz bei der Kaiserin der Mysticals zu bekommen«, sagte Kamen.

Grey brach in freudloses Gelächter aus. »Und warum sollte ich dir eine gewähren? Vor allem da du die da dabeihast.« Er zeigte unhöflich auf Viève. »Ahnst du auch nur, was die Geister der Kaiserin angetan haben?«

»Geister?«, fragte Viève verwirrt. »Was haben die Geister ihr getan?«

»Sie haben sie monatelang gefangen gehalten. Sie haben sie gequält und mit Eiern gefüttert, sodass sie in ihrer mystischen Gestalt feststeckte und aus dem Zimmer, in das man sie gesperrt hatte, nicht entkommen konnte. Ich denke sogar, dass man sie gefoltert hat. Über alle Details bin ich mir nicht im Klaren. Sie redet über solche Dinge eigentlich nicht mit mir.«

»Aber sie redet mit dir?«

»Tut sie. Sie erholt sich hier, wo sie weiß, dass sie beschützt wird. Sie weiß, dass ich ihr nie etwas antun würde, dass ich sie nicht einfach nur benutze, weil sie ein sehr mächtiges Nikki ist.«

»Und wie läuft es mit ihrer Erholung?«, fragte Viève.

»Unter uns gesagt, es geht ihr allmählich besser. Sie hat sehr lange Zeit in der ständigen Angst gelebt, ein Geist könnte sie mit seiner Berührung umbringen. Man muss sich nur vorstellen, was passiert, wenn ein Mensch ständig mit vorgehaltener Waffe bedroht wird. Sie ist traumatisiert.« Grey beugte sich vor und sah Viève aus schmalen Augen an.

»Das ist ja furchtbar«, flüsterte Viève.

»Das ist es, allerdings. Also frage ich noch einmal: Wie kommt ihr darauf, dass sie bereit sein könnte, mit einem Geist zu reden?«

»Dann lass sie eben mit mir reden«, sagte Kamen.

»Du bist nicht viel besser. Jeder weiß, was du getan hast.«

»Sie weiß von Apep?«, fragte Kamen.

»Da habe ich wohl etwas durchsickern lassen. Aber ich habe sie vor dem, was in der Außenwelt passiert, beschützt. Sie ist ein sehr zartes Geschöpf.«

»Zartes Geschöpf oder nicht – sie ist die Anführerin einer

ganzen Spezies von Schattenwandlern. Sie muss mit dieser Situation zurande kommen und ihrem Volk den Weg weisen«, sagte Kamen.

Grey schien einen Augenblick lang darüber nachzudenken. »Nein«, sagte er dann. »Ich denke nicht, dass ich euch zu ihr lasse.«

»Bitte«, ergriff Viève das Wort. »Wir wollen nur, dass die Mysticals sich unserem Kampf gegen Apep anschließen. Wenn sie es nicht tun, werden die Geister nicht mitmachen. Und wenn die Geister nicht mitmachen, werden wir Apep nie besiegen.«

»Was macht euch so sicher, dass ihr überhaupt etwas gegen ihn ausrichten könnt?«, fragte Grey.

»Wir sind uns nicht sicher. Aber wir versuchen es zumindest. Das ist besser, als nichts zu tun und ihn über uns hinwegfegen zu lassen. Wir sind die letzte Verteidigungslinie zwischen Apep und den Menschen, und ich denke, das ist dir auch klar.«

»Was kümmern mich die Menschen?«, meinte Grey achtlos.

»Keine Menschen, keine Wünsche«, konterte Viève schnell.

Das ließ Grey innehalten. »Hmm. Daran hatte ich noch gar nicht gedacht. Trotzdem, wenn Apep wirklich versucht, die Weltherrschaft an sich zu reißen, werden viele Leute sich eine Lösung *wünschen*.«

»Die du ihnen nicht liefern kannst. Was passiert noch mal genau, wenn ein Dschinn einen Wunsch nicht erfüllen kann?«, fragte Kamen.

Grey wurde ein wenig blass. »Das ist kein schöner Anblick«, gab er zu. »Aber deshalb ist jeder Wunsch Auslegungssache. Damit wir diejenigen vermeiden können, die wir nicht erfüllen können. Nicht jeder Dschinn ist so mächtig, jeden Wunsch zu erfüllen. Macht ist eine Sache von Zeit, Training und Niks.

Nehmt zum Beispiel eure kleine Kat. Sie sollte nicht einmal um einen Wunsch bitten, weil sie ein Mischling ist und noch gar keine Macht besitzt.«

»Es ist nichts verkehrt daran, ein Mischling zu sein«, begehrte Viève auf.

»Durchaus nicht. Aber es macht sie weniger mächtig als die meisten – vorerst. Ich setze große Hoffnungen in euren kleinen Dschinn-Mischling.«

»Kommen wir auf die Kaiserin zurück«, wechselte Kamen das Thema. »Es ist extrem wichtig, dass du uns zu ihr lässt. Oder uns zumindest jemanden nennst, der diese Entscheidungen für sie treffen kann.«

»Oh, sie kann diese Entscheidungen selbst treffen. Auch von hier aus herrscht sie bestens über ihr Volk.« Er schien einen Augenblick lang zu überlegen. »Also gut. Ich erlaube den Besuch. Aber nur, weil sie eigentlich gar nicht wie ein Geist aussieht. Von diesen Ghulen hat sie immer noch Albträume.«

»Ich verstehe nicht, was die Geister mit einer Mystical wollten«, sagte Viève mit ratlos gerunzelter Stirn. »Es ist nicht wie bei den Dschinn. Dschinn können sich von einem Mystical magische Energie holen … wenn er ein Nikki ist – stimmt doch, oder?«

»Genau. Mysticals sind von Natur aus Nikkis.«

»Aber was soll ein Geist mit einem Nikki anfangen?«

»Sehr gute Frage. Das könntest du die Geister fragen, die sie gefangen gehalten haben.«

»Weiß sie, welche Zelle es war?«

»Ich weiß es. Ich habe Leo und Faith hingebracht, um sie da rauszuholen.«

»Nun – ich bin mir nicht sicher, ob sie es mir sagen würden. Ich bin nur ein …« Sie bremste sich gerade noch rechtzeitig, bevor sie das Wort »Mischling« aussprach.

»Ist egal. Jetzt ist sie in Sicherheit, und das ist alles, worauf es ankommt.«

»Schon«, sagte Kamen. »Aber das macht das Ganze noch schwieriger. Die Kaiserin der Mysticals wird kein Abkommen mit den Geistern schließen wollen.«

»Das werdet ihr sie selbst fragen müssen«, meinte Grey. »Sie könnte euch durchaus überraschen.«

»Das hoffen wir«, sagte Vième.

»Na, dann kommt mal mit.« Grey hielt kurz inne und musterte Vième. »Vielleicht ... ja, zumindest für den Anfang sollten wir dein Haar färben, damit es nicht so – so – nach Geist aussieht.« Grey hob eine Hand und berührte Vièves Haar. Es gab Kamen einen Stich zu sehen, wie ein anderer Mann sie in eindeutig intimer Weise berührte. Während Grey ihr Haar streichelte, kämpfte er gegen den Drang an, seine Hand wegzuschlagen. Das Gefühl erschreckte Kamen, verstörte ihn zutiefst. *Was ist das denn,* fragte er sich. Solch aggressive Gedanken gegenüber dem Mann zu hegen, der ihre einzige Möglichkeit war, zur Kaiserin zu gelangen, war eindeutig nicht angebracht. Er kämpfte kurz mit sich und brachte den Impuls unter Kontrolle. Trotzdem ging er nicht ohne Spuren an ihm vorüber.

Unter Greys streichelnder Hand veränderte Vièves Haar seine Farbe. Es war ein seltsames Gefühl, von einem anderen Mann berührt zu werden. Wo sie herkam, berührten andere sie einfach nicht freiwillig. Sie war noch nie so oft berührt worden wie jetzt, da sie mit Kamen zusammen war. Darum war sie auch so hungrig danach. Geradezu ausgehungert. Aber sie genoss Greys Berührung nicht so wie Kamens.

Als Grey fertig war, hatte ihr Haar einen satten Rotton mit goldroten Strähnchen angenommen. Einen Augenblick lang befühlte sie ihre Locken und berührte die leuchtende Farbe.

»Warum rot?«, fragte sie.

»Das passt zu deinem Teint.« Ein Spiegel erschien vor Viève, und es erschreckte sie, wie verändert sie aussah. Sogar ihre Brauen waren entsprechend gefärbt. Geisterhaar nahm keine Farbe an, wenn man Färbemethoden der Menschen anwandte. Es war grau oder weiß und ließ sich nicht verändern. Sie hatte sich immer eine andere Haarfarbe gewünscht, nur um einmal kurz zu sehen, wie es war.

Aber sie hatte genug gesehen. »Mach es rückgängig«, sagte sie entschieden.

»Gefällt es dir denn nicht?«, fragte Grey.

»Es ist sehr hübsch. Und ich weiß deine Mühe zu schätzen. Aber ich trete nicht verkleidet vor sie hin, sondern so, wie ich bin. Sonst könnte sie das als Täuschungsversuch unsererseits betrachten, und das wird unserer Sache nicht helfen.«

»Hmm.« Grey schien darüber nachzudenken. »Vielleicht hast du recht«, sagte er. Er warf Kamen einen Blick zu. »Dein kleiner Geist ist ganz schön clever.«

»Das weiß ich. Aber sie ist nicht mein Geist.«

Kamens Worte trafen Viève wie eine Ohrfeige. Natürlich war es albern. Sie gehörte ihm nicht. Was er sagte, stimmte. Aber zu hören, wie er sie verleugnete, tat aus irgendeinem Grund weh.

»Bist du dir da ganz sicher?«, fragte Grey ihn.

»Sie gehört nur sich selbst und sonst niemandem, und so soll es auch sein«, sagte Kamen.

Diese Unterscheidung nahm seinen Worten ein wenig die Schärfe, aber sie fühlte sich trotzdem verletzt. Was natürlich lächerlich war. Sie kannte ihn erst seit höchstens vierundzwanzig Stunden. Sie hatte keinen Grund zu glauben, dass er irgendwelche besitzergreifenden Gefühle für sie entwickelt hatte.

»Oh, aber schau.« Grey berührte ihr Kinn und drehte ihr Gesicht in Kamens Richtung. »Du hast sie mit deinen Worten verletzt.«

»Nein!«, stritt Viève schnell ab. »Hat er nicht. Er hat recht. Ich gehöre nur mir selbst.«

»Bist du sicher?«, fragte Grey skeptisch. »Ich hätte schwören können, dass es anders ist.«

»Könnten wir endlich wieder zur Sache kommen?«, sagte sie verlegen.

Grey schien sich einen Ruck zu geben. »Ja. Natürlich.« Wieder ließ er seine Hand durch ihr Haar gleiten, und sie sah im Spiegel zu, wie es wieder seinen normalen, matten, langweiligen Grauton annahm.

Sie atmete auf, als Grey die Hand aus ihrem Haar nahm. Sie griff nach Kamens Hand und umfasste sie mit ihren. »Bring uns zu ihr«, sagte sie und rückte dichter an Kamen heran. Sie hatte das Gefühl, dass sie seine tröstliche Nähe brauchte, auch wenn es nur eine Illusion war, der sie sich da hingab.

Grey nickte und führte sie aus dem Raum. Kaum waren sie durch die Tür, öffnete sich sofort ein riesiges Atrium mit hoch aufragenden Fenstern vor ihren. Offenbar befanden sie sich im ersten Stock; direkt vor ihnen zog sich die Brüstung einer Galerie entlang, die ins geschwungene Geländer einer ausladenden Prunktreppe in der Mitte des Atriums überging. Grey ging mit ihnen die Treppe hinauf. Bei jedem Stockwerk schien sich die Treppe schlangenartig in andere Richtungen zu krümmen, mal zur rechten Seite des Atriums, mal zur linken und mal um den ganzen Innenhof herum. Bis sie im vierten Stock angekommen waren, konnte einem beim Blick nach unten ins Atrium etwas schwindlig werden.

Grey führte sie einen breiten Gang entlang auf ein Fenster am Ende des langen Korridors zu. Das Haus selbst schien riesig – sie gingen etwa die Länge eines halben Fußballfeldes ab. Bei der letzten Tür auf der rechten Seite angekommen, drehte er den Türknauf und trat ein. Der Raum war riesig, wie offenbar der Rest des Hauses, und sah aus wie ein gut ausgestattetes Wohnzimmer im Stil von Marie Antoinettes königlichen Räumen in Frankreich. Alles war mit Gold verziert.

Und dort, auf einer Chaiselongue, saß eine Frau und las ein Buch. Sie war zierlich gebaut, das am Hinterkopf zusammengefasste Haar fiel ihr in einer Kaskade wilder Ringellocken über Schultern und Rücken. Sie war so klein wie Viève und wirkte in ihrem hauchzarten weißen Kleid mit Spitzenmieder und bodenlangem Rock sehr zerbrechlich. Mit ihrem sehr hellen Porzellanteint erinnerte sie Kamen sehr an Viève.

Als sie eintraten, sah sie auf und lächelte Grey an. »Grey, mein Engel, was hast du mir gegen meine schreckliche Langeweile mitgebracht?«, fragte sie mit starkem französischem Akzent.

»*Ma petite*, das sind Kamen und Geneviève.«

Viève war überrascht. Sie hatte ihm nie ihren Namen gesagt. »Nenn mich ruhig Viève«, sagte sie schüchtern zur Kaiserin.

»Sprichst du – passend zu deinem französischen Namen – Französisch, Geneviève?«, fragte sie Viève in dieser Sprache.

Viève antwortete in gleicher Weise. »Ja, tue ich.«

Die Kaiserin klatschte entzückt in die Hände. »Ich bin immer froh, wenn jemand meine Muttersprache spricht.«

»Dann – nimmst du mir meine Anwesenheit nicht übel?«, fragte Viève.

»Nein! Warum sollte ich?«

»Weil ich ein Geist bin.«

Die Kaiserin wurde blass, sie sprang auf und wich vor Viève zurück. »Grey! Wie konntest du nur? Wie konntest du eine dieser abscheulichen Kreaturen zu mir hereinlassen!«, rief sie auf Französisch aus.

»Bitte entschuldige, ich will dir wirklich nichts Böses«, sagte Viève schnell und weigerte sich, sich hinter Grey oder Kamen zu verstecken. Sie streckte beschwichtigend die Hand aus. »Ich bin keine von denen, die dich gefangen gehalten haben. So etwas würde ich niemals tun.«

»Als ob du uns das sagen würdest! Grey, man kann ihr nicht trauen. Geh mir aus den Augen! Geh mir sofort aus den Augen!« Ihre Stimme wurde immer schriller.

»Wir werden nicht gehen, bevor du uns angehört hast«, erklärte Kamen mit fester Stimme. »Dir kann nichts geschehen, solange Grey hier ist. Das ist doch schließlich auch der Grund, warum du hierbleibst und nicht nach Hause zurückkehrst, oder nicht? Damit Grey dich beschützt? Wir alle wissen, dass er der mächtigste Dschinn in den Vereinigten Staaten ist. Wir hätten keine Chance gegen ihn.«

Das schien ihr einen Moment zu denken zu geben, aber es war deutlich zu erkennen, dass sie bebte und ihre Hände zitterten.

»Wisst ihr, was diese Monster mir angetan haben?«, fragte sie mit Tränen in der Stimme.

»Ich wünschte, ich wüsste warum«, sagte Viève traurig. »Es gibt doch keinen Grund, dich gefangen zu nehmen und so zu behandeln.«

»Brauchten sie einen Grund?«, fragte sie scharf. »Sie haben es aus Spaß getan. Sie wussten, dass ich alles tun musste, was sie verlangten, denn sonst hätten sie mich durch eine bloße Berührung getötet.«

»Es war grausam von ihnen, aber eine bösartige Zelle macht nicht alle von uns böse.«

Sie schien darüber nachzudenken. »Also gut. Ich werde mir anhören, was ihr zu sagen habt. Aber ihr werdet dort stehen bleiben und nicht näher kommen.«

»Natürlich«, sagte Viève. »Wie immer es für dich am angenehmsten ist.«

»Am angenehmsten wäre es für mich, wenn du gehen würdest. Aber zur Not tut es auch eine gewisse Distanz. Ich bin nicht wie die Drachen oder Feen, ich besitze keine aggressiven magischen Kräfte, um mich zu wehren. Meine einzige Gabe ist das Fliegen – und dass ich mit allem, was Mutter Natur hervorgebracht hat, kommunizieren kann.«

»Drachen und Feen?«, echote Viève.

»Ja. Andere Mysticals. Weißt du denn gar nichts über mein Volk?«

»Ich fürchte nein«, erwiderte Viève. »Ich habe ein sehr abgeschottetes Leben geführt – und ein sehr kurzes im Vergleich zu den meisten Schattenwandlern.«

»Wir sind alle mystische Wesen: Einhörner, Pegasus, Drachen, Feen, Heinzelmännchen, Elfen, Hippogryphe, Zentauren – die Liste ist lang. Die Wahrscheinlichkeit ist groß, dass die Wesen, welche in Fantasygeschichten erwähnt werden, wirklich existieren – und Mysticals sind.«

»Eine Menge Spezies für ein Volk«, bemerkte Kamen.

»Aber ein großes Volk sind wir trotzdem nicht. Viele von uns wurden gejagt und ausgerottet, oder wir werden von Dschinn gefangen gehalten, die uns wegen unserer Kräfte als Nikkis benutzen.«

»Und trotzdem spielst du freiwillig die Rolle eines Nikki für Grey?«, fragte Kamen.

»Ich bin keine Gefangene. Er benutzt mich als Nikki, und dafür beschützt er mich hier, wo niemand an mich herankommt.«

»Hört sich aber ganz nach Gefängnis an«, meinte Viève. »Dich zu verstecken, wo niemand zu dir gelangt, bedeutet auch, dass du zu niemandem gehen kannst.«

»Was soll ich eurer Meinung nach denn tun? In die Welt hinausgehen, damit mich wieder der erstbeste Geist erwischt?«, blaffte sie.

»Nein. Ich verstehe, warum du Angst hast. Aber du kannst dein Leben nicht in Angst verbringen«, sagte Kamen.

Sie lenkte ein. »Vielleicht habt ihr recht. Aber ich gehe erst von hier weg, wenn ich dazu bereit bin. Und jetzt sagt mir, was ihr wollt.«

»Es geht um Apep.« Kamen presste die Lippen zu einem grimmigen Strich zusammen. »Wir rechnen jetzt jeden Tag mit einem Angriff von ihm und seinen Truppen. Und selbst wenn er uns nicht angreift, müssen wir ihn finden und aus dieser Welt vertreiben, bevor er noch mehr Schaden anrichtet. Er ist das reine Böse und muss vernichtet werden, wenn dieser Planet jemals Frieden finden soll.«

»Ja. Ich habe von diesem Apep gehört. Aber ich verstehe nicht, was das alles mit *mir* zu tun hat.«

»Nicht so sehr mit dir als mit deinem Volk. Ich habe uralte Schriften gefunden, die vermuten lassen, dass alle zwölf Schattenwandler-Nationen sich vereinen müssen, um dieses Böse zu bekämpfen.«

»Grey hat mir von diesen anderen sechs Schattenwandlern erzählt, die du entdeckt hast. Ich finde es höchst faszinierend.« Sie runzelte die Stirn. »Erzähl mir von diesen Schriften.«

»Viel ließ sich nicht finden, weil wir unsere Schriften nicht gegenseitig lesen können. Aber ich habe einen kleinen Hinweis entdeckt.« Kamen erklärte, was er herausgefunden hatte.

»Und deshalb meinst du, dass wir alle zusammenarbeiten sollten? Wie viele Spezies hast du bis jetzt?«

»Alle außer deiner und den Geistern, aber die Geister werden sich uns anschließen, wenn ihr es tut.« Er erzählte ihr vom Treffen mit dem Doyen.

»Den Geistern ist nicht zu trauen. Sie sagen etwas und meinen womöglich etwas ganz anderes. Sie können sich schon mit Apep verbündet haben und nur mit dir spielen.«

»Möglich, aber was bleibt uns übrig, als sie beim Wort zu nehmen, bis sie uns das Gegenteil beweisen?«, sagte Kamen.

»Ich werde keinen meiner Leute einem solch unkalkulierbaren Risiko aussetzen.« Nervös knabberte sie an einem spitz gefeilten Fingernagel.

»Wir schaffen das nicht ohne die Mysticals«, sagte Kamen sanft.

»Ich werde keinen meiner Leute in Gefahr bringen, sondern das Risiko auf mich selbst nehmen.«

»Paulette, nein«, mischte Grey sich plötzlich ein. »Du hast genug durchgemacht. Lass das andere machen, die stärker sind – die sich besser verteidigen können.«

»Nein. Ich muss es tun. Alle anderen Anführer haben ihre besten Leute geschickt, und ich sollte dasselbe tun, aber … Niemand misstraut den Geistern mehr als ich, und wie mir scheint, braucht ihr jemanden mit einer guten Portion Vorsicht, was die Geister angeht. Ihr seid ihnen gegenüber alle viel zu leichtgläubig. Das ist höchst gefährlich. Es könnte euer Ende bedeuten.«

Viève wusste nicht, was sie denken sollte. Einerseits war sie froh, dass die Kaiserin bereit war, ihnen zu helfen, gleichzeitig fühlte sie sich aber wie eine Ausgestoßene. Als wäre sie nicht Teil dieses Unternehmens, solange die Kaiserin da war und den Leuten schlimme Dinge über die Geister einflüsterte.

Aber hatte sie vielleicht unrecht? Sie war nur ein unwichtiger Mischling aus einer kleinen Zelle in der tiefsten Provinz. Was wusste sie schon über die Machenschaften am Geisterhof? Trotzdem hoffte sie, dass Paulette sich irrte. Sie hoffte, dass es dem Doyen ernst war, sich den Schattenwandlern anzuschließen.

»Du kommst also mit uns?«

»Nicht sofort. Erst muss ich noch einige Dinge regeln. Ich

werde kommen und mich selbst von der Lage überzeugen, bevor ich mit meinen Stellvertretern rede und sie Truppen für eure Sache abstellen lasse. Und jetzt geht, bitte. Ich muss mich ausruhen und packen. Grey wird mich zu euch bringen, wenn ich bereit bin«.

»Also gut. Grey, schickst du uns zurück?«, fragte Kamen.

»Natürlich.«

Und im Handumdrehen verschwanden sie aus Greys Anwesen und fanden sich im Gemeinschaftsraum im Haus der Körperwandler wieder.

15

Apep schrie.

»Holt es raus!«, rief er. Das sollte nicht so wehtun! Er war ein *Gott!* Götter spürten keine Schmerzen!

Nun, das stimmte nicht. Aber es gehörte schon eine Menge dazu, bis ein Gott Schmerz verspürte. Zum Beispiel als dieser Nachtengel seine magische Energie von sich abprallen ließ und auf ihn zurückgeschleudert hatte. Das hatte höllisch wehgetan. Wenn er es sich recht überlegte, musste er dieser kleinen Schlampe das noch heimzahlen. Er biss seine minderwertigen Menschenzähne zusammen und überstand die nächste Schmerzwelle. Er war schweißgebadet, und von seiner wunderschönen Frisur wahrscheinlich nichts mehr übrig. Das Bettzeug war zerwühlt, aber wenigstens wieder trocken. Nach dem Platzen der Fruchtblase war es klatschnass gewesen.

Dieses Kinderkriegen war eine scheußliche Sache. Er musste künftig daran denken, so etwas nie wieder zu tun. Was hatte ihn nur geritten, das für eine gute Idee zu halten?

Oh. Ach ja. Der göttliche Sohn, der zu seiner Rechten sitzen sollte. Ja. Der war es wert. Zusammen mit seinem Sohn würde er über diese Welt herrschen, und die Schattenwandler würden nur noch eine kleine Fußnote der Geschichte sein.

»Es ist jetzt jeden Moment so weit«, sagte der Arzt.

»Warum schwitzen *Sie* eigentlich?«, knurrte Apep, als der Mann sich zum x-ten Mal über die feuchte Stirn wischte. »Ich bin derjenige, der die ganze Arbeit macht! Sie haben Glück, dass ich Sie brauche, sonst hätte ich Sie beide längst getötet!«

Die Schwester stieß ein verängstigtes kleines Schluchzen aus. Ihre Hände zitterten, als sie ein Glas Wasser neben dem Bett abstellte.

»Nehmen Sie das bloß weg!« Apep nahm das Glas und schleuderte es gegen die Wand. Es zerbrach, und Wasser spritzte durchs ganze Zimmer. »Sie haben schon vor zwei Stunden gesagt, ›es ist gleich so weit‹!«

»Ihr Muttermund ist jetzt neun Zentimeter geweitet«, sagte der Arzt in begütigendem Ton. »Noch einen Zentimeter, und Sie können anfangen zu pressen.«

»Warum nicht jetzt schon?«, wollte Apep wissen. »Ich könnte jetzt schon pre… aahh!« Apep kreischte, als eine weitere Wehe ihn packte.

»So funktioniert das nicht«, sagte der Arzt und wischte sich wieder die Stirn.

»Ich bin ein Gott! Ich kann alles tun, was ich will!«

»Wenn Sie jetzt schon pressen, ermüden Sie nur. Sie sollten Ihre Kräfte lieber aufsparen.«

»Ach, Ihr Menschen seid so was von unnütz!« Mit einer raschen Handbewegung schleuderte Apep aus seiner Hand einen Diskus aus Energie heraus. Die Wucht des magischen Geschosses warf die Schwester nach hinten gegen die Wand. Sie brach tot auf dem Boden zusammen.

»Schafft das Stück hier raus«, knurrte Apep einen der Templer an, die nervös in der Tür standen. Zwei Templer eilten herein, hoben die Leiche der Schwester auf und schleppten sie aus dem Raum.

Die Haut des Arztes hatte einen gräulichen Farbton angenommen, die Leberflecken auf seinen Händen und seiner Kopfhaut zeichneten sich deutlich ab. »Das hätten Sie nicht tun sollen«, sagte er mit schwacher Stimme. »Wir hätten sie noch gebraucht.«

»Ich habe Templer, die ihre Arbeit ohne das ganze Gewinsel und Geheule machen. Außerdem – jetzt habe ich sie von ihrem Elend erlöst, oder nicht?«

»Sie hatte Kinder!«

»Nun, das habe ich auch gleich! Und ich bin viel wichtiger, als sie es war!« Apep seufzte, als eine weitere Wehe vorüberging. Er hatte das Ganze schon seit Stunden satt. »Sie haben noch eine Stunde«, warnte er den Arzt. »Wenn es dann nicht draußen ist, nehme ich ein Messer und schneide es mir selbst raus!«

»Sie würden riskieren, das Kind zu verletzen! Und was ist mit Ihnen? Sie würden am Blutverlust sterben!«

»Ich bin ein Gott! Ich kann nicht sterben!«

Der Arzt hatte nicht vor, sich darüber zu streiten. Kein normaler Mensch konnte das, was er sie eben hatte tun sehen. Bisher hatte er sie nur für eine gefährliche und gewalttätige Frau mit Größenwahn gehalten. Aber dieser Energieblitz und der Tod seiner Schwester hatten bewiesen, dass sie genauso gefährlich war, wie sie behauptete zu sein. Wenn sie nun tatsächlich ein Gott war? Über die Kräfte eines Gottes verfügte sie auf jeden Fall. Was machte das eigentlich aus dem Kind, dem er gerade auf die Welt verhelfen sollte? Er musste etwas tun. Irgendwas!

Sie war immer noch an den Tropf angeschlossen. Er könnte ihr jederzeit etwas injizieren. Eine Periduralanästhesie hatte er nicht anlegen können, weil er kein Narkosefacharzt war und auch nicht über die Ausrüstung verfügte, die dafür benötigt wurde. Vielleicht sollte er sie sedieren. Die Gesundheit ihres Kindes war ihr ja offensichtlich nicht wichtig. Aber ihm. Was immer es mit diesem Kind auf sich hatte – es war unschuldig, bis sich das Gegenteil erwies. Und wer war er selbst schon? Nur ein kleiner Mann angesichts dieser gefährlichen Kreatur.

Aber vielleicht konnte er ihr ja etwas anhaben, nachdem das Kind geboren war. Ja! Sobald das Kind auf der Welt war, würde er eine Überdosis Morphium in ihren Tropf injizieren. Dann kam er vielleicht wegen Mordes ins Gefängnis, aber das war immer noch besser, als selbst zu sterben. Doch wahrscheinlich kam er hier sowieso nicht mehr lebend heraus. Sobald er ihre Herrin getötet hatte, würden deren Anhänger sich wie tollwütige Hunde auf ihn stürzen.

Oder ihn als Helden feiern. Sie machten den Eindruck, als hätten sie genauso große Angst vor ihr wie er. Er hatte zwar versucht, mit ihnen zu reden, aber sie hatten ihn bei jeder Gelegenheit auflaufen lassen. Er war nur zu einem einzigen Zweck hier. War der erfüllt, bedeutete ihnen sein Leben nichts mehr.

Ja. Er hatte keine andere Wahl, als sofort nach der Geburt aktiv zu werden.

Er hoffte nur, dass das ausreichen würde.

Viève war in der Küche und machte sich und Kamen etwas zu Essen. Sie hatten beide seit fast vierundzwanzig Stunden nichts mehr zu sich genommen. Sie war am Verhungern.

Der Kühlschrank war riesig und voller Essen, die Auswahl also entsprechend groß. Sie beschloss, Sandwiches zu machen. Für die waren keine besonderen Kochkünste nötig, also würde sie nichts vermasseln. In der Zelle hatte keinem ihr Essen geschmeckt, also ging sie lieber kein Risiko ein. Sie wollte bei Kamen – und auch bei allen anderen hier – einen guten Eindruck hinterlassen.

Sie leckte sich etwas Mayonnaise vom Finger und begann zu summen, während sie die Brote mit Aufschnitt belegte. Schinken und Käse. Ganz einfach. Bis sie sich daranmachte, die Tomate zu schneiden, und sich dabei in den Finger schnitt. Sie schrie auf und steckte den Finger in den Mund. Kamen hatte ihren Schrei gehört und kam aus dem Nebenraum hereingestürmt.

»Komm, lass mich sehen.«

»Nein. Allef gut«, sagte sie mit dem Finger im Mund. »Allef in Ordnung.«

»Lass mich sehen«, beharrte er.

Sie zog den Finger aus dem Mund und zeigte ihn ihm. Sofort quoll Blut aus der Fingerspitze. »Mal wieder typisch. Ich kriege noch nicht mal ein Sandwich hin«, sagte sie niedergeschlagen.

»Es war ein Unfall. Passiert doch jedem mal.«

»Ich bin ein Schattenwandler. Ich sollte übernatürliche Fähigkeiten und Sinne haben und kann noch nicht mal eine verdammte Tomate schneiden.«

Ihr Fluchen brachte ihn zum Lächeln, als er sie zur Spüle führte und ihren Finger unters Wasser hielt. Dann wickelte er ein Küchentuch darum.

»Du musst fest draufdrücken. Es hört gleich auf zu bluten.«

»Ich weiß«, sagte sie mürrisch. »Ich bin zwar ein Tollpatsch, aber nicht dumm.«

»Du bist kein Tollpatsch«, sagte er mahnend.

»Du kennst mich nicht gut genug, um das zu sagen.«

»Nun, ich lerne dich gerade erst kennen. Und ich weiß, dass andere dir das Gefühl gegeben haben, unfähig zu sein. Aber ich werde das nicht tun und auch anderen nicht erlauben, das zu tun – einschließlich dir selbst.«

Das brachte sie zum Grinsen. Und es gab ihr das Gefühl, irgendwie etwas Besonderes zu sein. Ein Gefühl, das sie eigentlich selten hatte, aber mit ihm zusammen doch sehr oft.

»Ich mache die Sandwiches fertig. Du setzt dich jetzt einfach da hin», sagte er und zeigte auf einen Hocker an der Frühstückstheke. Folgsam kletterte sie auf den Hocker und sah ihm zu, wie er beendete, was sie begonnen hatte. Er schnitt die Sandwiches durch – bemerkenswerterweise ohne sich dabei zu schneiden – und reichte ihr eines. Dann setzte er sich auf den Barhocker ihr gegenüber und begann zu essen.

»Himmel, hab ich einen Hunger«, sagte er zwischen zwei Bissen. »Ich habe nicht mal daran gedacht, dir gestern Abend was zu essen zu machen.«

»Ist schon okay. An Essen habe ich nicht mal gedacht.«

Das brachte ihn zum Grinsen. »Woran hast du denn gedacht?«

»Du weißt schon. Ich habe – meine Seele genährt.« Sie senkte kokett die Wimpern. »Und du hast auch nichts gegessen«, bemerkte sie.

»Ja, aber meine *Seele* war ziemlich befriedigt.«

Sie lachte. »Freut mich sehr, das zu hören.« Sie hielt einen Moment inne. »Aber du würdest es mir sagen, nicht wahr? Ich meine, wenn du es nicht wärst. Befriedigt.« Sie wurde rot und versteckte es, indem sie den Kopf senkte und einen Bissen von ihrem Sandwich nahm.

»Ich würde es dir sagen«, versicherte er ihr, streckte die Hand aus und berührte ihre errötende Wange mit einem Finger. »Und du tust dasselbe, ja?«

»Ich denke, die Gefahr besteht nicht«, sagte sie.

»Trotzdem. Versprich es mir. Wenn irgendetwas sich für dich nicht gut anfühlt, sagst du es mir sofort.«

»Versprochen. Mach ich.«

»Gut. Das mit uns ist noch frisch, und wir kennen einander nicht gut genug, um all die äußeren Hinweise zu deuten. Ehrlichkeit ist der einzige Weg, das zu lernen.«

»Äh – ich mache also gar nichts falsch? Gibt es nichts, was ich machen sollte und nicht mache?«

»Nichts, was mir gerade einfällt. Aber wenn mir etwas einfällt, bist du die Erste, die es erfährt.«

»Danke«, sagte sie und war zufrieden mit sich, weil sie so direkt mit ihm gewesen war. Sie wollte diese Beziehung wie eine erwachsene Frau mit realistischen Erwartungen handhaben. Es war falsch von ihr, wegen ein paar ungeschickt gewählten Worten verletzt zu sein. Wie er schon sagte, ihre Beziehung war noch frisch. Zu wissen, was der andere mit dem, was er sagte, wirklich meinte, würde erst mit der Zeit kommen.

Es war nur so, dass sich mit ihm alles eigentlich so locker und leicht anfühlte. Sie hatte sich kein einziges Mal ungeschickt oder unbeholfen gefühlt; er hatte ihr das Gefühl gegeben, normal zu sein. Vielleicht sogar etwas Besonderes.

Und obwohl sie sich darüber freute, wie alle sie behandelten – alle waren sehr nett zu ihr und versuchten, sie in Gespräche zu verwickeln – war sie nicht gut in Konversation, und so fühlte sie sich nicht sehr wohl dabei. Aber mit ihm allein war es irgendwie anders. *Er* war anders. Sie hatte nie das Gefühl, dass er über sie urteilte. Er war der Einzige auf der Welt, mit dem es ihr so ging.

»Hallo Viève«, grüßte Marissa, als sie in die Küche kam. Sie ignorierte Kamen und stellte sich zwischen ihre Hocker, sodass sie ihm den Rücken kehrte. »Wir spielen draußen eine Runde Erobere-die-Fahne für Schattenwandler. Spielst du mit?«

»Ach, lieber nicht«, sagte sie. »Ich bin nicht gut bei Spielen.«

»Nun, es ist eher Drill als Spiel. So trainieren wir, unsere magischen Kräfte als geschlossene Einheit einzusetzen.«

»Aber meine Fähigkeit ist die Geisterberührung. Die kann ich an keinem von euch ausprobieren, weil ihr sonst entweder sterbt oder schwer krank werdet.«

»Moment mal … Du meinst, wenn Geister die Berührung

als Waffe einsetzen, tötet sie nicht immer?«, fragte Kamen hinter Marissas Rücken.

Pikiert streckte Viève die Hand aus und schob Marissa sanft ein paar Schritte zur Seite, damit sie Kamen sehen und in das Gespräch miteinbeziehen konnte.

»Es gibt Abstufungen«, erklärte sie. »Alles zwischen ansteckender Seuche und augenblicklichem Tod. Wir können das steuern. Genau wie wir kontrollieren können, wann unsere Berührungen überhaupt eine Wirkung haben.«

»Das ist eine sehr nützliche Gabe. Du kannst andere kampfunfähig machen, ohne sie zu töten. Das könnte wichtig sein«, meinte Kamen. »Manchmal ist es besser, wenn es so wenig Opfer wie möglich gibt. Vergesst nicht – die Templer halten Apep immer noch für Odjit. Sie folgen ihr aus Loyalität und Hingabe, die sie über Generationen von Leben aufgebaut hat. Das sind die fehlgeleiteten Körperwandler. Manche werden vielleicht nicht einmal kämpfen wollen. Sie wissen nur nicht, wie sie sich absetzen und in Sicherheit bringen sollen.«

»So dürfen wir nicht denken, sonst werden wir zögerlich, wo wir eigentlich hart zuschlagen müssten«, sagte Marissa mit gerunzelter Stirn.

»Ich kenne diese Leute. Viele von ihnen sind ihre Anhänger, weil sie ihnen Einigkeit zwischen den verfeindeten Fraktionen der Körperwandler versprochen hat. Inzwischen müssen sie aber gemerkt haben, dass mit Odjit etwas nicht stimmt. Apep ist blutrünstig und grausam. Odjit war kalt und konnte auch grausam sein, aber sie tat nie etwas ohne guten Grund. Für alles, was sie tat, hatte sie eine Erklärung. Apep dagegen ist das Chaos um des reinen Chaos willen. Ich bin sicher, sie rätseln, warum sie schwanger geworden ist. Odjit ist nie Mutter gewesen. Auch in ihrem ersten Leben nicht. Sie konnte Kinder nicht leiden und hat auch kein Geheimnis daraus gemacht. Wenn eine ihrer engeren Mitarbeiterinnen ein Kind bekam, degradierte sie sie, damit sie nicht mehr in ihrer Nähe waren. Es gibt keine Kinder in Odjits unmittelbarem Lager.«

»Warum gehen sie dann nicht einfach, wenn sie so schlimm geworden ist?«, fragte Marissa.

»Ist dir nicht in den Sinn gekommen, dass sie aus Angst bleiben? Was meinst du wohl, was passiert, wenn Apep jemanden erwischt, der versucht, sich aus dem Lager zu schleichen? Wahrscheinlich *ist* es schon passiert. Und an denen, die erwischt wurden, hat er zweifellos ein Exempel statuiert. Angst ist eine mächtige Triebfeder.«

Marissa runzelte die Stirn. »Wir wollen Einigkeit. Wir wollen diesen Bürgerkrieg beenden. Aber er dauert schon so lange, und die Leute sind so daran gewöhnt – und das gilt auch für uns. Wir haben in den Templern so lange ›den Feind‹ gesehen. Aber jetzt sagst du, viele von ihnen sind einfach nur fehlgeleitet. Was ist mit den Seelen, die sie unterdrücken? Sobald ein Templer mit seinem Wirtskörper verschmilzt, unterdrückt er die Seele des Wirtes. Das werden die Templer nicht ändern. Sie werden auch in Zukunft ihre Körper nicht ›teilen‹ wollen. Sie wollen, dass die Dinge so bleiben, wie sie sind.«

»Nicht alle. Nicht alle sind Unterdrücker. Es wird uns von Odjit befohlen, aber es gibt auch solche, die damit nicht einverstanden sind und eine gleichberechtigte Verschmelzung zulassen.«

»Was ist mit dir? Wie hast du es gemacht?«, fragte Viève.

Kamen runzelte die Stirn. »Ich habe meinen Wirt unterdrückt. Ich wollte es nie anders halten – bis jetzt. Nun will ich uns wieder auf Augenhöhe bringen, aber das wird warten müssen, bis diese Gefahr gebannt ist, denn dafür brauche ich die volle Kontrolle über meinen Körper und mein Bewusstsein.«

»Klingt für mich nach Ausflüchten«, meinte Marissa schroff.

»Es stimmt aber. Tatsache ist, dass ich wesentlich skrupelloser und zielgerichteter als mein Wirt bin. Noch dazu hat die Seele meines Wirtes die Dinge miterlebt, die ich getan habe, und dadurch bestimmt psychischen Schaden genommen. Wir werden uns miteinander aussöhnen, aber nicht jetzt.«

»Ich verstehe«, sagte Viève. »Aber wenn das alles vorbei ist, *wirst* du dich mit ihm versöhnen?«

»Das werde ich«, bestätigte er und nickte. »Es wird mich zu einem anderen machen; und ich hoffe, dass du ihm einen Vertrauensvorschuss gewährst, wenn die Zeit gekommen ist«, sagte er zu Marissa.

»Darüber mache ich mir Gedanken, wenn es so weit ist«, sagte Marissa kühl.

»Du bist nicht fair!«, sagte Viève frustriert.

»Viève …«, sagte Kamen.

»Nein! Du gibst dir Mühe. Du strengst dich an. Und das jetzt schon seit fast einem Jahr. Du tust mehr als jeder andere für die Sache. Ich finde, du hast verdient, dass man dir das anrechnet!«

»Das sagst du, nachdem du erst einen Tag hier bist und ihn erst einen Tag lang kennst?«, fragte Marissa, der man die Neugier deutlich anhörte.

»Ja. Er hat mir erzählt, was er getan hat. Mir ist klar, dass Leute verletzt wurden …«

»Sie wurden *gefoltert*«, unterbrach Marissa sie. »Einer von ihnen lebt unter diesem Dach und hat deshalb immer noch Albträume!«

»Okay, das verstehe ich ja!«, rief Viève. »Aber werdet ihr ihn auch foltern, um es wiedergutzumachen?«

»Natürlich nicht!«

»Dann bleibt euch, so wie ich das sehe, nur eine einzige Möglichkeit. Vergebung. Und nicht nur als Lippenbekenntnis. Es muss euch damit ernst sein, und ihr müsst versuchen, ihn mit einem Mindestmaß von Respekt zu behandeln. Sei wenigstens so höflich, ihn in ein Gespräch miteinzubeziehen. Es ist genau wie mit den Geistern. Ihr werdet ihnen ihre Taten vergeben müssen, wenn ihr auch nur mit einem Anschein von Einigkeit mit ihnen in die Zukunft gehen wollt. Und dazu seid ihr doch bereit, oder?«

»Natürlich, aber …«

»Nein! Kein Aber. Entweder Vergebung oder keine Vergebung. Entscheide dich.«

»Vielleicht solltest du mit Leo reden, bevor du anfängst, von Vergebung zu sprechen«, sagte Marissa mit harter Stimme. »Jeder Einzelne hier wird für sich selbst entscheiden müssen, ob er ihn seiner Vergebung für würdig erachtet oder nicht. Ich kann nicht für alle sprechen. Und mit Sicherheit nicht für Leo. Aber ich bin selbst am Fluch des Ra gestorben, mit dem er mich beschossen hat.« Sie reckte den Daumen in Kamens Richtung. »Weißt du, wie es ist, getötet zu werden? Von einer anderen Seele weggerissen und in den Äther geschleudert zu werden, wo du hundert Jahre auf deine nächste Reinkarnation warten musst? Wenn dir der Mann entrissen wird, den du liebst, weil du von diesem Templer und seiner Königin zur Strecke gebracht wurdest? Solange du das nicht weißt, komm mir nicht mit Vergebung.« Marissa drehte ihnen den Rücken zu und stürmte aus der Küche.

Kamen seufzte. »Danke, dass du es versucht hast, aber sie haben jedes Recht, das so zu sehen. Ich habe sehr viel Leid verursacht. Ich war viele Generationen lang schwer fehlgeleitet.«

»Du hast Fehler gemacht«, sagte sie mit gerunzelter Stirn. »Wir alle machen Fehler.«

»Meine waren sehr schlimm.«

»Ist mir klar. Wirklich. Aber ich habe Geister ihre tödliche Gabe benutzen sehen, als wäre es gar nichts. Es ist so leicht, nur durch eine Berührung ein Leben zu nehmen. Das Leben eines Schattenwandlers. Und während das mit den tödlichen Berührungen bei Menschen nicht funktioniert, tut es die Sache mit den Seuchen sehr wohl. Wir können Menschen sehr krank machen – so krank, dass es leicht zum Tod führen kann. Es manifestiert sich als Lungenentzündung, Ebola oder Ähnliches. Die Menschen führen es auf Zufall oder unglückliche Umstände zurück. Aber ich kenne Geister, die überhaupt keine Skrupel haben, Menschen krank zu machen. Sie machen sich einen Spaß draus – genießen es, sie leiden zu sehen. Es ist furchtbar. Und ich bin absolut nicht stolz darauf, ein Geist zu sein, was das angeht. Ob ich denke, dass es ihnen ernst ist mit dem Gedanken der Wiedervereinigung aller Schattenwandler? Ich weiß es nicht. Aber wenn das funktionieren soll, müssen wir ihnen diese Verbrechen vergeben und uns ehrlich anstrengen, zusammenzuarbeiten und die Sünden der Vergangenheit hinter uns zu lassen. Das gilt für die Geister, und das gilt für dich. Sonst ist das alles bloß Gerede, und wir werden nie irgendetwas ausrichten können.« Vièves sah auf ihr halb gegessenes Sandwich hinunter. »Ich habe den Appetit verloren«, sagte sie und stieß sich von der Frühstückstheke ab. Kamen streckte die Hand aus, schloss die Hand um ihren Arm und hielt sie zurück.

»Nicht. Geh nicht deswegen.«

»Ich brauche etwas Zeit, um einen klaren Kopf zu bekommen. Ich bin bald wieder zurück.«

»Na gut«, sagte er zögernd und ließ sie los. »Dann sehen wir uns in einer Stunde in unserem Zimmer.«

»Okay.« Sie lächelte ihn matt an. »Bis dann.« Sie ging aus der Küche.

16

Viève ging nach draußen und traf auf dem Rasen eine Gruppe von Schattenwandlern. Die Phönixe waren da, und auch Kat, die Dschinn, und ihr Mann Ahnvil, der Gargoyle. Niemand wusste genau, wie der Gargoyle zu all den Prophezeiungen passte, über die sie alle sprachen. Aber die Chancen standen ziemlich gut, dass die Templer mit ihren Gargoyle-Sklaven im Schlepptau aufkreuzen würden, die für sie die Drecksarbeit machen würden. Eigene Gargoyles auf ihrer Seite zu haben, die sie bekämpfen konnten, war extrem wichtig.

Marissa und Jackson waren ebenfalls da – genau wie der Nachtengel Faith und andere Gargoyles und Körperwandler, die Viève nicht kannte. Auch Menschen waren anwesend, die vom Rand aus zusahen.

Sie teilten sich in Mannschaften auf und begannen zu spielen, wobei alle ihre magischen Fähigkeiten einsetzten, um der gegnerischen Mannschaft die Fahne abzunehmen.

Es war das erste Mal, dass irgendjemand zu sehen bekam, wie die Phönixe ihre magischen Kräfte einsetzten.

Und was für Kräfte das waren. Sie konnten Feuer in vielen unterschiedlichen Formen werfen – als Bälle, Speere und Wurfpfeile. Selbst Lassos waren sie in der Lage, aus Feuer zu formen und einem Gegner überzuwerfen. Es konnte den Gegner zwar nicht wirklich festhalten, aber schloss ihn trotzdem mit Feuer ein.

Es war sehr mächtige Magie.

Aber die angeborenen Kräfte der Körperwandler waren genauso beeindruckend und ziemlich vielfältig. Da war Jackson, der gigantische Dinge allein mit der Kraft seiner Gedanken bewegen konnte. Und Tameris/Docias Templer-Kräfte, die, wie Kamen, Zauber wie den Fluch des Ra heraufbeschwören konnte. Allerdings war klar, dass sie beim Spiel eine abgemilderte Version des roten Energieblitzes einsetzte, weil niemand wirklich von ihm verletzt wurde.

Ram konnte das Wetter kontrollieren, aber weil das keinen praktischen Nutzen hatte – außer Blitzschläge, die er aber nicht zum Üben benutzen konnte –, verließ er sich auf reine Muskelkraft. Wo er hinschlug, wuchs kein Gras mehr, wie seine Gegner zu ihrem großen Leidwesen zu spüren bekamen. Ein Faustschlag von ihm konnte Felsbrocken in winzige Trümmerteile zerschmettern. Was sehr gelegen kam, wenn man es im Kampf mit Gargoyles zu tun hatte, die ja aus Stein bestanden.

Während die beiden Mannschaften gegeneinander kämpften, ging Viève am Rand des Spielfelds entlang schnurstracks auf Leo zu. Er sah seiner Frau mit einem gewissen Maß an Frustration zu. Es war deutlich zu erkennen, dass er da draußen an ihrer Seite sein wollte. Aber ihm musste auch klar sein, dass er – selbst bewaffnet – bei dieser Art von Kampf nicht mithalten konnte.

Und es war offensichtlich, dass ihn das wütend machte.

»Gib's ihnen, Schatz!«, rief er vom Spielfeldrand aus. Dann sah er Viève und begrüßte sie mit einem zurückhaltenden »Hallo«.

»Hallo. Hast du vielleicht eine Minute Zeit für mich?«

»Klar. Worum geht's?«

»Um Kamen.«

Leo erstarrte. Er sah sie mit hartem Blick an. »Was ist mit ihm?«

»Ich weiß, dass er dich verletzt hat.«

»Das weißt du, ja? Was meinst du, wie gut du Bescheid weißt? Weißt du, wie es ist, wenn einem die Haut in Streifen abgezogen wird? Wenn einem der Bauch aufgeschlitzt wird und die Gedärme herausgenommen und gezeigt werden? Wie es ist, einem Psychopathen dabei zuzusehen, wie er in deinem Blut spielt? Weißt du das?«

Viève wurde bleich. »Nein«, flüsterte sie.

»Dachte ich mir.«

»Aber …«, sagte sie vorsichtig, »Willst du ihn ewig dafür büßen lassen? Gibt es etwas, was du tun kannst, das dir das Gefühl gibt, dass ihr beiden miteinander quitt seid?«

Leo runzelte die Stirn. »Ich würde so etwas nicht einmal meinem schlimmsten Feind antun. Ich schätze, mein schlimmster Feind hat Glück.« Er beäugte sie kritisch. »Ein echter Glückspilz sogar. Ich hätte nicht gedacht, dass irgendwer seine Gesellschaft ertragen könnte, und schon gar nicht, sich von ihm anfassen lässt.«

»Er ist nicht das Monster, für das du ihn hältst. Nicht mehr.«

»Und das weißt du, nachdem er es dir – wie lange? – einen Tag lang besorgt hat?«

Sie zuckte zusammen, erwiderte aber: »Ja. Ich habe nur einen Tag gebraucht, um zu erkennen, dass hier ein guter Mann versucht, die Untaten der Vergangenheit wiedergutzumachen.«

»Es ist schwer, diese Untaten zu ignorieren und das in ihm zu sehen, was du zu sehen glaubst.«

»Schwer, aber nicht unmöglich. Wenn man es versucht.«

»Also willst du, dass ich einfach alles vergesse, was mit mir passiert ist? Vergebe und vergesse?«

»Vergeben, ja. Vergessen … Ich wünsche nur, du könntest es. Ich bin sicher, du wünschst es dir auch.«

Leo schob mit der Schuhspitze einen Erdklumpen auf dem Boden hin und her. »Oh ja. Mehr als du dir vorstellen kannst.«

Er sah sie an. »Also was soll ich machen? Mit ihm Händchen halten und ›Kumbaya‹ singen?«

»Nein. Aber vielleicht könnten alle aufhören, ihn zu bestrafen, und anfangen, ihm dabei zu helfen, das Richtige zu tun.«

»Wir helfen ihm doch schon. Schau auf dieses Feld hinaus. Wir helfen ihm dabei, alle dazu zu bringen zusammenzuarbeiten.«

»Ja. Und das ist toll. Eine echte Leistung, zu der es ohne ihn nicht gekommen wäre. Die Kaiserin der Mysticals wird auch bald hier sein, und dann werdet ihr alle zwölf Schattenwandler-Nationen unter demselben Dach haben. Endlich. Dank Kamen.«

Leo schwieg, und einen Augenblick lang mahlten seine Kiefermuskeln. »Das rechne ich ihm hoch an.«

»Wirklich? Wie?«

»Was? Willst du, dass wir uns in die Arme fallen oder was?«

»Nein, ich will nur, dass ihr anfangt, ihn mit dem Respekt zu behandeln, den er sich verdient hat. Und das hat er, nicht wahr?«

»Schon«, gab Leo zu. »Aber das macht die Vergangenheit nicht ungeschehen.«

»Nichts kann die Vergangenheit ungeschehen machen. Aber das Beste für uns alle ist, sie hinter uns zu lassen. Wir kommen nur weiter, wenn wir die Verbrechen der Vergangenheit vergeben. Kamen. Den Geistern. Den Templern und Gargoyles, die mit ihnen kämpfen. Wenn wir echte Einigkeit wollen, muss es sein.«

Leo trommelte mit den Fingern einen schnellen, aufgeregten Rhythmus auf seinem Oberschenkel. »Schätze, da hast du recht«, meinte er widerstrebend. »Nein. Du hast definitiv recht, was das angeht. Verdammt. Und vielleicht ist es der einzige Weg für mich, das alles endlich hinter mir zu lassen – Frieden damit zu machen. Frieden, den ich mir verzweifelt wünsche.«

»Ich denke, wir alle könnten gerade ein bisschen inneren Frieden brauchen. Dieses Abkommen – es ist sehr wichtig.«

»Ja. Das ist es. Hör mal, lass mich etwas darüber nachdenken. Lass mich ein bisschen darüber nachdenken, wie – wie ich damit zurande komme. Mit Kamen.«

»Natürlich. Ich bin nicht hier, um dich zu irgendetwas zu zwingen. Das bringt ja auch gar nichts.«

»Du könntest mich zu nichts zwingen, selbst wenn du wolltest«, sagte Leo. »Aber du hast mich wirklich zum Nachdenken gebracht. Ich bin kein ignoranter Mann. Stur schon, aber nicht ignorant.«

»Das würde ich auch nie von dir behaupten.«

»Aber ich bin gerade dabei, es zu sein, nicht wahr? Engstirnig. Vorurteilsbeladen. Du hast recht. So wird das nichts, wenn wir irgendwie Frieden miteinander schließen wollen.«

»Danke dir«, sagte sie leise. »Danke, dass du wenigstens darüber nachdenkst.«

»Gerne. Und jetzt ab mit dir. Du gehst doch auch aufs Feld raus und spielst mit, oder?«

»Oh nein! Ich kann nicht. Ich kann doch nicht meine tödliche Geisterhand einsetzen.«

»Das nicht, aber du kannst andere berühren. Wir zählen das einfach als Punkt. Wenn du jemanden berührst, muss er eine Runde aussetzen. Na komm, das wird eine gute Übung für alle.«

»Hm, na gut.« Viève ging auf das Spielfeld hinaus und spielte mit.

Kamen kam auf die Veranda heraus und sah zu.

Mit einem Becher Kaffee in der Hand setzte er sich in einen

der Schaukelstühle mit Blick auf den vorderen Teil des Anwesens, wo alle versammelt waren. Abwesend schaukelte er mit dem Stuhl, während sein Blick an Viève und den Kämpfern draußen auf dem Rasen hing. Sie sah – verglichen mit allen anderen da draußen – so klein aus. Die Körperwandler konnten wählen, in wem sie wiederauferstehen, wessen Körper sie teilen wollten. Natürlich musste der Mensch am Rande des Todes sein, aber es starben ständig jede Menge schöner Menschen. Deshalb war jeder einzelne Körperwandler da draußen groß und wunderschön – bis auf Docia. Tameri hatte sich für ihre Reinkarnation ein einfaches, hübsches Mädchen mit üppigen Rundungen ausgesucht.

Als einziger anderer Templer, der erste ihrer Art, der zur politischen Seite übergelaufen und von ihr akzeptiert worden war, war Tameri die Einzige draußen auf dem Feld, die den Fluch des Ra schleudern konnte. Er sollte wirklich mitspielen, damit sie gegen zwei Gegner trainieren konnten – einen für jedes Team. So bekamen beide Teams einen Vorgeschmack darauf, wie es sich anfühlte, vom Fluch getroffen zu werden. Wenn es zum Kampf mit den Templern kam, würde diese den Fluch als Hauptwaffe einsetzen, und es war wichtig, darauf vorbereitet und kampfbereit zu sein.

Aber er blieb, wo er war, trank seinen Kaffee und sah Viève beim Spielen zu. Am Anfang war sie zurückhaltend und schüchtern und wirkte sehr ungeschickt draußen auf dem Spielfeld. Bis Jackson einen Felsbrocken von der Größe eines Buick nach ihr schleuderte und sie instinktiv zum Schemen ihrer selbst wurde, sodass er harmlos durch sie hindurchfiel. Sie nahm es persönlich. Das konnte er daran erkennen, wie sich ihr Gesichtsausdruck sofort veränderte. Aber dann schien sie sich einen Ruck zu geben, hob das Kinn und schwang sich in die Luft. Also konnte sie in ihrem körperlosen Zustand fliegen.

Auf die Idee war er bisher gar nicht gekommen. Aber eigentlich hätte es ihm klar sein müssen. Wie wären sie sonst in die Festung des Doyen hinein- und wieder herausgekommen? Sie waren durch die Erde »geflogen«.

Sie hielt direkt auf Jackson zu, und ehe er ihr ausweichen konnte, materialisierte sie sich und berührte ihn.

»Ach Mann!«, hörte Kamen ihn rufen. Seit Viève mitspielte, hatte Leo die Regeln geändert: Wenn sie einen Spieler berührte, musste er bis zur nächsten Runde aussetzen.

Schon bald ging sie völlig im Spiel auf. Ja, sie trainierten hier Kampftechniken, aber sie hatten Spaß dabei. Schon bald lachte und scherzte sie mit den anderen.

Sie hatten sie akzeptiert.

Gut. Das hatte ihm nämlich Sorge bereitet. Dass ihre Verbindung mit ihm in den Augen der anderen ein Makel wäre. Und trotzdem hatte er nicht die Finger von ihr gelassen, dachte er grimmig. Er war zu selbstsüchtig gewesen. Er hatte sie zu sehr gewollt.

Es rührte ihn, wie sie ihm zur Seite sprang, aber er hätte ihr sagen können, dass es aussichtslos war. Er verdiente keine Vergebung. Verstand sie das denn nicht? Mit den Geistern und Templern war es etwas anderes. Da ging es darum, einem ganzen Volk zu vergeben – nicht die konkreten Verbrechen eines Einzelnen.

Oder?

Er runzelte die Stirn. Moment. Das ergab keinen Sinn. Ein Volk als Ganzes bestand doch aus einzelnen Individuen. Jedes dieser Individuen hatte abscheuliche Taten gegen andere begangen, doch wenn ihnen als Ganzes vergeben wurde, bedeutete das, dass seine eigenen Verbrechen auch in die Kategorie Vergebung fielen.

Aber verdienten die Templer und Geister diese Vergebung wirklich? Verdienten sie sie mehr oder weniger als er selbst?

Er konnte endlos darüber nachdenken und würde doch zu keinem Ergebnis kommen. Letztendlich kam es wohl darauf an, was er persönlich meinte zu verdienen. Und er dachte nicht, dass er die Vergebung von Leuten wie Leo verdiente, dem er so ungeheures Unrecht angetan hatte.

Er sah ihr noch eine Weile beim Spielen zu, dann ging er ins Haus zurück. Er wusste nicht, wann die Kaiserin auf den Plan treten würde, aber wenn sie es tat, wollte er vorbereitet sein. Vielleicht würde er alle zwölf Spezies nur für sehr kurze Zeit in einem Raum haben. Da er nichts darüber finden konnte, wie der Fluch rückgängig zu machen war, musste er wohl selbst eine Zauberformel erfinden. Er würde Bestandteile von anderen, ähnlichen Zaubern nehmen, daraus einen neuen Zauber erschaffen und ihn für eine spezifische Aufgabe optimieren. Dafür würde seine Macht wohl gerade ausreichen. Wenn das dem zweitmächtigsten magischen Wesen der Erde nicht gelang, dann schaffte es keiner – zumindest keiner auf ihrer Seite. Vielleicht hätte Odjit es gekonnt, aber so schnell würde sie keine Zauber mehr wirken. Und zum Nutzen der gegnerischen Seite würde sie das schon gar nicht tun.

Er griff nach seinem Notizbuch und begann, darin zu blättern. Etwas später sah er auf, als Viève sich abrupt zu seinen Füßen setzte und das Kinn auf sein Knie stützte. Sie schnappte leise nach Luft.

»Ich bin fix und alle!«, erklärte sie.

»Du warst doch bloß ein paar Minuten weg.«

»Ich war über eine Stunde draußen!« Sie zeigte auf die Uhr, und er war überrascht, wie viel Zeit vergangen war, während er sich in seine Notizen vertieft hatte.

»Was machst du da?«, fragte sie ihn.

»Ich suche nach Antworten«, erwiderte er seufzend. »Ich konstruiere eine Zauberformel, von der ich hoffe, dass sie den Schleier zwischen der Ersten und Zweiten Fraktion der Schattenwandler hebt.«

»Na, dann will ich dich nicht stören«, sagte sie und wollte schon aufstehen und gehen.

Aber er hielt sie mit sanftem Druck an der Schulter fest. »Geh nicht«, sagte er leise.

Sie sah ihn mit einem leichten Lächeln an. »Aber du kannst dich viel besser konzentrieren, wenn ich dich nicht ablenke.«

»Kann schon sein, aber es macht dann viel weniger Spaß.«

»Was soll ich also machen? Dir zu Füßen sitzen und dir zusehen?«, fragte sie und deutete mit großer Geste auf ihre Position auf dem Boden.

»Nein«, sagte er, und seine Mundwinkel zuckten. »Der Gedanke, dass du mir zu Füßen auf dem Boden sitzt, ist meiner Konzentration definitiv nicht förderlich.«

Ihr Lächeln bekam etwas Durchtriebenes, als sie sich auf die Knie aufrichtete und um seine Füße herumkam, bis sie zwischen seinen Beinen kniete. Dann ließ sie die Hände seine Schenkel hinaufgleiten. Sie fühlten sich durch den Stoff seiner Jeans heiß an. Um seine ganze Konzentration der letzten Stunde war es schlagartig geschehen. Benommenheit bemächtigte sich seiner, als seine Sinne die Regie übernahmen. Sie beugte sich vor, sodass ihr Busen warm und schwer gegen seinen Hosenschlitz drückte. Sie fuhr mit den Fingern an seinem Waschbrettbauch hinauf und dann mit den Handflächen über seine Brust.

»Konzentrierst du dich jetzt?«, fragte sie.

»Ja. Nur nicht auf das Richtige.« Er streckte die Hand aus

und fuhr mit dem Daumen über ihre vom Spiel in der kühlen Nachtluft noch gerötete Wange.

»Was meinst du bloß?«, fragte sie kokett. Ihre Hände wechselten die Richtung und glitten jetzt an seiner Brust nach unten bis zu den harten Bauchmuskeln. Sie lehnte sich etwas zurück, um Platz für ihre Hände zu machen, und rieb der Länge nach über seinen Hosenschlitz. Zischend holte er Luft. Sie merkte, dass er unter ihren Händen hart war, und rieb noch etwas mehr an ihm.

»Dafür ist keine Zeit«, murmelte er angespannt.

»Ja. Du hast recht.« Zerknirscht wollte sie schon wieder aufstehen. Wieder hielt er sie mit einer unnachgiebigen Hand auf der Schulter davon ab.

»Die Zeit nehmen wir uns«, sagte er.

Sie lächelte, rückte wieder näher und drückte ihre Brüste an ihn, während er sich vorbeugte, um sie leidenschaftlich und innig zu küssen. Die ganze Zeit über ließen ihre Hände nicht von ihm ab, öffneten seine Jeans und zogen den Reißverschluss auf. Sie zerrte an seiner Jeans, bis sie ihm über die Hüften glitt, fuhr mit der Hand in seine Unterhose und schloss die Finger um seinen steif werdenden Schaft. Sie fuhr sich mit der Zunge über die weichen rosigen Lippen, und sein ganzer Körper spannte sich bei diesem Anblick vor Verlangen und Begehren an. Er hatte die Hände auf ihre Schultern gelegt, und seine Finger bohrten sich in ihr Fleisch. Sie befreite seine Männlichkeit aus den Boxershorts und streichelte ihn rhythmisch von der Wurzel seines Schafts bis zur Eichel.

»Konzentrierst du dich immer noch?«, fragte sie und leckte sich wieder provozierend die Lippen.

»Und wie«, keuchte er heiser.

»Gut. Jetzt versuche, konzentriert zu bleiben«, sagte sie mit einem schelmischen Funkeln in den Augen.

»Ich gebe mir Mühe«, sagte er.

Sie lachte, und er musste lächeln, als sie den Kopf senkte und leicht über sein erhitztes Fleisch blies. Dann atmete sie tief ein.

»Ich liebe deinen Duft – diesen Geruch von Bergamotte, Mann und Sex.« Sie beugte sich vor, berührte seine Eichel mit der Zunge und leckte ein Mal kurz daran. Dann blickte sie ihn mit ernstem Blick an. »Du sagst mir, wenn ich was falsch mache?«, fragte sie ihn.

»Du machst jetzt schon alles richtig«, sagte er heiser.

Das brachte sie zum Lächeln. Dann senkte sie wieder den Kopf, und dieses Mal ließ sie die Zunge um die ganze Spitze kreisen. Sie umschloss ihn mit der Hand und streichelte ihn, während sich ihr Mund ganz um seine Eichel legte. Er atmete laut zischend ein, sodass sie zögerte und fragend zu ihm aufsah. Er schüttelte den Kopf. Zufrieden ließ sie wieder die Zunge kreisen und nahm ihn tief in den Mund.

Es gab nicht viel, was er mit den Händen hätte machen können. Am liebsten hätte er sie in ihrem Haar vergraben und sie geführt, während er in ihren Mund stieß, aber er wollte nicht die Kontrolle. Die hatte sie. Sie musste die Kontrolle haben. Es war ihr wichtig, und darum auch ihm.

Also packte er die Armlehnen seines Stuhls und zwang sich, tief und gleichmäßig zu atmen. Aber das war schwer, wenn ein Teil seines Körpers im unersättlichen Mund einer Frau steckte, die darauf erpicht war, all seine Sinne zu erfreuen. Alle Nervenenden schienen aufzuleben, und köstliche Wellen der Lust durchströmten ihn. Plötzlich ertönte ein dumpfer Knall, und in einem hinteren Winkel seines Hirns registrierte er, dass sein Notizbuch auf den Boden gefallen war. Aber das war ihm so egal. Ihr Mund war heiß und nass und nahm sein Fleisch in einem berauschenden gleichmäßigen Tempo in sich auf, um es gleich darauf wieder herausgleiten zu lassen. Mit der einen Hand streichelte sie ihn jedes Mal, wenn sie sich zurückzog, während die andere Hand an seiner Hüfte lag und ihre Finger sich in seine linke Pobacke krallten. Ihm kam der mehr als überflüssige Gedanke, dass sie Linkshänderin war. Er wusste nicht, warum das eine Rolle spielen sollte.

Sie nahm die Hand weg, sodass sie von der Spitze bis zum Ansatz und wieder zurück lecken konnte. Sie machte es langsam und mit kreisenden Bewegungen ihrer Zunge, sodass er erleichtert aufstöhnte, als sie ihn wieder in den Mund nahm. Er liebte alles, was sie machte, wie sie ihn langsam streichelte und sinnlich liebkoste, aber allmählich wuchs in ihm ein Gefühl von Dringlichkeit. Er packte die Armlehnen des Stuhls und zwang sich, passiv zu bleiben und sich ihr ganz zu unterwerfen. Und doch konnte er sich nicht zurückhalten, ganz leicht gegen ihren Gaumen zu stoßen.

»Allmächtiger, Viève, fester«, flehte er. »Schneller – ja!« Er warf den Kopf zurück und spürte, wie sie seinen Befehlen gehorchte, während er in den Empfindungen schwelgte, zu denen sie ihm verhalf. Seine Hoden zogen sich vor Lust zusammen, die Anspannung stieg und kündigte den Höhepunkt an. Es würde nicht mehr lange dauern. Sie ließ jetzt überhaupt nicht mehr von ihm ab, sondern bearbeitete ihn mit ihrem herrlich feuchten, ach, so süßen Mund.

»Viève! Viève, ich komme gleich!« Es war eher eine Warnung als eine Ankündigung. Er wollte nicht, dass sie etwas tat, wozu sie womöglich nicht bereit war. Aber sie verdoppelte nur das Tempo.

Eine Woge reiner Lust schoss durch seinen Körper. Er schrie auf und begann, in harten, pulsierenden Schüben zu kommen. Jetzt fanden seine Hände ihr Haar, seine Finger schoben sich in die feinen Strähnen. Er packte sie, wollte sich zwingen, sich zu beruhigen, aber sein Herzschlag donnerte immer weiter. Er blinzelte und versuchte, die knallbunten Farbexplosionen zu verscheuchen, die er gesehen hatte.

Als sie von ihm abließ, sackte er in den Stuhl zurück.

Er legte ihren Kopf nach hinten und sah in ihre lächelnden Augen. Es waren die Augen einer Frau, die mit ihrer Leistung zufrieden war. Und das konnte sie auch sein. Sie hatte ihn ausgewrungen, ihm selbst den letzten Rest von Kontrolle geraubt.

Mit seiner Konzentration und jedem Gedanken an Magie war es definitiv vorbei.

17

Als die Kaiserin eintraf, hatte sie Grey im Schlepptau. Er hatte geschworen, während dieser ganzen Sache nicht von ihrer Seite zu weichen und sie mit all seinen Kräften zu beschützen. Schließlich war sie sein mächtigstes Nikki. Es war in seinem eigenen Interesse.

Kamen und Viève bemerkten sie zuerst gar nicht. Kamen hatte wieder angefangen, die Zauberformeln in seinem Notizbuch zu studieren, um sorgfältig die Elemente zusammenzubauen, von denen er meinte, dass er sie brauchen würde, um den Fluch zu brechen. Er nahm Teile von anderen Anti-Fluch-Zaubern, einen Teil Enttarnungszauber und eine Prise Wahrheitszauber, kombinierte alles in einer neuen Zauberformel und dachte, dass er etwas entwickelt hatte, was vielleicht funktionieren könnte.

Als er und Viève nach unten gingen, nahmen sie alles mit, was er für den Zauber brauchen würde. Er ging in den großen Gemeinschaftsraum und fand dort fast alle Mitglieder der Zweiten Fraktion vor. Offenbar hatten sie ein Treffen einberufen, um die Kaiserin zu begrüßen. Auch Max, Angelina, und Leo waren da, die drei Menschen, die als Vermittler zwischen den beiden Welten fungiert hatten. Das war genau, was er brauchte. Alle zusammen. Und das sagte er ihnen auch, und erzählte ihnen von seinen Plänen und der Zauberformel, die er entwickelt hatte. Er konnte sehen, dass es viele im Raum nicht allzu gut aufnahmen, aber Marissa sprach aus, was wohl auch allen anderen durch den Kopf ging:

»Was bleibt uns anderes übrig?«

»In Ordnung«, sagte Leo. »Alle von beiden Fraktionen sind hier in diesem Raum. Und ich kann euch sagen, dieser gemeinsam genutzte Raum ist ganz schön nervenaufreibend. Aus meiner Perspektive sehe ich zwei Leute auf demselben Stuhl, und es sieht aus, als sitzen sie ineinander. Total gruselig.«

»Wenn ich die Zauberformel spreche«, sagte Kamen, »müssen alle einen eigenen Platz im Raum haben. Wenn wir plötzlich füreinander sichtbar werden, wollen wir doch nicht denselben Platz einnehmen. Nur zur Sicherheit.«

Etwas Kommunikation mithilfe der Menschen im Raum war erforderlich, um sich neu zu sortieren, aber schließlich hatte jeder einen eigenen Platz gefunden.

»Jetzt möchte ich, dass alle Unbeteiligten den Raum verlassen. Ich brauche hier nur jeweils ein Mitglied jeder Spezies. Entscheidet ihr, wer bleibt und wer geht.«

Nachdem Leo diese Nachricht weitergegeben hatte, räumte die Zweite Fraktion den Raum. Nur Viève, der Geist, Paulette, die Mystical, Grey, der Dschinn, Kamen, der Körperwandler, Faith, der Nachtengel, und Cordo, der Phönix, blieben.

Von der Ersten Fraktion waren es Sagan, der Schattenbewohner, Bella, die Druidin, Jacob, der Dämon, Jasmine, die Vampirin, Jinaeri, die Lykanthrope, und Windsong, die Mistrale.

»Leo, du und Angelina und Max stellt die Verbindung zwischen uns her. Alle halten sich an den Händen mit unseren menschlichen Freunden als Bindegliedern zwischen Erster und Zweiter Fraktion. Bis ihr so weit seid, bereite ich alles vor, damit wir anfangen können, sobald ihr fertig seid.«

Alle im Raum nahmen sich an den Händen. Für die von der Zweiten Fraktion sah es so aus, als hielte Leo auf einer Seite die Hand in die Luft, während die andere Hand Faiths Finger umschloss. Der Einzige, der nicht im Kreis stand, war Kamen, der alles für die Beschwörung vorbereitete. Viève stand am Ende der Reihe und wartete darauf, seine Hand zu nehmen.

»Ich hoffe wirklich, dass das funktioniert«, sagte Leo, dem sein Misstrauen gegenüber Kamen und Zauberei im Allgemeinen deutlich anzumerken war. »Das Ganze fängt an, mir auf die Nerven zu gehen. Wir müssen einander endlich sehen können.« Er hob die Hände. Mit der einen hielt er die von Faith, mit der anderen die von Bella. Er konnte beide sehen und spüren, doch sie konnten einander nicht wahrnehmen, obwohl sie einander so nahe waren. Es war frustrierend. Sie mussten zusammenkommen. Es war ihre einzige Chance.

»Ich bin bereit. Wir können anfangen.« Kamen zündete einen Salbeistab an und ließ ihn brennen, bis der Rauch die Luft erfüllte. Dann legte er ihn in eine Schale und ließ ihn weiterbrennen. Er schlug sein Notizbuch auf der Seite auf, auf der er die neue Zauberformel vermerkt hatte, und legte es neben dem brennenden Salbei auf den Couchtisch. Er hatte noch andere Kräuter auf dem Tisch ausgestreut. Rosmarin für Erinnerung. Thymian für Beständigkeit. Safran für Bewusstsein. Paprika für Harmonie. Er hatte alles an Bewusstseins- oder Erinnerungskräutern mitgebracht, was ihm nur eingefallen war. Der Salbei sollte den Raum nur von Magierückständen reinigen, wenn es welche gab. Das galt auch für den Dunkelheitszauber, mit dem Valera ihren Mann Sagan beschützte. Somit hatte er das größte Hindernis als erstes abgestellt.

»Kann sein, dass sich das gleich seltsam anfühlt oder sogar heftig«, sagte Kamen. »Aber es ist ganz wichtig, dass niemand zu keiner Zeit den Kreis unterbricht.« Er sah nach links zu Angelina, die mit ausgestreckter Hand dastand und auf ihn wartete, und Viève rechts von ihm, die dasselbe tat.

Er ergriff beide Hände gleichzeitig.

Der Raum explodierte.

Oder so fühlte es sich zumindest an. In der Mitte des Wohnzimmers schlug ein Blitz ein, und um sie herum kam heftiger Wind auf, peitschte Haar und brachte aller Augen zum Brennen. Ein Donnerschlag ertönte, und der Raum begann wie bei einem Erdbeben zu schwanken. Angelina stürzte zu Boden, aber Kamen packte ihre Hand fester.

»Den Kreis nicht unterbrechen!«, schrie er allen zu. Leo gab die Warnung an die Erste Fraktion weiter.

»Was hast du gemacht?«, rief Leo anklagend.

»Gar nichts!«, brüllte Kamen zurück. »Das alles passiert ganz von selbst! Ich bin noch nicht einmal dazu gekommen, meinen Zauber auch nur auszuprobieren! Ich denke, der Fluch bricht von selbst, weil …«

Er wurde unterbrochen, als ein Knurren durch den Raum hallte und dann etwas, das wie der Wutschrei einer Frau klang: »NEIIIN!«

Dann folgte ein weiterer blendender Blitz, und als aller Augen sich davon erholt hatten …

… standen fünfzehn Leute im Raum.

Und alle konnten einander sehen.

Und das Erste, was sie merkten, war, dass einer von ihnen vor Schmerzen schrie.

Der Schattenbewohner. Der flammende Blitz hatte seine Netzhäute verbrannt und ihn geblendet. Sein Fleisch war so versengt, dass die nackte Haut eine einzige offene Wunde voller Brandblasen war, aus denen der Eiter sickerte. Alle rannten zu ihm hin.

»Zurück!«, befahl Kamen mit dröhnender Stimme. Alle gehorchten sofort. Er kniete sich vor den Schattenbewohner, der sich vor Schmerzen auf dem Boden wand. Er legte ihm die Hand auf die Schulter, wo die Haut von den Kleidern bedeckt und vom Blitz nicht versengt worden war, um ihm nicht wehzutun.

Er wählte seinen Heilzauber sehr sorgfältig aus. Es musste einer sein, der keinerlei Licht abgab, sonst würde er noch mehr Schaden anrichten – ihn womöglich sogar töten. Sie konnten von Glück sagen, dass er überhaupt noch am Leben war.

Kamen sprach die Zauberformel leise und eindringlich, während er das Geschrei und die allgemeine Besorgnis um sich herum ignorierte. Er badete den Schattenbewohner in lichtloser, heilender Energie und linderte seine Schmerzen, bis seine Schreie nach und nach verstummten.

»Sagan!«, rief Valera.

Sie und viele andere waren in den Raum geeilt, sobald sie die Schreie gehört hatten. Jetzt rannte sie zu ihm, wollte sich schützend über ihn werfen, wusste aber, dass sie ihm damit nur noch mehr schaden würde. Deshalb begnügte sie sich damit, sich neben ihn auf den Boden zu setzen und seinen Kopf in ihrem Schoß zu betten. Sie beruhigte ihn sanft, während seine Schmerzensschreie allmählich verstummten.

Schweigen legte sich über den Raum, und nur noch Kamen war zu hören, der nicht aufhörte, die beschwörenden Worte wie eine Litanei immer wieder aufzusagen. Valera kannte auch heilende Zaubersprüche, wandte sie aber nicht an, weil sie Angst hatte, die Arbeit des Körperwandlers zu stören.

Nach dem Heilzauber wirkte Kamen gleich einen weiteren, durch den der verletzte Schattenbewohner in einen tiefen Schlaf fiel.

»Wir sollten ihn auf ein Bett legen«, sagte Kamen. »Irgendwohin, wo er es bequem hat, während ich mit seiner Heilung weitermache.«

»Bring ihn in unser Zimmer«, sagte Jackson. »Das ist besser, als ihn den ganzen Weg zum anderen Haus zu tragen.«

Kamen nickte und wirkte einen Schwebezauber, der den Schattenbewohner in die Luft hob, ohne dass jemand seinen verletzten Körper berühren musste. Er folgte dem durch die Luft gleitenden Mann und lenkte ihn die Treppe hinauf in die Hauptsuite des Hauses. Er wartete, bis Valera hereinkam und die Tür hinter ihnen schloss. Dann ließ er Sagan auf das Bett sinken, und sofort schob Valera ihm ein Kissen unter den Kopf.

»Zieh ihm das Hemd aus«, wies Kamen sie an.

Sie nickte und begann, ihm behutsam das Hemd auszuziehen. Beim Anblick seiner schlimmen Verbrennungen kamen ihr die Tränen, und im Nachhinein packte sie die Angst. Er hätte sterben können. Er hätte schlagartig tot sein können, und es wäre nie mehr die Gelegenheit gewesen zu … Oh, die Liste war endlos. Ihm ein letztes Mal zu sagen, dass sie ihn liebte. Zurück nach Hause nach Alaska zu gehen. Ihm ein Kind zu schenken. Es gab Dutzende von Dingen, die sie noch nicht getan hatten und die sie eines Tages hatten tun wollen.

Beinahe wäre es dazu nicht mehr gekommen. Nie mehr.

Nein. So würde sie nicht denken. Er war da. Sie würde ihn beschützen. Er würde wieder gesund werden, und sie würde ihn bis zu ihrem letzten Atemzug beschützen.

Unten im Wohnzimmer standen etwa drei Dutzend Leute herum und sahen einander an. Zuversichtlich, dass Kamen den verletzten Schattenbewohner versorgte, konnten sie sich jetzt an eine allgemeine Bestandsaufnahme machen.

Bella ergriff als Erste das Wort. »Hallo!«, sage sie und winkte. »Ich bin Bella! Das ist Jacob, und …«

Begrüßungen schwirrten durch den Raum – Erste und Zweite Fraktion existierten nicht mehr, weil sie nun alle eins geworden waren. Schattenwandler. Sobald sich alle vorgestellt hatten, sagte eine leicht überwältigte Viève: »Ich weiß nicht, wie es euch geht, aber ich könnte einen Drink vertragen.«

Damit traf sie auf allgemeine Zustimmung. Die meisten von ihnen widmeten sich der Hausbar, während die Dämonen zum Kühlschrank gingen.

»Also deshalb ist da Zebramilch drin!«, rief Viève aus, als man ihr sagte, dass der Alkohol der Dämonen tierische Milch war. Die Milch von jedem Tier besaß einen anderen Alkoholgehalt. Kuhmilch war so stark wie Traubensaft, Zebramilch das Äquivalent zu einem edlen Whiskey. »Als ich sie gesehen habe, dachte ich, es wäre ein Witz. Sagt mal, wie kommt man eigentlich ran an Zebramilch?«

»Ganz, ganz vorsichtig», sagten Bella und Jacob wie aus einem Munde, und alle brachen in Kichern aus.

»Also, Leute, der Fluch ist eindeutig gebrochen«, sagte Jasmine. »Was machen wir jetzt?«

»Wir trainieren«, sagte Leo. »Gemeinsam.«

»Wow, unsere Teams für ›Erobere-die-Fahne‹ haben sich gerade verdoppelt«, sagte Faith.

»Und das ist gut so. Jetzt können wir als geschlossene Einheit trainieren statt in getrennten Fraktionen«, sagte Jackson.

»Hat eigentlich sonst noch jemand diesen Frauenschrei gehört?«, fragte Viève zaghaft.

»Ich«, sagte Leo, »und nicht nur das – ich glaube, ich habe die Stimme erkannt.«

»Was meinst du denn, wer es war, Leo?«

»Ich glaube, es war Apep, der jetzt weiß, dass der Fluch gebrochen ist«, sagte Leo.

»Ist das jetzt gut oder schlecht?«, fragte Jackson grimmig.

»Wenn es um Apep geht, bedeutet es immer was Schlechtes«, erwiderte Leo.

»Wie wahr«, stimmte Jackson ihm zu. »Also, nun, da ich euch

alle richtig bei mir zu Hause begrüßen kann – willkommen in Portales. Ich hoffe, wir haben uns gut um euch gekümmert, und ihr habt alles, was ihr braucht.«

»Nicht ganz. In dieser Stadt gibt es keinen Lieferservice. Was mache ich, wenn ich mitten in der Nacht Heißhunger kriege?«, fragte Jasmine. Alle lachten, als sie sich über die Fänge leckte und sagte: »Geht doch nichts über Pizzaboten als Mitternachtssnack.«

»Und sonst?«, fragte Jackson schmunzelnd.

Alle waren sich einig, dass sie bequem untergebracht waren.

»Prima. Jetzt, wo das geklärt ist, bin ich für eine Runde ›Erobere die Fahne‹. Und alle spielen mit«, sagte Jackson streng. »Nun, alle außer den Menschen natürlich.«

»Gott sei Dank«, sagte Angelina. Ihre Schwester Marissa hatte sie angeheuert mitzumachen, als sie ihr eröffnet hatte, wer und was sie geworden war, aber deshalb würde sie nicht ihren zarten Menschenhals riskieren. So durchgeknallt wie Leo war sie nicht.

Er spielte zwar nicht mit, sah aber zu, machte taktische Vorschläge vom Spielfeldrand aus und spendete Beifall und Spott, wenn nötig. Er motivierte sie alle. Er war immer bewaffnet unterwegs – trug eine halb automatische Pistole an der Hüfte und eine versteckt im Knöchelholster. Was eine Kugel ausrichten konnte, würde er erst wissen, wenn es so weit war, aber er würde verdammt noch mal nicht danebenstehen und zusehen, wenn für sie alle die große Schlacht anbrach.

»Max, komm und kämpf mit mir«, sagte Leo.

Wenn er jemanden in die Hände bekam, würde er so schnell wie möglich das Beste aus der Situation machen müssen, bevor der andere mit seinen verschiedenen magischen Kräften zum Zuge kam. Mit seiner Waffe und seinem kampfgestählten Körper standen seine Chancen gar nicht schlecht.

Unter Umständen.

Aber er würde erst aufgeben, wenn er tot am Boden lag.

Seine Frau Faith sah das völlig anders. Sie wusste, dass Leo waffen- und kräftemäßig unterlegen war. Vielleicht konnte er etwas gegen einzelne Templer ausrichten, aber es würde zweifellos einen Massenansturm von Templern geben. Er würde nicht die geringste Chance haben. Sie musste ihn davon überzeugen, dass es seine Aufgabe war, die Menschen auf dem Anwesen zu beschützen und sie in Sicherheit zu bringen. Er brauchte eine Aufgabe – eine wichtige Aufgabe –, sonst würde er nicht zufrieden sein. Jetzt, wo sie eine geschlossene Truppe waren, würde Corrine ihre Pflichten nur zu gern an Leo abgeben und sich der kämpfenden Truppe anschließen.

»Leo, können wir reden?«, fragte Faith, während sie nach draußen gingen.

»Ich weiß, was du sagen willst«, sagte er mit gerunzelter Stirn.

»Nimm doch Vernunft an!«, sagte sie frustriert. »Jemand muss Max und Angelina und die nicht-kämpfenden Mitglieder in Sicherheit bringen, wenn das Ganze losgeht! Sie schaffen das nicht alleine. Sie brauchen einen eiskalten Killer, der ihnen hilft, jemanden, der weiß, wie man sich schnell bewegt, ohne entdeckt zu werden. Man würde sie sofort aufs Korn nehmen, wenn man sie entdeckt.«

Leos Kiefer spannte sich an und lockerte sich wieder. »Aber ich kann dich nicht einfach zurücklassen. Ich kann nicht gehen, ohne zu wissen, was mit dir passiert.«

»Ich komme klar, und das weißt du auch. Meine angeborene Fähigkeit, Magie auf Zauberer zurückprallen zu lassen, wird mich besser beschützen, als du es je könntest.«

»Ach. Na besten Dank auch«, sagte er mürrisch.

»Leo, bitte, ich kann mich nicht auf die Schlacht konzentrieren, wenn ich Angst haben muss, dass du in Gefahr bist.«

»Umso mehr Grund, den Kampf zu ihnen zu tragen, statt hier auf dem Präsentierteller zu stehen und zu warten.«

»Wir wissen doch noch nicht mal, wo die sind«, sagte Faith.

»Ich weiß«, sagte Leo niedergeschlagen. »Das ist echt Scheiße. Gefällt mir gar nicht.«

»Aber du wirst es machen?«, fragte Faith hoffnungsvoll.

Leo grummelte. »Ich mach's. Aber Angelina sollte jetzt schon gehen. Sie hat überhaupt keine kämpferischen Fähigkeiten, und jetzt, wo alle einander sehen können, brauchen wir sie nicht mehr als Vermittlerin.«

»Ich werde mit Marissa darüber reden. Angelina will vielleicht nicht gehen. Marissa ist alles, was sie an Familie hat.«

»Noch ein Grund mehr. Wenn die Kacke am Dampfen ist, muss ich sicher sein, dass sie sich nicht dagegen sträubt fortgebracht zu werden, nur weil sie sehen will, was mit ihrer Schwester passiert.«

»Genauso, wie du dich sträuben würdest, um zu sehen, was mit mir passiert?«

»Genauso. Aber wenn du mir eine Aufgabe gibst, und ich sage, ich mache sie, dann mache ich sie auch. Ich werde die anderen in Sicherheit bringen – komme, was wolle.«

»Gut. Ganz am anderen Ende des Anwesens gibt es einen Sturmkeller. Da bringst du sie hin und wartest, bis einer von uns kommt, um euch zu holen.«

»Vorausgesetzt ihr siegt. Wenn ihr verliert, sitzen wir fest, und du kannst darauf wetten, dass Apep so ein Anwesen nicht einfach aufgibt, sobald er es hat.«

»Noch ein Grund mehr, warum sie dich brauchen. Du müsstest sie von hier wegbringen, sobald die Sonne aufgeht. Niemand wird euch aufhalten können, solange die Sonne scheint, denn die Gargoyles werden zu Stein und die Körperwandler gelähmt. Bleibt nur noch Apep, und der kann auch nicht immer überall sein.«

»Doch, kann er. Er ist ein Gott«, sagte Leo.

»Aber nicht allwissend. Auch er hat seine Grenzen. Sonst hätte er gewusst, dass wir versuchen, seinen Fluch zu brechen, und hätte uns schon mit allem angegriffen, was er hat.«

»Ja, aber er wartet auf irgendetwas. Ich kann es spüren. Und sobald er hat, was er braucht, wird er über uns herfallen«, sagte Leo.

»Ich denke, er wartet erst die Geburt dieses Kindes ab. Anscheinend zehrt es gewaltig an ihm. Wenn wir ihn doch nur jetzt angreifen könnten, während er noch geschwächt ist.«

»Aber wie du gesagt hast – wir wissen nicht, wo er ist.«

»Vielleicht können wir das ändern«, sagte Faith. »Kamen konnte ein paar Schattenwandler mit einem Zauber ausfindig machen. Warum sollte ihm dasselbe nicht bei Apeps Festung gelingen?«

»Ich weiß nicht, wie der Zauber funktioniert, aber da ist was dran. Wenn es da geklappt hat, warum dann nicht auch bei Apep? Und weshalb hat er das nicht schon selbst vorgeschlagen?«, fragte Leo argwöhnisch.

»Es hätte nichts gebracht, solange wir einander nicht sehen konnten. Gib ihm doch einen winzigen Vertrauensvorschuss. Fragen wir ihn einfach und sehen wir, wie er reagiert.«

»Du hast recht«, sagte Leo. »Es ist ja nicht so, als hätte er nicht alle Hände voll zu tun gehabt. Die Kleine, der Geist, du weißt schon, hat heute Abend etwas zu mir gesagt.«

»Was hat sie gesagt?«

Er berührte die ebenholzschwarze Haut an ihrem Hals und streichelte sie so, wie sie es gernhatte. »Dass keiner von uns es schafft, wenn wir die Verfehlungen der Vergangenheit nicht vergeben können. Und zwar allen. Den Geistern. Allen Templern, die zu uns überlaufen wollen. Einschließlich Kamen.«

»Gutes Argument. Aber Vergebung kommt mit Vertrauen, und Vertrauen will verdient sein.«

»Aber hat er das nicht schon?«, fragte Leo gepresst. »Hat er es sich nicht schon verdient? Wenn ich mir anschaue, was er im letzten Jahr alles getan hat – er hat sich wirklich enorm angestrengt. Er hat sich fast schon zu viel Mühe gegeben.«

»Es ist ihm eben ein Anliegen, die Fehler seiner Vergangenheit zu korrigieren.«

»Ja, das sehe ich auch so.« Leo strich mit der Hand ihren langen Arm entlang und schob seine Finger zwischen ihre. »Es ist schwer, die Verletzungen der Vergangenheit abzuschütteln«, sagte er leise.

»Es ist deine Entscheidung, Leo. Du musst dich aus deinen eigenen Gründen dafür entscheiden und nicht, weil andere meinen, es wäre angebracht. Viève ist wirklich ein liebes Mädchen, und sie hat das Herz auf dem rechten Fleck, aber sie kann dir nicht vorschreiben, wann du bereit zu sein hast, etwas zu vergeben, was eine wirklich abscheuliche Tat war.«

»Er hat es nicht selbst getan«, hörte Leo sich sagen und war erschüttert von den eigenen Worten. »Er war zwar dafür verantwortlich, was mit mir passiert ist, aber genau genommen hat er nicht selbst seine Hände in meinen Körper gesteckt und darin herumgewühlt. Das war Chatha. Und Chatha ist jetzt fort.«

»Ja. Ist er. Aber wie du selbst sagst – Kamen war dafür verantwortlich. Er hat Chatha auf dich gehetzt, wie man einem Pitbull befiehlt, einen unbeteiligten Dritten anzugreifen.«

»Ja. Aber vielleicht brauche ich Distanz, um das Ganze zu verarbeiten. Und wenn mir das gelingt, hören vielleicht auch die verdammten Albträume auf.«

»Sie sind immer weniger geworden, seitdem Chatha nicht mehr ist«, bemerkte Faith.

»Ja. Es hat mir geholfen, zu wissen, dass er fort ist – zu wissen, dass er mich nicht mehr aufspüren und mit seinem Messer bearbeiten kann.«

»Nein. Er ist fort, und es ist für immer vorbei«, sagte Faith, schmiegte sich an seine Brust und schenkte ihm die tröstliche Nähe ihres Körpers.

»Na los«, sagte er, nachdem er sich geräuspert hatte. »Gehen wir spielen.« Er küsste sie auf die Schläfe, drehte sie von sich weg und trieb sie mit einem Klaps auf den Po an. Sie kreischte, und dann schnurrte sie, während sie sich vielsagend die Stelle rieb. »Warum machst du immer in der Öffentlichkeit so aufreizende Sachen?«

»Weil es dann noch viel mehr Spaß macht, wenn wir miteinander allein sind. Und jetzt ab mit dir, du kleines Luder.«

Sie warf ihm einen glühenden Blick zu, dann ging sie aus dem Haus hinaus aufs Spielfeld.

18

Kamen verließ den friedlich schlafenden Schattenbewohner und schloss die Tür hinter sich. Überrascht stellte er fest, dass Viève draußen im Gang auf ihn wartete. Ein Blick in ihre angespannten Züge, und er wusste, dass etwas nicht in Ordnung war.

»Was ist los?«

»Wird er wieder?«, fragte sie.

»Wird er. Er ist fast vollständig genesen.«

»Gut. Das ist gut«, sagte sie und rieb nervös die Handflächen aneinander.

Er nahm ihre Hände und sah ihr tief in die Augen, während er versuchte, sie mit dem Druck seiner Finger zu beruhigen. »Was macht dir Sorgen?«, fragte er ohne Umschweife.

»Zeit. Die Zeit macht mir Sorgen«, sagte sie. »Wenn das, was wir vermuten, stimmt, dann weiß Apep, was passiert ist und dass der Fluch gebrochen ist. Er könnte jederzeit angreifen.«

»Ja, das stimmt. Hast du Angst?«

»Klar, aber das ist nicht, was mir zu schaffen macht. Wenn uns die Zeit ausgeht, dann müssen wir jetzt so schnell wie möglich zum Doyen zurück. Wir müssen ihm sagen, was passiert ist, und uns mehr Geister für die kommende Schlacht sichern. Mit Geistern auf unserer Seite verschieben sich die Chancen erheblich zu unseren Gunsten. Besonders, wenn du die Opferzahlen niedrig halten und den Templern die Chance geben willst, sich reinzuwaschen. Wir können andere nur durch Berührung kampfunfähig machen und müssen sie nicht töten.

Weil sie Körperwandler sind und hoch entwickelte Heilungskräfte haben, ist es weniger wahrscheinlich, dass sie an einer Seuche sterben. Trotzdem haben wir immer noch die Möglichkeit, mit Berührungen zu töten. Aber wir müssen so schnell wie möglich ihre Zusage einholen. Wir müssen sehen, ob der Doyen sein Wort hält.«

»Du denkst, er wird es nicht tun?«, fragte Kamen.

»Ich … ich traue meinen eigenen Leuten nicht zu, irgendetwas zu tun, was nicht eigennützig motiviert ist. Wenn es stimmt, was er sagt – dass Apep Verbindung zu ihm aufgenommen und befohlen hat, an seiner Seite zu kämpfen –, er aber nicht in die ganze Sache verwickelt werden will, dann glaubt er vielleicht, dass es besser wäre, sich uns anzuschließen. Aber genauso gut ist es möglich, dass er einfach versuchen will, sich ganz aus der Auseinandersetzung herauszuhalten. Dass er sich zurücklehnt und uns die ganze Dreckarbeit für ihn machen lässt.«

»Wenn wahr ist, was er sagt, dann hat er diese Möglichkeit wohl nicht. Eine Weigerung seinerseits wird Apep nicht gut aufnehmen.«

»Vielleicht. Aber vielleicht will er es einfach darauf ankommen lassen. Ich weiß es nicht. Es lässt sich nur herausfinden, wenn man sich jetzt mit ihm trifft.«

»In Ordnung. Lass mich Valera ausrichten, dass ich bald zurück bin, und dann können du und ich zum Doyen gehen. Such du Jackson und Marissa auf und sag ihnen, wohin wir wollen.«

Sie nickte und eilte davon. Wenig später fand er sie draußen, wo sie mit Jackson und Marissa am Rand des Spiels, das voll im Gang war, redete.

Er stellte sich zu ihr und legte eine Hand um ihre schmale Taille. Sie sah zu ihm auf, und die Besorgnis stand ihr ins Gesicht geschrieben.

»Hat sie euch gesagt, wohin wir wollen?«, fragte er Jackson.

»Hat sie, aber ich habe ihr gerade gesagt, dass mir nicht wohl ist bei dem Gedanken, dass ihr allein geht.«

»Das müssen wir aber. Wenn uns noch jemand begleitet, könnte der Doyen sich bedroht fühlen«, sagte Viève.

»Da ist was dran«, sagte Kamen. »Der Doyen ist aalglatt. Ich will nicht, dass er uns wegen einer reinen Formsache entwischt.«

»Wenn er so empfindlich ist, dann brauchen wir seine Hilfe vielleicht nicht«, sagte Jackson. »Dank unserem eigenen kleinen Geist hier wurde der Fluch gebrochen. Vielleicht brauchen wir die Geister für die kommende Schlacht gar nicht mehr.«

»Du weißt, dass wir sie brauchen. Jeder Vorteil, den wir uns verschaffen, erhöht unsere Chance, Apep zu besiegen. Und ich fürchte, es ist genauso gut möglich, dass der Doyen sich mit Apep verbündet, wenn wir ihn nicht zuerst festnageln.«

»In Ordnung. Geht zu ihm«, sagte Jackson. »Und kehrt schnell mit seiner Antwort zurück. Viève …« Jackson wandte sich ihr zu und legte ihr die Hände auf die Schultern. »Du bist absolut unbezahlbar für uns gewesen. Ohne dich hätten wir diesen Fluch nicht brechen können. Ich hoffe, dass du mit Kamen zurückkehrst, egal wie dein Doyen sich entscheidet.«

Viève wirkte überrascht. »Etwas anderes hatte ich gar nicht vor«, sagte sie. Damit brachte sie Jackson und Kamen zum Lächeln.

»Gut«, sagte Jackson. »Kommt schnell zurück. Sehr schnell.«

Viève ging mit Kamen davon, und ihr schwirrte der Kopf. Sie wollten, dass sie zurückkam. Sie wollten *sie*. Sie hatte so angestrengt überlegt, wie sie sich für die anderen nützlich machen könnte, damit sie sie bleiben ließen. Und jetzt hatte Jackson sie gebeten, zurückzukommen.

Ihr drohten die Tränen zu kommen, und sie wusste nicht warum. *Nein. Moment.* Sie wusste warum. Niemand hatte sie jemals haben wollen. Keiner hatte sich je die Mühe gemacht, sie um ihre Anwesenheit zu bitten. Keiner außer vielleicht Kamen. Aber Kamen wollte sie für Sex. Es war toller Sex und mehr, als sie je gehofft hatte, in ihrem Leben zu haben, aber es war trotzdem nur Sex. Und wie sollte es auch anders sein, nachdem sie sich gerade einen Tag lang kannten. Mehr konnte man wohl nicht erwarten. Aber was für ein Tag das gewesen war. Diese vierundzwanzig Stunden hatten ihr Leben dramatisch verändert. Das Leben aller Schattenwandler hatte sich dramatisch verändert.

Aber jetzt bestand vielleicht die Möglichkeit, dass – mehr daraus wurde. Vielleicht fand sie hier einen Ort, wo sie erwünscht war. Vielleicht wollte Kamen sie eines Tages für mehr als nur für Sex. Sie konnte es sich zwar nicht vorstellen, so getrieben, wie er war, andere Dinge zu tun, und da sie nun mal war, wie sie war. Aber zumindest hatte sie so die Gelegenheit, sich vielleicht so nützlich zu machen, dass er sie nicht mehr gehen lassen wollte. Wenigstens nicht in nächster Zeit. Oh, sie hegte keinen Zweifel daran, dass es irgendwann vorbei zwischen ihnen wäre. Sie würde unweigerlich etwas Dummes oder Falsches tun und ihn damit so verärgern, dass er mit ihr Schluss machte. Aber bis dahin wollte sie dieses Leben mit dem Gefühl genießen, dass jemand sie wollte. Egal, wie lange oder wie kurz – dieses Leben wollte sie voll auskosten.

Und wer wusste schon, was dann kam. Vielleicht konnte sie ja trotzdem hier bei diesen Leuten bleiben, wenn Kamen sie nicht mehr wollte. Bis jetzt waren alle so nett zu ihr gewesen und hatten sie akzeptiert. Auch hier galt natürlich, dass sie noch keine Gelegenheit gehabt hatte, alles zu vermasseln – aber das war nur eine Frage der Zeit. Immerhin hatten sie sie bis jetzt nützlich gefunden. Alles, was sie tun musste, war, ihnen weiterhin nützlich zu sein. Und das konnte sie. Wenn es zu einer Schlacht kam, konnte ihre Fähigkeit dem Gefecht eine entscheidende Wende geben.

Wenn sie denn dazu überhaupt in der Lage war. Sie hatte ihre Fähigkeit noch nie eingesetzt, denn bisher war sie noch nie darauf erpicht gewesen, eine Seuche zu verbreiten oder einen Schattenwandler zu töten. Die Mitglieder ihrer Zelle hatten sie als Feigling verhöhnt – dass sie es mit ihren verwässerten Mischlingsgenen nicht draufhätte, ein echter Geist zu sein.

Aber sie würde es schaffen. Sie würde weiter bei diesen Spielen mitmachen und sich an den Gedanken gewöhnen, jemanden im Kampf zu berühren. Wenn Apep kam, würde sie keine Angst haben und tun, was sie tun musste.

Zumindest hoffte sie das.

»Du bist so tief in Gedanken versunken«, bemerkte Kamen.

»Hmm? Oh. Ich – ich habe gerade überlegt, was wir dem Doyen sagen.«

»Wir sagen ihm einfach, was wir getan haben, und dass es an der Zeit ist, seinen Teil der Abmachung einzuhalten.«

»Ich hoffe inständig, dass es so einfach ist«, sagte sie wehmütig.

»Komm.« Er blieb stehen und hielt ihr die Hände hin. Sie nahm sie gern. »Bereit?«, fragte er.

Sie nickte. Sie hatte gelernt, dass es am besten war, während des Fluges im Strahl die Augen zu schließen. So war es viel erträglicher. Sie schloss die Augen und konzentrierte sich genau wie beim ersten Mal darauf, wohin sie wollten. Sie wusste nicht, ob es nötig war, schließlich war er schon dort gewesen und wusste, wo es war, aber sie tat es trotzdem.

Der Flug im Strahl war heftig und schnell. Es ging mit einem Ruck los, und als sie die Augen öffnete, waren sie wieder innerhalb des Drahtzauns in dieser trostlosen Wüstengegend. Sie hielt immer noch seine Hände, sodass sie ihn mit sich durch die Erde ziehen konnte. Sie kamen im selben Raum heraus wie beim letzten Mal, nur dass diesmal nicht der Zufall sie führte.

Aber der Raum war leer. Sie bewegten sich auf die Tür zu und spähten hinaus. Gleich dahinter war ein riesiger Korridor, und sie konnten Leute reden hören. Leise schlüpften sie hinaus. Sie mussten den Doyen finden, ohne vorher irgendwelchen seiner Untergebenen in die Arme zu laufen. Viève überzeugte sich noch einmal davon, dass sie Kamens Hände gut festhielt. Solange er durch sie auch nur ein Schemen war, konnte keiner ihn mit einer Berührung töten. Sie durfte nicht zulassen, dass ihm durch ein Missverständnis Schaden zugefügt wurde.

Der Korridor führte in ein großes Wohnzimmer mit Marmorfliesen, auf denen dicke Perserteppiche lagen und restaurierte, antike Möbel standen. Die Gemälde an den Wänden waren riesig und zweifellos teuer.

Drei Männer befanden sich im Wohnzimmer. Alle saßen einander zugewandt in bequemen Sesseln. Keiner von ihnen war der Doyen. Sie waren Geister in Businessanzügen, mit grauem Haar und grauen Gesichtern, die sich grell vom marineblauen und vom schwarzen Stoff abhoben.

Viève und Kamen schlichen zurück in den Korridor. Mehrere Türen gingen von ihm ab, die zum Doyen führen konnten. Sie schwebten durch eine der Türen und fanden sich in einem geräumigen Badezimmer mit glänzenden schwarzen Marmorfliesen und Armaturen aus gebürstetem Nickel wieder. Zum Glück war gerade niemand drin. Das Dumme an dieser Art der Fortbewegung war, dass man sich durchaus plötzlich in der Privatsphäre von jemand anders wiederfinden konnte.

Eine zweite Tür ging vom Bad ab, und sie bewegten sich darauf zu, wobei ihre Füße fünfzehn Zentimeter über dem Boden schwebten. Als sie dieses Mal durch die Tür flogen, als wäre sie gar nicht da, war das Zimmer definitiv belegt. Sie stolperten mitten in ein großes Büro mit mindestens vier Geistern.

Einer bemerkte sie sofort. »Was zur Hölle …«?

Viève geriet in Panik, als alle vier Geister sich zu ihnen umdrehten. Sie wollte sich schon abwenden und sie so schnell wie möglich von hier wegbringen.

Drei der Bewohner des Zimmers stürmten auf sie zu.

»Viève, warte!«, sagte Kamen.

»Nein! Ich muss dich hier rausbringen!«

»Viève, es ist der Doyen!«

Viève hielt inne, drehte sich um und sah, dass der vierte im Raum, der entspannt hinter dem Schreibtisch saß, der Doyen war.

Die drei anderen Geister blieben dicht vor ihnen stehen und bildeten eine Wand zwischen ihnen und dem Doyen.

»Ich komme nicht zu ihm durch«, flüsterte Viève. »Geister können nicht durch andere Geister dringen!«

»Meine Herren«, sagte der Doyen, »lassen Sie den Mischling durch.«

Die Geister warfen einander und dem Doyen skeptische Blicke zu. Dann traten sie zur Seite und ließen Viève und Kamen vortreten. Sie blieben vor dem Schreibtisch stehen.

»Nanu, ich hätte wirklich nicht gedacht, dass ich euch beiden noch mal wiedersehe«, sagte er.

»Wir haben alles getan, was du dir ausbedungen hast!«, platzte Viève heraus. »Alle elf Schattenwandler sind vereint. Nur die Geister zögern es jetzt hinaus.«

Ruhig nahm der Doyen diese Neuigkeit zur Kenntnis. Dann erhob er sich und kam um den Schreibtisch zu ihnen herum.

»Alle elf? Sogar die Mysticals?«

Paulette hatte nicht gesagt, ob sie sich ihnen anschließen

wollte oder nicht, aber sie hatte die ganze Nacht lang an ihrem Spiel teilgenommen und schien es nicht eilig zu haben, zu gehen.

»Ja«, erwiderte Viève mit einem leisen Unbehagen. Warum war es ihm wichtig, ob ausgerechnet die Mysticals sich angeschlossen hatten? Warum fragte er nicht nach den Phönixen oder einer anderen Spezies?

»Alle haben sich uns angeschlossen, und wir können einander jetzt sehen und miteinander reden. Der Fluch, der uns trennte, wurde von uns genommen.«

»Ach. Unser Gebieter dürfte höchst ungehalten sein, das zu hören.«

»Gebieter?«, wiederholte Kamen argwöhnisch.

»Apep«, sagte der Doyen. »Oder zumindest behauptet er, das zu sein. Unser Gebieter. Er sagt, er hat unsere Spezies aus dem Staub der Erde erschaffen, und darum stehen wir mit allem, was wir sind, in seiner Schuld, und sind verpflichtet, ihm zu dienen.«

»Und werdet ihr das? Ihm dienen?«, fragte Kamen mit harter Stimme.

»Ich muss gestehen, ich hatte mich noch nicht entschieden. Ich habe versucht herauszufinden, was meinem Volk am wenigsten Schaden und Unbill zufügen würde. Sind wir den Launen eines wahnsinnigen Egomanen zu Diensten oder setzen wir uns alleine gegen ihn und seinen Zorn zur Wehr und sehen zu, wie er unsere Truppen niedermetzelt? Aber jetzt zeigt ihr mir hier eine dritte Möglichkeit auf: Uns einer Rebellion gegen den Gott anzuschließen, um ihn so unter Umständen zu besiegen und aus dieser Daseinsebene zu vertreiben. Ich gebe zu, ich finde diesen Gedanken faszinierend. Aber auch eine Rebellion wird Opfer fordern. Als Anführer muss ich mich also fragen: Welche dieser Möglichkeiten wird den wenigsten meiner

Geister das Leben kosten?« Er musterte sie einen Augenblick lang. »Ihr habt wirklich die Mysticals an Bord?«

»Warum fragst du ständig nach ihnen?«, fragte Viève.

»Schweig, Mischling!«, blaffte einer der anderen Geister. Kamen sah, wie sie zusammenzuckte und sofort zurückwich. Es machte ihn so wütend, wie er es nicht mehr gewesen war, seit dem Tag, als Odjit ins Koma gefallen war. Aber diese Wut fühlte sich heißer an. Er versuchte, sich zu beherrschen. Beim letzten Mal, als er sein Temperament nicht gezügelt hatte, war ein Gott entfesselt worden, und hatte es Verletzte gegeben.

Aber jetzt zu erleben, wie sie beleidigt wurde, brachte ihn vor Zorn zum Glühen.

»Ich will jetzt eine Antwort«, erklärte Kamen schroff. »Wir haben getan, was verlangt wurde. Ein Ehrenmann würde sich an seinen Teil der Abmachung halten.«

»Der Denkfehler dabei ist die Annahme, dass ich ein Ehrenmann sei«, erklärte der Doyen ruhig.

»Er wird uns nicht helfen«, flüsterte Viève.

Der Doyen lächelte. »Ganz im Gegenteil. Ich werde euch helfen. Ich gebe euch sogar eine Truppe von Geistern mit – jetzt gleich. Wie viele braucht ihr? Hundert? Tausend?«

Kamen hatte plötzlich das ungute Gefühl, dass man sie in eine Falle gelockt hatte und dem Angebot des Doyen nicht zu trauen war.

»Wir werden uns melden und wissen lassen, wie viele wir brauchen«, log Kamen.

»Ich bestehe darauf, euch jetzt schon ein paar Leute mitzugeben. Einen kleinen Trupp Männer. Felix, Darius und Raymond werden euch begleiten und mich benachrichtigen, was darüber hinaus gebraucht wird«, sagte der Doyen. Er drehte sich zu seinen Männern um und sagte: »Sorgt dafür, dass unsere Interessen gewahrt werden.«

»Ich kann sie nicht alle mitnehmen«, sagte Kamen. »Ich werde euch die Lage unserer Operationsbasis geben, und ihr könnt dort zu uns stoßen.«

Der Doyen runzelte die Stirn. »Ihr könnt doch wohl wenigstens einen mitnehmen?«

»Einen«, stimmte Kamen knapp zu.

»Hervorragend. Die Übrigen werden auf konventionelle Weise reisen. Felix.«

Felix trat vor. Ein breites Grinsen lag auf seinem langen Gesicht. »Ich bin bereit«, sagte er.

»Viève, ich muss ihn berühren«, sagte Kamen leise.

»Nicht«, flüsterte sie.

»Viève, materialisiere mich. Mir passiert schon nichts, das verspreche ich dir.«

»Gibt es ein Problem, Mischling?«, fragte der Doyen sie.

Sie zitterte vor Angst. »N – n – nein.«

»Nun, dann los, fangt an.«

»Berühre ihn nur an seinen Kleidern«, flüsterte Viève ihm beklommen zu.

Kamen nickte, und sie ließ ihn wieder Gestalt annehmen, damit Kamen die Hand ausstrecken und den Geist an seinem Anzugjackett berühren konnte. Sofort waren sie im Strahl.

In dem Moment, als sie ihn wieder verließen, riss Viève ihn vom Geist weg, dem natürlich schlecht geworden war. Er erbrach sich ins Gras.

Sie standen am rechten hinteren Rand des Spielfeldes, wo die Schattenwandler in ihr Spiel vertieft waren und mit maximalem Einsatz ihre Fähigkeiten trainierten, indem alle versuchten, das andere Team zu übertrumpfen.

Nicht allzu weit von ihnen entfernt standen Max, Leo, Angelina und Paulette. Anscheinend hatte Paulette kein Interesse mitzuspielen, sah aber Grey beim Spielen zu. Durch ihn war sein Team stark im Vorteil gegenüber der gegnerischen Mannschaft. Seine Magie schien grenzenlos, und er war kreativ und mächtig. Er konnte fast alles herbeizaubern, was er wollte. Zuletzt waren es drei Ritterrüstungen, die kämpften, als steckten Männer in ihnen – und doch waren sie leer und unbelebt.

Viève hielt Kamen eisern fest, um ihn notfalls in einen Schemen seiner selbst zu verwandeln und so vor der Berührung des Geistes zu schützen. »Ich traue ihm nicht«, flüsterte sie an seinem Ohr.

»Ich auch nicht, aber hast du nicht allen von zweiten Chancen und Vergebung gepredigt? Wir müssen unser Vertrauen ausweiten – bis es missbraucht wird.«

»Aber um welchen Preis?«

Kamen antwortete nicht, weil der Geist sich jetzt wieder erholt hatte, torkelnd hochkam und ein paarmal tief durchatmete.

»Scheiße, was war das denn?«, stieß er wütend hervor.

»Man nennt es im Strahl reisen. Nicht die angenehmste Art der Fortbewegung, aber die schnellste.«

»Geh zurück und bring auch die beiden anderen her«, befahl ihm Felix.

»Ich fürchte, das kann ich nicht. Meine Magie ist begrenzt, und dieser Zauber hat mich erschöpft«, sagte Kamen.

Viève wusste, dass es eine Lüge war. Kamen war durchaus in der Lage, zurückzugehen und die anderen Geister zu holen. Sie war erleichtert, dass sie nur einen Geist hatten, mit dem sie fertigwerden mussten – zumindest vorerst. Und das war zweifellos auch die Absicht, die hinter Kamens Weigerung stand.

Der Geist sah sich um und registrierte alles, was um ihn vorging. Er erblickte Paulette und ging schnurstracks auf sie zu. Kamen war einen halben Schritt hinter ihm. Schnell beschwor er eine schützende Hülle für sich herauf, ehe er nach dem Arm des Mannes griff und ihn zwang, stehen zu bleiben.

»Erlaube mir, dich den anderen vorzustellen«, sagte er und drehte Felix in Richtung Spielfeld. »Jackson!«

Jackson sah auf, als sein Name gerufen wurde, und als er den Geist erblickte, verließ er sofort das Spiel. Marissa folgte ihm.

»Jackson, das ist Felix. Felix, das sind Jackson und Marissa, die Pharaonen der Körperwandler.«

»Der *Hälfte* der Körperwandler«, sagte Felix verächtlich.

»Das ist wahr«, sagte Jackson vorsichtig, »Wir sind nicht vereint. Aber ich hoffe jeden Tag, dass wir es sein werden.«

»Nicht, wenn Apep die Templer anführt. Wenn Apep kommt – und das *wird* er –, wird er die Templer als Kanonenfutter benutzen. Ihr werdet gezwungen sein, eure eigenen Leute zu töten. Es wird keine Einheit geben.«

»Das wird sich zeigen«, sagte Jackson und ließ den Blick über den Mann im Businessanzug gleiten. »Was ist mit dir? Was tust du für den Doyen?«

»Alles, was er von mir verlangt. Im Moment will er, dass ich deine Geschichte vom Zusammenschluss aller Schattenwandler überprüfe.«

»Wie du sehen kannst, ist es die Wahrheit und keine Geschichte.« Jackson wies auf das Feld voller Spieler.

»Ich will, dass du mich allen Spielern im Kampf gegen Apep vorstellst. Je einem von jeder Spezies. Dann werde ich meinem Doyen sagen, dass deine Geschichten wahr sind. Fangen wir mit ihr hier an.« Er drehte sich abrupt um und zeigte auf Paulette. Paulette wurde blass und sah elend aus.

»Grey!«, schrie sie, als der Geist zwei Schritte auf sie zuging. Aber Kamen war gleich wieder an seiner Seite und hielt ihn am Arm fest.

»Das ist Paulette, eine Mystical, aber das weißt du schon, nicht wahr?«, sagte Kamen.

»Und wenn es so wäre?« Der Geist versuchte, seinen Griff abzuschütteln.

Viève sah dem Ringen mit angehaltenem Atem zu. Ihre Haut war kalt und klamm, ihre Handflächen schwitzten. Kamen war der Gefahr so nah – dem Tod so nah. Der Geist brauchte ihn nur zu berühren, und er wäre tot.

Sie klammerte sich an Kamens freien Arm und beobachtete konzentriert die kleinste Bewegung des Geistes. Sie merkte nicht einmal, dass ihre Hände seine Haut und seine Kleider eigentlich gar nicht ›berührten‹, obwohl sie ihn festhielt.

Falls Viève bei Felix auch nur die kleinste Farbveränderung bemerkte, würde sie Kamen sofort in einen gestaltlosen Schemen verwandeln; denn wenn ein Geist zu einer tödlichen Berührung ansetzte, nahmen seine Hände einen blassen Blauton an. Aber es konnte praktisch von einer Sekunde auf die andere passieren, weshalb es nicht wirklich als Vorwarnung geeignet war. Am liebsten hätte sie Kamen auf der Stelle in einen geisterhaften Schatten verwandelt, aber im Moment hielt er den Geist gerade mit seiner körperlichen Präsenz von Paulette fern.

»Was finden die Geister nur so interessant an den Mysticals?«, fragte Kamen und hielt ihn weiter fest. Aber eigentlich stellte er für den Geist gar kein Hindernis dar. Warum ließ er sich also von ihm festhalten?

»Na, wegen ihrer Schönheit natürlich«, sagte der Geist und begaffte Paulette ausgiebig.

Inzwischen war Grey vom Spielfeld gekommen und stellte sich zwischen sie und den Geist. Grey war kein kleiner Mann, und sein Körper schirmte Paulette ausreichend ab.

»Ihr seid nicht wie die Dschinn. Ihr könnt keine Kraft aus ihnen schöpfen, wie es die Dschinn mit den Nikkis tun«, sagte Kamen.

»Wie ich schon sagte – es ist ihre Schönheit, die uns lockt.

Wie man unschwer erkennt, fehlt es den Geistern in ihrem Äußeren an Farbe – und Vielfalt. Die Mysticals sind immer wunderschön – in jeder Form. Und wir können ihre Aura sehen. Sie strahlt, wärmt uns, bringt Farbe in unsere graue, farblose Existenz und macht uns süchtig. Sie stärkt uns. Es ist wie eine Droge, die uns das Gefühl gibt, allmächtig zu sein, sodass wir meinen, nichts könnte uns aufhalten und wir würden alles schaffen.«

»*Ich* kann keine Auren sehen«, sagte Viève.

»Du bist auch nur ein verdammter Mischling«, blaffte er.

Kamen sah rot. »Sprich noch einmal in diesem verächtlichen Ton mit ihr«, sagte er mit zusammengebissenen Zähnen, »und ich reiß dir die Zunge raus.«

Der Geist prustete. »Du würdest unser fragiles Friedensabkommen wegen eines ekelhaften kleinen Mischlings brechen?«

»Ja«, zischte Kamen. »Wir haben viele Mischlinge hier und behandeln jeden Einzelnen von ihnen mit Respekt. Das gilt auch für dich, sonst wirst du aus unserer Gemeinschaft entfernt. Auf welche Weise, hängt dann ganz von meiner Laune ab.«

Der Geist saugte geräuschvoll an seinen Zähnen und musterte Viève verächtlich. »Gut«, sagte er. »Im diplomatischen Interesse werde ich nett zu dem Mischling sein.«

»Ich würde es vorziehen, du gehst ihr komplett aus dem Weg«, sagte Kamen. »Jetzt machen wir mit unserer Vorstellungsrunde weiter.«

Kamen stellte nach und nach die anderen Mitglieder der Schattenwandler-Klans vor.

»Was ist mit der elften Spezies? Ich sehe nur zehn«, sagte Felix.

»Der Schattenbewohner ist im Haus. Er wurde verletzt, als der Fluch gebrochen wurde.«

»Ich will ihn sehen.« Der Geist löste sich aus der Gruppe und marschierte zum Haus.

Kamen ging neben ihm her. »Du erlaubst, dass ich erst schaue, ob er dazu in der Lage ist. Er könnte noch zu schwach sein.«

Sie gingen ins Haus, und der Geist bedeutete Kamen, ihm den Weg zu zeigen. Kamen führte ihn nach oben. Der Geist schien jede Einzelheit in sich aufzunehmen und sich alles einzuprägen. Als sie vor Jacksons und Marissas Suite stehen blieben, hob Kamen die Hand, um ihn am Eintreten zu hindern. »Dauert nur einen Moment.«

»Also gut«, sagte der Geist.

Kamen verschwand im Raum, und Viève, Jackson und Marissa blieben draußen stehen. Der Geist verschränkte die Arme vor der schmalen Brust und sah Viève schief an. »Deine Mutter konnte also nicht widerstehen, sich mit einem Menschen einzulassen, hm?«

Viève wurde bleich. Sie kannte den Fehltritt ihrer Mutter nicht in allen Einzelheiten, sondern wusste nur, dass sie ihn und sein Resultat bereute. »Sie bereut es«, flüsterte Viève.

»Und das sollte sie auch. Schau dich doch an. Du bist zu fleischig. Dein Gesicht ist rund und fett. Du benutzt Make-up. Anständige Geistfrauen würden Make-up nicht anrühren.«

»Das ist nicht wahr. Alle Frauen in meiner Zelle schminken sich. Ihnen gefällt die Farbe.«

Er runzelte unnachgiebig die Stirn. »Was du nicht sagst«, sagte er. »Wo genau ist deine Zelle?«

»Plainsboro, Iowa.«

»Iowa! Das erklärt alles. Deine Zelle kann nicht sehr groß sein. Wie viele kommen zu euren Kinua-Versammlungen?«

»Unsere Zelle hat zwanzig Mitglieder. Zu unseren Versammlungen kommen über hundertfünfzig.«

»Hundertfünfzig ist gar nichts. Aber«, er beäugte sie, »die lassen dich doch sicher nicht an ihren Kinuas teilnehmen.«

»Nein«, sagte sie leise. »Tun sie nicht.«

Felix schnaubte. »Nun, wenigstens etwas machen sie richtig. Der Gedanke, dass du dich paarst und unser Volk mit deinem verseuchten Blut infizierst, ist schrecklich.«

»Ich weiß«, sagte Viève kläglich.

»He, jetzt reicht's aber!«, sagte Jackson.

»Ich sage nur die Wahrheit«, erklärte Felix. »Schaut sie doch an. Sie weiß, dass es wahr ist.«

Viève wäre am liebsten im Erdboden versunken. Sie wollte nicht hier sein. Sie wollte nicht in Felix' Nähe sein. Er machte alles kaputt. Sie hatte Zuflucht und Akzeptanz auf dem Anwesen gefunden, und jetzt war er hier und zog all diese positiven Gefühle in den Dreck. Und wenn noch mehr Geister kamen, würde es noch schlimmer werden.

»Vielleicht sollte ich zu meiner Zelle zurückgehen«, meinte Viève leise.

»Wenn sie dich wieder aufnehmen. Bleib lieber hier, wo sie es nicht besser wissen«, sagte Felix. »Aber wenn dieser Frieden funktionieren soll, tut ihr euch keinen Gefallen damit, einen Mischling zu beherbergen«, sagte er zu Jackson. »Eine Menge Geister werden verärgert reagieren.«

»Dann können sie nach Hause gehen«, sagte Jackson fest. »Wir brauchen diese Art von Vorurteilen hier nicht. Wir akzeptieren einander alle. Du fängst besser auch damit an, oder du kannst gehen. Viève gehört hierher. Wir haben sie sehr gern.«

Viève fühlte sich, als hätte sich die ganze Welt plötzlich aufgehellt. Das Herz schwoll ihr in der Brust, und sie musste tief durchatmen. Noch nie hatte sich jemand für sie stark gemacht. Keiner außer Kamen. Und jetzt stand Jackson für sie ein, obwohl sie gar nichts für ihn getan hatte. Allerdings hatte sie entscheidend dazu beigetragen, den Fluch zu brechen. Das musste sie sich schon anrechnen. So, wie sie Felix einschätzte, hätte er nicht freiwillig an der Zeremonie teilgenommen, die den Fluch gebrochen hatte.

Und jetzt hatte Jackson auch noch gesagt, dass er sie akzeptierte, dass er sie gernhatte. Das war mehr, als ihr je zuteilgeworden war. Vielleicht – vielleicht hatte sie tatsächlich etwas getan, um das zu verdienen. Sie hatte sich diesen Leuten sehr gut angepasst. Sie glaubte nicht, dass Felix dazu fähig wäre. Hier war sie ihm gegenüber im Vorteil.

»Sagt nicht, ich hätte euch nicht gewarnt«, sagte Felix.

Kamen kam wieder aus der Tür und schloss sie hinter sich. »Er ruht sich aus. Ich muss hierbleiben. Einige seiner Wunden sind wieder aufgebrochen. Er wird einen Heilzauber brauchen, damit sie sich schließen.«

»Ich dachte, für mehr Magie wärst du zu erschöpft«, sagte Felix argwöhnisch.

Kamen konterte gelassen. »Die Reise im Strahl ist viel anstrengender als ein Heilzauber.«

»Nun, dann sorg dafür, dass du dich gründlich ausruhst. Ich erwarte, dass du morgen zurückgehst und mehr Geister holst.«

»Das werden wir noch sehen«, sagte Jackson mit gerunzelter Stirn. »Der Platz hier ist begrenzt. Es sind eine Menge Leute da.«

»Dann rate ich euch, Platz zu schaffen. Gegen Apep werdet ihr eine Armee brauchen. Alles, was ich hier sehe, ist eine mickrige kleine Zelle von Außenseitern.«

»Diese Außenseiter sind gefährliche Kämpfer«, sagte Jackson.

»Gegen was? Gegeneinander? Ich habe euch spielen sehen.

Das ist gar nichts im Vergleich zur wirklichen Schlacht. In seiner letzten sterblichen Inkarnation hat Apep ganze Kontinente verwüstet.«

»Er hatte noch keine Zeit, so stark zu werden. Ohne die Geister hat er nur Templer an seiner Seite und vielleicht ein paar fehlgeleitete Menschen. Die Templer sind nur ein paar hundert Mann stark.«

»Nun, dann schlage ich vor, ihr haltet uns bei Laune«, meinte Felix mit einem Grinsen, das seine Zähne enthüllte. »Ihr wollt doch nicht, dass wir es uns anders überlegen.«

»Das würde euch schlecht bekommen«, erwiderte Kamen in unheilverheißendem Ton. »Dann seid ihr nicht nur den Launen eines Wahnsinnigen ausgeliefert, sondern macht euch auch jede andere Schattenwandler-Spezies zum Feind. Und wir sind viele.«

Felix ließ die Worte einen Augenblick lang sacken und saugte kurz an den Zähnen. »Wo bin ich untergebracht?«, fragte er schließlich.

»Ich zeige dir den Weg«, sagte Jackson und führte Felix den Korridor hinunter zu einem der Schafzimmer im hinteren Teil des Hauses. Marissa folgte ihnen, während Kamen und Viève zurückblieben.

»Ich habe mich geirrt«, sagte Viève leise.

»In welcher Hinsicht?«

»Wir können ihnen nicht trauen. Wir können ihnen nicht vergeben.«

Kamen legte ihr den Arm um die Schultern, zog sie an sich und schloss sie fest in die Arme. Er küsste sie auf die Schläfe. Es war praktisch eine öffentliche Liebesbekundung, etwas, das er bis jetzt noch nie getan hatte. Sie wurde rot.

»Vielleicht nicht. Aber du musst ihnen eine Chance geben. Genau wie du mir eine Chance gegeben hast.«

»Ich kann mir nicht vorstellen, wie so engstirnige Leute sich in diese Vielfalt einfügen«, sagte sie.

»Es stimmt, sie sind sehr engstirnig. Und ich kann es nicht ausstehen, wie er dich behandelt. Aber sie werden nach unseren Regeln spielen müssen, sonst werden sie Apeps Zorn alleine entgegentreten. Und glaube mir, wenn er hört, dass die Geister nichts mit ihm zu tun haben wollen, wird er extrem wütend sein.« Er begann, mit ihr den Gang hinunterzugehen, der zu ihrem Zimmer führte. »Jetzt will ich, dass du in unseren Räumen bleibst, bis ich damit fertig bin, den Schattenbewohner zu heilen. Dieses letzte Mal sollte genügen.«

»Es klang viel schlimmer, als du …«

»Ich war etwas kreativ mit der Wahrheit«, sagte er. »Ich will nicht, dass er denkt, er könnte in allem sofort seinen Willen durchsetzen. Er muss sich nach den Regeln der Hausgemeinschaft richten, genau wie alle anderen. Das bedeutet, die Wünsche und Umstände von anderen zu respektieren. Keine Angst, wir werden ihm das schon beibringen.«

Sie runzelte zweifelnd die Stirn.

Er lachte. »Traust du mir nicht?«, fragte er.

»*Ihm* traue ich nicht.«

»Das hast du sehr deutlich gemacht. Aber lass dir von deinem persönlichen Schmerz nicht das Urteilsvermögen beeinflussen. Wir müssen ihn in unserer gegenwärtigen Situation als Bereicherung betrachten und dürfen ihn nicht auf der Grundlage dessen beurteilen, wie er und seine Spezies ihre Mischlinge behandeln. Das eine sagt mit Sicherheit etwas über das andere aus, und da steckt bestimmt noch mehr dahinter. Nichtsdestotrotz will ich nicht, dass du dich allein im selben Raum mit ihm aufhältst.«

»Du traust mir nicht zu, dass ich mit ihm fertigwerde?«

»Ich will nicht, dass er wieder Gelegenheit hat, sein Gift zu verspritzen«, erklärte Kamen entschieden. »Du hast dir in deinem Leben schon genug davon anhören müssen, und ich lasse nicht zu, dass du es hier auch über dich ergehen lassen musst. Wenn das ein Hinweis darauf ist, wie die anderen in deiner Zelle dich behandelt haben.«

»Es ist genau, wie die anderen mich behandelt haben«, sagte sie.

»Dann bin ich froh, dass du jetzt hier bist. Froh, dass du es warst, der ich in der Nacht draußen vor deiner Zelle begegnet bin. Ich bin in vielerlei Hinsicht und aus so vielen Gründen froh.«

Wärme durchströmte sie. Sie lächelte ihn an. »Ich bin auch froh. Mehr als du dir vorstellen kannst. Wenn ich eine Ahnung gehabt hätte, in was für ein Abenteuer ich geraten würde – nun, ich weiß nicht, ob ich mutig genug gewesen wäre, mich auf die Reise zu machen, wenn ich gewusst hätte, was auf mich zukommt. Aber ich bin froh, dass alles so gekommen ist. Ich habe noch nie jemanden wie dich kennengelernt. Niemand ist je so zu mir gewesen wie du.«

Er blieb vor der Schlafzimmertür stehen und drehte sich zu ihr um, um dann die Hand auszustrecken und ihr mit warmen Fingern über die Wange zu streichen. »Und niemand ist je so zu mir gewesen wie du. Sogar als ich eine Machtposition innehatte und mir von allen Seiten Respekt entgegengebracht wurde, war niemand einfach nur um meiner selbst willen je freundlich und liebevoll zu mir. Und damals konnte ich auch nie ich selbst sein. Nicht einmal mit Odjit. Sie war eine anstrengende Persönlichkeit. Sie wollte immer mehr. Auch dann noch, als ich ihr schon alles gegeben hatte. Du – du scheinst mit allem zufrieden, was ich dir gebe. Das hat mit deinem gestörten Selbstwertgefühl zu tun, aber gleichzeitig tut es einfach nur gut, zu wissen, dass du nichts von mir erwartest.«

»Ich erwarte gar nichts, ich erhoffe nur manches – wie deine Zeit, deine Rücksichtnahme und dass du mich berührst.« Das Letzte sagte sie flüsternd. Er legte die Hand an ihre Wange, und sie schmiegte sich daran, kuschelte sich warm an ihn.

»Du sollst all das haben, wann immer dein Herz es begehrt«, sagte er leise.

»Ich wünsche mir all das, aber besonders Letzteres, sobald wie möglich.«

Er lächelte sie an. »Ich komme zu dir, sobald ich mit Sagan fertig bin.«

»Danke«, sagte sie mit einem Lächeln.

»Wofür?«

»Dass du Felix gesagt hast, du würdest das Friedensabkommen hinwerfen, wenn er nicht aufhört, mich so zu behandeln. Ich weiß, du würdest das nicht wirklich tun, aber er wusste es nicht und hat dir geglaubt. Das könnte alles ein wenig besser machen, obwohl ich meine Hand dafür nicht ins Feuer legen würde.«

Er runzelte die Stirn. »Hör mal, das war mein voller Ernst. Ich würde dieses Abkommen sofort für null und nichtig erklären, wenn er dich wieder schlecht behandelt. Aber letztendlich ist es nicht meine Entscheidung. Das ist ein Gemeinschaftsprojekt. Die Einbindung oder der Ausschluss einer Spezies ist etwas, das von allen entschieden werden muss. Aber, wie du gesagt hast – das weiß er nicht, also wird er es vielleicht beherzigen.«

Viève glaubte nicht daran – aufgrund seines Verhaltens, als Kamen nicht mehr dabei gewesen war –, aber es war die Geste, die sie berührt hatte – zutiefst berührt hatte.

»Komm schnell zurück«, flüsterte sie ihm zu. »Ich will dich nackt in meinen Armen halten.«

Wieder lächelte er. Doch dieses Mal haftete seinem Lächeln

etwas eindeutig Anzügliches an. »Das ist genau da, wo ich jetzt am liebsten wäre«, sagte er. Er senkte den Kopf und küsste sie. Seine Zunge berührte ihre, und sie seufzte vor Lust. Er küsste sie so leidenschaftlich, dass ihr schwindlig wurde – vielleicht vom Sauerstoffmangel. Eindeutig aber auch von der Intensität der Leidenschaft, die zwischen ihnen war.

Er löste sich nur widerstrebend von ihrem Mund, und dann schob er sie weg. »Geh schon.« Er nickte in Richtung Schlafzimmertür.

Sie lächelte und ging hinein.

19

Apep presste wie ein Rasender. Der Schmerz bedeutete nichts, sagte er sich selbst. Er war ein Gott. Der Schmerz würde nachlassen, sobald das hier vorbei war.

Aber was nicht nachließ, war die Wut, die in ihm tobte. Sein Fluch, sein wunderschöner Fluch – zunichtegemacht! Zerstört! Die Schattenwandler hatten ausgerechnet das eine, Unmögliche vollbracht: Alle zwölf Spezies zu versammeln und einen Kreis zu bilden, in dem sich alle an den Händen hielten. Sie konnten einander doch noch nicht einmal sehen, und schon gar nicht fühlen, um sich an den Händen zu halten!

Und das hieß, dass die Geister im Spiel gewesen waren, nachdem er eigens zu ihnen gegangen war und ihnen gesagt hatte, dass sie an seiner Seite kämpfen würden, dass sie seine Lakaien und von ihm genau zu diesem Zweck erschaffen worden waren. Dieser Verrat brachte ihn sogar noch mehr zur Weißglut als der gebrochene Fluch. Er würde das undankbare Pack vernichten müssen, sobald er mit dieser jämmerlichen kleinen Schattenwandler-Truppe in New Mexico abgerechnet hatte. Dort mussten sie sein. Denn da war dieser Verräter Kamen hingegangen, nachdem er Apep in dieser Welt hatte wiederauferstehen lassen.

Er hatte sie dort schon einmal angegriffen. Aber damals war er unvorbereitet gewesen. Dieses Mal würde er sie nicht unterschätzen. Er würde sie mit einem Großaufgebot angreifen, alle seine Armeen einsetzen und dort mit seiner Vernichtung aller Schattenwandler beginnen. Ursprünglich hatte er vorgehabt, seine Templer zuerst die eine Hälfte der Schattenwandler umbringen zu lassen – die Hälfte, die sie sehen konnten. Dann hatte er den Fluch aufheben und sie auch auf die zweite Hälfte loslassen wollen. Das war eine viel klügere Vorgehensweise, als es mit allen gleichzeitig aufzunehmen.

Aber er musste mit ihrer Vernichtung beginnen, bevor sich noch mehr dieser kleinen Schattenwandler-Zellen zu bilden begannen, die womöglich eine ganze Widerstandsarmee gegen ihn aufbauten. Gewinnen konnten sie natürlich nicht. Aber es war besser, das Ganze im Keim zu ersticken, bevor es außer Kontrolle geriet. Besonders, weil sie ihm theoretisch den schlimmsten Schaden zufügen konnten. Womöglich waren sie sogar fähig, ihn zu besiegen, wenn sie nur herausfanden, wie sie es anstellen mussten. Und wenn sie es schon wussten? Was sollte er dann tun?

Darüber konnte er sich jetzt keine Gedanken machen. Er musste pressen – diesen Parasiten aus sich herauspressen. Erst dann würde er wieder zu Kräften kommen.

Brüllend presste er aufs Neue und plötzlich – wie bravourös – glitt das Kind aus seinem Körper heraus. Der Arzt fing das Baby auf, als Apep sich zurück aufs Bett fallen ließ. Er schnappte heftig nach Luft. Sein Körper spürte die Erleichterung, nicht länger eine riesige Kreatur durch eine so winzige Körperöffnung pressen zu müssen. Igitt! Wie hielten Menschenfrauen das nur aus? Und auch noch mehrmals? Die waren verrückt!

Der Arzt hob das Kind mit einem Grinsen in die Höhe. »Gratuliere! Es ist ein Mädchen.«

»Ein *Was?!*«, rief Apep und setzte sich auf, um es sich genauer anzusehen. Und in der Tat, sein Sohn war ein Mädchen! Wie hatte das bloß passieren können? Er war ein himmlisches Wesen und hatte einen Sohn gewollt – das hätte reichen sollen, um einen zu bekommen! Eine Tochter? Was zum Teufel sollte er mit einer Tochter anfangen?

»Igitt!«, schrie er angeekelt. »Nehmt das weg!« Er schnippte mit den Fingern, und zwei Templer eilten ins Zimmer, um genau das zu tun.

»Was sollen wir damit machen, Herrin?«

»Schmeißt es weg! Ich habe keine Verwendung dafür!« Apep sah zu, wie sie das Kind nahmen, und der Arzt stand auf und wischte sich über die Stirn.

»Aber Sie wollen es doch sicher nicht – wegwerfen. Es ist schließlich kein Müll.« Der Arzt wühlte in seiner Tasche herum und nahm mit zitternden Händen eine Spritze und ein Injektionsfläschchen heraus. Er zog eine große Dosis der Flüssigkeit auf. Dann ging er zum Tropf, wobei er über seine eigenen Füße stolperte, und schob die Spritze in den Zugang.

»Doch, ich sagte wegwerfen! Sucht euch einen Müllcontainer und werdet das Ding los.« Apep warf dem Arzt einen wütenden Blick zu. »Was ist das? Was machst du da?«

»V-v-vitamine«, stammelte der Arzt. »U-um die Heilung zu fördern.«

»Ich brauche keine Vitamine! Ich brauche einen Sohn! Allein die Vorstellung, dass ich das alles umsonst durchgemacht habe!« Apep griff nach dem Infusionsschlauch und riss sich die Nadel aus dem Arm.

»Nicht!!«, schrie der Arzt.

Apeps Augen wurden schmal. »Was genau für Vitamine?«, fragte er. Er streckte die Hand aus, und die Ampulle, die der Arzt benutzt hatte, schwebte aus der Tasche und in seine Hand. Er las das Etikett. Suxamethonium.

»Das sind keine Vitamine«, sagte Apep Unheil verkündend. »Du wolltest mich vergiften.«

»N-nein gar nicht!«

»Wolltest du doch!« Apep lachte. »Hätte ja nicht gedacht, dass du so viel Mumm hast. Und ich dachte schon, du wärst nur ein jämmerliches, feiges, nutzloses Menschlein. Natürlich kann ich dir nicht über den Weg trauen, aber ich bewundere dich für deinen unglaublichen Wagemut. Schmeißt ihn auch raus!«

Mit der Kraft seiner Gedanken schmetterte Apep den Arzt an die Wand, auf den Boden, an die Decke und dann wieder an die Wand. Sein Blut spritzte in alle Richtungen. Als Apep schließlich von ihm abließ, schlug seine geschundene Leiche auf dem Boden auf.

»Was ist? Los, macht schon!«, brüllte Apep die Templer-Lakaien an, die wie erstarrt dastanden. Da machte der Mann sich daran, die Leiche des Arztes wegzubringen, während die Frau das Baby aus dem Zimmer trug.

Filomena, die Templerin, die das Baby in den Armen hielt, fühlte ihr Herz hämmern, und ihr wurde schlecht. Das Baby schrie aus Leibeskräften, aber es war so winzig, zerknautscht und hilflos. Wie konnte jemand nur einem unschuldigen kleinen Baby übelwollen? Für so etwas hatte sie sich nicht zur Verfügung gestellt. Für nichts von alledem. Ihre Herrin war eindeutig verrückt geworden. Kamen, der Liebling ihrer Herrin, war verschwunden, und seit jenem Tag war sie nicht mehr die Alte. Ihr Äußeres hatte sich verändert, sie war in Größe und Statur erheblich gewachsen. Seither war die Frau, die vorher nur grausam gewesen war, bösartig und stur geworden. Mit nichts war sie mehr zufriedenzustellen, und wenn sie verärgert war, endete es meistens damit, dass sie etwas tötete. Oder jemanden. Meistens jemanden. Egal, wie sehr sie sich anstrengten, ihr zu dienen, es war nie genug. Ein Leben konnte verwirkt sein, einfach nur, weil der Wind gerade in die falsche Richtung wehte.

Nein. Das war es nicht, wofür sie die Gefolgschaft eingegangen war, und es gab viele, die das genauso sahen. Doch sie waren zu verängstigt, um etwas dagegen zu tun. Odjit hatte schon Templer eingefangen, die versucht hatten, zu desertieren, und an ihnen Exempel statuiert. Oh, alle hatte sie nicht eingefangen. Einige waren unversehrt entkommen – die meisten seit dem Endstadium ihrer Schwangerschaft. Es schien fast so, als hätten ihre Kräfte nachgelassen, je näher der Geburtstermin rückte. Bisher hatte Filomena zu große Angst gehabt, einen Fluchtversuch zu wagen, weil sie ihr Leben nicht riskieren wollte.

Aber ihrer Herrin jetzt zu gehorchen, bedeutete, dieses Baby zu töten.

Wenn jemals die Zeit gekommen war, zu fliehen, dann jetzt. Aber sie würde jetzt sofort, in diesem Augenblick gehen müssen, ohne ihre Sachen zu packen oder andere Vorbereitungen zu treffen. Ihr Herz hämmerte vor Angst. Angst um sich selbst und, vor allem, um das Leben dieses Kindes.

»Ich – ich werde dieses Baby in einem Müllcontainer mitten in der Stadt der Menschen entsorgen, die nicht weit entfernt von hier liegt. Dann findet keiner die Leiche hier und kann deswegen Probleme machen«, sagte sie. Es war eine lahme Erklärung, die keinen Sinn ergab, war aber alles, was ihr einfiel.

»Sieh nur zu, dem Wurm auch das Genick zu brechen, ehe du es zurücklässt«, sagte ihr männliches Pendant, als er den toten, etwas fettleibigen Arzt vom Boden hochwuchtete. »Wir können uns nicht leisten, dass irgendein Mensch es findet und deswegen sentimental wird. Wenn die Herrin es tot haben will, dann ist es besser auch tot. Und du weißt, dass sie es merken wird.«

»Natürlich! Hältst du mich für blöd?«, blaffte sie.

»Tu's einfach!« Der Templer ächzte und keuchte unter seiner schweren Last.

Filomena eilte davon und ging direkt zu ihrem Zimmer. Eilig packte sie, so schnell sie nur konnte, eine kleine Tasche zusammen, um dann auf einer Karte nach dem Ort zu suchen, zu dem sie wollte.

Ohne es sich noch einmal anders zu überlegen, begab sie sich in einen Strahl.

Viève hatte das Gefühl, als versteckte sie sich in ihrem Zimmer.

Das tat sie natürlich nicht mit Absicht, sie hatte nur Angst, hinauszugehen und womöglich Felix zu begegnen.

Okay, sie versteckte sich. Aber sie musste damit aufhören. Bald würden noch andere Geister kommen, und die würden alle schlecht über sie reden. Das stand ihr nun bevor, aber es gab nur eine Möglichkeit, dagegen vorzugehen. Sie musste das Haus verlassen und allen beweisen, dass sie einen Wert hatte. Außerdem wollte sie Felix und die anderen Geister, die kamen, im Auge behalten. Sie traute ihnen nicht über den Weg.

Sie schminkte sich fertig und sah in den Badezimmerspiegel. Nein, sie würde das nicht machen. Sie würde sich nicht verstecken.

Mit dem kleinen Finger berührte sie ihre rosa geschminkte Lippe am Mundwinkel und wischte etwas Lippenstift weg, wo sie übergemalt hatte. Zufrieden mit ihrem Aussehen überprüfte sie noch ihren Zopf und stellte sicher, dass er auch fest geflochten war. Wenn sie heute ›Erobere die Fahne‹ spielten, wollte sie sich bewegen können, ohne dass ihr Haar sie behinderte.

Sie wandte sich vom Spiegel ab, atmete tief durch und verließ den Raum. Sie ging die Treppe hinunter und suchte Kamen. Er war früher aufgewacht als sie und schon weg gewesen, noch bevor sie die Augen geöffnet hatte.

Wahrscheinlich sollte sie später bei Marissa und Jackson nachsehen. Vielleicht war der Schattenbewohner immer noch in deren Zimmer, und Kamen war noch einmal hingegangen, um ihn zu heilen.

Sie ging in die Küche, und die Erste, die ihr begegnete, war Paulette. Überrascht stellte Viève fest, dass Grey nirgends zu sehen war. Normalerweise waren die beiden unzertrennlich. Und jetzt, da noch ein weiterer Geist im Haus war, musste sie sich doch erst recht unsicher fühlen. Weil ihr das bewusst war, entschuldigte sie sich bei Paulette und wollte den Raum gleich wieder verlassen.

»Nein. Bitte. Bleib. Ich möchte mit dir reden.«

Viève war erstaunt, aber sie trat ganz in den Raum und setzte sich ans Ende der Frühstückstheke, sodass die Tischplatte sie von Paulette trennte, die mit einer Kaffeetasse in der Hand in der Mitte der Küche stand.

»Tut mir leid wegen gestern Abend, wenn der Geist dir Angst gemacht hat«, stellte Viève klar.

»Ja. Hat er. Tut er. Aber mir wurde auch klar, wie anders du bist als sie. Ich habe einiges von dem mitgehört, was er zu dir gesagt hat. Er war sehr grausam. Machen sie das oft mit dir? Dich mit so wenig Respekt behandeln?«

Viève konnte nur nicken.

»Sie sind im Unrecht. Ich finde dich ganz einzigartig. Und Einzigartigkeit sollte geschätzt, nicht ausgestoßen werden.«

»Danke, dass du das sagt, aber meine Leute sehen das anders.«

»Deine Leute haben schon oft Unrecht getan. Wie mir zum Beispiel.«

»Du weißt nicht, wie leid mir das tut. Es muss schwer sein, im selben Raum zu sein mit – Geistern wie Felix.«

»Das ist es. Ich konnte deswegen nicht schlafen. Grey musste mich den Tag über zu sich nach Hause bringen. Aber wie du siehst, bin ich zurück.«

»Ich verstehe immer noch nicht, warum die Geister so fasziniert von dir sind. Ich meine, nicht dass du keine faszinierende Frau wärst – das bist du auf jeden Fall, aber …«, Viève wusste nicht weiter.

»Ich weiß, was du meinst«, sagte Paulette mit einem leisen Lachen. »Ich wünschte, ich wüsste, wie das alles funktioniert. Aber ihre Welt ist kalt und ohne Farben, wie du ja selbst weißt. Wir haben Farben und Leben, was die Geister nicht verstehen können, aber sie begehren es wie nichts anderes auf der Welt. Wie er schon sagte – es ist wie eine Droge.«

»Ich kann deine Aura nicht sehen. Aber es stimmt wohl, was Felix gesagt hat: Wahrscheinlich liegt es daran, dass ich ein Mischling bin.«

»Besser Mischling als Vollblut-Geist in diesem Fall«, sagte Paulette bitter.

»Allmählich sehe ich das auch so. Früher habe ich mich für meine menschliche Seite geschämt. Aber seit ich hier bin, schäme ich mich für meine Geister-Seite.«

»Du solltest dich für gar keine Seite schämen. Du bist nicht die Summe deiner Abstammung. Dein Leben ist, was du daraus machst. Du bist, wozu du dich machst. Du kannst dich dafür entscheiden, wie ein Geist oder wie ein Mensch zu sein, oder aber dich auf deine Abstammung konzentrieren, die eine Mischung aus beidem ist. So oder so, du musst akzeptieren, wer du bist, und bestimmen, wie du von anderen wahrgenommen werden willst, und es ihnen vermitteln. Niemand kann schlecht von dir denken, solange du selbst nicht schlecht von dir denkst. Wenn du dich minderwertig fühlst, werden andere dich auch so sehen.«

Was die Mystical sagte, klang plausibel, war aber leichter gesagt als getan. Trotzdem gelobte Viève, sich den Rat zu Herzen zu nehmen. Sie würde versuchen, besser von sich zu denken und Kritik von anderen nicht mehr hinzunehmen – weder von Felix, noch von irgendeinem anderen Geist. Sie war etwas Besonderes. Sie hatte in diesen letzten zwei Tagen außergewöhnliche Dinge getan. Wenn sie das alles in nur zwei Tagen geschafft hatte, konnte man sich vorstellen, wozu sie noch alles in der Lage war.

»Paulette, wirst du noch weitere Mysticals hierherbringen?«

»Ich habe schon nach ein paar Drachen geschickt. Sie sind am mächtigsten, und nichts geht über ihre Größe in einer Schlacht. Sie sollten bald hier sein. Grey hat einen Zauber über dieses Haus gelegt und es von innen auf doppelt so viele Räume erweitert, auch wenn es von außen genauso aussieht wie vorher. So können wir viel mehr Leute unterbringen und werden noch eine Küche und auch mehr Badezimmer haben.«

»Ich wusste gar nicht, dass er so etwas kann!«

»Dschinn sind es gewöhnt, das Beste aus kleinen, beengten Räumen zu machen. So ein Zauber ist ein Klacks für ihn. Tatsächlich dürfte er gleich hier sein. Er lässt mich nie lange allein, aber weil Felix draußen auf dem Gelände war, dachte er, dass er kurz etwas Persönliches regeln könnte. Er hat noch mehr Dschinn angefordert, und ich denke, er wartet auf Antwort. Auch SingSing ist eingetroffen und wohnt jetzt, glaube ich, in einer Feldflasche. Sie hängt an der Tür da drüben.« Sie zeigte auf eine Tür, an deren Türknauf tatsächlich eine Feldflasche hing.

»Sie ist *da drin*?«

»Wie ich schon gesagt habe: Dschinn holen das Beste aus beengten Räumen heraus. Tatsächlich sind sie ihnen am Liebsten – Lampen, Flaschen, Feldflaschen und ähnliche stabile Behälter. Wahrscheinlich hättest du das Gefühl, dich in einem Schloss zu befinden, wenn sie dich in die Feldflasche holen würde. Aber das hängt wohl davon ab, wie mächtig der Dschinn ist. Schwächere Dschinn können so mächtige Zauber nicht heraufbeschwören und aufrechterhalten. Aber für Dschinn wie Grey gibt es da fast keine Grenzen.« Der Blick der Mystical hatte ein bisschen was Verträumtes, als sie das sagte. Viève fragte sich, ob da mehr zwischen Grey und Paulette war, als sie gedacht hatte. Aber sie würde nicht fragen. Es ging sie wirklich nichts an. Aber was für eine schöne Geschichte das wäre. Mächtiger Dschinn rettet gefangene Mystical-Kaiserin aus den Klauen eines abscheulichen Feindes, und Liebe erblüht zwischen ihnen, während sie sich von ihren Qualen erholt.

Viève seufzte. Es klang so wunderbar. Sie hoffte, dass es stimmte. Paulette verdiente, nach allem, was sie durchgemacht hatte, etwas Schönes. Mit Sicherheit verdiente sie nicht, von lüsternen Geistern angegrapscht oder begafft zu werden.

Und dann erschien, von einem Augenblick auf den anderen, Grey. Er tauchte so plötzlich hinter Paulettes Rücken auf, dass Viève vor Überraschung keuchte.

Paulette schmunzelte. »Man gewöhnt sich irgendwann daran. Er kommt immer so leise. Mucksmäuschenstill.«

»Ich kann auch ziemlich laut kommen.« Greys sonore Stimme hallte durch den Raum. Auf die unverkennbar zweideutige Bemerkung hin schnalzte Paulette mit der Zunge und gab ihm einen ermahnenden Klaps. Greys Grinsen zeigte keine Reue. »Bist du okay?«, fragte er Paulette.

Ihr Lächeln schwand. »Ja, aber verlass mich nur, wenn du unbedingt musst. Ich fürchte, es sind noch mehr zu uns unterwegs. Ich habe gehört, dass Kamen noch zwei herholen wird.«

Grey runzelte die Stirn. »Mir gefällt der Gedanke nicht, dass du hierbleibst. Die anderen werden sich genau wie Felix benehmen, dich anglotzen und versuchen, dich zu betatschen.«

»Die Drachen kommen. Ich habe mich mit eigenen Augen davon überzeugt, dass die Präsenz der Mysticals hier benötigt wird. Sobald sie hier sind, werde ich gehen. Im Unterschied zu mir können die Drachen sich gegen die Geister zur Wehr setzen. Ich werde noch andere schicken. Greife vielleicht. Oder Zentauren. Mehr Soldaten für unsere kleine Armee.«

»Alles schön und gut«, sagte Grey. »Aber das kann auch ohne dich stattfinden.«

»Nein. Ich will bleiben und den anderen die Drachen vorstellen, wie es sich gehört. Wir werden in dieser Schlacht, die uns bevorsteht, viel verlieren. Hoffentlich nicht als allererstes unsere Manieren und unsere Höflichkeit.«

Grey lächelte sie an und drückte ihr einen Kuss auf das Haar an ihrer Schläfe. Er zeigte ihr seine Zuneigung so mühelos. Kamen gab ihr solche Beweise seiner Zuneigung nur, wenn sie miteinander allein in ihrer Suite waren. Aber sie gehörten ihr allein, um sich daran festzuhalten, nicht um sie mit anderen zu teilen, und so gefiel es ihr.

Als hätten ihre Gedanken ihn herbeigezaubert, kam Kamen in die Küche. Bei ihrem Anblick hoben seine Mundwinkel sich zu einem kleinen Lächeln, aber es erreichte seine Augen nicht. Sie wusste sofort, dass etwas nicht stimmte.

20

»Viève, kommst du bitte mit?«

Viève nickte und hüpfte vom Barhocker. Sie ging neben Kamen her und spürte, wie er die Hand auf ihren Rücken legte. Er führte sie durch die Tür in die kühle Nacht hinaus. Auf der Veranda saßen Leute, und einige hatten sich auf dem Rasen vor dem Haus versammelt, aber Kamen ging an ihnen vorbei und schlenderte mit ihr die Auffahrt hinunter.

»Felix hat mich gebeten, noch zwei von den Geistern zu holen und hier unterzubringen.«

Ein kaltes Gefühl breitete sich in ihrem Magen aus, aber sie zwang sich trotzdem zu einem Lächeln. Sie hatte sich selbst das Versprechen gegeben, sich von den Geistern nicht unterkriegen zu lassen, und war entschlossen, es durchzuziehen. »Wann gehst du?«

Er stutzte. »Es macht dir nichts aus, dass sie kommen? Ihr Verhalten dir gegenüber wird bestimmt genauso übel sein wie das von Felix.«

»Das ist mir klar, und eigentlich bin ich es gewöhnt. Der Unterschied ist nur, dass ich nicht länger glaube, dass ich es verdiene, so behandelt zu werden. Es war ein Schock, wie die Geister gestern mit mir umgegangen sind, und hat mich wieder wachgerüttelt. Ich wusste nicht, was ich sagen oder tun sollte, außer es einfach zu akzeptieren. Aber jetzt, wo ich den Tag in deinen Armen verbracht habe, weiß ich, was es bedeutet, in den Augen eines anderen etwas wert zu sein, und das hat mich verändert. Das alles hat mich verändert. Ich will es verdienen, hier zu sein. Das bedeutet, dass ich mich so stark machen muss, wie alle anderen hier es sind.«

Als er dieses Mal lächelte, erreichte das Lächeln die Augen und wärmte seinen Blick. Er hielt sie fest, damit sie stehen blieb, und nahm sie in aller Öffentlichkeit in die Arme. Er drückte sie fest an sich und legte liebevoll seine Stirn an ihre. Dann zog er sich zurück und sah ihr tief in die Augen.

»Ich bin wirklich ganz schön stolz auf dich«, sagte er zärtlich.

Sie erwiderte sein Lächeln, und Wärme und Heiterkeit breiteten sich in ihr aus. »Wirklich?«, flüsterte sie.

»Und wie. Ich habe mir Sorgen gemacht, dass sie dich so lange verbal fertigmachen, bis du das Gefühl hast, dass du es verdienst.«

»Ich habe es nicht verdient. Ich habe nichts falsch gemacht. Alles, was ich verbrochen habe, war, geboren zu werden. Wenn es ihnen nicht gefällt, dass ich hier bin – nun, dann können sie ja gehen!« Sie reckte entschlossen das Kinn und nickte. »So, da hast du's.«

»Bist du sicher, dass du das schaffst?«, fragte er ein wenig skeptisch.

Vièves Miene wurde grimmig. »Ich leugne nicht, dass es hart wird. Und vielleicht werde ich dabei Prügel einstecken. Aber dann muss ich nur an dich, Marissa oder Jackson denken, und wie ihr mich behandelt. Das wird mir helfen, es durchzustehen.«

»Gut«, sagte er, hob ihr Kinn und drückte ihr einen warmen Kuss auf die Lippen.

»Was denkt ihr eigentlich, was ihr da macht!«, tönte eine scharfe Stimme.

Eine stählerne Hand packte Vièves Arm und riss sie von Kamen weg. Erschrocken versuchten beide instinktiv zusammenzubleiben und nahmen sich an den Händen.

Felix zerrte fester an ihr und versuchte, sie Kamens Griff zu entziehen. »Loslassen, du kleiner Straßenköter!«, fauchte er. »Schlimm genug, dass deine Mutter diese Erde mit dir beschmutzt hat! Ich werde nicht dulden, dass du diesen Fehler noch schlimmer machst, indem ich dir erlaube, dich mit diesem … diesem … Menschen zu paaren!«

»Er ist kein Mensch! Er ist ein Körperwandler!«, stotterte sie das Erste, was ihr einfiel, während sie versuchte, sich von ihm loszureißen.

»Seine *Seele* ist ein Körperwandler, sein Leib ist menschlich. Ich werde dir nicht erlauben, noch mehr verwässerte Mischlinge zu werfen!«

»Jetzt reicht's! Hände weg von ihr, oder bei Gott, ich wirke einen Zerfleischungszauber, der deine Wirbelsäule in zwei Hälften teilt!«, knurrte Kamen.

Die Drohung schien Felix nicht im Geringsten zu kümmern. Er zog noch fester.

Weil sie seine wütende Missbilligung und sein rüdes Benehmen keine Sekunde länger ertragen konnte, hob sie den Arm, an dem er sie festhielt, bis seine Hand an ihren Lippen war, und biss dann mit aller Kraft zu.

Felix jaulte vor Schmerz, ließ sie endlich los und wich vor ihr zurück, als hätte sie sich plötzlich in eine giftige Kreatur verwandelt. »Du hast mich gebissen!«

»Hast du verdient!«, konterte sie. »Fass mich *nie* wieder an, sonst beiße ich dir beim nächsten Mal mehr ab als nur deinen Finger.«

Kamen zog sie an sich und hielt sie schützend fest.

»Das wird der Doyen erfahren. Er wird dir befehlen, zu …«

»Der Doyen hat mir gar nichts zu befehlen!«, fauchte sie. »Ich bin ein freies Wesen und kann tun, was ich will. Und wenn ich mit einem Körperwandler Sex haben will, dann tue ich das auch. Und überhaupt, du kommst zu spät, er besorgt es mir schon seit zwei Tagen«, sagte sie grob.

Sie hörte ein Prusten und merkte, dass Kamen sich gerade noch das Lachen verbissen hatte. Sie schaute zu ihm auf und sah seine Augen vor Stolz und Vergnügen funkeln.

»Willst du damit sagen, du bist schwanger?«, fragte Felix entsetzt.

»Und wenn schon?«, sagte sie, obwohl sie wusste, dass sie es nicht war. »Du kannst nichts dagegen tun. Geister treiben nicht ab.«

»In der Tat. Aber erwarte ja nicht, dass dein Kind jemals von anständigen Geistern akzeptiert wird.«

»Ich würde gar nicht wollen, dass es von Geistern akzeptiert wird. Und einen anständigen Geist habe ich bisher auch noch nicht kennengelernt!«, konterte sie.

»Du undankbare Frau. Deine Mutter hat dir dein Leben geschenkt. Deine Zelle hat dich toleriert. Und so zahlst du es uns zurück? Denke bloß nicht, dass du in deine Zelle zurückkehren darfst. Wir werden dafür sorgen, dass sie dich nie wieder aufnehmen.«

Tränen brannten in Viêves Augen beim Gedanken, das einzige Zuhause zu verlieren, das sie je gehabt hatte. Aber dann wurde ihr klar, dass es ihr egal war. Es waren Tränen der Befreiung, sich endlich wertgeschätzt zu fühlen. Das hatte sie Kamen zu verdanken. Er war in ihrem Garten aufgetaucht und hatte ihr Leben verändert.

»Ich will nicht zurück. Ich lebe lieber als Mensch weiter, als jemals zurückzugehen.«

»Du wirst keine Zuflucht haben. Keine Mittel.« Felix begann schrill zu klingen, als ihm klar wurde, dass seine Drohungen überhaupt nicht bei ihr fruchteten.

»Nie wieder Spott. Nie wieder Verachtung«, konterte sie.

»Was anderes hast du nicht verdient.«

»Niemand verdient das. Weder ich noch sonst wer«, sagte sie. »Komm, Kamen. Lass uns ins Haus zurückgehen und es wie die Karnickel treiben.« Sie zog an seiner Hand und zerrte ihn mit. Dieses Mal verkniff Kamen sich das Lachen nicht. Er lachte schallend los und brachte sie zum Lächeln. Dann ging er neben ihr her, den Arm um ihre Schultern gelegt, und drückte sie so fest an sich, dass sie nicht gerade laufen konnte.

»Ich bin so stolz auf dich«, flüsterte er rau in ihr Haar.

Sie lachte zittrig. »Ja. Nur habe ich jetzt kein Zuhause mehr.«

»Du bleibst hier. Bei mir. Du wirst immer ein Zuhause haben, solange ich auf dieser Erde lebe.«

Die Worte freuten sie so sehr, dass sie das Gefühl kaum zügeln konnte. »Aber du kennst mich doch kaum. Ich würde mich dir nicht für den Rest deines Lebens aufbürden wollen.«

»Aufbürden? Viève, du flößt mir Leben ein!« Er blieb stehen und drehte sie zu sich hin, sodass sie ihm in die Augen sehen konnte. »Vor all dem hier – vor Apep – wollte ich nur eines: herausfinden, wie ich sterben kann. Nicht um wieder zurückzukommen, sondern um ein für alle Mal ein Ende zu machen. Ich habe versucht herauszufinden, wie ich meine Seele aus diesem endlosen Kreislauf von Leben und Tod herausholen kann. Ich erinnere mich an jedes einzelne meiner Leben, an jeden Tod, den ich gestorben bin. Nach all dieser Zeit lastet es so schwer wie tausend Elefanten auf mir. So war es zumindest bisher. Mein Ziel war es, den Fehler zu korrigieren, den ich mit Apep gemacht hatte, aber dann habe ich dich kennengelernt. Du hast mir Leben gegeben, Freude, Lust, wie ich sie viele Leben lang nicht mehr gespürt habe. In zwei kurzen Tagen hast du mich von Grund auf verändert. Das werde ich dir nie vergelten können.«

Ihr stiegen Tränen in die Augen, aber es waren gute Tränen. Es klang wunderbar, wie er es sagte. Das alles klang so wunderbar. Natürlich versprach er ihr nicht sein Herz oder Ähnliches, und nach nur zwei Tagen sollte sie es auch nicht anders erwarten, aber vielleicht eines Tages. Das ließ eine Hoffnung in ihr aufsteigen, die sie nie zuvor gespürt hatte.

Kamen war nie einer gewesen, der romantische Ansprachen hielt, aber er hatte sich nicht bremsen können. Es war ihm wichtig, sie wissen zu lassen, was für Veränderungen sie in ihm bewirkt hatte. Er wusste nicht wie – oder warum –, er wusste es einfach in den Tiefen seiner Seele. Er hatte in ihr etwas ganz Besonderes gefunden. Und dieses Gefühl würde er so schnell nicht wieder loslassen.

»Komm. Lass uns reingehen und es wie die Karnickel treiben«, sagte er, und die Heiterkeit kitzelte ihn am ganzen Körper. Sie lachte, was wunderschön in seinen Ohren klang. Sie wirkte so viel unbeschwerter, als sie am Anfang gewesen war. Sie lernte, ihren wahren Wert zu erkennen. Lernte, sich nach ihren eigenen Maßstäben zu beurteilen, und nicht nach denen der Geister. Er war wirklich stolz auf sie.

»Gibt es ein Problem?« Jackson eilte zu ihnen. Zweifellos hatte er die Auseinandersetzung mitangesehen.

»Nicht mehr«, sagte Viève und schmiegte sich an Kamen.

Jackson beobachtete amüsiert, wie ungezwungen und zärtlich sie miteinander umgingen. Kamen hatte sich in diesen letzten zwei Tagen verändert. Viève hatte etwas in ihm zum Vorschein gebracht, das vorher nicht da gewesen war. Oder vielleicht wirkte er auch einfach nur viel menschlicher und aufgeschlossener, seit er mit ihr zusammen war.

»Wenn er Ärger macht, Viève, können wir den Doyen bitten, jemand anders zu schicken.«

»Das würde auch nichts ändern«, meinte Viève achselzuckend. »Für die bin ich einfach minderwertig. Da sehen sie nicht drüber hinweg.«

»Wenn sie das bei einer der Ihren nicht können, wie soll es ihnen bei uns anderen gelingen?«, überlegte Jackson.

»Das ist eine sehr gute Frage«, sagte Kamen. »Eine, über die wir ernsthaft nachdenken sollten.«

»Wir werden sie und die Fähigkeit, mit einer Berührung zu töten, brauchen. Das wird unsere Chancen beträchtlich steigern«, rief Viève in Erinnerung.

»Wenn wir sie nicht brauchen würden, hätte ich sie schon längst in die Wüste geschickt«, sagte Jackson. »Ich kann es nicht leiden, wenn andere schlecht behandelt werden.«

»Wir sind so viele, da lassen Reibereien sich nicht vermeiden. Alle sind so unterschiedlich und haben völlig unterschiedliche Denkweisen. Es wundert mich, dass es nicht schon früher passiert ist«, sagte Kamen.

»Bis jetzt habe ich eine Menge Denkweisen auf dasselbe Ziel vereint gesehen: Miteinander auszukommen und als geschossene Einheit zu arbeiten.«

»Bis jetzt hatten wir Glück.«

»Bis jetzt«, sagte Viève grimmig und warf einen Blick zurück auf den wutschnaubenden Felix. »Was tun wir, wenn er es dem Doyen meldet?«

»Wie du schon sagtest, der Doyen hat keine Macht über dich.«

»Er könnte das anders sehen«, sagte Viève bang. »Was, wenn ich zum Streitpunkt werde?«

»Du bist nicht die Erste, die es mit einem Menschen ›treibt wie die Karnickel‹ und wirst auch nicht die Letzte sein. Sie werden erkennen, dass sie nichts dagegen tun können«, erklärte Kamen.

»Ich hoffe, du hast recht.«

»Ich habe recht«, versicherte er ihr. »Wie auch immer, wir werden es sowieso bald herausfinden.«

»Sind wir uns eigentlich sicher, auf welcher Seite sie stehen?«, fragte Jackson.

»Wir müssen ihnen einen Vertrauensvorschuss geben, bis sie uns Grund geben, es nicht zu tun«, sagte Kamen.

»Ich hoffe nur, dass wir das in späteren Leben nicht bereuen werden«, meinte Jackson beunruhigt.

»Eine einzige Berührung reicht schon aus«, sagte Viève leise.

»Lasst uns einfach wachsam bleiben. Vertrauen muss verdient werden, und bis jetzt haben sie meiner Meinung nach nicht viel dafür getan«, sagte Kamen.

»Sie sind nur, wie sie immer sind. Wir müssen ihnen eine Chance geben, zu beweisen, dass sie auch anders können. Oder eher, anders genug, um für uns von Nutzen zu sein«, sagte Viève.

»Uns. Es gefällt mir, wie sich das anhört«, sagte Kamen und lächelte ihr zu. »Jackson, ich habe Viève gesagt, dass sie hier bei uns immer ein Zuhause haben wird. Ich hoffe, ich habe ihr nicht zu viel versprochen, aber ich dachte, du siehst das sicher auch so.«

»Natürlich, Viève, wir kennen dich noch nicht lange, aber wir wissen genug. Du hast ein gutes und wahrhaftiges Herz. Du wirst uns hier immer willkommen sein.«

»Vielen, vielen Dank«, sagte sie und wurde ganz rot, weil man sie so vollständig akzeptierte.

»Sehr gerne. Jederzeit.« Abrupt hob Jackson den Kopf, und seine Augen verengten sich, als er den Blick auf einen Punkt über ihren Schultern richtete. »Was ist das?«, fragte er neugierig.

Weil sie dachte, Felix hätte schon wieder etwas angestellt, drehte sie sich um. Doch überrascht stellte sie fest, dass jemand mit etwas in den Armen langsam die Zufahrt heraufkam und dabei immer wieder stehen blieb. Es war eine Frau. Sie hatte langes braunes Haar, das sie offen trug und in der nächtlichen Brise wehte.

»Eine Templerin«, zischte Kamen plötzlich und zog Viève hinter sich.

Jackson trat vor und legte Kamen beruhigend die Hand auf den Arm. »Sie ist alleine.«

»Es könnte ein Trick sein.«

»Ich bin zwar auch in höchster Alarmbereitschaft und glaube, dass wir niemandem trauen dürfen, aber sagen wir nicht die ganze Zeit, dass Vertrauen irgendwo anfangen muss, sonst würde das alles nicht funktionieren?« Jackson trat vor, um die Templerin zu begrüßen, und Kamen ging ihm schnell hinterher.

»Ich – ich konnte euch nicht finden«, sagte sie stockend. »Bitte tut mir nichts. Ich will überlaufen.«

»Wir werden dir nichts tun«, versicherte ihr Jackson. »Alle Körperwandler, die sich unserer Seite anschließen wollen, sind willkommen.« Er deutete mit dem Kopf auf das Bündel in ihren Armen. »Was ist das?«

Sie schob den Stoff zur Seite und enthüllte ein Baby. Der Säugling gluckste im Schlaf und beruhigte sich dann.

»Dein Kind?«, fragte Jackson sanft. »Sieht wie ein Neugeborenes aus. Bist du okay?«

»Es ist nicht meines. Es ist das Kind von Odjit. Als sie sah, dass es kein Junge war, hat sie mir befohlen, es zu töten und wegzuwerfen wie Müll. Ich habe es nicht übers Herz gebracht, also habe ich alles riskiert, um hierherzukommen.«

Jackson wurde sehr ruhig. »Odjit hat entbunden?«, fragte er, denn er musste sich versichern, sie richtig verstanden zu haben.

»Ja.« Kamen trat vor und streckte die Hände nach dem Kind aus. Die Templerin hielt es noch fester.

»Ich brauche euer Wort, dass ihr ihr nichts tut. Ich würde sogar unter Menschen leben, wenn es sein muss. Nur – Odjit hat irgendeine neue Methode, ich weiß nicht wie, diejenigen aufzuspüren, die abtrünnig werden und zu euch überlaufen wollen. Ich werde euren Schutz brauchen, falls sie kommt und mich oder das Kind holen will.«

»Ich verspreche dir, dass keiner von uns ihr ein Leid antun wird«, sagte Jackson, und Kamen warf ihm einen harten Blick zu. Aber Jackson blieb unerschütterlich. »Sie ist hier sicher.«

Einen Augenblick lang rang die Templerin mit sich und versuchte zweifellos zu entscheiden, ob man ihnen trauen konnte. Aber sie musste wohl erkannt haben, dass ihr wirklich nichts anderes übrig blieb, also übergab sie Kamen das Baby.

Kamen nahm das Kind und sah es sich an. Die Kleine hatte die schwarze Haut eines Nachtengels. Ihr Haar war von einem tiefen, dunklen Blau und ebenfalls fast schwarz. Sie konnte nicht mehr als drei Kilo wiegen, und bei genauerer Musterung sah sie wie jedes andere normale Nachtengelkind aus.

»Viève, ruf Faith her«, wies Jackson sie an.

Viève verschwendete keine Zeit, sondern rannte los, um den Nachtengel zu holen.

Kamen und Jackson konzentrierten sich darauf, mehr über das Kind und seine Retterin zu erfahren. »Wie heißt du?«

»Filomena«, sagte sie. »Aber die meisten Leute nennen mich Mena.«

»Nun, Mena, wir wissen es zu schätzen, dass du hergekommen bist und uns das Kind gebracht hast. Von jetzt an stehst du unter unserem Schutz.«

»Ich wollte schon früher kommen, aber wir haben solche Angst vor der Herrin.« Sie sah Kamen ängstlich an. »Seit du fortgegangen bist, ist sie … Sie hatte immer eine kalte Ader, wie du ja gut weißt. Und du – du warst genauso kalt.« Sie räusperte sich, um ihrer Angst Herr zu werden, weil sie so unverblümt mit ihm sprach. »Aber seit du fort bist, hat sie sich extrem verändert. Sie ist böse und grausam geworden. Und spricht nicht einmal mehr von den Zielen, auf die sie uns ursprünglich eingeschworen hat. Die Vereinigung der Körperwandler-Spezies hat ihr früher alles bedeutet. Jetzt redet sie nur noch davon, euch alle zu vernichten.«

Jackson und Kamen sahen sich über ihren Kopf hinweg an.

»Sie hat immer Ränke geschmiedet, um eure Fraktion zu vernichten, hat es aber mit Lügen über eine Vereinigung verbrämt«, erklärte Kamen Jackson. »So konnte sie so viele Templer auf ihre Seite bekommen. Das war der eine Grund und der andere das Versprechen, durch Magie mehr Macht zu bekommen. Sie war eine mächtige Priesterin und hat andere verleitet, ihr zu folgen, indem sie ihnen versprach, sie die magischen Kräfte zu lehren, die sie kannte. Damit lockte sie sogar jene, die gar keine Befähigung zur Magie hatten. Odjit behauptete, dass sie jeden lehren könnte, mächtige Zauber zu wirken. Es war eine Lüge, die ich nie angefochten habe. Ich wollte dasselbe wie sie, oder zumindest das, von dem ich dachte, dass sie es will. Vereinigung um jeden Preis. Wenn man dafür ein paar Lügen erzählen musste, was machte das schon?« Er sah Mena an. »Seither habe ich meine Fehler eingesehen.«

»Eine Menge Templer haben Odjits Launen satt«, vertraute Mena ihnen flüsternd an, als könnte Odjit sie sogar jetzt noch hören. »Manche haben versucht zu gehen, und einige sind deshalb getötet worden. Hat es noch keiner hierher zu euch geschafft?«

Jackson schüttelte den Kopf. »Nein. Keiner. Aber das heißt nicht, dass sie es nicht geschafft haben, von ihr wegzukommen.

Gut möglich, dass sie sich erst einmal verstecken. Du sagst, viele von den Templern haben genug. Wie viele, würdest du sagen, sind bereit, dieses ständige Gezänk zu beenden und auf unsere Seite zu wechseln?«

»Mindestens die Hälfte«, sagte Mena. »Aber sie haben zu viel Angst, um irgendetwas zu tun.«

»Jetzt vielleicht. Aber mit der Zeit könnten sie in der Lage sein, etwas dagegen zu unternehmen«, sagte Jackson.

Das Baby begann zu weinen.

»Kommt. Hier draußen ist es zu kalt für das Kind. Lasst uns reingehen und dafür sorgen, dass sie etwas zu essen bekommt.«

»Sie hat seit ihrer Geburt nichts bekommen, und das ist schon ein paar Stunden her.« Mena kaute an ihrer Unterlippe. »Inzwischen haben sie sicher meine Abwesenheit bemerkt. Und sie wissen, dass ich das Baby habe. Vielleicht vermuten sie sogar, dass ich hierhergekommen bin.«

»Versuch, dir deshalb keine Sorgen zu machen«, sagte Jackson und führte sie zum Haus.

Sie waren fast auf der Veranda des Haupthauses angekommen, als Faith aus der Tür gestürzt kam. Der Nachtengel blieb wie angewurzelt stehen und starrte das Baby in Kamens Armen an.

»Allmächtiger«, flüsterte sie. Dann kam sie näher und sah in das kleine Gesicht hinunter. Sie streckte die Hand aus und berührte den mitternachtsblauen Haarschopf. »Das ist Dax' Haar«, sagte sie andächtig. »Das würde ich überall erkennen.« Sie schluckte hörbar. »Ich bin Tante geworden.«

»Faith, da ist immer noch die Sache mit der Mutterschaft des Kindes«, warnte Kamen. »Oder sollte ich sagen, der anderen Vaterschaft.«

»Ich verstehe nicht«, sagte Mena.

»Ich erklär's dir gleich«, sagte Jackson. »Kamen, Faith, bringt das Baby rein. Lasst jemanden in die Stadt fahren und Säuglingsbedarf einkaufen.«

»Ich muss meinen Bruder anrufen«, sagte Faith.

»Sollten wir das wirklich sofort tun?«, fragte Kamen skeptisch. »Wir wissen doch noch gar nichts über das Kind.«

»Mein Bruder ist der Vater des Kindes. Es wurde gewaltsam gezeugt, aber es ist trotzdem seine Tochter. Er hat ein Recht, es zu wissen, und das Recht, herzukommen und sie zu sehen«, sagte Faith streng.

Kamen gab nach. »Natürlich. Du hast recht. Geh und ruf ihn an. Viève und ich passen auf sie auf.«

Faith ging mit Viève und Kamen zusammen ins Haus, zog dann gleich ein Handy aus ihrer Gesäßtasche und entfernte sich, um ihren Bruder ohne Zeugen anzurufen.

»Ich verstehe das alles nicht«, sagte Viève.

»Dax ist Faiths Bruder. Er ist ein sehr mächtiger Nachtengel. Apep hat ihn vergewaltigt, um dieses Kind mit ihm zu zeugen.«

»Oh mein Gott, das ist ja schrecklich. Jetzt ist er Vater eines Kindes, das er nie haben wollte – das mit Gewalt gezeugt wurde. Was für Gefühle wird er für dieses Baby haben?«

»Das kann nur er allein entscheiden. Er wusste, dass es empfangen wurde, dass es irgendwann geboren werden würde. Er hat all diese Monate Zeit gehabt, um damit klarzukommen. Man kann nur hoffen, dass das genug Zeit für ihn war.«

»Kommt man über ein solches Trauma denn jemals hinweg?«

»Ich glaube, das muss man, wenn man sein Leben weiterleben will. Wenn er so stark ist, wie Faith sagt, dann wird er es geschafft haben.« Kamen wiegte das Baby routiniert in seinen Armen. Anscheinend hatte er keine Angst, etwas so Zerbrechliches wie dieses Neugeborene zu halten.

»Hattest du je Kinder?«, fragte Viève.

»Hatte ich. In meinen früheren Leben, bevor ich mich Odjit angeschlossen habe. Aber ich habe damit aufgehört, als mir klar wurde, dass ich sie immer zurücklassen muss. Entweder ich bin gestorben oder sie, und ich musste ohne sie weiter zum nächsten Leben, aber den Schmerz über ihren Verlust nahm ich immer mit.«

»Wenn du Kinder mit einer Schattenwandlerin hättest, wären sie aller Voraussicht nach unsterblich.«

»Ich schätze, das würde davon abhängen, wie dominant die Schattenwandler-Gene des Kindes sind. Dieses hier ist zur Hälfte Schattenwandler, aber seine Schattenwandler-Züge sind ganz klar dominant. Es ist außerdem ein Halbgott. Niemand weiß, was das aus ihr macht. Es scheint mir leichtsinnig von Apep, sie einfach so wegzuwerfen. Vielleicht kann nur ein männliches Kind mit der Macht eines Gottes aufgeladen werden. Wer weiß, wie dieser Wahnsinnige tickt. Es könnte aber einfach auch nur ein sehr altes Vorurteil sein – von einem Gott, der in Zeiten geboren wurde, als nur die männlichen Nachkommen als wertvoll galten, und man Töchter praktisch für wertlos hielt.«

»Was bedeutet das für uns? Wenn Apep vermutet, dass wir seine Tochter haben, könnte ihn das nicht zu einem Angriff provozieren?«

»Er hat jetzt entbunden. Die körperliche Belastung, die seine Magie geschwächt hat, ist damit vorbei. Sobald er wieder bei Kräften ist, werden wir bestimmt ganz oben auf seiner Abschussliste stehen. Wir können hier nicht sitzen und darauf warten, dass er uns angreift. Ich muss meinen Findezauber einsetzen, Apep orten und die Schlacht zu ihm tragen, ehe er damit rechnet oder darauf vorbereitet ist und sich von der Geburt erholt hat. Wir müssen das sofort tun. Ich muss auf der Stelle mit Marissa und Jackson reden.«

»Gut. Gib mir das Baby und geh zu ihnen«, sagte Viève und streckte die Hände aus.

Er sah sie zweifelnd an. »Hast du schon mal ein Baby versorgt?«, fragte er.

Sie zögerte. »Äh, nein. Sie haben mir nicht erlaubt, die Babys im Haus anzufassen.«

»Na gut, ich zeige es dir.« Vorsichtig reichte er ihr das Baby und zeigte ihr, wie sie den Kopf in der Armbeuge abstützen musste. Sie wiegte das Baby an ihrer Brust, und ein warmes Gefühl durchströmte sie. Sie hatte nie daran gedacht, ein Kind auch nur zu halten. Würde sie irgendwann einmal ein eigenes im Arm haben, fragte sie sich. Es würde wohl ein Geistermischling sein wie sie – und sogar noch weniger Geisterblut in sich haben. Aber, erkannte sie, an einem Ort wie diesem zählte das nicht. Hier, wo jeder akzeptiert wurde, könnte sie problemlos ein Kind großziehen. Und sie würde es nicht allein tun müssen. Es waren jede Menge Leute da, die ihr helfen würden.

Aber bis dahin musste viel passieren, und wer konnte schon an Kinder denken, solange eine Bedrohung wie Apep über ihnen hing. Doch es war trotzdem schön zu träumen. Zwar hatte sie nie dazu geneigt, denn ihre Weltsicht war von einer sehr harten Realität geprägt gewesen, aber jetzt hatte sie die Freiheit, zu hoffen und zu träumen, und es war ein gutes Gefühl. Sie hatte eine Menge guter Gefühle, seit sie hier war.

Erst einmal genoss sie die Wärme des Kindes. Kamen schien sie nur ungern alleinzulassen, und sie wusste nicht warum. Traute er ihr nicht?

»Ich komme schon klar. Ich werde dem Baby nichts tun«, flüsterte sie.

»Ich mache mir mehr Sorgen, dass das Baby dir etwas antut«, sagte er.

»Es ist doch nur ein Baby«, sagte sie überrascht.

»Sie hat einen bösartigen Gott in sich.«

»Dafür kann sie doch nichts. Vorerst ist sie unschuldig. Und hier geben wir anderen einen Vertrauensvorschuss, weißt du nicht mehr?«

Er seufzte und nickte. »Ich gehe und rede mit Jackson, bevor ich die Bestandteile meines Zaubers zusammenstelle. Er muss die Truppen aller Schattenwandler-Spezies koordinieren, damit sie sich alle zur selben Zeit am selben Ort sammeln – kein leichtes Unterfangen. Aber wir müssen jetzt zuschlagen. Wir hätten schon gestern angreifen sollen, als der Gott noch geschwächt war.«

»Um was zu tun? Ihn zu töten – zusammen mit dem ungeborenen Kind? Nein, das hätten wir nicht tun können.«

Kamen runzelte die Stirn. »Besser ein Todesopfer als Hunderte.«

»Das ist sehr herzlos gedacht«, sagte Viève und runzelte ebenfalls die Stirn.

»Aber pragmatisch. Oder siehst du das anders? Lieber ein Opfer statt hunderte.«

»Nein. Ich sehe das auch so«, sagte sie leise. »Aber wie auch immer, es steht ja nicht zur Debatte.«

»Stimmt genau. Komm, setz dich besser hin. Dieses Haus ist von innen so groß geworden, dass ich bestimmt lange brauche, bis ich Jackson finde und dann auch noch unser Zimmer.«

Kamen ging davon und ließ sie mit dem Baby allein. Viève begab sich ins Wohnzimmer, wo Faith noch am Telefonieren war.

»Ich hab dich auch lieb«, sagte sie gerade, dann legte sie auf und steckte das Gerät in ihre Gesäßtasche. Sie sah zu Viève auf. »Er ist unterwegs. Er ist ganz in der Nähe und sollte in ein paar Stunden hier sein.«

»Möchtest du deine Nichte halten?«, fragte Viève und hielt

ihr das Baby hin. Faith zögerte, aber dann nahm sie das Kind in den Arm. Sie knuddelte es und gurrte, als es unruhig wurde und zu weinen begann.

»Sie muss wahnsinnig hungrig sein.«

»Ich suche jetzt jemanden, der für uns Einkaufen geht. Vielleicht Kane. Der Dämon, der teleportieren kann. Walmart sollte jetzt noch aufhaben.«

»In Ordnung. Wir brauchen Babynahrung, Fläschchen, Windeln, Reinigungstücher – das ganze Programm. Sie hat nicht mal eine Windel an«, sagte Faith, nachdem sie schnell nachgesehen hatte. »Man hat sie kaum sauber gemacht. Wir brauchen auch etwas, um sie darin zu baden, und Babyseife. Puder – Kleider. Himmel, wir brauchen einfach alles.«

»Ich gehe mit ihm. Zusammen dürften wir alles relativ schnell besorgen können.« Viève strich mit dem Daumen über die Wange des Babys. »Bin gleich wieder da.«

Viève ging Kane suchen.

21

Dax traf etwa drei Stunden später ein. Man hielt gerade eine Versammlung draußen vor dem Haupthaus ab, bei der jede Spezies die Bereitschaft ihres Volkes bekräftigte, sich einem Angriff gegen Apep und die Templer anzuschließen. Laut der übergelaufenen Templerin hatte Apep auch menschliche Nutzer von Magie um sich gesammelt. Als Nekromanten wurden diese von der Ersten Fraktion bezeichnet. Sie waren wie eine Sekte von ihm angezogen worden und hatten von den Templern Magie gelernt. Die Dämonen kannten sich mit diesen Leuten aus. Magie ließ Menschen innerlich verfaulen, und für Schattenwandler rochen sie sogar nach Unrat.

Sie konnten nur hoffen, dass die Nekromanten keine Dämonen auf ihrer Seite hatten. Nekromanten verfügten über einen Zauber, mit dem sie einen Dämon »herbeirufen« konnten, wenn sie seinen wahren Namen kannten. Dann waren sie in der Lage, seine Kräfte gegen seine eigenen Leute einzusetzen. Ein so beschworener Dämon konnte nicht zurückgeholt oder geheilt werden. Einmal korrumpiert, blieb er so, bis die Vollstrecker Bella und Jacob ihn vernichteten, was eine Vergeudung von Leben war und ein tragischer Verlust. Das bedeutete auch, dass sie sich womöglich im Kampf gegen alle Elemente – außer Feuer – wiederfanden. Feuerdämonen gab es nur drei, und von allen war bekannt, wo sie sich aufhielten. Der Dämonenkönig Noah war der mächtigste lebende Feuerdämon.

Und Noah war zu ihnen unterwegs.

Dax flog auf seinen hellroten Flügeln heran und landete auf dem Boden. Er war eine beeindruckende Gestalt, mit breiten Schultern und schmalen Hüften. Jeder Zentimeter seines nackten Körpers war mit straffen Muskeln bedeckt.

»Mir war nicht klar, dass so viele Schattenwandler auf Kleider verzichten«, flüsterte Viève Kamen zu.

»Soweit ich weiß, nur die Phönixe und die Nachtengel«, antwortete er.

Jackson trat vor, um Dax zu begrüßen, aber Dax' Aufmerksamkeit galt sofort ganz seiner Schwester, die einen gefütterten, gesäuberten, bekleideten und gewickelten Säugling in den Armen hielt. Sie hob ihrem Bruder das Kind entgegen.

Einen Moment lang sah es so aus, als würde Dax das Kind zurückweisen. Sein ganzer Körper war angespannt, und man sah ihm deutlich an, wie es in ihm arbeitete. Aber dann streckte er die Arme aus, und Faith legte das Baby sanft hinein.

»Sie hat noch keinen Namen«, sagte sie leise.

»Ich werde ihr einen geben«, sagte Dax, und seine tiefe Stimme dröhnte wie Donnerhall über sie hinweg. Dann hielt er das Kind hoch, damit alle es sehen konnten. »Das ist die Tochter von Dax. Sie ist zu großen Dingen berufen.«

Es war eindeutig eine zeremonielle Handlung, die in der Kultur der Nachtengel begründet war. Eine Demonstration der Akzeptanz und Verantwortung für das Kind. Man konnte nicht wissen, was die Zukunft für das Kind bereithielt und wer oder was aus ihm werden würde, aber das galt für jedes Kind. Unterweisung würde sie auf jeden Fall brauchen und Kraft. Und Dax war genau der Richtige, um ihr beides zu geben. Er war ein mächtiger und wichtiger Nachtengel. Er stand in hoher Gunst im Hause seines Vaters – und sein Vater war der herrschende Nachtengel des nordamerikanischen Kontinents.

»Gratuliere, Dax. Du bist Vater«, sagte Faith stolz.

»Bringen wir dieses Kind irgendwohin, wo es in Sicherheit ist«, sagte Dax.

»Ich denke, der sicherste Ort für sie ist hier. Mitten unter uns allen. Es ist gut möglich, dass Apep sie orten kann. Sie sollte zumindest so lange hierbleiben, bis wir endgültig gegen ihn vorrücken. Und das wird schon sehr bald sein«, sagte Jackson.

»Wie bald? Ich will, dass sie in Sicherheit ist.« Dax hielt das Baby fester.

»Ich hoffe, morgen zur Abenddämmerung. Sobald die Sonne untergeht«, sagte Jackson. »Wir könnten so viele Nachtengel gebrauchen, wie du abstellen kannst.«

»Ich rufe sie her, aber ich weiß nicht, wie viele ihr so kurzfristig bekommen könnt«, sagte Dax.

»Wir nehmen, was wir kriegen. Mena hat uns die Truppenstärke der Templer verraten. Es sind höchstens dreihundert. Die menschlichen Nekromanten sind noch viel weniger. Aber wegen denen mache ich mir weniger Sorgen als wegen Apep. Er ist der große Unbekannte. Wir können nur hoffen, dass er immer noch von der Geburt geschwächt ist«, sagte Jackson.

»Noah und Gideon, der Älteste der Körperdämonen, ein Arzt und Heiler, werden gleich hier sein«, sagte Kane. »Gideon bringt noch andere mit. Er und seine Heiler können alles an auftretenden Verletzungen versorgen – zumindest was die Körperwandler betrifft. Sie haben menschliche Körper und können Menschen heilen. Ob sie auch die anderen Schattenwandler verarzten können, wird sich zeigen. Bisher war es schwierig für sie, andere Spezies zu heilen.«

»Wir sind für alles dankbar. Felix, du hattest den Doyen am Telefon. Was sagt er?«

Felix hatte träge an einer Verandasäule gelehnt, wurde aber munter, als er angesprochen wurde. »Der Doyen kann so kurzfristig keine entsprechenden Truppen mobilisieren«, erklärte er mit einem hinterhältigen Lächeln. »Aber wenn der Templer Kamen sie transportieren würde, könnten wir sechs weitere Geister abstellen.«

»Kamen muss mit seinen Kräften haushalten. Kane kann euch helfen, aber nur, wenn sie nicht zu weit weg sind.«

»Kommt drauf an. Ist Nevada zu weit für dich?«, fragte Felix.

»Nein. Das lässt sich machen«, sagte Kane. »Aber ich kann immer nur einen auf einmal transportieren. Wenn wir stärkere Geistdämonen hier hätten, könnten wir den Transport effektiver gestalten.«

»Du machst das schon«, beruhigte ihn Jackson. »Wie viele kannst du holen?«

»Ich würde sagen vier – vielleicht auch fünf. Es wird mich auslaugen. Danach bin ich für den Rest des Tages zu nichts mehr zu gebrauchen«, warnte Kane.

»Bist du bis morgen Abend wieder fit?«, fragte Jackson.

»Denke schon.«

»Gut. Denn ich denke, ich werde deine kleine Gabe der Teleportation noch brauchen. Wir reden später darüber.«

»Kamen, wie lange brauchst du für deinen Findezauber?«, fragte Jackson.

»Nicht lang. Das Problem ist, hundert Krieger so schnell wie möglich zum Ziel vorrücken zu lassen. Wir wissen nicht, wie weit Apep von uns entfernt ist. Ich kann immer nur zwei auf einmal mit in den Strahl nehmen und habe nicht die Kraft, das fünfzig Mal zu tun. Die hat niemand.«

»Ich kann den Flug im Strahl auch wirken«, sagte Docia und holte in sich die magischen Kräfte ihrer Körperwandlerin Tameri hervor. »Wenn Kane mehr Geistdämonen herholt, könnten wir sie einsetzen, um uns alle nach und nach in Gruppen dorthin zu teleportieren.«

»Das dauert zu lange. Wir könnten jederzeit entdeckt werden. Und es ist schwer zu sagen, wo genau wir uns versammeln, damit wir für den Feind bis zur letzten Minute nicht zu sehen sind. Nein – was wir brauchen, ist ein Massen-Teleportationszauber«, sagte Kamen.

»Ein Zauber dieser Größenordnung kann denjenigen, der ihn wirkt, so auslaugen, dass er es vielleicht nicht überlebt«, meinte Docia besorgt.

»Das Risiko gehe ich ein.«

»Damit wärst du für die ganze Schlacht außer Gefecht gesetzt. Aber wir brauchen dich an vorderster Front, Kamen. Deine Angriffszauber sind so viel stärker als meine«, sagte Docia. »Nein. Es ist vernünftiger, wenn ich den Massen-Teleportationszauber wirke.«

»Docia, nicht du!«, sagte Ram.

»Ram, einer muss es machen.«

»Aber nicht ausgerechnet du.«

»Doch, gerade ich! Ihr werdet Kamen im Kampf brauchen, wenn ihr überhaupt eine Chance haben wollt, Apep zu vernichten. Kamen, sag ihnen, was du mir vorhin erzählt hast.«

Kamen hatte die ganze Aufmerksamkeit aller Anwesenden. »Ich glaube, ich habe einen Weg gefunden, um Apep aus dieser Daseinsebene zu vertreiben.«

»Was?!«, riefen alle durcheinander.

»Ich habe es in einer uralten Schriftrolle entdeckt. Darin geht es genau genommen nicht darum, Apep zu vertreiben, sondern Energie von einer Daseinsebene zu einer anderen zu bewegen. Der Zauber ist sehr komplex, aber wenn wir Apep in den Kreis befördern könnten, den ich aufzeichne und der als Portal fungieren wird, werde ich ihn wohl hindurchstoßen können. Aber dafür müssen wir ihn festhalten, während ich die Formel aufsage. Ich habe meine Zeit gestoppt. Bis jetzt brauche ich drei Minuten.«

»Das ist nicht lange«, sagte Kane.

»Zu lange, um einen Gott festzuhalten«, sagte Kamen. »Ich forsche gerade nach einem Fesselzauber, aber man weiß nicht, ob er stark genug ist. Was gegen einen Gott funktioniert, finden wir erst heraus, wenn wir es im Kampfgewühl ausprobieren.«

»Das ist nicht nötig. Ich kann ihn fesseln«, sagte Grey. »Glaube ich zumindest. Wie du schon sagtest – ganz sicher kann man sich nicht sein.«

»Wir können uns nur einen Plan zurechtlegen und ihn ausführen. Das bedeutet, ohne ihn zu proben. Ich habe ein paar Ideen, aber wie du schon gesagt hast – was gegen einen Gott funktioniert, wissen wir erst mitten im Kampfgewühl«, sagte Jackson. »Ich werde Grey, die Phönixe und Vième brauchen.«

»Mich? Was kann ich schon machen?«, fragte Vième.

»Mit deiner Berührung müsstest du einen Gott zumindest schwächen. Schließlich steckt er in einem sterblichen Körper.«

»Aber dazu muss ich ihm erst einmal so nahe kommen, dass ich ihn überhaupt berühren kann!«, sagte sie. Eine Woge der Panik erfasste sie.

»Deshalb brauche ich Kane und Grey. Glaub mir, Vième, wir lassen dich da draußen nicht alleine.«

»Warum den Mischling einsetzen?«, fragte Felix verächtlich. »Hat sie das überhaupt schon mal gemacht? Woher wollen wir wissen, dass sie überhaupt dazu in der Lage ist? Warum nicht gleich mich nehmen?«

»Er hat recht. Ich habe es noch nie gemacht. Und ich kann es ja wohl schlecht an irgendwem ausprobieren!«, rief Vième.

»Vième, wir werden deine Fähigkeit testen können. Morgen Abend. Bei der ersten Gelegenheit, die sich dir bietet, will ich, dass du deine Todeshand gegen einen Feind einsetzt. Wenn es funktioniert, setzen wir dich ein, wenn nicht – macht es Felix.«

Es war offensichtlich, dass sie nicht auf Felix angewiesen sein wollten. Viève konnte es ihnen nicht verübeln.

Felix zuckte nur die Achseln. »Ihr verschwendet nur eure Zeit mit ihr. Setzt besser auf mich. Ich habe es schon oft getan. Funktioniert bestens.«

Jackson wollte nicht wissen, wer Felix' Todeshand alles zum Opfer gefallen war. Aber das Wissen, dass er sie effektiv einsetzen konnte, ließ sich nicht ignorieren.

»Ja. Nehmt einfach Felix«, sagte Viève und rang nervös die Hände. Sie wollte nicht, dass sie sich an einem so kritischen Punkt auf sie verließen, wo doch gar nicht klar war, ob es mit ihren Mischlingsgenen auch wirklich klappen würde.

»Also gut«, sagte Jackson widerstrebend. »Ich werde dich nicht zu etwas zwingen, wozu du nicht bereit bist. Felix, du kannst mit uns aufs Feld kommen und mit uns trainieren.«

»Tameri«, sagte Kamen zu Docia, »wir müssen dich auf den Massen-Teleportationszauber vorbereiten. Ich werde jetzt den Findezauber wirken. Dann weißt du, wo du alle hinschicken musst. Den ganzen Zauber können wir nicht proben, aber dich zumindest, so gut es nur geht, darauf vorbereiten.«

»In Ordnung.« Docia rieb nervös die Hände aneinander. »Das kriege ich hin.«

»Ich weiß, dass du es kannst«, sagte Kamen. »Du bist eine mächtige Priesterin. Ich habe dich viele unglaubliche Dinge tun sehen. Das liegt absolut im Bereich deiner Fähigkeiten. Aber, wie du schon gesagt hast, es wird dich so auslaugen, dass es für dich ein Spiel mit dem Tod wird. Jemand muss hier bei dir bleiben und sich um dich kümmern.«

»Das mache ich«, erklärte Ram knapp.

»Bestens. Komm mit uns, Ram. Ich zeige dir, wie du sie am besten pflegst, sobald der Zauber ihre Kräfte aufgezehrt hat.«

Ram nickte kurz und folgte ihnen ins Haus.

»Alle anderen müssen entweder noch mehr Truppen kontaktieren oder auf diesem Feld trainieren«, sagte Jackson.

»Ich bin in einer Sekunde bei dir, Jackson«, sagte Kane, als er den anderen ins Haus hinterhereilte. »Kamen!«

Kamen blieb auf halber Höhe der Treppe stehen und sah auf den Dämon hinunter. »Ja?«

»Du musst mich ins Hauptquartier des Doyen bringen. Ich kann nur an Orte teleportieren, an denen ich schon mal gewesen bin. Ich kann mir das Ziel nicht einfach aus der Erinnerung von anderen holen, wie ein stärkerer Geistdämon es könnte.«

Kamen nickte. »Wir treffen uns in zehn Minuten in meinem Zimmer. Zuerst will ich, dass Tameri diesen Zauber lernt.«

»Alles klar.«

Kane drehte sich um und ging wieder hinaus. Die Versammlung hatte sich aufgelöst, die meisten gingen aufs Feld hinaus, um ihre Angriffs- und Verteidigungskräfte zu trainieren. Jackson hatte seinen kleinen Einsatztrupp um sich versammelt, der aus Felix, Viève, Kane, den Phönixen und Grey bestand.

»Ich weiß nicht, warum ich hier bin«, sagte Viève zaghaft.

»Du bist die Verstärkung, falls Felix etwas passiert.«

»Mir passiert nichts«, erwiderte Felix arrogant. »Ich bin kampferprobt und sechshundertzweiundsechzig Jahre alt. Ich habe gegen Schattenwandler gekämpft und natürlich auch Menschen ausgeschaltet.«

»Trotzdem gehe ich lieber auf Nummer sicher«, sagte Jackson. »Mein Plan ist einfach. Ceara, Cordo, ihr lenkt Apep mit eurer vollen Feuerkraft ab. Kane, während Apep abgelenkt ist, teleportierst du Felix auf Tuchfühlung zu Apep. Felix, du schwächst ihn mit deiner Berührung. Und Grey, du fesselst ihn und schaffst ihn in den Kreis, den Kamen auf den Boden zeichnet.«

»Klingt einfach, vorausgesetzt, jeder kann seinen Beitrag leisten«, sagte Felix und beäugte Grey.

»Ich kann ihn zum Kreis schaffen. Das Problem wird nur sein, ihn dort festzuhalten. Hoffentlich wird es leichter, nachdem Felix ihn berührt hat«, erwiderte Grey.

»Viève, ich will trotzdem, dass du deine Fähigkeit testest, sobald du kannst. Falls mit Felix etwas passiert, muss ich wissen, dass ich dich als Verstärkung habe.«

»In Ordnung. Mach ich.« Aber der Gedanke, einem anderen Wesen durch Berührung den Tod zu bringen, war für Viève schwer zu verdauen. Sie wusste, dass sie es tun musste, wenn sie Teil dieser Schlacht sein wollte. Und das wollte sie auf jeden Fall. Sie würde sich überwinden müssen. Denn mehr als alles andere wollte sie diesen Leuten beweisen, ihrer würdig zu sein.

»Es wäre besser, einen der anderen Geister einzusetzen, die als Verstärkung kommen«, sagte Felix. »Geister mit Erfahrung.«

»Viève wird es hervorragend machen«, sagte Jackson.

»Wenn ihr darauf besteht. Wenn das alles ist, dann entschuldigt mich jetzt«, sagte er.

»Das ist nicht alles. Wir müssen diese Manöver noch durchspielen.«

»Können wir nicht. Du hast ihn gehört«, sagte er und nickte in Richtung Kane. »Der Transport der anderen Geister wird ihn erschöpfen. Er hat nicht die Energie, das zu proben.«

»Stimmt«, sagte Kane.

»SingSing kann die Teleportation übernehmen. Sie hat ein echtes Händchen dafür«, sagte Grey. »Ich würde es ja selbst machen, aber ich fürchte, ich werde meine ganze Energie brauchen, um diesen Gott festzuhalten.«

SingSing war allerdings unberechenbar. Das war auch genau der Grund, warum Jackson sie nicht gebeten hatte, von Anfang an dabei zu sein. Die Teilnehmer waren von ihm danach ausgewählt worden, wie sie sich bei den ›Erobere-die-Fahne‹-Spielen eingebracht hatten.

»In Ordnung, wenn du meinst, du kannst dafür sorgen, dass sie nicht aus der Reihe tanzt«, sagte Jackson. »Jetzt brauchen wir jemand Starken, der Apeps Rolle spielt. Jemand mit einer Menge Feuerkraft.«

»Sagt hier jemand, ihr braucht Feuerkraft?«, fragte eine durchdringende Männerstimme von links.

»Noah!«, rief Kane, ging auf den Dämonenkönig zu und schüttelte ihm die Hand.

»Kane. Wie ich höre, könnt ihr etwas Hilfe gebrauchen. Deshalb sind Gideon und ich gekommen. Aber Legna ist zu Hause geblieben. Sie passt auf die Kinder auf.«

»Jetzt, wo du und Gideon hier seid, brauchen wir sonst niemanden mehr.« Jackson musterte den muskulösen, schwarzhaarigen Dämonenkönig und den größeren, schmaler gebauten Gideon, der mit seinen silbernen Haaren und Augen eine auffällige Erscheinung war. Er sah so jung aus wie sein Herrscher, aber in seinen Augen und seinem Auftreten lag etwas Uraltes.

»Also, wenn ihr Feuerkraft braucht …« Noah streckte eine Hand aus, und ein Feuerball erschien. Er schleuderte ihn gegen eine künstliche Felsgruppe, die aufflammte und zu Schlacke wurde.

»Sehr hübsch«, sagte Cordo.

Es sah ganz danach aus, als ob die Phönixe mit dem Feuerdämon klarkommen würden.

Sie begaben sich zu einem Bereich des Rasens abseits von den anderen, und nachdem Grey SingSing geholt hatte, begannen sie zu trainieren – ihre magischen Fähigkeiten, ihr Timing, und wie es sich anfühlen würde, einen feindlichen Treffer abzubekommen.

SingSing fand es lustig, ständig zu verschwinden und wiederaufzutauchen, was jedes Mal von einem begeisterten »Ta-daa!« begleitet wurde. Es ging allen schnell auf die Nerven – außer SingSing selbst.

»SingSing, nimm das hier ernst«, tadelte Jackson sie vom Spielfeldrand aus. »Wenn Kane aus irgendeinem Grund seinen Teil nicht machen kann, brauchen wir dich als Ersatz.«

»Oh, ich nehme das sehr ernst.« Sie machte ein verkniffenes Gesicht und zeigte darauf. »Siehst du? Das ist mein ernstes Gesicht.«

Jackson seufzte. »Also los, das Ganze noch mal von vorn.«

22

Kamen ging unruhig auf und ab. Das war ganz untypisch für den gelassenen Mann, als den sie ihn kennengelernt hatte. Normalerweise trat er der Welt ruhig und selbstbewusst entgegen.

Außer, wenn es um sie ging. Dann war er selbstbewusst, aber auch stürmisch. Leidenschaftlich. So gefiel es ihr.

Aber es gefiel ihr nicht, ihn so angespannt zu sehen. Und doch wusste sie, dass sie sehr wenig dagegen tun konnte. Ihre Chance, heute etwas Schlaf zu bekommen, stand vermutlich genauso schlecht wie seine.

Morgen Abend würde die große Entscheidung fallen. Sie würden endlich diesem schrecklichen Feind entgegentreten, und es war eine Tatsache, dass sie nicht alle heil und lebendig zurückkommen würden. Es würde Opfer geben. Auf beiden Seiten.

»Kamen, wie kann ich dir helfen?«, fragte sie und stellte sich ihm in den Weg, damit er nicht weiter ständig auf und ab ging.

Er lächelte ihr leicht zu, hob die Hand und legte sie an ihr Gesicht, um mit dem Daumen über ihre sorgenvoll verzogenen Lippen zu streichen.

»Es gibt nichts zu tun. Morgen werden Leute sterben. Meinetwegen. Templer von beiden Seiten, Dämonen, Dschinn – für diese schrecklichen Umstände habe ich gesorgt, und andere werden dafür bezahlen.«

»Selbstvorwürfe bringen doch nichts. Das hilft überhaupt nicht weiter. Wenn du die nächsten Stunden damit verbringst, dich wegen deiner Schuld zu grämen, dann bekommst du nicht die Ruhe, die du brauchst, und bist nicht so wach und klar im Kopf, wie du sein musst, damit so wenige wie möglich Schaden nehmen.«

Er seufzte und zog sie fest an seinen harten, muskulösen Körper, während er den Kopf senkte und seinen Mund auf ihren drückte. »Wenn es nur so einfach wäre«, flüsterte er an ihren Lippen.

»Ich sage nicht, dass es leicht wäre. Aber manchmal muss Vergebung bei den Vergebenen anfangen. Du musst aufhören, daran zu denken, warum das alles so gekommen ist, und dich stattdessen darauf konzentrieren, was du tun musst, damit nicht alles noch schlimmer wird.«

Er sah sie an und ließ sie tief in seine erstaunlichen, blauen Augen schauen. Sie sah seinen Schmerz. Seine Schuldgefühle. Und sie sah, wie er darunter litt. Sie wollte, dass er nicht mehr litt. Sie konnte es kaum erwarten, dass das alles endlich vorüber war, dass er endlich befreit war von dieser riesigen Last, die ihn zu Boden drückte. Sie wollte, dass Apep ein für alle Mal aus ihrem Leben verschwand.

»Es wird alles so kommen, wie es kommen muss«, sagte sie leise.

»Ich habe das Gefühl, mir ist bestimmt, morgen zu sterben. Oh, keine Sorge. In hundert Jahren bin ich zurück, um neues Chaos anzurichten«, sagte er trocken. »Aber dieses Leben, fürchte ich, ist fast an seinem Ende angekommen. Und nichts werde ich mehr bedauern, als dich zurückzulassen.«

Angst durchzuckte sie. »Du gehst nirgendwohin! Du lässt mich nicht zurück! So darfst du nicht mal denken. Wenn du so denkst, muss es ja so kommen. Du kannst nicht sterben, solange du diesen Fehler nicht wiedergutgemacht hast, nicht wahr?«

»Genau.«

»Und sobald es wiedergutgemacht ist, wird nichts mehr da sein, um dich zu töten. Also wird dir nichts passieren.«

»Apep zu vernichten, wird die Schlacht nicht beenden«, sagte Kamen. »Es wird andere geben, mit denen wir fertigwerden müssen.«

»Und das werden wir auch. Wir anderen. Du musst dich nur auf Apep konzentrieren. Morgen werden wir ihn in diesen Kreis zerren, und du wirst die Welt von ihm befreien.«

»Wenn nur alles gut geht«, sagte er und seufzte. »Ich bin nicht mal sicher …«

»Es wird gut gehen«, sagte sie und brachte seine selbstquälerischen Sorgen mit einem Kuss zum Schweigen. Dann küsste sie ihn leidenschaftlicher, genoss seinen Geschmack und spielte mit seiner Zunge, während sie ihn wortlos beschwor, sich dem Augenblick ganz hinzugeben.

Er hob die Knöchel an ihre Wange und lehnte sich zurück, um sich selbst dabei zuzusehen, wie er sie streichelte. Sie war so wunderschön, und er wusste, dass sie keine Ahnung davon hatte. Irgendwie wirkte sie dadurch doppelt so anmutig. Sie war erst vor zwei Nächten in sein Leben getreten und hatte doch seine ganze Welt auf den Kopf gestellt – mit ihrer Vergebung, ihrer unerschrockenen Güte, ihrem beschädigten Ego. Aber in diesen zwei kurzen Nächten hatte auch sie sich sehr verändert. Ihm war klar geworden, dass es dafür nur eine Perspektive gebraucht hatte. Sie hatte eine Umgebung gebraucht, in der sie frei atmen konnte, statt ihrer Zelle, wo man sie im Glauben erzogen hatte, ein Nichts zu sein. Jetzt wuchs ihr Selbstbewusstsein. Noch war es nur ein zartes Pflänzchen, aber sie hatte Felix die Stirn geboten, und das war ein großer Schritt für sie gewesen. Und jetzt würde er den Rest ihrer Entwicklung womöglich gar nicht mehr miterleben können. Einer von ihnen oder sie beide konnten sterben. Zum ersten Mal war er dankbar dafür, dass sie Felix hatten. Sollte der doch versuchen, dieses gefährliche Monster zu berühren, und nicht Viève. Je näher sie Apep kam, desto größer war das Risiko, dass sie es nicht überleben würde.

»Ich will, dass du Apep fernbleibst«, sagte er plötzlich.

»Aber wenn Felix im Kampf fällt …«

»Wir haben andere Geister. Jackson kann sie einsetzen. Ich will nicht, dass du auch nur in Apeps Nähe kommst.«

»In Ordnung«, sagte sie, und eine Woge der Erleichterung überkam sie. Sie wollte auch nicht in Apeps Nähe sein. Sie würde stattdessen lieber mit den Templern kämpfen. Aber konnten sie den Geistern wirklich trauen, ihren Teil zu tun? Das war die Frage. Und die Antwort darauf würden sie erst mitten im Schlachtgetümmel erhalten.

Morgen Abend. In wenigen Stunden schon.

»Ich will nicht mehr darüber reden«, sagte sie heftig und kämpfte mit den Tränen, die in ihren Augen brannten. »Ich will mit dir zusammen sein. Wenn das heute unser letzter Tag auf Erden ist, will ich ihn mit dir verbringen.«

»Und ich mit dir«, sagte er zärtlich und streichelte sie mit den Knöcheln. »Ich hätte nie gedacht, dass ich eine Frau finden würde, mit der ich zusammen sein kann – dass ich so etwas überhaupt wollen würde. Aber jetzt ist es alles, was ich will. Das ist es, wofür das alles hier lohnt. Apep zu vernichten, war vorher eine Pflicht für mich, aber jetzt ist es von größter Bedeutung für – mein Herz. Ich muss dort Platz für dich schaffen, und das kann ich nur, wenn ich mich von der Schuld befreie, die so schwer auf mir lastet. Jeder unserer Verluste morgen wird mich schmerzen, aber ich werde es leichter ertragen, wenn ich weiß, dass du da bist und mir vergibst. Bitte – sei für mich da.«

Sie wusste, dass er sie darum bat zu überleben. Obwohl er

nicht an sein eigenes Überleben glaubte, bat er sie zu weiterzuleben.

»Ich bin für dich da, und das werde ich sein, bis du meiner überdrüssig bist.«

»Bis dahin ist es noch sehr lange hin«, sagte er, und zum ersten Mal dachte er wie ein Mann, der eine Zukunft vor sich hatte. Eine Zukunft, die er nur wollte, wenn er mit ihr zusammen sein konnte. So viele Jahrhunderte lang hatte er sich nur teilnahmslos dem Leben verschrieben, und zum ersten Mal seit sehr langer Zeit wollte er wieder wirklich leben. Er wollte es ihr sagen, konnte es aber nicht. Erst musste die Last seiner Schuld von seiner Seele genommen sein. Sie hatte etwas Besseres verdient als ihn, aber er würde trotzdem nicht von ihr lassen.

Sie wirkte erfreut über seine Worte, und das sollte sie auch. Er wollte ihr jede Minute dieser Nacht das Gefühl geben, etwas ganz Besonderes zu sein.

Er beugte sich über sie und küsste ihre blass rosafarbenen Lippen. Er genoss es, wie sie sich anfühlte, ihr wohliges Seufzen, ihren süßen Erdbeerduft. Sie hatte gestern Abend in der Stadt eingekauft, unter anderem auch eine Duschlotion mit Erdbeerduft. Damit war das Geheimnis gelüftet, wie sie es schaffte, so süß zu riechen, aber es war ihm egal. Es war trotzdem ihr einzigartiger Viève-Duft, denn sie gab ihm eine Wärme und Tiefe, die ein künstlicher Duft nie erreichte.

Er küsste sie leidenschaftlicher und zog ihren Körper an sich. Er war viel größer als sie, und sie musste sich auf die Zehenspitzen stellen, um an ihn heranzukommen. Das Gefühl ihres geschmeidigen Körpers an seinem nahm ihm den Atem. Er wurde hart. Offenbar wollte er sie immer mehr – mit jeder Stunde, die verging. Sie hatte die Macht, seinen Geist zur Ruhe kommen und ihn all die Sorgen vergessen zu lassen, die ihn niederdrückten. Das war eine wirklich fantastische Gabe. Vielleicht sollte er es nicht zulassen – vielleicht verdiente er nicht, so unbeschwert zu sein. Aber egoistisch, wie er war, konnte er sich nicht als Büßer fühlen, solange er sie um sich hatte.

Er legte die Hand um ihren Kopf und merkte, wie klein er in seiner riesigen Handfläche wirkte. Er war groß, stark und athletisch, aber ganz bestimmt kein Hüne, und doch war er immer noch viel größer als sie. Sie schaffte es, ihm das Gefühl zu geben, dass er ein Riese war. Nicht nur in Bezug auf seine Größe, sondern auch hinsichtlich seiner Fähigkeiten. Mit ihr hatte er das Gefühl, als könnte er die ganze Welt erobern.

Er ließ ihr Haar durch seine Finger gleiten. Die glatten, silbrigen Strähnen fühlten sich weich und seidig an. Sie hatte sich an seine Arme geklammert, aber jetzt glitten ihre Hände zu seinen Schultern hinauf. Eine schlang sich um seinen Nacken, und ihre Finger spielten an seinem Haaransatz. Ihre Küsse wurden immer leidenschaftlicher.

Seine freie Hand wanderte zu ihrer Brust und umschloss sie durch den weichen Stoff ihres Nachthemdes. Sie trug nichts darunter, und ihre Brust füllte seine Hand perfekt aus. Er strich mit dem Daumen über die Spitze, die sich unter dem Baumwollstoff aufgerichtet hatte. Er wusste nicht, was süßer war, ihr Mund, oder wie sie sich anfühlte.

Begehren stieg in ihm auf, und ihr ging es genauso. Er merkte es daran, wie sie sich immer fester an ihn klammerte und wie sie begann, ihn zu verschlingen, wenn ihre Zungen sich trafen. Er hatte sie zärtlich lieben wollen – langsam –, um sie all seine Gefühle für sie spüren zu lassen, ihr mit seinem Körper die Dinge zu sagen, die er kein Recht hatte, mit Worten auszusprechen.

Aber wie so oft mit ihr kam es anders. Die sengend heiße Lust drohte, sie beide zu verschlingen. Er beugte die Knie ein wenig, zog ihr Nachthemd hoch, packte die nackten Schenkel darunter und hob sie mit einem Ruck hoch. Sie flog hinauf, schloss die Beine um seine Taille und verschränkte die Knöchel in seinem Kreuz. Diese Stellung bevorzugten sie offenbar beide. Er mochte sie, weil er sie dazu lediglich mit dem Rücken gegen eine Wand stützen musste und dann tief in sie hineinstoßen konnte, während er ihr dabei tief in die Augen sah und das Spiel der Emotionen auf ihrem Gesicht beobachtete. Ihre Züge waren so wahnsinnig ausdrucksvoll. Er konnte alles sehen und somit auch fühlen, was sie fühlte. Jedes einzelne lustvolle Stöhnen wurde von der Intensität in ihren Augen unterstrichen, und dann war er verloren.

Genau wie er sich jetzt verlor. Er löste sich von ihrem Mund und holte keuchend Atem, während er sich kurz im Raum nach dem umsah, was er brauchte. Dort. Da war es.

Eine Wand.

Nur drei Schritte, und im nächsten Augenblick drückte sich ihr Rücken dagegen. Sein Mund fand ihren erneut in einem leidenschaftlichen Kuss. Er unterbrach ihn nur lange genug, um ihr das Nachthemd auszuziehen, bis sie nackt in seinen Armen lag, an seiner nackten Brust. Er hatte sich vorher umgezogen und trug eine seidene Pyjamahose. Diese war ihm jetzt tief über die Hüften gerutscht, und an seinem nackten Oberkörper konnte er die Wärme und sinnliche Weichheit ihrer Haut und die harten kleinen Spitzen ihrer Brüste spüren, die ihn streiften. All diese Empfindungen katapultierten seine Lust zusammen mit ihren glühenden Küssen in solche Höhen, dass er kaum noch klar denken konnte.

»Himmel, ich will in dir drin sein«, stöhnte er an ihren Lippen.

»Dann komm rein«, keuchte sie leise. »Ich bin feucht und warte auf dich.«

Wieder stöhnte er angesichts der erotischen Einladung

und all der Bilder, die sie in blitzartiger Folge in ihm heraufbeschwor. Sie war über die vergangenen Tage eine ganz schön souveräne Verführerin geworden. Diese Tatsache verdeutlichte sie noch damit, wie sie sich jetzt aufbäumte, sodass die Spitzen ihres Busens verführerisch über seine Brust strichen, und wie ihre suchenden Finger über seinen Bauch nach unten glitten und erst innehielten, als sie an seinem Hosenbund angekommen waren. Dann fand sie die Kordel, löste sie mit einem Ruck und schob ihm die Hose über die Hüften, bis sie ihm um die Knöchel fiel. Er brauchte nur einen Augenblick, um sie mit einem Tritt ganz loszuwerden. Er stellte sich breitbeinig hin und reckte die Hüften nach oben. Seine Männlichkeit strich über ihr weiches Fleisch und teilte es. Gierig hob er eine Brust an seine Lippen, dann glitt seine Hand nach unten zu der Stelle, wo ihre Körper sich berührten, fuhr durch ihre feuchten Locken und fand ihre empfindlichste Stelle. Im gleichen Tempo seiner Berührung saugte er an der Spitze ihrer Brust, und ihr lustvoller Aufschrei hallte durch den Raum. Natürlich war es nicht genug. Dieser eine kleine Schrei genügte ihm nicht. Nicht einmal annähernd. Er ließ die Hüften kreisen, schob sich durch ihr feuchtes Fleisch, und dann war er dort – genau dort, wo er hinwollte. Nur noch einen Stoß davon entfernt, tief in sie einzudringen. Er ließ ihre Brust los, fand ihren Mund und ließ seine Zunge leidenschaftlich hineingleiten.

»Mach schon«, keuchte sie und wand sich in seinen Armen.

»Willst du mich etwa hetzen?«, neckte er und stupste sie spielerisch, verweigerte ihr aber jede andere Befriedigung als die, die seine Finger ihr gaben.

Sie stöhnte frustriert, aber dann begann sie plötzlich ihre Position zu überdenken. Ein verschmitztes Glitzern trat in ihre Augen. »Natürlich«, hauchte sie. »Du hast recht. Wir haben alle Zeit der Welt.« Sie zog seine Hand weg und schob stattdessen ihre eigene hinunter. Langsam schloss sie die Finger um seinen Schaft und begann, ihn fest und rhythmisch zu streicheln. Er zischte vor Lust und stieß in ihre kleine Faust, bis er so hart und voller Verlangen war, dass ihn sein rasender Puls schwindeln ließ.

»Genug«, knurrte er.

»Niemals«, knurrte sie zurück. »Es wird nie genug sein.«

Sie hatte vollkommen recht. Es würde nie genug sein. Er konnte tausendmal mit ihr Sex haben und wusste, dass es beim tausendsten Mal genauso intensiv sein würde wie beim ersten Mal. Und er wollte sie tausendmal. Zehntausendmal. Noch öfter.

Der Gedanke ließ ihn einen Moment lang innehalten.

Sie sah ihn neugierig an. »Was ist?«

Es war die Gewissheit, dass er weiterleben wollte. Er wollte, dass sein Leben weiterging, aber nur zusammen mit ihr. Er glaubte nicht, dass er ein Leben ohne sie ertragen könnte. Es war so kalt gewesen. So lang und leblos. So ohne jede Leidenschaft. Jetzt hatte er Leidenschaft in Hülle und Fülle. Und alles ihretwegen.

»Ich will dich mehr, als ich je in all meinen Leben etwas gewollt habe«, sagte er voller Leidenschaft, wobei seine Stimme aber kaum mehr als ein Flüstern war. Doch sie hatte ihn verstanden. Das sah er an der tiefen, warmen Röte, die in ihren rosa Wangen aufstieg.

»Ich will dich auch«, sagte sie, und er wusste, dass es um mehr ging als nur um das Verlangen dieses Augenblicks. Aber natürlich wollte sie ihn. Er war die erste Leidenschaft, die sie je erfahren hatte. Eines Tages, wenn sie stärker war, würde sie ihn vielleicht nicht mehr wollen. Dann würde sie ihn vielleicht verlassen und die Vielfalt erleben wollen, die das Leben ihr zu bieten hatte.

Der Gedanke machte ihn wütend. Nein! Er würde ihr nicht erlauben, irgendetwas anderes mehr zu wollen als ihn. Er würde alles sein, was sie brauchte, und noch mehr.

Er riss ihre Hand weg und drang mit einem gnadenlosen Stoß in sie ein. Sie keuchte auf, und ihr Körper hatte kaum Zeit, sich an ihn zu gewöhnen, als er auch schon mit voller Kraft immer wieder in sie hineinstieß.

Er nahm sie hart, entriss ihr Schreie der Leidenschaft, erzwang ihre Lust. Sie konnte nichts für die Stimmung, die ihn befallen hatte, und doch konnte er sich nicht zügeln. Der Gedanke, dass sie sich einem anderen hingab als ihm, sorgte dafür, dass es kein Halten mehr für ihn gab. Er drückte sie an die Wand und trieb sie zum ersten Höhepunkt.

»Nur ich. Sonst keiner«, knurrte er an ihrer Wange, als ihre Schreie ihm in den Ohren klangen. Er merkte erst, dass er die Worte laut ausgesprochen hatte, als sie sagte: »Nur du. Sonst keiner.«

Das besänftigte ihn ein wenig. Er wurde langsamer und bewegte sich mit einer schmerzlicheren Leidenschaft. Er brauchte sie, und das ließ er sie durch die Bewegungen seines Körpers, der mit ihrem verbunden war, wissen. Sie spürte den Unterschied, und er sah in ihren Augen Tränen glitzern.

»Schsch«, beruhigte er sie und küsste ihre Lippen.

»Du fühlst dich so gut an«, flüsterte sie. »Bitte, hör nicht auf.«

»Das ist erst der Anfang«, versprach er ihr. Und er hielt sein Wort. Er liebte sie langsam und zärtlich, hart und schnell, wechselte Stimmungen und Geschwindigkeit so schnell wie der Blitz. Erst, als er sie zum dritten oder vierten Orgasmus gebracht hatte – irgendwann hatte er aufgehört mitzuzählen, weil ihre Orgasmen offenbar ineinander übergingen –, erlaubte er sich, in ihr zu kommen. Er kam so heftig, dass er kaum mehr stehen konnte. Sie hatte ihn völlig ausgelaugt, ihm alles abverlangt, was er hatte.

Einen langen Augenblick lehnten sie an der Wand und rangen nach Atem, dann stieß er sich von der Wand ab und ging mit ihr zum Bett hinüber. Er legte sie darauf und zog die Decke über sie.

»Komm«, flehte sie und streckte ihm die Hand entgegen.

»Bin ich doch gerade«, neckte er sie, und seine Mundwinkel zuckten belustigt.

»Komm zu mir ins Bett«, sagte sie und zog einladend die Decke zurück.

»Kann ich nicht. Ich muss noch diesen Zauberspruch lernen, damit ich ihn wirklich aus dem Effeff kann. Ich muss ihn schnell und akkurat aufsagen können. Ein Fehler kann den Unterschied zwischen Leben und Tod bedeuten. Zwischen Scheitern und Erfolg. Und ich werde nicht scheitern.«

»Aber du musst auch schlafen. Du kannst nicht unausgeruht in die Schlacht ziehen.«

Er streckte die Hand aus, streichelte ihr Haar und lächelte ein wenig. »Ich werde heute nicht schlafen. Aber du solltest dich ausruhen.«

»Ohne dich?«, schmollte sie.

»Ich komme bald zu dir zurück. Ich habe vor, dich noch mal zu lieben – nach getaner Arbeit.«

Die Ankündigung brachte sie zum Lächeln. Aber es war ein schläfriges Lächeln, denn sie war bereits am Wegdämmern. »Versprochen?«, fragte sie und legte den Kopf aufs Kissen zurück.

»Du hast mein Wort«, sagte er.

Und später, als er sich den Zauberspruch, so gut er konnte, eingeprägt hatte, hielt er sein Versprechen. Er kam zu ihr, weckte sie und liebte sie langsam und zärtlich, küsste jeden

Zentimeter ihres Körpers und brachte sie mit seiner Zunge fast zum Wahnsinn. Er war völlig uneigennützig und sie auch. Sie berührte ihn, liebte ihn, gab ihm alles, was sie hatte. Und als sie dieses Mal gemeinsam kamen, weinte sie.

Sie hielt ihn fest und weinte.

23

Kat spielte mit der Kette an ihrem Hals. Sie lag nackt neben ihrem Gargoyle-Geliebten und Ehemann im Bett. Ahnvil hatte sich dafür entschieden, an diesem Tag nicht draußen in der Sonne zu sitzen und sich zu regenerieren, sondern ihn mit ihr zu verbringen. Er konnte das mehrere Tage lang tun, ohne dass es ihm schadete, aber wenn er nicht in Kontakt mit seinem Energiestein war, der seine Lebensenergie und Kraft regenerierte, würde er irgendwann den Verstand verlieren. Es konnte sogar damit enden, dass er für immer zu Stein wurde, ohne Hoffnung, sich jemals wieder in den Mann aus Fleisch und Blut, den sie so sehr liebte, zurückzuverwandeln.

Sie stupste ihren Geliebten gegen die Schulter und weckte ihn aus seinem leichten Schlummer. Keiner von ihnen hatte an diesem Tag gut geschlafen. Und die Gargoyles, die geschworen hatten, ihre Körperwandler mit ihrem Leben zu verteidigen, schon gar nicht. Jackson war Ahnvils Körperwandler, und morgen, das wusste er, würde Jackson mitten im Schlachtgetümmel sein. Das bedeutete, dass ihr Mann an seiner Seite sein und ihn beschützen würde.

»Was ist los?«, fragte er. Es schwang keine Spur von Müdigkeit in seinem schweren schottischen Akzent mit.

»Ich habe nachgedacht.«

»Das ist immer gefährlich.«

»Hör auf. Kannst du auch mal ernst sein?«

»Ich glaube, die Lage ist schon ernst genug«, erwiderte er grimmig.

»Stimmt. Aber erinnerst du dich noch daran, was du mir über Adomas Amulett erzählt hast?« Sie hob das Amulett hoch, mit dem ihr gemeinsames Abenteuer begonnen und das sie zu der Entdeckung geführt hatte, dass es ein mächtiges Nik und sie ein Dschinn war. Ihr ganzes Leben lang war sie der Meinung gewesen, eine Sonnenallergie zu haben, nur um herauszufinden, dass ihre Anfälligkeit für Sonnenbrände daher rührte, dass sie ein Schattenwandler war. Sobald sie gelernt hatte, sich in Rauch zu verwandeln, so wie es Dschinn machten, um sich vor der Sonne zu schützen, hatte sie nie wieder Probleme damit gehabt.

»Sicher. ›Der Sklave, der aus den unsterblichen Schattenwandlern hervorgeht, wird die Kräfte darin freisetzen. Derjenige, der Adomas Amulett nutzbar macht, wird über solche Kräfte verfügen, dass er selbst einen Gott zum Weinen bringen kann.‹«

»Siehst du, dieser letzte Satz geht mir einfach nicht mehr aus dem Kopf. Vielleicht ist das Amulett zu mehr bestimmt, als einfach nur ein Nik zu sein. Vielleicht hat es etwas an sich – habe ich etwas an mir –, das dazu bestimmt ist, gegen Apep zu kämpfen. *Einen Gott zum Weinen zu bringen.*«

Ahnvil setzte sich mit einem Ruck im Bett auf und starrte sie an. »Glaub bloß nicht, dass ich dich auch nur in die Nähe von diesem mörderischen Scheißkerl lasse!«

»Beruhige dich!«

»Sag mir nicht, dass ich mich beruhigen soll! Hör dir doch mal an, was du da sagst! Du denkst ernsthaft daran, mit einem Gott zu kämpfen!«

»Nicht, mit ihm zu kämpfen! Aber irgendwie daran beteiligt zu sein, ihn zu schwächen, sodass Kamen seinen Zauber wirken kann.«

»Und wie? Was könntest du wohl tun, dass es dir vernünftig erscheint, mit einem *Gott* zu kämpfen?«

»Hör auf, das zu sagen. Ich kämpfe nicht *mit* ihm. Nur – irgendwo in seiner Nähe.«

»Erklär mir das genauer, Kat, denn bis jetzt redest du nur Unsinn.«

»Grey hat mir alles beigebracht, was ein Dschinn wissen muss. Und ich habe viel gelernt – sehr viel. Er hat mir etwas beigebracht, das er ›Fesselzauber‹ nannte. Damit lähmt man sein Gegenüber – nagelt es sozusagen an Ort und Stelle fest.«

»So einen Zauber willst du gegen Apep einsetzen?«, schnaubte Ahnvil. »Den durchbricht der doch spielend.«

»Vielleicht. Aber wenn ich die ganze Energie, die ich dazu brauche, aus Adomas Amulett ziehe, ist vielleicht etwas daran, was mir besondere Kräfte verleiht.«

»Ein verdammt gruseliges ›Vielleicht‹! Und wenn du dich dadurch nun zur Zielscheibe machst und ihn reizt?«

»Nun, einen Versuch ist es wert!«

»Nein, ist es nicht. Ich will dich morgen nirgendwo in der Nähe dieses Gottes haben. Zum Teufel noch mal, ich will dich überhaupt nicht mit dabeihaben!«

»Du lässt mich nicht hier zurück. Ich kann nützlich sein. Ich habe gelernt, Energieblitze zu schleudern und durch feste Körper hindurchzugleiten. Ich habe gelernt, Dinge an Ort und Stelle festzubannen! Das alles kann in der Schlacht gegen die Templer von entscheidendem Nutzen sein. Ich habe ein paar gute Tricks auf Lager.«

»Du bist Anfängerin als Dschinn. Du hast erst vor ein paar Monaten erfahren, was du bist. Du bist nicht annähernd gut genug, um in die Schlacht zu ziehen. Wenn überall um dich herum Leute getroffen werden und sterben … Es ist hart, Kat, und das will ich dir ersparen, und ich will dich auch vor der Gefahr bewahren. Ich kann nicht für meinen Pharao kämpfen, wenn ich mir um dich Sorgen mache.«

»Ich bleibe nicht hier. Du musst mir schon zutrauen, dass ich weiß, was ich tue, dass ich weiß, wozu ich fähig bin«, erwiderte Kat entschieden.

»Wie kann ich das, wenn du davon redest, mit einem Gott zu kämpfen?«

»Es wird Chaos herrschen, Ahnvil. Er wird nicht einmal merken, dass ich es bin.«

»Er ist ein verdammter Gott! Natürlich wird er es merken!«, brüllte er.

»Hör auf, mich anzubrüllen!«

»Dann hör auf, so verdammt blöd zu sein!«

Fassungslos und verletzt sah sie ihn mit offenem Mund an. Sofort bekam er eine zerknirschte Miene.

»Ich hab's nicht so gemeint.«

»Du hast genau das ausgesprochen, was du denkst! Dass ich blöd bin!«

»Ich denke nicht, dass du blöd bist, Kat«, sagte er sanft. »Ich bin nur … ich habe eine Scheißangst. Morgen werden wir eine Menge guter Leute verlieren. Ich will nicht, dass du eine davon bist. Ich will morgen zu dir nach Hause kommen können, wo du gesund und munter und in Sicherheit bist.«

»Sicherheit ist morgen nirgends mehr zu haben, wenn wir nicht alle gemeinsam an einem Strang ziehen, um dieses Monster zu bekämpfen. Du kannst mich nicht davon ausschließen, nur weil du Angst um mich hast. Ich habe auch eine Riesenangst um dich. Ich weiß, dass du zusammen mit Jackson den Angriff anführen wirst. Ich will auch nicht, dass du gehst. Aber«, sagte sie und schluckte schwer, »ich lasse dich ziehen. Ich bitte dich nicht hierzubleiben. Eine solche Bitte würdest du mir nicht erfüllen können, und du würdest es auch nicht wollen. Es wäre unvernünftig und egoistisch.«

»Aber, Kat, es besteht ein Riesenunterschied zwischen einem kampferprobten Gargoyle und einem Dschinn-Mischling, der noch dazu ein Anfänger ist.«

Wieder versetzten seine Worte ihr einen Stich. »Hör auf damit! Hör auf, so zu tun, als wäre ich weniger wert als du!«, rief sie, sprang aus dem Bett und zog sich schnell ihren Morgenmantel über. Er holte sie ein, als sie gerade in das an ihr Schlafzimmer angrenzende Wohnzimmer hinüberging. Er hatte sich nicht die Mühe gemacht, sich etwas anzuziehen, und so stand er nackt vor ihr, als er ihr den Weg vertrat.

»Du bist nicht weniger wert als ich, Kat! Das denke ich überhaupt nicht!«

»Tust du doch! Du hast es gerade gesagt. Es gibt einen Unterschied zwischen einem Gargoyle und einem Dschinn-Mischling. Einen so großen, dass er ausschlaggebend ist, ob ich morgen erfolgreich bin oder womöglich scheitere.«

»Wir sind alle in Gefahr, morgen zu scheitern. Als Einzelne sind wir alle schwächer als andere da draußen. Keiner von uns ist so mächtig, dass wir nicht in Gefahr sind, zu versagen.«

»Nur sind einige von uns schwächer als andere.«

»Jap, das ist so, und ich werde nichts anderes behaupten. Und wenn du das Ganze logisch betrachten würdest, würdest du dasselbe sagen. Aber du nimmst es persönlich.«

»Und ob ich es persönlich nehme, verdammt noch mal!«

»Kat, ich will mich nicht streiten.«

»Dann hör auf, so blödes Zeug zu reden.«

»Aha! Jetzt hast du es gesagt. Dass ich blöd bin«, konterte er.

»Ich habe gesagt, was du da verzapfst, ist blöd.«

»Was ich sage, hat mein Verstand erschaffen, also nennst du meinen Verstand blöd.«

»›Derjenige, der Adomas Amulett nutzbar macht, wird über solche Kräfte verfügen, dass er selbst einen Gott zum Weinen bringen kann!‹ So steht es geschrieben! Das kann und werde ich nicht ignorieren!« Sie wollte weitermarschieren, doch wieder vertrat er ihr den Weg.

»Wo denkst du, dass du hingehst?«

»Weg von dir! Irgendwohin, wo ich diesen Lähmungszauber üben kann. Egal, ob ich ihn gegen Apep oder nur gegen einen Templer einsetze – ich will gerüstet sein.«

»Du setzt ihn mir nicht gegen Apep ein!«

»Wir werden ja sehen, was Jackson dazu sagt!« Sie schlüpfte unter seinem Arm hindurch, schoss zur Tür hinaus und knallte sie hinter sich zu. Er konnte ihr nicht gleich folgen, weil er splitternackt war, und obwohl es ihn nicht störte, würde es vielleicht andere stören, denen er zufällig auf dem Gang begegnete. Also eilte er ins Schlafzimmer, um sich seinen Bademantel zu schnappen, aber bis er wieder draußen auf dem Gang stand, war sie schon fort, und er wusste nicht, wohin sie gegangen war. Sein erster Gedanke war Jacksons und Marissas Zimmer. Sagan war jetzt wieder gesund und nutzte ihr Zimmer nicht länger. Wahrscheinlich waren sie wieder in ihrem eigenen Bett. Aber bis Sonnenuntergang war es noch eine Weile hin, und wahrscheinlich schliefen sie noch.

Wenn sie denn schliefen.

Aller Wahrscheinlichkeit nach machten sie gerade genauso schwere Zeiten durch wie er und Kat.

Jackson hörte, wie auf dem Gang eine Tür zugeschlagen wurde. Es war der Schlusspunkt eines lauten Streits, der nicht allzu weit entfernt ausgetragen worden war. Er sah seine Frau und Seelenverwandte an. Es war klar, was sie dachte. Es war ein Wunder, dass sie sich nicht alle stritten. Die allgemeine Anspannung im Haus war inzwischen förmlich mit Händen zu greifen.

»Klang nach Kat«, meinte sie.

Er nickte. Er glaubte, die Stimme seines schottischen

Haupt-Gargoyles erkannt zu haben. »Wahrscheinlich will er sie nicht mitten in der Gefahrenzone haben«, sagte Jackson.

»Sie könnte sehr nützlich sein. Im Unterschied zu mir.« Jeder Körperwandler hatte eine besondere angeborene magische Gabe – wie Jacksons Telekinese. Aber Marissas Gabe war denkbar harmlos. Sie war Empathin. Sie konnte die Emotionen von anderen lesen und hatte den Schmerz in dem Streit gerade eben gespürt.

Es bedeutete, dass sie am kommenden Tag nutzlos sein würde.

»Marissa, du bist hier besser aufgehoben.«

»Weiß ich«, sagte sie schnell. »Ich behaupte auch nichts anderes.«

»Gut«, sagte er erleichtert. »Das Letzte, was ich vor dieser Schlacht brauche, ist ein Streit mit meiner Frau.«

»Ist mir klar. Deshalb standen für mich die letzten Stunden auch unter dem Motto: ›Mach Liebe, keinen Krieg‹.« Sie strich mit der Hand über seine Brust, bis hinunter zu seinem Bauch und über sein Uroboros-Tattoo, das ihn als Körperwandler kennzeichnete. Sie hatte ein ähnliches. Sie hatten alle eines. Es erschien in dem Augenblick, wenn ihre Körperwandler-Seele sich mit der Seele ihres Körperwirtes verband. »Aber du solltest versuchen, etwas zu schlafen.«

»Unwahrscheinlich, dass mir das gelingt«, sagte er, beugte sich über sie und küsste sie mit feuriger Glut. »Also machen wir doch lieber weiter gemäß deinem Motto – dem ›Mach Liebe‹-Teil davon.«

Sie lachte und ließ sich von ihm küssen, sodass er all ihre Sinne erfüllte; denn sonst würde sie nur anfangen, über die kommende Nacht nachzudenken und die Tatsache, dass ihr Liebster den Angriff gegen ein wahnsinniges Wesen von unermesslicher Kraft anführen würde. Den Gedanken konnte sie nicht ertragen. Sie würde ihn erst zulassen, wenn es sich nicht länger vermeiden ließ. Wenn er also Liebe machen wollte, bis sie beide völlig übersättigt waren, dann würde sie genau das tun.

Als die Abenddämmerung kam, summte das Haus schon vor Leben und Aktivität. Keiner hatte gut geschlafen, wenn überhaupt, und so hatten sie angefangen, im Haus herumzuwandern. Nach und nach kamen sie in den Gemeinschaftsraum zu einer spontanen Versammlung. Zuerst war es nur ein Paar, dann ein weiteres, dann kam noch einer und noch einer, bis jeder Stuhl besetzt war, und sie erkannten, dass sie alle darauf warteten, dass ihr Anführer erwachte und zu ihnen herunterkam.

Wenig später kam Jackson die Treppe herunter und stellte fest, dass er von allen gespannt angesehen wurde.

»Hallo Leute. Wartet ihr auf euren furchtlosen Anführer?«, scherzte er. »Jemand hätte kommen und mich holen sollen.«

»Wir haben gewusst, dass du irgendwann kommst«, sagte Ram. Er begrüßte Jackson mit Handschlag, umarmte ihn kurz und gab ihm einen Klaps auf den Rücken. Sie waren in ihren vielen gemeinsamen Leben immer die besten Gefährten gewesen. Beide hatten zu ihrer Zeit als rechtmäßige Pharaonen auf dem Thron gesessen, aber seither hatte Ram sich Jackson gebeugt und ihm die Rolle des Anführers über ihr Volk überlassen. Doch Jackson hätte es nie ohne Ram geschafft. Er und Docia kümmerten sich um all die kleinen Dinge des Haushaltes, sodass Jackson sich mit den schwerwiegenderen Problemen befassen konnte – wie mit einem auf die Welt losgelassenen Dämonengott.

»Also, ich mach's kurz«, sagte Jackson. »Wir müssen von Anfang bis Ende zusammenarbeiten. Wir haben jetzt seit Monaten trainiert und kriegen das mit geschlossenen Augen hin. Aber – einige von uns werden das Ganze nicht lebend überstehen, und wir werden Freunde fallen sehen. Ihr müsst einfach daran denken, dass ihr euch dadurch nicht ablenken lassen dürft. Behaltet das Ziel im Auge. Haltet die Templer von Kamen fern, sodass er seinen magischen Kreis ziehen kann, und unterstützt uns auf jede Art, die euch möglich ist. Sobald wir Apep in diesen Kreis geschafft haben – wenn das klappt –, ist es trotzdem noch nicht vorbei, sondern erst, wenn jeder einzelne Templer entweder tot oder außer Gefecht gesetzt ist.«

»Und was ist mit denen, die eigentlich nicht mehr wollen?«, fragte Mena nervös. »Verdienen sie den Tod, nur weil sie keine andere Wahl hatten, als zu kämpfen?«

»Oh, sie werden die Wahl haben«, sagte Jackson. »Das verspreche ich dir.«

»Also: Lasst euch nicht töten, lasst auch andere nicht sterben und haltet euch von dem Killer-Gott fern. Haben das alle kapiert?«, fragte Ram.

Alle nickten.

»Gut. Wir brechen auf, sobald Docia den Massen-Teleportationszauber wirken kann. Ich gehe jetzt zu den anderen Häusern hinüber und halte den anderen dort dieselbe Ansprache. Ram, kommst du mit oder bleibst du bei Docia?«, fragte Jackson.

»Ich bleibe bei Docia und helfe ihr, so gut ich kann.«

»Gut. Docia, wann bist du so weit?«

»Sagen wir – in einer Stunde. Wir treffen uns auf dem Rasen vor dem Haus. Wir alle.«

»In Ordnung. Alle einverstanden?«

Alle nickten.

»Gut«, sagte Jackson. Dann stand er auf und wollte gehen.

»Jackson, ich muss mit dir reden«, sagte Kat, entzog sich Ahnvils Griff und ging auf ihn zu.

»Kat!«, rief Ahnvil warnend.

»Nein!«, blaffte sie ihn an. Dann wurde sie sanft. »Bitte. Lass einen Streit nicht das Letzte sein, was wir vor der Schlacht tun.«

Sofort lenkte er ein. Und obwohl es ihm nicht gefiel, ließ er sie zu Jackson.

Während sie auf das Haus zugingen, in dem die Erste Fraktion der Schattenwandler untergebracht war, erzählte Kat Jackson von der Prophezeiung zu Adomas Amulett, und was sie sich dazu überlegt hatte.

»Und du denkst, du schaffst das? Ihn zu lähmen?«

»Vielleicht. Für einen Moment. Ich bin nicht sicher. Aber einen Versuch ist es doch wert, oder nicht?«

»Definitiv. Die Frage ist, wann du zum Zuge kommen sollst. Grey wird ihn in den Kreis bannen, und das wird ihn seine ganze Energie und Konzentration kosten. Aber du … vielleicht könnten wir dich, unmittelbar bevor Felix Apep berührt, einsetzen – um ihn für die Berührung festzuhalten. Ansonsten wird es sehr chaotisch werden. Du könntest uns die Sache sehr erleichtern, wenn du das hinkriegst.«

»Ich kann es auf jeden Fall versuchen«, sagte sie.

»Aber sie ist Anfängerin«, platzte Ahnvil unwillkürlich heraus. »Es könnte sein, dass sie dadurch nur Apeps Aufmerksamkeit auf sich zieht.«

»Möglich. Aber dieses Risiko nehmen wir alle auf uns«, sagte Jackson.

Das war es, was es bedeutete, der Anführer dieser Leute zu sein, dachte er – schwere Entscheidungen zu treffen, bei denen in keinem Fall etwas Gutes herauskam. Er wusste, dass er andere möglicherweise in den Tod schickte. Er tat es nicht gern. Aber jemand musste es tun.

»Kat, übe diesen Lähmungszauber an einem der mächtigeren Schattenwandler. Noah vielleicht. Komm mit. Wir bitten ihn um Hilfe.«

Ahnvil sagte kein Wort mehr, als sie gingen, aber Jackson konnte die gewaltige Wut, die Sorgen und den Schmerz spüren, die er ausstrahlte. Es tat Jackson leid, Ahnvil in diese Lage zu bringen, aber sie brauchten die Hilfe von allen. Keine Aufgabe würde zu gering sein, auch wenn einige wichtiger waren als andere.

Als sie beim zweiten Haus ankamen, hielt Noah den Bewohnern gerade eine ähnliche Ansprache wie Jackson vorhin. Alle Anwesenden im Raum drehten sich um, als er eintrat.

»Ach, Jackson«, sagte Noah und schüttelte ihm die Hand. »Ich wollte gerade jemanden losschicken, um dich zu holen. Schließlich bist du derjenige, der sich am besten mit den Templern auskennt. Hast du einen Rat für die Truppen?«

»Der Fluch des Ra ist ihre Waffe erster Wahl. Wenn der Priester, der ihn handhabt, mächtig genug ist, kann er damit töten. Wenn er trifft, trifft er hart.«

»Wir haben das trainiert – mit Tameri. Docia, meine ich.« Adam lächelte grimmig. »Tut mir leid. An dieses Ding mit den zwei Seelen in einem Körper muss mich immer noch gewöhnen. Die halbe Zeit über weiß ich gar nicht, wie ich euch nennen soll.«

»Ihr ist Docia lieber. Mir Jackson. Es ist egal. Ich reagiere auch auf Menes. Habt ihr irgendwelche Fragen, bei denen ich euch helfen kann?«

»Womit können wir sonst noch rechnen, außer dem Fluch des Ra?«, fragte Adam.

»Einige Lähmungszauber. Elementarzauber. Die setzen sie am liebsten ein.«

»Jasmine, vielleicht solltest du doch zu Hause bleiben«, meinte Adam besorgt.

»Oh, das habe ich jetzt überhört«, sagte sie mit wachsender Entrüstung.

»Schatz, es ist nur so, dass du mit deiner …«

»Sprich den Satz bloß nicht zu Ende«, unterbrach Jasmine ihn barsch. »Ich gehe mit. Punkt.«

Adam wusste, wann es Sinn hatte, mit seiner Frau zu streiten und wann nicht. Wenn er jetzt anfing, mit ihr zu diskutieren, würde sie nur auf stur schalten. Deshalb ließ er die Sache auf sich beruhen und betete um ein Wunder. Betete, dass sie nicht verletzt werden würde. Betete, dass es ihrem Kind vergönnt sein würde, auf die Welt zu kommen.

Jackson beantwortete noch einige Fragen und sagte dann allen, dass sie sich zur vollen Stunde draußen auf dem Rasen vor dem Haupthaus treffen würden. Dann beendete er die Versammlung und ging zu Sagan.

»Der Fluch des Ra ist ein Lichtzauber. Ein Treffer, und du wirst buchstäblich gegrillt. Du solltest vielleicht …«

»Nein. Ich komme mit. Valera kann mich vor Licht schützen. Wir werden zusammenarbeiten. Solange sie ganz da und konzentriert ist, bin ich einsetzbar. Ich habe schon Schlimmeres überstanden.«

»Schlimmeres als das hier?«, fragte Jackson skeptisch.

»Nun, nicht schlimmer als das hier, aber ziemlich nah dran.« Er und Valera tauschten einen wissenden Blick.

»In Ordnung, wenn du drauf bestehst. Ich sehe ja, dass ich es dir nicht ausreden kann.«

Sagan schüttelte den Kopf.

»Nun, dann sehen wir uns auf dem Rasen vor dem Haus.« Jackson verließ das Haus und ging zum dritten Haus des Anwesens hinüber, wo er das Ganze noch einmal wiederholte. Als er das erledigt hatte, war es fast schon Zeit, sich auf dem Rasen vor dem Haus zu treffen. Ihm blieben gerade noch ein paar Minuten, um Marissa zu finden und sie in eine feste, leidenschaftliche Umarmung zu ziehen. Er küsste sie so voller Glut, dass sie vor Lust verging. Sie klammerte sich an ihn, wollte ihn noch fester halten – für immer. Doch sie wusste, dass sie ihn gehen lassen musste. Vielleicht für immer.

»Komm zu mir zurück, sonst bringe ich dich um«, sagte sie, die Gesetze der Logik Lügen strafend.

»Wenn ich dich in diesem Leben nicht wiedersehe, dann weißt du, dass ich im nächsten auf dich warte. Nur – eines musst du mir versprechen.«

»Was?«, fragte sie mit Tränen in den Augen.

»Dass du nicht denselben Weg gehst wie ich letztes Mal. Dass du tapfer bist und unser Volk die nächsten hundert Jahre anführst, bis ich zurückkomme. Jemand wird sie anführen müssen, wenn ich nicht mehr da bin, und das musst du sein.«

Denselben Weg wie er letztes Mal. Dass er sie so schnell verloren hatte, nachdem er eben erst wieder mit ihr zusammengekommen war, hatte ihm einen solchen Schlag versetzt, dass er sich das Leben genommen hatte. Sie waren Seelenverwandte, und es war so schwer für den einen, ohne den anderen zu leben.

»Aber ich kann nicht …«

»Du kannst. Wir werden ein geteiltes Volk haben, das versucht, wieder zusammenzukommen, und dafür werden sie einen starken Anführer brauchen.«

Sie nickte, und jetzt liefen ihr die Tränen ungehemmt über die Wangen. Sie wusste, wie schwer es für ihn war. Sie konnte seine Emotionen spüren wie ihre eigenen. Er wollte selbstsüchtig sein, sie bitten mitzukommen und mit ihm im Äther zu sein, statt hierzubleiben, wo sie ohne ihn sein würde. Aber im Äther wären sie körperlose Seelen, und obwohl ihre Seelen sich gelegentlich berühren konnten, war es nicht dasselbe, wie physisch zusammen zu sein.

»Ich werde bleiben und auf dich warten. Hundert Jahre oder tausend – ich warte auf dich.«

Jackson seufzte vor Erleichterung auf. Es würde eine schwere Trennung werden, aber sie hatten es schon einmal durchgemacht. Und vielleicht, wenn das alles vorüber war, wenn er überlebte, dann würden sie vielleicht endlich in Frieden leben können, ohne dass die Templer als ständige Gefahr im Hintergrund lauerten.

Er küsste sie noch einmal, und dann ging er. Sie klammerte sich an ihn, so lange sie konnte. Dann ließ sie die Hände sinken, hob das Kinn und folgte ihm auf den Rasen vor dem Haus.

Docia war schon da. Sie saß in der Mitte eines gezeichneten Kreises, der von den fünf Spitzen eines Pentagramms durchschnitten wurde. Sie hatte viele unterschiedliche Kräuter in einer Weise ausgestreut, die nur für Zauberkundige einen Sinn ergab. Ram stand am Rand des Kreises und sah ihr mit strengem Gesichtsausdruck zu. Das Ganze gefiel ihm nicht. Die möglichen Auswirkungen auf sie machten ihm Sorgen. Aber sie hatten keine Wahl.

»Sie sind in Kalifornien«, sagte sie, »wenn Kamens Lokalisierungszauber genau ist.«

»Ist er«, sagte dieser und klang ein wenig beleidigt.

»Ihr solltet euch alle überlegen, wie ihr wieder zurückkommt. Manche von euch werden konventionelle Transportmittel nehmen müssen. Kamen kann euch nicht alle zurückbringen.«

»Wir werden auch Geistdämonen haben. Die teleportieren mühelos«, sagte Noah. »Ich halte welche bereit.«

»Also gut. Ich bin so weit. Leute, kommt so eng zusammen wie es nur geht. Quetscht euch so fest ihr könnt aneinander«, sagte Docia.

Sie taten wie angewiesen, und etwas über hundert Körper drängten sich ganz eng zusammen.

»Viel Glück«, sagte Docia.

Dann begann sie mit ihrem Zauberspruch. Es war ein extrem körperlicher Zauber. Ihr Körper wand sich, klappte zusammen und verdrehte sich, während sie ihre gesamte Energie hineinströmen ließ. Sie konnte bereits spüren, wie der Zauber sie auslaugte, aber nichts tat sich. Alle waren immer noch da. Sie geriet schon in Panik, als plötzlich ein magischer Energieblitz aus ihr herausschoss und alle auf dem Feld verschwanden.

Sie brach zusammen, ihr ganzer Körper wurde taub und schwach. Nein, nicht schwach – gelähmt.

Sie spürte überhaupt nichts mehr. Nicht einmal, wie Ram sie hochnahm. Nur gut, dass er so stark war, denn er hob totes Gewicht. Nicht einmal ihren Kopf konnte sie noch heben.

»Alles gut«, sagte er und drückte sie an seine Brust. »Ich hab dich.«

Sie versuchte, etwas zu sagen, konnte aber nicht sprechen. Ihr Mund war nicht in der Lage, die Worte zu formen, ihr Kehlkopf funktionierte nicht. Panik erfasste sie. Sie war eine Gefangene in ihrem eigenen Körper. Wenn dieser Zustand nun nicht mehr verging? Wenn es permanent war?

»Ich hab dich. Du wirst schon wieder«, sagte er beruhigend, als er sie ins Haus und zu ihrem Schlafzimmer trug.

Er legte sie aufs Bett, und nach ein paar Minuten kehrte langsam wieder das Gefühl in ihre Gliedmaßen zurück.

Sie und Ram atmeten vor Erleichterung auf, aber es war eine verhaltene Erleichterung. Jetzt galt ihre ganze Sorge den anderen.

24

Die Gruppe tauchte nicht an einer Stelle auf, sondern an mehreren Orten in Sichtweite voneinander. Sie orientierten sich so schnell wie möglich, weil sie nicht wussten, ob sie sich mitten in Apeps Zentrale wiederfinden würden oder nicht.

Sie waren auf einem weitläufigen Weinberg – einem Weinbaubetrieb offenbar – gelandet. Viele riesige Gebäude waren in Sichtweite, und sie wussten, dass sie dort Apep und die Templer finden würden. Jasmine schwang sich in die Lüfte, um das Gelände von oben zu erkunden. Adam verwandelte sich in Nebel und folgte ihr. Noah löste sich in Rauch auf und tat es ihnen gleich. Es gab noch andere, die fliegen konnten und sich diese Fähigkeit jetzt zunutze machten, aber die meisten mussten zu Fuß die Anhöhe zu den Winzereigebäuden hinauflaufen. Auf dem Grundstück standen mehrere Häuser, die von einem Stacheldrahtzaun umgeben waren. Die Phönixe brannten im Nu ein Loch hinein und hinterließen schwelende, geschmolzene Ränder.

»Das Hauptgebäude«, sagte Kamen. »Ich kann seine außergewöhnliche Kraft spüren. Aber achtet auch auf die anderen Häuser. Auch die sind voller mächtiger Wesen.«

»Wie viele, würdest du sagen?«, fragte Jackson.

»Wir sind zahlenmäßig unterlegen«, sagte Kamen grimmig.

»Um wie viele?«

»Ich würde sagen, es steht mindestens zwei zu eins.«

Also würden sie alle mehr als ihren Teil tun müssen, und das schnell.

In diesem Moment wurden sie von den Templern entdeckt, und ein schriller Alarm ging los. Templer strömten aus den Gebäuden und feuerten den Fluch des Ra ab. Sie stürmten als geschlossener Block aus dem Haus, und es schien fast so, als wären sie nicht überrascht, sie zu sehen, als wären sie auf den Angriff vorbereitet gewesen.

Der erste Blitz traf Jackson, der den Angriff anführte. Er brachte ihn zu Fall, aber nur für eine Minute. Um einen Mann von Jacksons Kraft zu töten, war ein viel mächtigerer Zauberer nötig.

Jackson revanchierte sich, indem er sich alles schnappte, was lose auf dem Boden herumlag, und seine magischen Kräfte einsetzte, um die Templer aus jeder Richtung damit zu bombardieren. Ein Stapel unbenutzter Metallstangen, die vom Bau des Zauns übrig geblieben waren, gingen wie ein Hagelschauer aus Wurfspeeren auf die Templer nieder und durchbohrten und verstümmelten deren Körper, töteten sie aber nicht. Er vermied es zu töten, wo immer er konnte, wusste aber selbst, dass es nicht ohne Todesopfer abgehen würde. So eine Hoffnung war unrealistisch. Er würde diesen Leuten die Chance geben, die Seite zu wechseln – entweder in diesem Leben oder im nächsten. Er wusste nicht wie, aber er würde es tun.

Sagan, der vor dem Fluch geschützt war, zog mit der einen Hand das Kukri und das Katana mit der anderen. Auch er würde nur die verstümmeln, die seinen Weg kreuzten. Das war zwar gefährlich, weil selbst ein verletzter Templer über seine magischen Kräfte verfügte, sich unter Umständen selbst heilen und wieder in den Kampf stürzen konnte, aber Kamen hatte ihm versichert, dass das eine gewaltige Anstrengung bedeutete und mitten im Schlachtgewühl niemand die nötige Zeit hätte, um sich zu heilen. Außerdem hatte Kamen gesagt, dass Schmerzen allein schon ausreichen würden, um die magischen

Kräfte der Templer zu schwächen. Also begann er, Templer niederzumähen, und die Muskeln auf seinen Armen und seinem Rücken spielten heftig, als er mit voller Kraft durch Knochen und Sehnen schnitt. Er zielte tief, um Achillessehnen zu durchtrennen und das Opfer zu verkrüppeln, oder holte weit aus, um ganze Glieder abzuhacken. Er verstümmelte, aber tötete nicht, und sorgte für genug Schmerz und Entkräftung, um den Feind kampfunfähig zu machen.

Ahnvil nahm seine bizarre Gestalt an – die steinerne Fratze, die wie ein abscheulicher Wasserspeier aussah –, entfaltete seine Flügel und schwang sich zusammen mit den anderen Gargoyles in den Himmel auf, wo er den Angriff mit seinem Schlachtruf anführte. Er blieb nah an Jacksons Seite, schirmte ihn mit seinem Körper vom Fluch des Ra ab, wann immer er konnte, und verringerte so die Möglichkeit, dass sein Anführer verletzt oder getötet wurde. Sein riesiger Körper war wie geschaffen, um auch schwerste Verletzungen zu überstehen. Er war nicht unbesiegbar, doch angesichts des Fluchs des Ra wich und wankte er nicht.

Viève tat, was sie versprochen hatte. Sie eilte über das Grundstück auf der Suche nach jemandem, an dem sie ihre Todeshand testen konnte. Das Herz schlug ihr bis zum Hals, und sie konnte Kamen hinter sich spüren, der ihr den Rücken freihielt. Mit dem Fluch des Ra schoss er jeden ab, der sich ihnen näherte. Doch so mächtig, wie er war, machte sein Fluch nicht einfach nur bewusstlos. Er tötete. Kamen schickte reihenweise Templerseelen in den Äther zurück. Damit hatte er kein Problem. Er wusste, dass sie im nächsten Leben wiedergeboren wurden.

»Lass mich endlich einen berühren!«, rief Viève frustriert, als er niemanden in ihre Nähe ließ.

»Nur, wenn es nötig ist!«, schrie er zurück und schoss einen weiteren Templer ab.

»Es ist nötig! Jackson wollte es so!«

Aber er weigerte sich stur, auf sie zu hören.

Und dann tauchte Apep auf.

Er kam wie ein explodierendes Geschoss aus dem Haus heraus, und Holz- und Gebälktrümmer prasselten um ihn hernieder, als er sich in die Lüfte schwang. Wind peitschte durch sein langes Haar, und er gab einen schaurig schönen Anblick ab: Den einer wutschnaubenden, mächtigen Furie.

»Ihr Dummköpfe!«, schrie er. »Ihr glaubt, ihr könnt mich angreifen? Ihr jämmerlichen Sterblichen glaubt, ihr könnt einen *Gott* aufhalten?«

»Wir können es schaffen!«, brüllte Jackson zurück.

»Du!« Apeps Stimme hallte voll Abscheu. »Habe ich dich nicht schon einmal getötet?«

»So einfach bin ich nicht zu töten!«, erwiderte Jackson.

»Das werden wir ja sehen!« Apep formte in seiner Hand einen Diskus aus strahlend weißer Energie und schleuderte ihn auf Jackson. Der wollte zur Seite springen, aber Ahnvil war da und stellte sich zwischen Jackson und das Geschoss. Der Diskus traf ihn mit voller Wucht und schleuderte seinen Steinkörper nach hinten gegen Jackson. Die beiden Männer überschlugen sich und stürzten zu Boden.

»Will sonst noch einer die Macht eines Gottes kosten?«

»Wir!«, riefen die Phönixe einstimmig.

Da war er. Der Anfang ihres Plans, Apep abzulenken. Nur war Kamen so damit beschäftigt gewesen, Viève zu beschützen, dass er seinen Kreis noch nicht gezeichnet hatte. Jackson kämpfte sich unter dem toten Gewicht von Ahnvils reglosem Körper hervor und rief: »Kamen, Achtung! Mach dich sofort bereit!«

Kamen hörte den Schrei und erinnerte sich plötzlich, was er eigentlich tun sollte. Er zog sich zurück, ließ Viève ohne Deckung zurück und hoffte, dass sie wusste, was sie tat. Er landete ganz in der Nähe und begann, ein Kreis-und-Pentagramm-Muster ins Gras zu brennen.

Cordo warf Apep ein Feuerlasso über, während Ceara ihn mit Feuerbällen bombardierte. Apep schlug sie alle mit erschreckender Leichtigkeit zu ihr zurück. Der Aufprall traf sie mit voller Wucht, aber das Feuer selbst konnte ihr nichts anhaben.

Noah sah, wie wirkungslos ihr Angriff war, und rückte nach vorne vor. Der Plan beinhaltete nicht, Apep auf diese Weise zu besiegen, sondern ihn nur abzulenken, sodass Felix hinter ihn gelangen und ihn berühren konnte.

Nur war Felix nirgends zu sehen.

Zuerst.

Dann erblickte Viève ihn. Sie sah, wie er die Hand ausstreckte und einen der Körperdämonen berührte, der in sich zusammensackte und zu Boden fiel.

»Nein!« schrie sie.

Felix hörte sie und drehte sich zu ihr um. »Doch, du kleine Närrin«, zischte er. »Apep ist unser Gebieter. Du hättest dich besser an den Gedanken gewöhnen sollen. Er wird diese ganze jämmerliche Welt beherrschen! Dann werden die Geister sich endlich nicht mehr in ihren kleinen Zellen verkriechen müssen. Wir werden frei sein, uns ungehindert zu bewegen, wo wir nur wollen!«

Und dann sah sie die Geister. Eine kleine Armee stürmte heran und stürzte sich auf Apeps Seite ins Kampfgewühl. Zweifelsohne waren sie mit Apep im Haus gewesen. Plötzlich dämmerte es Viève, dass Felix und die anderen Geister, die Kane mitgebracht hatte, den Gott vor ihrem Überraschungsangriff gewarnt haben mussten. Aber es konnte eben erst passiert sein, denn hätte Mena sie nicht bemerkt und von ihrer Anwesenheit berichtet?

Felix wandte sich an Apep und sagte: »Gebieter! Lass dich nicht ablenken! Sie haben vor, dich aus dieser Welt zu vertreiben!«

»Danke dir für die Warnung, Geist, aber sie sind mir nicht gewachsen.« Apep ließ einen Diskus aus Energie in seiner Hand wachsen und schleuderte ihn auf Noah. Noah duckte sich, und der Diskus flog an ihm vorbei und traf Cordo mitten in die Brust. Der Phönix schrie, als ihm das Fleisch von den Knochen gesengt und seine Seele aus dem Körper gerissen wurde. Cordos lebloser Körper fiel schwelend zu Boden. Seine Partnerin schrie auf.

»Konzentrier dich, Ceara!«, befahl Jackson ihr, weil er an ihrer Körpersprache erkannte, dass sie zu ihrem gefallenen Kameraden wollte.

»Wir haben keine Chance«, schrie sie. »Er ist zu stark!«

Jackson drehte sich um und sah Kat, die neben ihrem gefallenen Gefährten kniete, ihr liefen die Tränen übers Gesicht. Nachdem er niedergeschlagen worden war, hatte Ahnvil wieder seine menschliche Gestalt angenommen, und in seiner Brust klaffte eine riesige Brandwunde, wo Apep ihn getroffen hatte. Sie war tief, blutig und lag direkt über seinem Herzen. Die eine Hälfte war von der sengenden Hitze des Energieblitzes, der ihn gefällt hatte, ausgebrannt, und die andere Hälfte blutete stark.

»Kat! Wir brauchen dich!«

Kat schluckte, und es stieg so heiße Wut in ihr auf, dass sie Galle schmecken konnte. Sie ließ ihren Liebsten auf dem Boden zurück, packte das Amulett und nahm Verbindung mit der Kraft auf, die von ihm ausströmte. Sie hatte mächtigere Niks. Eines davon war ein Armband, das sie auch jetzt trug, aber daraus zog sie keine Energie. Der Abschnitt der Handschrift war klar gewesen: Es war Adomas Amulett, das die Kraft haben würde, einen Gott in die Knie zu zwingen. Sie betete nur, dass sie Dschinn genug war, um es zu schaffen.

Und dann kam Felix aus dem Nichts und stürzte sich auf Kat. Sie war so auf das konzentriert, was sie tat, dass sie ihn nicht kommen sah. Aber gerade als Felix ihr die Hände auflegen wollte, schoss Noah voller Wut einen Feuerball auf ihn ab. Er traf, und Felix wurde weg von Kat zu Boden gerissen. Das Feuer erfasste ihn, er loderte auf und wurde von den Flammen verzehrt, bis seine Schreie verhallten.

Viève erkannte, dass Felix' Verrat einen noch schlimmeren Aspekt hatte als sein Angriff auf seine Schattenwandler-Gefährten. Es bedeutete, dass Jacksons Plan, Apep zu ergreifen, jetzt ein riesiges Loch hatte – und sie würde es füllen müssen. Aber sie hatte doch noch nicht einmal die Gelegenheit gehabt, jemanden zu berühren! Sie wusste nicht, ob sie überhaupt die Fähigkeit besaß, nur mit einer Berührung Schaden zuzufügen!

Jetzt würde sie es auf die harte Tour herausfinden müssen. Sie würde in ihrer schemenhaften Gestalt sein, bis sie Apep tatsächlich berührte, also hatte sie keine Angst, dass er ihr etwas antun könnte. Zumindest glaubte sie nicht, dass er es konnte. Aber er war ein Gott. Alles war möglich. Sie betete, dass sie auch wirklich in der Lage sein würde, ihren Teil auszuführen. Wenn nicht, war alles verloren. Sie sah zu, wie Apep begann, die Schattenwandler einen nach dem anderen mit bestialischer Grausamkeit abzuschießen, wobei diese manchmal zu Asche verbrannten. Da war ihr klar, dass ihr Plan einfach funktionieren musste. Sie musste ihren Teil dazu beitragen – koste es, was es wolle.

»Hört zu! Ihr alle!«, rief Jackson mit donnernder Stimme in die kämpfenden Truppen hinaus. »Templer! Kämpft nicht gegen uns! Ihr kämpft nicht für die Sache der Templer, sondern für die Launen eines wahnsinnigen Gottes! Odjit ist für euch verloren. Das war sie schon, seit Kamen auf die Seite der Politik übergelaufen ist!«

»Sie wissen, für wen sie kämpfen!«, verkündete Apep mit einem irren Lachen. »Ich habe ihnen erst gestern Abend gesagt, dass sie mit der Anwesenheit eines höchsten Wesens gesegnet sind. Sie wissen jetzt, wie gesegnet sie sind.«

»Fühlt ihr euch denn gesegnet?«, rief Jackson aus. »Oder fühlt ihr euch nicht eher verflucht? Verflucht von dem Gott, der euch droht, der euch tötet, je nachdem, in welcher Stimmung er ist? Wie hat er euch euer Leben erleichtert? Wie hat er es verbessert, seit er euch Odjit gestohlen hat? Ich weiß, dass die Templer und die politische Seite ihre Differenzen hatten, aber die können wir ein für alle Mal beilegen!«

»Schwächlich! Unbedeutend! Habt ihr wirklich gedacht, meine Templer und meine Geister würden mich verraten?« Apep schleuderte einen weiteren Energiediskus nach Jackson, der ihm auswich. Knapp. Dann ließ er rund um sich herum Feuer explodieren, das gleichermaßen auf die angreifenden Truppen und seine eigenen Streitkräfte herunterregnete.

»Seht ihr, wie wenig Rücksicht er auf euch nimmt?«, schrie Jackson. »Wenn ihr euch uns anschließt, kämpft gegen euren Gebieter und vereint die zwei Seiten der Körperwandler-Spezies. Ihr müsst heute Nacht nicht sterben! Das ist euer Moment der Entscheidung. Wenn ihr mit uns kämpft, werdet ihr auf der politischen Seite eine sichere Zuflucht haben. Lasst uns unsere Differenzen ein für alle Mal beilegen!«

Überall um Jackson herum erhoben sich Schmerzensschreie, als Templer und Schattenwandler beider Lager in Apeps Feuer brannten. Jasmine war eines seiner Opfer, ihre Bluse hatte Feuer gefangen und brannte auf ihrem Körper. Aber Adam war sofort da, verwandelte seine massige Gestalt in eine Wasserwelle und überspülte sie. Als er fertig war, hatte er sie zwar von

Kopf bis Fuß durchnässt, aber sie brannte nicht mehr. Er verwandelte sich zurück und schlang die Arme um sie.

»Lass mich los!« Sie schüttelte ihn wütend ab. »Dem Scheißkerl werd ich's zeigen!«

»Jas!« Er riss sie herum, damit sie ihm zuhörte. »Du kannst ihm nichts anhaben! Tu lieber etwas, von dem du weißt, dass es sich bewährt hat!«

Jasmine schien zur Vernunft zu kommen und nickte kurz. »Du hast recht. Tut mir leid. Aber jemand sollte lieber bald etwas gegen ihn unternehmen. Viel länger halten wir das nicht mehr aus!«

Adam nickte grimmig, dann nahm er mithilfe seiner Gabe Verbindung mit dem Grundwasser auf, ließ es als Nebel aufsteigen und über den Boden wabern. Bald hüllte dichter Nebel das ganze Gebiet ein und löschte alles und jeden, der brannte, nahm aber gleichermaßen allen die Sicht. Das schwächte beide Seiten, also senkte er den Nebel wieder, sobald das Feuer gelöscht war.

Viève suchte Kane. Sie erblickten einander gleichzeitig und rannten aufeinander zu.

»Kannst du mich direkt hinter ihn teleportieren? Es muss blitzschnell gehen. Ich muss ihn berühren, bevor er mich angreifen kann!«

»Geht klar«, sagte Kane. Er blickte sich nach Kat um und sah, dass sie ganz in der Nähe stand, und, wie er annahm, ihre gesamte Willenskraft auf Apep konzentrierte. Kane wartete ab, um zu sehen, was sie ausrichten konnte.

Apep streckte die Hände aus, und unter den Füßen der Kämpfer beider Seiten, die nicht fliegen konnten, erbebte der Boden. Riesige Spalten klafften unter ihnen auf, und Körper stürzten in die Erde hinab. Und die ganze Zeit über lachte Apep angesichts seines Zerstörungswerks.

»Das macht wirklich Spaß!«, erklärte er. »Mir war nicht klar, wie langweilig mir war. Vielen, vielen Dank dafür!«

Jacob versuchte schnell, die Erdattacke zu kontern – versiegelte die Spalten und benutzte die aufgeweichte Erde, um die fallenden Körper aufzufangen und auf die Erdoberfläche zurückzutragen. Sogar für jemanden mit Jacobs Fähigkeiten und Kräften war das ein gewaltiges Unterfangen. Bella hielt ihm den Rücken frei, während er sich konzentrierte, und stellte sich einer Nekromantin in den Weg, die auf ihn zukam und versuchte, ihn in den Hals zu stechen. Mit einem schnellen Ruck brach sie ihr das Genick.

»Das hast du davon, meinen Mann anfassen zu wollen«, fauchte sie die Leiche an.

Plötzlich stieß Apep einen Schrei der Entrüstung aus. Während alle zusahen, schien er plötzlich mitten in der Luft hängend mit irgendetwas zu ringen. Offenbar gelang es ihm nicht mehr, die Arme zu heben und seinen nächsten Energieblitz abzufeuern.

»Was ist das?!«, schrie er schrill und kämpfte noch wilder gegen seine unsichtbaren Fesseln an.

»Das ist Kat!«, flüsterte Viève Kane rau zu.

Kane nickte, packte Viève und drückte sie eng an sich. »Festhalten. Mach dein Ding, aber mach schnell!«

Viève wusste nicht, ob es ihr gelänge, was die anderen jetzt von ihr erwarteten, und wenn, ob es bei einem Gott auch wirken würde. »Achte darauf, dass du mich sofort loslässt.«

»Dann fällst du!«, wandte Kane ein.

»Nicht, wenn ich mich an ihm festhalte. Ich will dich nirgends in meiner Nähe haben, wenn ich ihm die Todeshand verpasse. Ich weiß nicht, ob ich die Wirkung auf meine Hände beschränken kann. Vielleicht ist mein ganzer Körper davon betroffen.«

»Verstanden. Auf geht's!«

Kamen sah zu, wie Kane sie packte, und beide verschwanden. Als sie wieder auftauchten, waren sie in der Luft direkt hinter Apeps Rücken. Viève sprang von Kane auf Apep und schlang dem Gott die Hände um den Hals. Gefangen, wie er war, konnte er nicht kämpfen und sie auch nicht abwerfen. Vom Boden aus konnte Kamen die Konzentration in ihrem Gesicht erkennen.

Apeps Gegenwehr wurde sofort wesentlich schwächer. Es funktionierte! Damit war vielleicht alles entschieden. Apep steckte schließlich im Körper einer sterblichen Schattenwandlerin. Vièves Todeshand konnte seinen Wirtskörper töten.

Apep liefen Zornestränen übers Gesicht, als er um Atem kämpfte, um sein Leben, gegen seine hilflose Lage. Auf einmal schien er sich aus Kats mentaler Fessel zu befreien. Kat brach – die magische Energie aus dem Amulett restlos verbraucht – auf dem Boden zusammen. Apep schüttelte Viève ab und drehte sich fauchend zu ihr um.

»Du verräterisches Miststück! Ich bring dich um!«

Viève nahm instinktiv ihre schemenhafte Gestalt an, aber Apep konnte sich kaum bewegen – jedes Molekül seines Körpers war völlig geschwächt.

»Grey! Jetzt!«

Nun war Grey an der Reihe. Er erschien hinter Apep in der Luft und setzte mächtige Magie ein, um ihn noch einmal zu fesseln. Dann teleportierte er ihn zu dem Kreis, wo Kamen stand.

»Du!«, fauchte Apep, als er Kamens Gesicht erkannte. »Du hast mich in diese Welt geholt!«

»Und ich werde dich auch wieder aus ihr vertreiben«, schwor Kamen.

Apeps Wutschrei war schrill. »Geister! Kommt zu mir! Ich befehle es euch!«

Aber die Geister waren alle anderweitig beschäftigt und konnten ihrem zappelnden Gebieter nicht helfen.

Nun ging er dazu über, die Schwäche seines Körpers mit der Kraft seines Geistes zu kompensieren und Dinge auf Kamen zu schleudern, um dessen Konzentration zu stören, während er seinen Zauberspruch rezitierte. Viève sah es und eilte an die Seite ihres Liebsten.

Sie streckte die Hand aus, um ihn in einen körperlosen Zustand zu versetzen, damit Wurfgeschosse durch ihn hindurchfielen, statt ihn zu treffen, aber er schüttelte schnell den Kopf. Es war klar, was er meinte. Er glaubte nicht, dass er den Zauber effektiv wirken konnte, wenn er physisch nicht anwesend war. Eine riesige Holzkiste kam auf Kamen zugeflogen, ging aber unmittelbar vor dem Aufprall in Flammen auf. Es blieb nur noch eine Aschewand von ihr übrig, welche Kamen mit warmem grauem Staub überzog. Viève sah dankbar zum Feuerdämon auf. Noah nickte ihr zu.

Jetzt übernahm Jackson und setzte seine telekinetischen Kräfte ein, um Kamen vor weiteren fliegenden Trümmern zu schützen. Kamen sagte den Zauberspruch so deutlich und schnell auf, wie er nur konnte. Das stundenlange Üben und Auswendiglernen zahlten sich jetzt aus. Er würde kein einziges Wort vergessen. Und er tat es auch nicht. Er war ein Meister seiner Kunst.

Apep schrie vor Verzweiflung und Wut. Er versuchte, gegen Greys Kraft anzukämpfen, aber in seinem geschwächten Zustand war der Dschinn zu stark für ihn.

Das große Finale fiel ziemlich unspektakulär aus. Energieblitze trafen Viève und ließen sie auf den Hintern plumpsen, während Apep ein letztes Mal aufschrie.

Odjits Körper erschlaffte in Greys Händen.

Kamen öffnete die Augen, und Grey sah ihn fragend an. Hatte es funktioniert? Oder stellte Apep sich nur tot?

Kamen trat vor, streckte die Hand aus und berührte mit zwei

Fingern Apeps Hals. Kein Puls. Apep und all die Seelen, die sich in Odjits Körper festgesetzt hatten, waren in eine andere Sphäre vertrieben worden. Wohin genau wusste niemand, aber solange es nicht mehr die Erde war, war es egal.

»Bist du sicher, dass er fort ist? Vielleicht ist er ja nur in einen anderen Körper gefahren?«, fragte Grey skeptisch.

»Er ist fort. Wenn er den Körper gewechselt hätte, wären Odjit und ihre Wirtin noch am Leben. Ich habe alles, was in ihr drin war, auf eine andere Daseinsebene geschickt. Es hat funktioniert.«

»Solange du dir sicher bist«, meinte Grey.

Kamen nickte.

Grey ließ los, und Odjits Körper sackte auf dem Boden zusammen. »Das war fast zu einf…« Grey verstummte mit einem Keuchen, und Viève und Kamen blickten von Odjits Leiche auf. Ein Geist hatte die Hände um Greys Kehle geschlossen.

»Nein!«, schrie Viève und hechtete nach vorne, um Grey zu berühren und in einen körperlosen Schemen zu verwandeln. Doch Grey verschwand vor ihren Augen, und der Geist stürzte und fiel ins Leere. Kamen bombardierte ihn mit dem Fluch des Ra und verbrannte ihn zu Asche.

»Was ist mit Grey passiert? Ist er tot? Verschwinden Dschinn einfach, wenn sie sterben?«, fragte Viève panisch.

»Weiß ich nicht. Aber komm, dieser Kampf ist noch nicht vorbei. Geh und beschütze Kat, sie ist hilflos da draußen auf dem Feld. Ich komme zurück und hole dich, wenn es zu Ende ist.«

»Es ist vorbei!«, schrie Jackson. »Euer Anführer ist tot! Hört auf zu kämpfen oder sterbt an seiner Seite!«

Die Hälfte der Truppen hatte sich schon aus dem Kampf zurückgezogen und ging nicht mehr gegen die Schattenwandler vor. Als ihnen klar wurde, dass Jackson die Wahrheit sagte, knieten sie sich nach und nach hin und hoben die Hände.

Die Geister schrien vor Wut.

»Feiglinge!«, schrie ein Geist. »Kämpft gegen sie! Kommt und kämpft! Wollt ihr für den Rest eures Lebens unter ihrer Knute leben?!«

»Es ist vorbei«, sagte Jackson barsch. »Euer Gebieter ist tot. Wenn die Geister keinen Krieg mit den anderen Schattenwandler-Klans wollen, würde ich an eurer Stelle zum Rückzug blasen.«

»Vielleicht töte ich dich einfach, und es ist aus mit dir!« Der Geist wurde durchsichtig und stürzte sich auf Jackson. Jackson ging in Abwehrstellung, aber plötzlich war Viève vor ihm und stellte sich dem Geist in den Weg. Sie packte ihn, sodass auf einmal zwei körperlose Geister miteinander rangen.

»Sei nicht so stur!«, knurrte Viève. »Kapierst du nicht, dass es vorbei ist?«

»Nimm deine Pfoten weg, du dreckiger Mischlingsbastard!«

Viève holte aus und boxte dem Geist so fest ins Gesicht, dass es knackte. Der Schlag riss ihn nach hinten, und er ging zu Boden, wo er sich materialisierte, als er bewusstlos auf der Erde aufschlug.

»Nenn mich noch mal einen Bastard!«, zischte Viève. »Versuch's nur!«

Dann nahm sie ebenfalls wieder Gestalt an und machte sich auf die Suche nach Kat. Sie fand sie neben Ahnvil auf dem Boden knien.

»Wenn er aufwacht und sich in Stein verwandelt, kommt er durch«, sagte sie leise. »Denkst du, er wird aufwachen?«

Viève sah auf den Gargoyle hinunter, dem ein riesiger Fleischbrocken in der Brust fehlte. Sie hatte ernsthafte Zweifel, aber der Gargoyle atmete noch, und das war alles, was jetzt zählte. Vielleicht konnte einer der Körperdämonen ihm helfen. Es war schwer zu sagen. Sie hatte gehört, dass die Körperdämonen Mühe hatten, andere außerhalb ihrer eigenen Spezies zu heilen. Nur bei Menschen gab es keine Probleme. Aber so, wie sie es verstanden hatte, waren die Gargoyles Menschen gewesen, bevor sie erschaffen wurden. Vielleicht bedeutete das, dass man sie heilen konnte?

Jetzt, da Apep fort war, verließ die übrigen Templer der Kampfgeist. Einige Unbelehrbare fanden ihr Ende auf die harte Tour. Gideon, der Körperdämon, streckte die Hand aus und hielt das Herz von einem … dann zweien … einfach an. Letztendlich waren die Körper von Templern so anfällig für Verletzungen und sogar den Tod wie die von gewöhnlichen Menschen. Trotz all dem Chaos und all der Verwüstung, die sie angerichtet hatten, erkannten die Geister jetzt, dass sie zahlenmäßig unterlegen waren. Sie begannen, vom Schlachtfeld zu fliehen – aber nicht, ohne noch ein paar Gegnern das Leben zu nehmen, darunter der Phoenix-Frau Ceara und zwei der Mystical-Drachen. Und die Verheerung, die sie hinterließen, war bedrückend. Viele hatten durch bloße Berührung ihr Leben verloren.

Die Schlacht war gewonnen, und sie hatten schwere Verluste hinnehmen müssen, aber die der Templer waren noch größer. Diejenigen, die sich ergeben hatten, kamen nun und knieten freiwillig vor Jackson.

»Hört, ihr alle«, sagte er erbittert zu ihnen. »Dieser Krieg ist vorbei. Es wird nicht länger eine Templer-Seite und eine politische Seite geben. Von heute an gibt es nur noch eine Gemeinschaft der Körperwandler. Vertrauen will verdient sein, aber wenn ihr wirklich Teil eines vereinten Ganzen sein wollt, dann werdet ihr es euch verdienen. Und im Lauf der Zeit werden eure entsetzlichen Verbrechen euch vielleicht vergeben werden. Dazu braucht ihr nur Kamen als Vorbild zu nehmen. Ihr habt ihn früher als Anführer betrachtet, seht jetzt zu ihm auf wie zu mir. Er hat hart dafür gearbeitet, sich seine Vergebung zu verdienen, und ihr müsst euch noch mehr anstrengen. Es wird nicht leicht werden, aber auch ihr könnt hier Vergebung finden.«

Kamen sah Jackson überrascht an. Der Gedanke, dass jemand wie Jackson, gegen den er so viele Untaten begangen hatte, ihm vergab, schockierte ihn zutiefst. Er hatte keine Vergebung gesucht, noch hatte er damit gerechnet. Er hatte einfach nur getan, was er für nötig hielt, um alles wieder ins Lot zu bringen.

Kamen wusste nicht, was er empfinden sollte. Er fühlte sich immer noch unwürdig. Durch den Sieg über Apep war es zwar besser geworden, aber das änderte nichts an der Tatsache, dass er der Auslöser dieses Problems gewesen war. Er hatte so viele Fehler gemacht, so viel Schmerz bereitet. Als er sich nun umschaute und all die Verletzten und Toten sah, wusste er, dass er allein für all das verantwortlich war.

Viève kam auf ihn zu und eilte noch schneller zu ihm, als sie die Emotionen über sein angespanntes Gesicht zucken sah. Sie griff nach seinen Händen, nahm sie in ihre und drückte sie fest.

»Es ist okay«, sagte sie tröstend. »Jetzt ist es vorbei.«

»Aber das Trauern hat gerade erst begonnen«, sagte er und sah zu Cordo und Ceara hinüber, die tot auf dem Boden lagen. Sie waren gekommen, um ihr Volk zu vertreten, und hatten mit ihrem Leben bezahlt. Was würden die übrigen Phönixe jetzt von ihnen denken? War jede Hoffnung auf eine dauerhafte Beziehung mit ihren beiden Vertretern gestorben? Kamen würde in die Regenwälder Brasiliens zurückkehren und von ihrem Tod berichten müssen. Kein anderer sollte es tun. Das oblag seiner Verantwortung.

»Auch die Wiedervereinigung hat gerade erst begonnen«,

sagte sie und sah nach all den Templern, die überall verstreut waren.

»Ich sehe gerade mindestens zehn, die nicht freiwillig auf die Seite des Guten überwechseln. Es sind bösartige und brutale Kreaturen. Sie sind es, die hätten sterben sollen«, sagte Kamen erbittert.

Jackson hörte es und drehte sich zu ihm um. »Mit deiner Hilfe werden wir herausfinden, welche von ihnen es ehrlich meinen und welche nicht. Du kennst die Templer besser als jeder andere. Du wirst wissen, wer eine zweite Chance verdient, und wer es verdient, für seine Verbrechen zu bezahlen.«

»So wie ich dafür bezahlt habe?«

»Du hast dir deine Erlösung verdient, weil du dich redlich darum bemüht hast. Jedem, der dasselbe tut, wird sie auch gewährt werden«, sagte Jackson. »Alle anderen kommen in Gefangenschaft.«

»Und ich soll beurteilen, wer von ihnen aufrichtig ist und wer nicht?«, fragte Kamen bitter.

»Du sollst uns dabei helfen, es zu beurteilen. Das hier ist ein Gemeinschaftsunternehmen, weißt du noch? Du bist damit nicht allein.«

»Warum fühle ich mich dann so isoliert?«, fragte er voller Schmerz.

»Aber das bist du nicht«, sagte Viève leise, schmiegte sich an ihn und gab ihm Rückhalt und Wärme. »Du hast mich, was auch immer das wert sein mag.«

Er blickte mit gerunzelter Stirn auf sie hinunter, streckte die Hand aus und berührte mit einem Finger ihre zarte Wange. »Alles. Das allein ist für mich mehr wert als alles andere auf dieser Welt. Du hast die Kraft, mir das Gefühl zu geben, als ob – als ob ich es irgendwie geschafft hätte, etwas Gutes zu verdienen, auch wenn ich ratlos bin, wie mir das gelungen ist.«

»Das hast du geschafft, weil du zu einem Geschöpf mit guten Absichten geworden bist«, sagte Jackson. »Und das ist guter Dinge würdig.« Dann wandte Jackson sich ab und ging zu Kat und ihrem gefallenen Gargoyle.

»Ist das wirklich so?«, fragte Kamen leise. »Bin ich ein Geschöpf mit guten Absichten geworden, oder habe ich nur versucht, einen einzigen Fehler wiedergutzumachen? Was ist mit all dem anderen Unrecht, das ich begangen habe?«

»Erinnere dich daran. *Lerne* daraus. Sorg dafür, dass du solches Verhalten für immer hinter dir gelassen hast, und gehe ohne es in die Zukunft«, sagte Viève.

»Ich bin in so vielen Leben egoistisch gewesen«, sagte er und suchte in ihren grauen Augen nach Antworten – hoffte, dass sie sie ihm geben konnte. »Habe ich mich plötzlich geändert?«

»Was denkst du? Ich kann nicht hier stehen und versuchen, dich von deiner Güte zu überzeugen. Das ist etwas, was von innen kommen muss. Aber eines kann ich dir sagen. Zu mir bist du gut gewesen. So gut. Besser als je jemand zu mir war. Und das hat niemand dir befohlen. Hier hast du nicht versucht, Fehler der Vergangenheit wiedergutzumachen. Du warst uneigennützig und lieb und so gut zu mir.«

»Du täuschst dich«, sagte er leise. »Ich war egoistischer als je zuvor. Ich wollte dich. Ich habe dich genommen. Ohne Rücksicht auf die Folgen meines Handelns.«

»Und ich bin so froh, dass du es getan hast«, flüsterte sie.

Kamen schien sich plötzlich daran zu erinnern, wo sie waren, und zog sich von ihr zurück. »Komm. Niemand kann einen Gargoyle besser heilen als der Mann, der ihn erschaffen hat.«

Er ließ sie stehen und ging zu Kat und Ahnvil hinüber. Viève sah ihm hinterher und bedauerte ihn. Er tat ihr leid, weil es ihm offenbar nicht gelang, den Mann, der er jetzt war, mit dem

Mann zu versöhnen, der er einst gewesen war. Er sah keinen Unterschied, auch wenn es für alle anderen völlig offenbar war.

Kamen kniete sich neben Ahnvil und legte eine Hand auf seine klaffende Brustwunde. Kat schaute unter Tränen zu ihm auf, und er sah Hoffnung in ihren Augen aufblitzen.

»Ich kann ihn mit einem Heilzauber zu Bewusstsein bringen«, sagte er. »Dann kann er sich in seine Gargoyle-Gestalt verwandeln, und das wird seine Heilung beschleunigen.«

»Dann – dann kommt er durch?«, fragte Kat. »Er wird nicht sterben?«

»Ich lasse ihn nicht sterben«, erklärte Kamen mit Nachdruck.

Kat brach erneut in Tränen aus.

Kamen begann, die heilenden Worte zu sprechen.

25

Über die Jahre hatte die politische Seite spezielle Gefängnisse für kriminelle Templer errichtet. Es gab mehrere auf der ganzen Welt. Nun schickte Jackson Gruppen von Templern zu all diesen Gefängnissen und verfügte, dass sie vorübergehend ihre Heimat sein würden. Sie würden sich ihre Freiheit verdienen wie jeder andere Gefangene auch – durch Gutachten und gute Führung.

Es dauerte seine Zeit, bis alle wieder zum Anwesen in Portales zurückgekehrt waren. Dort hielten sie auf dem Rasen vor dem Haus eine letzte Versammlung ab.

»Ich danke euch«, erklärte Jackson, »für alles, was ihr für uns getan habt. Ihr habt geholfen, eine große Gefahr abzuwenden, und dabei einen jahrhundertealten Bürgerkrieg beendet. Wir können nicht einmal ansatzweise ausdrücken, wie dankbar wir euch sind. Ihr seid alle willkommen, so lange zu bleiben, wie ihr wollt, aber viele von euch wollen jetzt sicher nach Hause und sich so schnell wie möglich auf den Weg machen. Ich nehme es niemandem übel, wenn er sich dafür entscheidet. Unsere guten Wünsche begleiten euch, damit ihr sicher und wohlbehalten an euer Ziel gelangt.«

Dann löste die Versammlung sich auf, und die Leute begannen, sich zu verstreuen. Viève ging zu Jackson hinüber.

»Was ist mit den Geistern?«, fragte sie ihn. »Dem Doyen?«

»Ich denke, wir lassen ihn einfach im eigenen Saft schmoren und sich fragen, was die anderen Schattenwandler-Spezies als Vergeltung für seine schlechten Entscheidungen planen.«

»Und was hast du vor?«

»Nichts – solange sie die Nachricht verstehen und nicht gegen andere Schattenwandler vorgehen. Aber wenn sie weiterhin andere schädigen, werden wir gezwungen sein, mit vereinten Kräften einen Vergeltungsschlag gegen sie durchzuführen.«

Noah kam zu ihnen herüber, und Jackson sagte zu ihm: »Ich beantrage ein Treffen mit allen Anführern der diversen Schattenwandler-Spezies. Ein Gipfeltreffen, sozusagen. Denkst du, das lässt sich einrichten?«

»Ich werde wohl die anderen Anführer benachrichtigen können. Viele Spezies auf unserer Seite haben mit moderner Technik Probleme, also werden wir uns eine Alternative zum Telefon überlegen müssen. Wir haben zu den Höfen anderer Spezies immer Botschafter entsandt. Akzeptierst du das auch?«

»Natürlich«, sagte Jackson bereitwillig. »Schick, wen immer du willst, und alle anderen Höfe können es auch so halten.«

»Ich werde wohl einen der Drachen hierlassen«, erklärte die Kaiserin der Mysticals, die auf sie zukam. »Wenn das für dich akzeptabel ist?«

»Selbstverständlich. Ich werde die Botschafter aller Höfe hier willkommen heißen und selbst ebenfalls Botschafter unseres Hofes zu ihnen entsenden, wenn sie ihnen willkommen sind.«

»Mein Vater wird sicher gern jemanden schicken«, sagte Dax. »Und empfangen. Jeder Kontinent der Nachtengel hat seinen eigenen Anführer, aber ich bin sicher, wir können uns auf eine Person einigen, mit der alle einverstanden sind.«

»Dasselbe gilt auch für die Dschinn.« Die Gruppe drehte sich mit einem kollektiven Japsen um und sah Grey, der lässig an einer Wand lehnte.

»Grey! Du lebst!«, rief Viève aus.

»Ich hatte mich schon lange in Luft aufgelöst, ehe die Todeshand mir etwas anhaben konnte«, erzählte Grey mit einem übermütigen Lächeln.

»Ach, ich habe immer gewusst, dass du nicht tot sein kannst!«, rief Paulette und umarmte ihn ungestüm. Grey grinste etwas verlegen, ließ aber ihre Liebesbekundung gern über sich ergehen.

Dann wurde noch weiter über die Botschafter diskutiert, und an diesem Punkt machte Viève einen stillen Abgang. Sollten die Herrscher untereinander über ihre nächsten Maßnahmen entscheiden. Sie hatte andere Sorgen.

Sie machte sich auf die Suche nach Kamen.

Es dauerte eine volle Stunde, bis sie ihn fand. Genau genommen fand er sie in ihrer Suite. Er kehrte gerade von einem Flug im Strahl zurück.

»Wo warst du?«, fragte sie ihn, als sie auf ihn zuging und ihn liebevoll begrüßen wollte.

Er wandte sich von ihr ab. »Bei den Phönixen. Ich habe ihnen ihre Toten zurückgebracht.«

»Oh«, sagte sie und verstand plötzlich seine abweisende Reaktion. Zweifellos hatte er ein sehr unangenehmes Erlebnis hinter sich. »Haben sie etwas gesagt?«

»Nur, dass wir sie nie wieder behelligen sollen. Der Kontakt mit der Außenwelt kam sie zu teuer zu stehen. Sie ziehen es vor, in ihrer wilden, natürlichen Umgebung zu bleiben, wo sie vor den Machenschaften der Welt sicher sind.«

»Wer könnte es ihnen verübeln? Ich wünschte, ich könnte zu ihnen in die Wildnis flüchten. Es wäre so viel einfacher.«

»Wenn ich doch auch in solch seliger Unwissenheit leben könnte«, sagte Kamen leise.

Viève unternahm wieder den Versuch, ihm nahe zu kommen. Dieses Mal ließ er es zu und umarmte sie. Er hob mit einem Finger ihr Kinn und sah in ihr Gesicht hinab.

»Würdest du mit mir in der Wildnis leben? Weit weg vom ganzen Rest der Welt?«

»Mit dir würde ich überallhin gehen«, sagte sie eifrig. »Überallhin. Jederzeit.«

Ein leichtes Lächeln spielte um seine Lippen. »Du musst in einer Welt leben, wo die Leute dich akzeptieren. Zumindest für eine Weile. Du hast zu lange in einem düsteren Klima der Missbilligung gelebt. Du liebst mich nur, weil ich der Erste war, der nett zu dir war.«

Liebe? Hatte sie von Liebe gesprochen?

Liebte sie ihn?

Viève erkannte, dass es so war. Sie liebte es, wie er redete, wie er nach Bergamotte roch, wie geschmeidig sein muskulöser Körper sich bewegte. Sie liebte es, wie er sie berührte, und die Gefühle, die er damit in ihr auslöste. Bei seinen Liebkosungen fühlte sie sich immer als etwas ganz Besonderes. Sie liebte die Hitze ihrer Leidenschaft und das Ungestüm, das sie begleitete.

»Ich liebe dich aus viel mehr Gründen als nur, weil du nett zu mir warst«, sagte sie ernst.

Überrascht sah er sie an, als sie ihr Gefühl selbst in Worte fasste. Er hatte nicht einmal bemerkt, was er da eben gesagt hatte, aber es aus ihrem Mund zu hören, änderte alles.

Er löste sich von ihr und ließ sie stehen.

»Du kannst mich nicht lieben«, sagte er.

»Warum nicht?«, fragte sie.

»Du verstehst nicht. Das hast du nie. Ich bin – der Liebe anderer nicht würdig. Schon gar nicht deiner.«

»Das ist nicht wahr«, beharrte sie und versuchte, wieder zu ihm zu kommen. Aber er wich erneut vor ihr zurück.

»Du hörst mir nicht zu!«, sagte er scharf.

»Doch, tue ich. Und für mich hört es sich so an, als würdest du mich nicht lieben. Ist das wahr?«

»Nein, kein bisschen! Das ist überhaupt nicht das, was ich sage! Meine Gefühle … um meine Gefühle geht es nicht!«

»Was *sind* denn deine Gefühle?«, fragte sie herausfordernd. »Empfindest du überhaupt irgendetwas für mich, oder bist du wirklich so egoistisch, dass du anderen keine Liebe geben kannst?«

»Ich habe nichts anderes getan, als dir Liebe zu geben! Hast du meine Liebe nicht in jeder kleinen Liebkosung gespürt? Jeder kleinen Berührung? Ich habe versucht, dich zu lieben, so gut ich nur kann!«

»Du sprichst von körperlicher Liebe. Aber habe ich auch dein Herz berührt?«, fragte sie.

Er wollte Ja sagen. Er wollte ihr die Wahrheit sagen. Aber das wäre egoistisch, weil er es ihr nur sagen würde, damit sie bis zum Ende seiner Tage bei ihm blieb – und sie verdiente etwas Besseres als das. Etwas Besseres als ihn.

Und doch konnte er sich nicht überwinden, Nein zu sagen. Das wäre eine Lüge, und damit hatte er abgeschlossen. Wenn er einen auch nur annähernd anständigen Mann aus sich machen wollte, musste er ehrlich sein – zu anderen und zu sich selbst.

Also wich er der Frage aus.

»Du denkst nur, dass du verliebt bist, weil jemand dich zum allerersten Mal liebevoll, mit Anstand und auf Augenhöhe behandelt hat. Ich bin dein erster Mann, und alle Frauen verlieben sich in ihren ersten Mann. Oder denken es zumindest.«

»Glaubst du wirklich, ich wäre so naiv? Sind meine Gefühle für dich wirklich so trivial?« Sie klang verletzt. Er wäre auch verletzt, wenn jemand seine Gefühle banalisieren würde. Aber sie konnte ihn einfach nicht lieben. Das konnte einfach nicht sein.

»Das ändert alles«, sagte er, wich vor ihr zurück und ging durch den Raum. »Du kannst hierbleiben. Ich gehe.«

Ihr wurde eiskalt vor Schreck.

»Du meinst – für immer? Du kommst nicht wieder?«

»Nein. Ich werde hier nicht mehr gebraucht, und ich brauche jetzt etwas Zeit für mich allein. Und es wäre das Beste für dich, wenn ich …«

»Hör auf! Nicht du entscheidest, was für mich am besten ist! Und du kannst nicht gehen. Du hast Dinge zu erledigen. Viele Dinge! Da sind Gefangene, um die wir uns kümmern müssen. Du bist der Einzige, der diese Leute kennt, und weißt, wie sie wirklich sind. Sie brauchen deine Hilfe.«

»Ich werde …« Jetzt wusste er nicht weiter. Sie hatte recht. Seine Arbeit hier war noch nicht getan. »Ich komme zurück. Nach einer Weile. Wenn du Zeit hattest, dir darüber klar zu werden, dass das, was du fühlst, nicht das ist, wofür du es gehalten hast.«

»Dann wirst du lange fortbleiben müssen, denn meine Gefühle werden sich nicht ändern. Und deine auch nicht!«, sagte sie kühn. »Du liebst mich. Das weiß ich. Warum hättest du sonst solche Angst?«

»Es ist keine Angst! Es ist Gewissheit. Ich weiß, dass ich nicht gut genug für dich bin, und du willst das einfach nicht einsehen!«

»Das tue ich nicht und werde ich auch nie, weil es nicht stimmt! Du bist mehr als gut genug. Mehr als würdig.«

»Du täuschst dich. Das beweist mir nur, wie sehr du dich immer noch abwertest. Ich werde nicht länger darüber streiten«, sagte er, wandte sich von ihr ab und ging zur Tür hinaus.

Sie folgte ihm sofort und schrie seinen Rücken an, als er den

Gang und die Treppe hinunter in den Haupttrakt des Hauses ging.

»Oh! Ich habe noch nie einen so sturen Mann getroffen! *Ich* bin doch hier nicht diejenige, die sich abwertet! Du bist derjenige, der denkt, dass er keine Liebe verdient. Und du irrst dich. Jeder, sogar die niedrigste Kreatur, verdient Liebe!«

Sie betraten das große Wohnzimmer und fanden dort mehrere Leute vor, darunter Leo, seine Frau Faith, Jackson, Marissa, Ahnvil und Kat. Sie unterhielten sich und blickten auf, als sie die wütenden Stimmen hörten.

»Du irrst dich«, sagte er ruhig und suchte nach einem Ausweg. »Liebe ist etwas Heiliges – genau wie Vergebung. Aber du gewährst beides so mühelos, dass du nicht siehst, dass es Leute gibt, die dessen nicht würdig sind.«

»Also, das ist ein echter Tritt in den Hintern. Willst du damit etwa sagen, du nimmst es gar nicht an, wenn jemand sich die Mühe macht, dir zu vergeben?«, fragte Leo und stand auf.

Kamen erstarrte und drehte sich zu Leo um. »Ich bitte nicht um Verg…«

»Aber du hast sie trotzdem«, sagte Leo ruhig. Mit Nachdruck. »Ich sage nicht, dass wir zwei die besten Kumpel werden, aber mir ist klar, dass ich meine Vergangenheit hinter mir lassen muss, wenn ich mein Leben fortführen will. Deshalb, und weil ich gesehen habe, wie sehr du im letzten Jahr versucht hast, wiedergutzumachen, was du angerichtet hast, vergebe ich dir.«

»Ich habe dich nicht um Vergebung gebeten«, wiederholte Kamen.

»Du nicht. Aber sie hat es getan.« Leo zeigte auf Viève. »Und sie hatte recht damit. Es ist an der Zeit, dass wir alle endlich aufhören, uns gegenseitig die Moralkeule zu geben.«

»Stimmt«, meldete Ahnvil sich zu Wort, wenn auch erst einmal nicht allzu nachdrücklich. »Darüber hab ich in letzter Zeit auch viel nachgedacht. Ich merke, dass ich dich nicht mehr so hasse wie früher. Diese letzten Monate haben mir geholfen, zu verarbeiten, was du mir angetan hast.«

Kamen stand fassungslos da. Hier waren zwei Männer, denen er Unsägliches angetan hatte, und sie sagten, dass sie ihm verziehen hatten?

»Das kann nicht euer Ernst sein«, sagte er leise.

»Nur, weil wir dir vergeben haben, heißt das nicht, dass du uns unsere Gefühle diktieren darfst«, sagte Leo scharf. »Und banalisieren auch nicht.«

Schon wieder dieses Wort. War es das, was er machte? Machte er wichtige Gefühle klein und – wertete sie ab? Aber etwas so Schwerwiegendes wie Vergebung erfasste er offenbar gar nicht. Oh, er verstand die Grundzüge, aber er war nicht sicher, ob er selbst sie so großherzig gewähren konnte wie Leo offenbar. Oder Ahnvil, ein Mann, den er jahrzehntelang versklavt hatte.

Aber hier waren sie, und sagten ihm, dass er ihrer Vergebung würdig war. Seiner Ansicht nach irrten sie sich, aber etwas so Tiefgreifendes durfte er nicht wagen zurückzuweisen.

»Ich – ich danke euch«, sagte er schließlich. »Ich – halte mich für dessen unwürdig, aber ich danke euch dafür.«

»Wenn du es nicht verdienen würdest, würden wir es dir nicht gewähren«, sagte Leo. »Weißt du was? Du klingst wie die kleine Viève, als sie hier ankam. In drei Tagen hat sie gelernt, für sich selbst einzustehen. Vielleicht solltest du dir daran ein Beispiel nehmen.«

Kamen schaute zu Viève, die ziemlich selbstzufrieden aussah. Sie hielt ihm die Hand hin. »Komm. Gehen wir wieder nach oben und reden darüber wie zwei Erwachsene – die einander verdienen.«

»Das ändert nichts«, sagte er, wirkte und fühlte sich aber etwas verwirrt.

»Es ändert *alles*«, sagte sie. Sie trat vor und nahm seine Hand. »Du bist mehr wert, als du ahnst. Und ich bin nicht die Einzige, die das denkt.«

»Jap«, sagte Leo. »Du bist schon ein Mistkerl, aber du hast Wert für diese Hausgemeinschaft. Du bist den Leuten hier wichtig. Wir brauchen dich.«

»Jetzt nicht mehr. Apep ist vernichtet«, sagte Kamen.

»Und wer hilft uns, Hunderte von gefangenen Templern durchzuchecken?«, fragte Jackson. »Kamen, du hast dich unersetzlich gemacht, und das nicht nur bei deiner Jagd auf Apep.«

»Ach, wodurch denn noch?«, fragte Kamen mit rauer Stimme.

»Heilen. Immer, wenn jemand verletzt ist, bis du sofort da und heilst die Wunden.«

Kamen verstummte. Sein Verstand arbeitete fieberhaft und versuchte, die Bedeutung dessen zu enträtseln, was er hörte. Er war kein begriffsstutziger oder dummer Mann, aber in diesem Augenblick fühlte er sich so.

Jackson stand auf und legte Kamen die Hand auf die Schulter. »Du hast mich einmal getötet, weißt du noch?«

Kamen erinnerte sich sehr genau daran. Es war vor vielen Leben gewesen, und er hatte es mit dem Fluch getan. Ein schrecklicher Tod. Er schluckte und nickte.

»Wenn ich nun bereit bin, dir das zu vergeben, denkst du nicht, dass du es dir selbst auch vergeben darfst?«

Kamens Augen wurden etwas größer. Er zögerte und nickte dann wieder. Das konnte er, oder nicht? Wollte er selbst etwa weniger für sie tun, als sie bereit waren, für ihn zu tun? Es wäre nicht richtig, solche Gaben voller Undank auszuschlagen.

Und doch – sie anzunehmen bedeutete, seinen eigenen Wert zu akzeptieren, oder vielmehr, sich in seinen eigenen Augen aufzuwerten. Das war keine leichte Aufgabe. Aber vielleicht …

»Ja«, sagte Viève leise und beobachtete das Spiel der Emotionen auf seinem Gesicht, die so offen zu Tage traten, dass alle es sehen und verstehen konnten. »Du verstehst es, nicht wahr? Du bist es wert, dass dir vergeben wird, und mehr noch – du bist es wert, geliebt zu werden.«

»Niemand liebt mich hier. Niemand außer dir«, fügte er hastig hinzu.

»Bin ich nicht genug?«, fragte sie ihn schlicht.

Er sah in ihre taubengrauen Augen und wusste, dass er sie nicht zurückweisen konnte. Sie war in diesen drei Nächten stark und selbstsicher geworden, aber sie war immer noch zerbrechlich. Seine dauernde Zurückweisung würde sie nicht ertragen können.

Und er merkte, dass er sie auch nicht länger zurückweisen wollte. War es wirklich wahr, was alle sagten? Verdiente er Vergebung und Liebe?

Er trat schnell zu ihr, schloss sie fest in seine Arme und hob sie vom Boden hoch. Er vergrub sein Gesicht in ihrem Haar und atmete tief ein. Der Duft von Erdbeeren erfüllte seine Sinne.

»Du bist mehr als genug«, flüsterte er an ihrem Ohr. »Mehr, als ich jemals verdienen werde. Aber ich schwöre dir – ich werde mich jeden Tag anstrengen, um dich spüren zu lassen, dass du über alles geliebt wirst. Du wirst immer ein Kleinod in meinen Augen sein, und ich werde dich nie als etwas Selbstverständliches hinnehmen.«

»Welche Frau könnte sich mehr wünschen?«, fragte sie ihn ungestüm. »Und jetzt bring mich nach oben und liebe mich gründlich, um diese Dummheiten wiedergutzumachen.«

»Jawohl, Madam.« Mit einem Lächeln küsste er sie auf die Lippen, und dann bückte er sich und warf sie sich wie einen Kartoffelsack über die Schulter. Sie kreischte überrascht auf, aber das vertraute Gefühl seiner Hand auf ihrem Po brachte all ihre Einwände zum Verstummen. Als er losging, fiel Viè-ves Blick auf die Gruppe von Leuten, die sie zurückließen. Sie winkte ihnen zu und formte lautlos mit den Lippen das Wort »Danke«.

Leo nickte ihr zu. Er hatte großen Respekt vor der großherzigen kleinen Geisterfrau, die so mutig war, ihrer ganzen Spezies den Rücken zu kehren, um dafür einzustehen, woran sie glaubte. Sie hatte vielleicht nicht stark gewirkt, als sie hier ankam, aber jetzt erkannte er, dass sie sehr viel mehr Stärke besaß, als man ihr zugetraut hatte. Jetzt, an einem Ort, wo diese Stärke gefördert werden würde, waren von ihr große und wunderbare Dinge zu erwarten.

Auch Leo überkam das Gefühl, dass nun endlich etwas abgeschlossen war. Das bedeutete nicht, dass er nie wieder von dem Schrecken träumen würde, den er durchgemacht hatte, aber ihm wurde klar, dass er heute Abend besser schlafen würde, und das hatte er allein ihr zu verdanken.

Viève erlaubte Kamen, sie ohne auch nur ein Wort zu sagen zu ihrer Suite zu tragen. Als er die Tür hinter ihnen schloss, ließ er sie hinuntergleiten, bis sie wieder auf dem Boden stand. Aber er erlaubte ihr nicht, sich auch nur einen Millimeter weit von ihm zu entfernen.

»Wenn ich es nicht besser wüsste, würde ich sagen, dass du das Ganze geplant hast«, brummte er. Man hörte ihm an, wie bewegt er war. Er war bewegt von dem, was die anderen ihm geschenkt hatten – was *sie* ihm geschenkt hatte. Denn er wusste, dass nichts davon ohne sie möglich gewesen wäre.

Er hob ihr Kinn, beugte sich zu ihr herab und küsste sie weich auf die Lippen. »Ich liebe dich«, sagte er schlicht.

»Das habe ich die ganze Zeit gewusst. Ich wollte nur, dass du es zugibst – und dass du auch meine Liebe akzeptierst.«

»Ich bin ihrer immer noch nicht würdig, aber ich werde mein Bestes tun, zu lernen, wie ich dich verdiene.«

»Ich liebe keine unwürdigen Leute. Ich werde nicht tolerieren, dass du etwas anderes behauptest.«

»Ja, meine kleine Taube«, sagte er weich. »Du hast recht. Vergib mir.«

»Bring mich dazu, dir zu vergeben«, forderte sie ihn heraus.

»Ach. Jetzt soll ich also für deine Vergebung arbeiten?«

»Mmhmm«, sagte sie mit einem Augenzwinkern.

Er musste lächeln und küsste sie seitlich auf den Hals. »Ich frage mich, wie ich das bloß schaffen soll«, sagte er, fing ihr zartes Ohrläppchen mit den Zähnen und zog daran.

»Dir fällt da bestimmt was ein«, sagte sie einladend.

»Und ob mir da was einfällt«, sagte er, und dann riss er sie hoch in seine Arme und gab ihr einen sengenden Kuss.

Sie liebten sich. Es war nicht die glühende, blindwütige Leidenschaft, die sie so oft miteinander erlebt hatten. Es war behutsam, zart und voller Verlangen, und er erkannte, wie ausgehungert er nach jemandem war, der ihn liebte. So war es von Anfang an gewesen. Das war es gewesen, was ihr erlaubt hatte, in seine Arme zu sausen und seine Welt auf den Kopf zu stellen. Er hatte sie sich wider besseres Wissen genommen, und jetzt war er dankbar dafür. Ohne sie hätte er nie geschafft, sich die wahre Akzeptanz der anderen in diesem Haus zu verdienen.

Ohne sie hätte er nie gewusst, was Liebe wirklich war. Sie hatte ihn von Anfang an bedingungslos geliebt. Sie hatte ein Herz von der Größe eines Kontinents, und als sie sich jetzt liebten, sagte er ihr, welches Glück es für ihn war, einen Platz darin gefunden zu haben.

Er berührte jeden Zentimeter ihrer Haut, genoss jede zarte Liebkosung wie etwas unendlich Kostbares. Dann, sobald er sie mit den Händen erregt hatte, machte er mit dem Mund weiter. Er saugte an jedem Finger und jedem Zeh, knabberte an ihren Kniekehlen, ihren Armbeugen, ihrem Nacken. Er war entschlossen, sie bis ganz zuletzt spüren zu lassen, dass jeder Zentimeter ihres Körpers ausgiebig geliebt worden war.

Und das spürte sie.

Aber es genügte ihr nicht, nur passiv dazuliegen. Sie wollte, dass auch er sich geliebt fühlte, und gab ihm Kontra – Kuss für Kuss, Berührung für Berührung. Er lachte leise über ihre Entschlossenheit, ihm alles nachzumachen. Oh, wie sie ihn zum Lachen brachte. Wie leicht er sich mit ihr fühlte. Mit welch verdammter Leichtigkeit sie ihm zentnerschwere Lasten von den Schultern nahm. Er würde die Dinge nie vergessen, die er verbrochen hatte, und sich immer mahnen, nie wieder diesen Weg einzuschlagen, aber daran zu denken, würde leicht sein, solange sie bei ihm war.

Als sie gemeinsam zum Höhepunkt kamen, kehrte die Hitze in ihr Liebesspiel zurück. Diese brennende Hitze würde immer da sein, erkannte er. Das würde sich niemals ändern. Er würde sie immer lieben, als wäre es das allerletzte Mal, weil er nie wissen konnte, wann dieses letzte Mal sein würde. Aber jetzt, wo diese übermächtige Gefahr nicht mehr wie ein Damoklesschwert über ihnen hing, hoffte er, dass sie davor sicher waren getrennt zu werden. Sie war so langlebig wie er, also hatten sie viele Jahre vor sich – zusammen. Und die Vorstellung, mit ihr durch diese Welt zu gehen, machte es so viel leichter zu ertragen. Es hatte eine Zeit gegeben, als er jeden seiner Tage verachtet hatte, die Qual gehasst hatte, wieder und wieder leben zu müssen, ohne ein Ende in Sicht. Aber jetzt merkte er, dass es ihm Angst machte, sein Leben verlieren zu müssen, bevor er dazu bereit war. Er konnte sie nicht verlassen. Aus eigennützigen und uneigennützigen Gründen. Er würde sie nicht alleine und schutzlos der Welt überlassen. Er würde sie nicht verlassen, nachdem er sie gerade erst gefunden hatte.

Und in hundert Jahren wäre es auch noch zu früh.

»Sind wir Kinder, dass wir in so kurzer Zeit so viel Liebe spüren? Sind es nicht die Jungen, die auf diese Weise waghalsig sind?«, fragte er, als sie danach aneinandergekuschelt dalagen und der Schweiß vom wilden Liebesspiel auf ihren Körpern trocknete.

»Tu das nicht. Werte es nicht ab, nur weil es uns so *leicht*fällt.«

»Nein. Nie. Ich werde das nie wieder abwerten. Das schwöre ich dir.«

»Gut«, sagte sie und drehte den Kopf, um ihn zu küssen. »Ich liebe dich. Ich werde dich noch in hundert Jahren lieben. Es wird nicht immer dieselbe Liebe sein; sie wird wachsen und reifen und zu etwas Tiefem und Beständigem werden, aber ich werde dich immer lieben.«

»Tief und beständig? Hm. Ich hoffe, das heißt nicht, dass du denkst, dass wir dann nicht mehr so oft Sex haben wollen wie jetzt. Denn wenn dem so wäre, dann will ich nichts Tiefes und Beständiges.«

Sie lachte, und er musste glucksen.

»Mach dir keine Sorgen. Das haben wir nicht zu befürchten. Ich hatte seit über fünfzig Jahren keinen Sex. In den nächsten fünfzig habe ich eine Menge nachzuholen – und vielleicht noch etwas länger. Und eines Tages – reden wir vielleicht davon, Kinder zu haben. Nicht jetzt«, sagte sie schnell, als sie seinen Gesichtsausdruck sah. »Ich bin auch noch nicht bereit dazu.

Aber irgendwann hätte ich gerne ein Kind. Ein hübsches, perfektes Mischlingskind.«

»Ich glaube – das wäre schön. Eines Tages. Ein Baby mit der hellen Haut seiner Mama und vielleicht dem kühnen Gesicht seines Vaters.«

»Es könnte mehr von einem Geist haben als ich«, dachte sie laut, und einen Augenblick lang war sie besorgt. Dann schob sie diese Sorge zur Seite. »Egal, wie es aussieht, ich werde es lieben. Ich werde es nicht so machen wie meine Mutter. Mein Kind wird geliebt aufwachsen. Und mit einem Vater. In einer vollständigen, liebevollen Familie.«

»Es wundert mich, dass deine Mutter dich nicht abgetrieben hat«, sagte er behutsam. »Wenn du so eine Schande für sie warst. Sie musste doch wissen, wie ihr Leben aussehen würde.«

»Geister können nicht abtreiben. Die Mutter stirbt dabei.«

»Ach. So ergibt es einen Sinn. Dann hat sie also ihr eigenes Leben geschützt statt deines. Unser Kind wird kein Unfall werden. Wir werden sehr sorgfältig planen, wann wir es auf die Welt bringen. Aber jetzt ist es eine friedlichere Welt. Friedlicher, als ich sie seit langer Zeit gesehen habe. Ich hätte keine Angst, ein Kind in diese Welt zu setzen. Aber wenn ich in meinen vielen Generationen etwas gelernt habe, dann, dass Frieden nie von Dauer ist. Solange es Menschen gibt auf dieser Welt, wird der Friede nie von Dauer sein. Irgendjemand wird irgendwo jemandem etwas übel nehmen, und dann wird der Frieden zerstört.«

»So eine zynische Weltsicht. Von diesem Problem werde ich dich befreien müssen.«

Er lächelte sie an. »Bitte, tu das«, forderte er sie auf.

Sie küsste ihn wieder, und begann, genau das zu tun.

Epilog

Bella sah auf das Blatt, das vor ihr lag, und beendete ihre Niederschrift mit einem schwungvollen Schnörkel.

»Was machst du?«, fragte ihr Mann, stellte ihren Sohn auf den Boden und ließ ihn davonspringen.

»Ich schreibe eine Prophezeiung«, erklärte sie stolz.

»Eine Prophezeiung?«

»Nun, ich bin Wahrsagerin. Warum sollte ich nicht meine eigenen Prophezeiungen verfassen? Ich habe die Kraft, in die Zukunft zu sehen. Vielleicht wird das, was ich mich hier veranlasst fühle, zu schreiben, in Erfüllung gehen.«

»Ich bin nicht sicher, dass das so funktioniert«, meinte er leise lachend.

»Sagt wer? Woher kommen denn all diese Prophezeiungen? Ich sage, es sind Leute wie ich, die sie schreiben.«

»Na dann – wie lautet deine Prophezeiung?« Er griff nach dem Blatt.

Sie riss es ihm aus der Hand. »Nein. Du machst dich bloß über mich lustig.«

Er warf ihr einen verletzten Blick zu. »Wann habe ich mich je über dich lustig gemacht?«

»Nun, zum Beispiel damals, als du …«

»Ich meine über etwas, das dir wirklich wichtig war.«

Sie musste ihm zustimmen. »Nie. Du hast immer alles ernst genommen, was ich ernst nehme. Und das hier nehme ich ernst.«

»Das sehe ich. Also los, lass mich deine Prophezeiung sehen.«

Sie reichte ihm das Blatt, und er las es. Auf seinem Gesicht breitete sich ein Lächeln aus. Er legte das Blatt wieder hin, umarmte sie fest und gab ihr einen feurigen Kuss. »Na, das ist mal eine Prophezeiung, die in Erfüllung gehen sollte. Und ich hab auch eine für dich.«

»Ach ja?«, sagte sie und wusste schon, worauf er hinauswollte.

»Ich prophezeie dir wahnsinnigen, leidenschaftlichen Sex mit deinem Ehemann, sobald die Kinder heute im Bett sind.«

»Ach, was du nicht sagst! Ich hatte dieselbe Prophezeiung!«

»Und was ist deine Voraussage, was Dax' Tochter angeht? Fällt dir zu ihr etwas ein?«

»Ich prophezeie ihr, dass sie außerordentlich geliebt werden und ihre magische Kraft, was immer sie sein mag, mit liebender Weisheit ausüben wird, geführt von der Stärke vieler Nationen.«

»Mensch, du hast echt was drauf mit deiner Wahrsagerei.«

Sie lachte, als er sie in seine Arme zog und küsste. »Meinst du wirklich?«

»Nun, sagen wir einfach – ich setze große Hoffnungen darauf, dass deine Prophezeiung in Erfüllung geht.«

»Ich auch«, sagte sie und seufzte. »Ich auch.«

»Und so wird es sich von diesem Tage an begeben, dass die Schattenwandler wachsen, gedeihen und in Frieden miteinander leben. Sie werden lernen, einander zu verstehen und einander zu lieben. Ein neues Zeitalter wird anbrechen, neue Generationen aufwachsen, und nichts wird mehr unmöglich sein.«

– Bellas Prophezeiung

Nalini Singhs Welt der Engel und Vampire – geheimnisvoll und unwiderstehlich

Nalini Singh
GILDE DER JÄGER
Engelsmacht
Übersetzt von Dorothee Danzmann
576 Seiten
ISBN 978-3-8025-9640-7

Naasir sehnt sich nach einer Gefährtin, einer Frau, die ihn so liebt, wie er ist: wild und ungezähmt. Von Raphael, dem Erzengel von New York, erhält er einen Auftrag: Naasir soll die Gelehrte Andromeda bei ihrer Suche nach Alexander, einem der Uralten, unterstützen und sie beschützen. Schon bei ihrer ersten Begegnung ist Naasir hingerissen von dem Engel, doch Andromeda hat ein Keuschheitsgelübde abgelegt, das sie nur unter einer Bedingung brechen wird. Bevor Naasir ihr Geheimnis ergründen kann, wird die Gelehrte entführt ...

»Ein verführerisches Spiel – spannend und unglaublich sexy!«

Lara Adrian / Alexandra Ivy / Donna Grant u.a.
MASTERS OF SEDUCTION - GRENZENLOSE LEIDENSCHAFT
Übersetzt von Firouzeh Akhavan-Zandjani
388 Seiten
ISBN 978-3-8025-9941-5

Der Inkubus Sorin Ebarron ist es gewöhnt, stets zu bekommen, was er will. Als die schöne Nephilim Ashayla sein Kasino betritt, weiß er sofort, dass er sie für sich gewinnen muss. Ein verführerisches Spiel mit hohem Einsatz beginnt. Und Sorin und Ashayla entdecken dabei ein Geheimnis, welches das Gefüge von Himmel und Hölle erschüttern könnte.

»Prickelnd heiß. Ein perfektes Leseerlebnis.«
Goodreads

LYX

Die Liebesgeschichte, über die die ganze Welt spricht!

Meredith Wild
HARDWIRED - VERFÜHRT
Aus dem amerikanischen
Englisch von
Freya Gehrke
352 Seiten
ISBN 978-3-7363-0124-5

Erica Hathaway musste früh lernen, was es bedeutet, auf eigenen Beinen zu stehen. Als sie für ihr Internet-Startup einen Investor sucht, trifft sie auf Blake Landon. Blake ist sexy, mächtig und geheimnisvoll und er schmettert ihre aufwändig vorbereitete Präsentation, ohne mit der Wimper zu zucken, als uninteressant ab. Trotzdem fühlt sich Erica auf magische Weise zu Blake hingezogen. Je mehr sie über den Milliardär erfährt, desto deutlicher wird, dass er gute Gründe für seine Entscheidung hatte. Und obwohl sie spürt, dass sie besser die Finger von Blake lassen sollte, gibt sie sich ihrem Verlangen hin

»Diese Geschichte werde ich für immer in meinem Herz behalten!«

Totally Booked Blog

Brittainy C. Cherry
VERLIEBT IN
MR. DANIELS
Übersetzt von
Barbara Först
384 Seiten
ISBN 978-3-8025-9918-7

Unsere Liebe verboten zu nennen ist einfach. Einfacher, als zu erkennen, dass wir vom ersten Moment an Seelenverwandte waren, verbotene Seelenverwandte. Ich hatte nicht vor, mich zu verlieben. Ich hatte weder geplant, in Joes Bar zu stolpern, noch mich Hals über Kopf in Daniels Musik zu verlieren. Ich wusste nicht, dass sich so das Glück anfühlt. Unsere Liebe war mehr als nur Leidenschaft. Es ging um Familie. Um Verlust. Um das Gefühl, wieder lebendig zu sein. Unsere Liebe bestand aus Lachen und Weinen. Sie war wie wir. Und deshalb werde ich es niemals bereuen, dass ich mich in meinen Lehrer Mr Daniels verliebt habe!